有爱的青春陪伴者

着迷

葭孟 著

江苏凤凰文艺出版社

图书在版编目（CIP）数据

着迷 / 葭孟著. -- 南京：江苏凤凰文艺出版社，
2025. 4. -- ISBN 978-7-5594-9430-6
　Ⅰ. I247.5
中国国家版本馆CIP数据核字第2025T7U435号

着迷

葭孟 著

责任编辑	王昕宁
特约编辑	蒋彩霞
责任校对	言　一
出版发行	江苏凤凰文艺出版社
	南京市中央路165号，邮编：210009
网　　址	http://www.jswenyi.com
印　　刷	长沙鸿发印务实业有限公司
开　　本	880mm×1230mm　1/32
印　　张	10.5
字　　数	412千字
版　　次	2025年4月第1版
印　　次	2025年4月第1次印刷
书　　号	ISBN 978-7-5594-9430-6
定　　价	42.80元

江苏凤凰文艺版图书凡印刷、装订错误，可向出版社调换，联系电话025-83280257

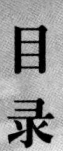

目录

CONTENTS

第一章
一见钟情 /001

第二章
大胆追爱 /027

第三章
明明有男朋友 /053

第四章
试探 /081

第五章
告白 /111

第六章
乌龙 /132

第七章
追她 /157

第八章
新年 /189

目录

第九章
男朋友 /216

第十章
亲吻 /240

第十一章   **番外一**
生日 /263   异国恋 /299

第十二章   **番外二**
蓄谋已久 /278   平行世界 /308

番外三
朝暮与共 /324

CONTENTS

第一章
一见钟情
ZHAOMI

八月底,开学季。

高树间蝉鸣不绝,阳光暴烈地砸在地上。一连几日都是这般的艳阳天,简直让正在操场上军训的一群"绿油油"的新生叫苦不迭,但对老生们来说,漫长的暑假却还未结束。

时值下午,宿舍楼这边显得有几分清寂。

提前几天返校的黎宁正好午睡醒来,她睁眼看到这陌生无比的宿舍,还有几分不习惯。

这也不奇怪,毕竟她和这个宿舍也才见过两次……

黎宁是燕城大学美术学院视传系的一名大二学生。去年新生入学时,因为学校教学方面的调整,他们美院连同其他几个院系被分配到了郊外的新校区。

新校区宿舍条件顶配,但位于鸟不拉屎的郊区。周边荒凉,各种配套设施也不完善,连图书馆都没建好,和拥有百年底蕴的市中心老校区比起来,简直是一个天上一个地下,被分配过去的新生们无不怨声载道。

校长信箱里的意见信犹如雪片般飞去,摞起来估计得有几米高。

一年之后,学校才终于安排他们搬回来。

搬迁安排在学期结束后暑假开始前的几天。学校统一安排了一长列的大巴车,将乌泱泱的一群人连同行李,一起浩浩荡荡地载回了老校区。

那也是黎宁第一次踏入这个重新分配给她们的宿舍。

再次环视一圈这个四人间的宿舍，只见墙皮剥落陈旧，墙壁颜色也经年黯淡。

　　因为当时搬回来时匆忙，地板上还堆着些舍友们没来得及收拾好的物品。

　　黎宁发了一会儿呆，这才摸出手机来看。

　　临近开学，学校里的各个群聊也火热起来，只不过大部分群都被黎宁给屏蔽了。

　　宿舍群里的消息 99+。

　　黎宁点进去和室友们插科打诨了一会儿，江远突然发消息过来。

　　她点开，是一张图片。

　　她再仔细一看，是一张校卡，上面还印着她的照片。

　　嗯，是她的校卡。

　　她就说怎么找不到了，原本还打算下午去补办一张。大概是上个月江远过来帮她搬宿舍时，不小心塞到他那里了。

　　江远是黎宁的龙凤胎弟弟。两人自出生起就一个随父姓一个随母姓，后来江柏青和黎艳的婚姻破裂，两个小孩也没有任何争议地直接按姓分配……

　　江远跟着江柏青留在松城，黎宁则跟着黎艳去了南城。姐弟俩从此分隔两地，只有寒暑假才能见面。直到上了大学，两人都考上了燕城大学才重新聚到一起。

　　但其实也不算重聚，因为江远被保送进的是燕大计算机系，大一是留在老校区上课的。

　　平时两人课业都忙，所以见面的机会也并不多。

　　黎宁正要回复，就见他的消息又弹出来。

　　江远：你的？

　　江远：自己的东西保管好，OK？

　　就算是隔着文字，黎宁也能立马脑补出他那相当欠揍的语气。

　　黎宁忍不住翻了个白眼，打字回复。

　　黎宁：你在哪儿？我过去拿。

　　正好她下午准备去趟图书馆，需要用到校卡。

　　江远回复得倒是挺快。

　　江远：那你过来四教吧。

　　黎宁：行。

　　回复完江远之后，黎宁放下手机，慢吞吞地爬下了床。她打开衣柜，随手在里面抓了条裙子换上，拿上包和手机，就准备出门了。

　　黎宁没打算化妆。

　　为了江远，化妆不值得。

临出门前,黎宁对着镜子整理了一下头发。

只见镜子里的少女皮肤雪白,五官漂亮柔和,掖在耳后的头发乌黑亮丽。

她身上穿了条剪裁简约干净的米白色背心长裙,宽松的样式,掩不住女孩纤细匀称的身材。白皙莹润的肩头和两条纤细的手臂露在外面,让她看起来多了几分松弛感。

从宿舍走到四教,黎宁一路上吸引了不少人的目光。

天气又闷又热,隔着太阳伞也阻隔不了这种燥热,黎宁脑门上已经渗出细细密密一层薄汗。直到踏进四教大门,感受到里面若有似无的一丝凉气后,她才终于呼出一口气。

下午的教学楼冷冷清清,依稀只有几个人走动。

黎宁一只脚踩上楼梯,给江远发消息。

黎宁:我到了。

黎宁:你在哪间教室?

发完,她慢悠悠地往上爬。到了二楼,她一看手机,江远还没回复。

黎宁:你人呢?

黎宁在楼梯上停住,准备给江远拨个电话过去。

这时,有人从楼梯上走下来。快要经过黎宁的时候,对方步履放慢,似是犹豫了一下,最终还是停了下来。

"那个,同学……"一道男生的嗓音从头顶传来。

黎宁抬头一看,就见自己面前站了一个戴眼镜的男生。

见她看过来,男生脸颊红了红,不自然地推了推眼镜,勇敢开口:"方便加个微信吗?"

黎宁从小到大都长得乖巧漂亮,被人搭讪这种事简直是司空见惯。只愣了一秒钟,她便从善如流应付道:"抱歉哦,我有男朋友了。"

这是她惯常的拒绝理由。

闻言,眼镜男孩立马尴尬起来,脸颊似充血一样变得通红,说话也结巴起来:"啊,那,不……不好意思啊。"说完落荒而逃,差点撞上正在上楼的另一道高大的身影。

黎宁见他这反应心里也有点过意不去,决定还是先离开这是非之地,于是也抬腿往上走。

她专心看着手机,也没注意到身后传来另外一道沉稳的脚步声。在上最后一道台阶时,黎宁不知怎么,一脚踩了空。

可怕的失重感瞬间袭来,黎宁暗道糟糕,心里涌上两个念头。

第一个是,果然不能边上楼边看手机。

第二个是,骗人骗多了,她终于遭报应了……

绝望地等待摔倒之际,她突然感觉腰际一沉。

一只手沉稳有力地托住了她的腰,她后脑勺也撞上一个硬邦邦的肩膀。

借着这股力道,黎宁赶忙伸手抓住身侧的楼梯栏杆,终于站稳了身体。她扭头一看,入目的先是一件简单干净的黑色T恤。鼻尖闻到一丝淡淡的木质香,让人无端联想到清新干净的雪后杜松。

少年见她站稳,绅士地后退一步,礼貌地收回扶在她后腰上的手。

那条垂下来的手臂肌理流畅,充满力量,手指也指骨分明,清瘦干净。

"抱歉,冒犯了。"少年淡声开口,声音带着几分冷感。

黎宁下意识地仰头望去。

只见面前的少年一身纯黑色,清瘦高大,肩膀平直宽阔,背上松松垮垮背了个黑色斜挎包。视线再往上,他头上戴着顶黑色的棒球帽,压低的帽檐遮住一半的眉眼。

黎宁只能看见他线条流畅利落的下巴颏儿,和冷白脖颈上微微凸起的喉结。

过分明亮的阳光洒进楼梯间,将他的身影勾勒出一圈光晕,以至于这一幕看起来多少显得有几分虚幻。

黎宁的心蓦地停了一拍,就这么愣在原地。

等她反应过来时,那道高大挺拔的背影已经消失在拐角。

手里握着的手机突然间铃声大作,黎宁回过神,接起电话,那边传来江远的声音:"你到哪儿了?"

"……二楼。"黎宁蜷了蜷手指,声音有些恍惚。

"行吧,我告诉你怎么走,别迷路了。"

研讨室里。

几个男生正脸红脖子粗地讨论着一个方案,一时间谁也没办法说服谁。

这帮人都是马上要参加今年九月份的国际编程竞赛的队员,这会儿正是最后的冲刺关头。

"大佬怎么还不来?"有人问道。

"应该在路上了。"

他们说的大佬正是徐时樾。这位大佬刚进大学就被人拉去组队直接打比赛,大一的时候就代表学校在世界总决赛中拿到了金牌……

这不,听说他今天在学校,这帮人赶忙把人请过来给他们答疑。

明明是同样的年纪,他们在这儿苦哈哈地解题,这位都已经能游刃有余地指导他们了。

这差距,简直是让人嫉妒都嫉妒不起来。

讨论陷入焦灼之中,大家都等着大佬过来点拨。

能进入燕大的哪个不是天之骄子，但徐时樾确实挺让他们服气的。

一群人里，只有江远跷着二郎腿挂了电话，他拿起桌上的校卡站起身，朝众人说了句："我出去一趟啊。"

没人有工夫搭理他。

江远"啧"了一声，一边抛着黎宁的校卡，一边往门口走，拉开门的时候，一道戴着棒球帽的黑色高大身影正好出现在门外。

江远猝不及防，手一滑，手里的校卡刚好砸到徐时樾身上。

徐时樾垂下眼皮，懒散地接住校卡。

递还过去时，他的视线不经意地在校卡的照片上停留了一秒。

"谢了啊！"江远接过校卡。

徐时樾下巴一点，应了声，带着几分跩。应完，他又扫了江远一眼，侧过身体让他先出去。

教室里的人一见到徐时樾，跟饿狼见到食物似的，纷纷叫唤起来，将他给围住。

"徐时樾！"

"大佬，你总算来了！"

"樾哥求教啊！"

即使关上门，也阻隔不了这群人的声音。

站在走廊上的江远忍不住又"啧"了一声，继续拿着黎宁的校卡抛着玩。

校卡从他手中抛出，在空中划过一道弧线，然后又落回他手心。

黎宁按照江远的指示，上了四楼先往右走，走到尽头又左拐，然后再往前走了一段距离，终于看到斜靠在墙上的江远。

少年肩宽腿长，身上穿着简单的白T恤和灰色短裤，看上去一副阳光俊朗的大男孩模样。

从小一起互相嫌弃着长大，黎宁对于江远没有半点要欣赏的意思。

她耷拉着眼皮走过去，朝他伸出手："给我吧。"

江远看她这样子，倒是来了兴趣，眉毛一挑，凑过去，手指轻轻弹了下她的脑门，贱嗖嗖地问："你怎么了？"

黎宁白了他一眼："滚，别逼我揍你。"

"你是真有点不对劲。"江远长臂一伸，勾住黎宁的脖子，"遇到什么不高兴的事了？说出来让我高兴高兴呗。"

研讨室里，某个男生偶然抬头，透过门上的透明玻璃看到外面这一幕，忍不住惊呼了一声。

"狗叫什么呢？"

"看外面，看外面。"

"大庭广众之下搂搂抱抱，真是世风日下人心不古！"某只"单身狗"十分嫉妒地说。

紧接着，他们就看到黎宁狠狠踩了江远一脚。

江远抱着被踩的脚弹跳开，一张帅气的脸皱起来，不可置信地道："你真踩啊！"

黎宁懒得理他，伸手拿过自己的校卡。

"外面这大美女是谁啊？"有人好奇地问。

"女朋友啊。"同宿舍的姚俊飞推了推黑框眼镜回答，深藏功与名。

"什么？江远这小子这么有福？"

黎宁一扭头，就对上研讨室门口几张龇牙咧嘴的男生的脸。

见她看过来，男生们猝不及防，似乎想要露出笑容，但面容却因此变得更加扭曲起来。

黎宁："……我走了。"

"赶紧滚。"江远没好气地说。

黎宁毫不留恋地转身离开。

江远重新回到研讨室。

重新坐回去的几个男生目光幽幽地看着江远。

"远哥，行啊，这还没开学呢，就有大美女找啊？"

"滚啊。"江远笑骂道，"这么暴力，算什么美女。"

"你小子别得了便宜还卖乖！"有人打趣道。

一旁的徐时樾听着，修长的手指微屈，敲了敲桌面，语气冷淡："继续？"声音里带着几分不易察觉的烦躁。

"就是，你们刚刚的问题解决了吗？"江远附和着转移话题。

江远高中时曾遇见过几个烂人，那几个人平时看起来人模人样的，私底下讨论起女孩子时，说的话相当恶心。所以，他向来不太乐意和别的男生聊起黎宁。

既然大佬和当事人都发话了，男生们也识趣地闭嘴，转而继续讨论起刚刚的问题来。

另一边，黎宁离开教学楼后，径直去了附近的图书馆。

找了个位置坐下后，黎宁拿出 iPad，准备画一会儿稿子。

能考进国内顶尖美院，黎宁的画工自不用提，画风惊艳，色彩斑斓，想象力天马行空，还有极强的情绪感染力。

为了磨炼画技顺便打发时间，黎宁从小学起就开始接稿。

她刚开始是在班里给同学们画画，后来又开始在网上混圈子，再后来忙起来才慢慢退出。

饶是如此，不少圈子里还留着她的神话，就连她不常用的微博，都还有十几万的粉丝，不少人在评论里花式打卡求喂饭。

黎宁拿起触控笔，本来是想记录一下最近脑子里的灵感，结果一下笔，手仿佛也不受自己的控制了，"唰唰"几笔就勾勒出一个戴着棒球帽的男生侧影。

黎宁：……总觉得有点完蛋。

她脑子里不由得又浮现出刚刚在教学楼楼梯间的那一幕，以及，比身后阳光还要耀眼的少年。

黎宁后知后觉地红了脸，心脏也"怦怦"跳了起来。脑子里晕乎乎的，就像是突然撬开了一瓶苏打汽水，无数小泡泡"咕嘟咕嘟"往上冒。

后劲出乎意料地大。

黎宁忍不住趴在桌子上，脸贴着冰凉的桌板，企图让自己发烫的脸颊稍微降降温。

虽然不太想承认，但她好像确实对一个连名字都不知道的男生 crush（产生好感）了。

唉，当时怎么反应就这么慢呢！好歹追上去问人家要个联系方式啊！也不知道在这偌大的校园里，还有没有机会再碰上他……不对，万一他不是他们学校的呢？

黎宁陷入深深的后悔中。

教学楼里。

徐时樾简洁地点出一个男生的思维误区，对方立马恍然大悟。

"快六点了，要不今天就先到这里？"有人看了眼时间说。

"竟然这么快就到饭点了！"

"你一说我还真饿了。"

众人没异议，收拾东西准备一起去校外吃烧烤。

江远慢悠悠地跟在后头，给黎宁拨了个电话过去。

电话接通后，他问她："吃了没？"

黎宁刚收笔，看了眼时间，老实道："还没。"

"那一起？"江远继续问，"我们这边打算去吃烧烤，你来不来？"

"都有谁啊？"黎宁一边收拾东西，一边问。

"就我们系的几个同学。"

"那算了。"黎宁想起下午见到的那几张扭曲的脸，而且互相都不认识，贸然过去也怪尴尬的，于是想也不想便拒绝了，"你和他们去吃吧，我随便点个外卖就行。"

江远挑了挑眉，想着她一个人凄惨吃着外卖也怪可怜的，大发慈悲道："吃什么外卖啊？等着，带你去吃好吃的！"

江远突然变得十分大方："你在哪儿？我过去找你。"

黎宁：……倒也不必。

不过既然江远主动送上门让她宰，黎宁万万没有手软的道理。

于是，江远果断退出了他们的烧烤小分队，收获了一众男生羡慕嫉妒的眼神。

"老天不公啊，我为什么没女朋友啊！"

"呃……为什么没有，你自己心里没点数？"

"放心吧，徐时樾不也没有吗，这样你心里是不是好受多了？"

"谢谢，心更堵了。"

正低头看手机的徐时樾无辜中枪。

反正这群男生也就是口嗨一下，徐时樾就没搭理他们。

黎宁和江远打车去了市里一家网红烤肉店。

点完餐，黎宁看着对面的江远，突然开口："问你个事儿？"

"说。"江远头也不抬，拿着夹子把薄切五花肉片放到烤盘上。

"一般这种时候，"黎宁想了想说，"去四教的，都有哪些人？"

"这我哪能知道？"江远无语地给五花肉翻了个面。

黎宁目露谴责地看向他："你怎么什么都不知道啊？"

"你是不是有病？"江远简直气笑了，"我要是能知道这个才不正常吧？"

黎宁：……好吧，也有道理。

"你没事问这个干什么？"江远回过味来，觉得黎宁有点反常。

黎宁看着江远脸上的表情，很明智地闭上了嘴。不用想，黎宁也知道，她要是敢把自己今天在楼梯上遇到一个心动对象的事告诉江远，他绝对能狠狠嘲笑她一个月。

"没什么，我就问问。"黎宁决定把这事捂死。

"是吗？"江远面露狐疑。

"你的肉烤煳了。"黎宁指着烤盘上的肉说。

江远低头一看还真是，赶忙拿起夹子给它翻了个面。

两人吃完晚饭出来，又在附近的商圈随便逛了逛，这才打车回去。

回到学校时已经晚上九点多了。江远倒是很有风度地把黎宁送到了宿舍楼底下。

告别后,黎宁进了自己的宿舍楼,上楼时,刚好碰到几个军训结束的新生。

几个女孩一边爬楼一边聊着天。

"哇,真有这么厉害啊?"

"这么说吧,如果说咱们学校的计算机实验班是天才集中营,那么徐时樾学长就是天才中的天才!"

"据说,他高中就拿到了数竞、物竞双金牌,被多所学校抢着要。然后保送过后那段时间他闲着无聊,又兴起去参加高考,结果考了松城的理科状元。"

"这也太逆天了吧!"

"这才哪儿到哪儿呢!因为徐学长太优秀了,大一一入学就被大二、大三的学长学姐们盯上,拉他去组队打 ACM(国际大学生程序设计竞赛),这个比赛你们知道吧?反正就是计算机 Top 级比赛,徐学长他们队伍直接代表学校拿了世界冠军,要知道我们学校可是好几年都没拿过世界冠军了!"

"啊啊啊,我真的跪了。"

"那么问题来了,学长帅不?"

"校草,你说呢!又高又帅,超绝!"

"真的假的?"

"不是,你们入学前都不混校园群和院群,还有学校论坛的吗?"

"嘿嘿,我当时手快保存了学长的一张很糊的偷拍照,回宿舍发给你们!"

"嗷嗷嗷,搞快点!"

几个小学妹热烈地讨论着,一个个双眼亮晶晶、脸颊红扑扑的,激动之情溢于言表。

黎宁有一搭没一搭地听着,内心没什么波动。

校草?

她脑子里突然浮现出下午的那张脸。

回到宿舍,宿舍里一片黑暗,室友们都要明天才回来。

宿舍虽然没人,四人群里却聊得火热。

黎宁开了灯,放下东西,摸出兜里的手机一看,群里的消息不断弹出来。

苏甜还特意@她:@黎宁 快出来唠两句啊!

黎宁只得回复:刚到宿舍。你们刚在聊什么?

苏甜:聊帅哥啊。

黎宁把聊天记录往前翻了翻。

就挺巧的,群里的文字竟然和她刚刚在楼梯上听到的一些字眼重合度高达 90%。

比如什么高考、保送、ACM……

怕黎宁一头雾水,三个室友七嘴八舌地又重新说了一遍,然后问黎宁怎么看。

黎宁无语,她能怎么看?

黎宁想了想,锐评道:就感觉有点装。

又是保送又是高考状元的,黎宁不由得想起当年江远高中时被竞赛虐得死去活来,但还嘴硬的样子……

这样一对比,黎宁就觉得她们说的那个人确实还挺装的。

宿舍群安静几秒,然后被一片"哈哈哈哈哈"刷屏。

苏甜:我真是服了你这张嘴!

苏甜:对校草客气点懂不?

黎宁在椅子上找了个舒服的姿势,漫不经心地打字:校草?咱们学校还有这东西?谁给封的?

曾琪:学校论坛里私底下封的啊。

李晓佳:搞的什么燕大校草提名来着。对了,你弟江远也在里面。

黎宁:江远竟然也在?

黎宁:那估计是个野鸡榜。

黎宁突然想到什么,心里升起一抹希望,继续打字:帖子发我看看,里面有照片吗?

说不定能在里面找到他?

黎宁立马坐直身体,双眼因为有所期待而变得亮晶晶的。

苏甜:等着。

苏甜:里面应该挺全的。

过了一会儿,苏甜发了一个论坛链接过来。

黎宁立马点开,文字她是懒得看的,直接一路滑下来只挑着图片看。

一直翻到底了,她也没找到自己要找的人……

黎宁不死心地重看一遍,依旧没有。

黎宁生气地给帖子里江远的自拍照狠狠地点了个踩。

她退出帖子,就见曾琪在群里@她:黎宁,你平时不是对这些不感兴趣吗?

其他室友也附和。

李晓佳:她平时对帅哥也不感兴趣。

曾琪:我一直以为黎宁是那种不看脸的女生。

黎宁有点不服气地打字道:谁说的,我看脸啊!我刚就在学校遇见一个大帅哥。

宿舍群里顿时炸开了锅,纷纷问她怎么回事。

黎宁简单把事情说了说。

得知黎宁连人家名字都不知道,几人纷纷安慰她。

李晓佳:看开点,你连人家脸都没看全,在帖子里也没找到,说不定对方其实是个丑男。

曾琪:你想象一下,他帽檐下面长着一双眯眯眼,是不是立马下头了?

……

黎宁她们宿舍的关系很和谐,大一一年相处下来也没产生什么摩擦。于是等人一聚齐,她们几个便约着在新的校区里各种闲逛,美其名曰熟悉校园。期间,黎宁拒绝了江远的多次约饭申请。

晚上,江远给她打电话,忍不住吐槽:"你这几天都在忙啥呢?"

"逛校园啊。"黎宁敷衍地回答。

顺便在各处碰碰运气,看看能不能碰见 crush。

但结果显而易见,连个影子都没捞着。

"逛校园你不找我?"江远大叫。

"你别烦我。"黎宁丝毫没有姐弟情地回答。

江远幽幽地叹了一口气,对着电话道:"你变了,你不爱我了。"

同在宿舍的姚俊飞忍不住竖起耳朵。

作为一名学霸,姚俊飞平时没别的爱好,就爱看点小言放松身心。

徐时樾和江远这两人长相、气质都十分贴合小言男主角,导致姚俊飞还蛮关心他们的感情状况的。

徐时樾就不说了,这人根本不近女色,可能以后要出家。

好吧,他瞎说的。

倒是江远,是他的重点关注对象。

虽然江远不怎么在宿舍提黎宁,但同在一个宿舍里,姚俊飞撞见过很多次他们打电话聊天,甚至视频聊天的,俨然一对黏黏糊糊小情侣的样子。

姚俊飞每次都在默默嗑糖。

这次也不例外,姚俊飞听江远说着话,忍不住猜测:这是小情侣闹矛盾了?

"……你恶不恶心啊?"电话对面的黎宁无语地翻了个白眼,"挂了。"

跷着二郎腿坐在桌前的江远成功犯了个贱,心满意足地收了手机。

姚俊飞:……哼,打情骂俏的臭情侣!

呜呜呜,浅嗑一口。

与此同时,宿舍门被推开。徐时樾踩着夜色走进来,带着一身疏朗,五官清晰而英挺。

"回来了?"江远回头打了个招呼。

徐时樾看了他一眼,点了下头,算是回应。

姚俊飞打开绿江网站，准备看看追更的太太更新了没，但破网站好像又崩了。等待的间隙，他突然想起，刚刚门外的脚步好像多停了一会儿？

页面刷新成功。

姚俊飞赶紧点开最新章节，将这事抛之脑后。

翌日，开学第一天。

遮光窗帘挡住阳台外清晨的光亮，宿舍里一片暗沉，只有几个女生清浅的呼吸声。

李晓佳率先睁开眼睛，摸出被压在枕头下的手机一看，随即瞪大了双眼。

"啊！"她一骨碌爬起来，喊着其他几人，"起床了，迟到了！"

其他几人从睡梦中惊醒，看到时间都傻眼了。

"七点四十了？"

"不是，就没人定个闹钟吗？"

"我以为你们定了？"

……………

黎宁麻溜地从床上爬下来。她们这学期课表还挺满的，周一上午直接早八加满课，动作不快点真的会迟到。

几人以最快的速度刷牙、洗脸、换衣服，出了宿舍门后一路狂奔。

幸好因为校园面积大，她们开学前就商量着买了几辆代步小电驴。

黎宁连自行车都不会骑，只能先坐室友们的车去。

苏甜动作飞快地跨上自己的小电驴，示意黎宁坐上来，顺便问："几点了？"

黎宁看了眼时间："七点五十。"

"那还好，只要我们没在院楼里迷路。"苏甜放松下来。

"放心，班长发了路线图。"黎宁扫了眼班群。

"啊啊啊，我爱班长！"

几人开着小电驴朝院楼进发。

清晨凉爽的空气扑面而来，沐浴在朝阳里的树木闪闪发光。

林荫道上大多是背着书包、骑着自行车去上课的学生。

突然，不远处有道高亢的声音喊了句："徐时樾！"

"什么？徐时樾？哪个徐时樾？"骑着小电驴的苏甜十分激动地转头看。

黎宁看得心一跳，双手搂住她的腰："甜姐，行车不规范，室友两行泪！"

"相信你甜姐的车技好吗？"苏甜相当自信。

黎宁眼睁睁看着在迟到边缘的苏甜放慢车速，小脑袋瓜子往后睃着，然后慢慢移动。

两道骑着自行车的身影从她们身旁越过。

苏甜抻长脖子,视线一路跟随过去。

黎宁也往那边瞥了一眼,顿时双眼微眯。

高大的少年微弓着背,迎着灿烂的朝阳,骑着车往前。风吹起他的衣角,阳光在他发际闪耀。

而那个背影——

黎宁几乎是一眼就认了出来。

愣怔一会儿的工夫,苏甜已拐了弯,骑着小电驴拐到了另一条路上。

眼看着距离越来越远,黎宁才终于回过身,伸手扯了扯前面苏甜的衣服,不确定地问:"刚刚从咱们旁边骑过的人,是谁啊?"不知道是因为紧张还是激动,声音都带上了几分涩。

苏甜一拐弯就加快了速度,同时也不忘回答:"那个应该就是徐时樾啊。"

苏甜感叹一句:"呜呜呜,真不愧是校草,简直惊为天人啊!"似是想起什么,又解释了一句,"哎,你不会忘了吧,徐时樾就是你在群里说装的那个。"

苏甜说到这里,没忍住"咯咯咯"地笑了起来。

黎宁哑然。好的,她现在知道了。

黎宁一路恍惚地被苏甜拉到教室。

她们算是踩着铃声进的教室,在教室后排找了空位坐下。

坐在台上的老师是个戴眼镜的小老头,笑眯眯地说:"今天第一堂课,点个名认识一下,被叫到名字的举手示意一下。"

底下响起稀稀拉拉的应和声。

他们一个班也就三十个人,老师按照花名册里的学号一个一个往下点。

黎宁有些走神,老师说啥也没听清。她现在满脑子想的都是——

那个人竟然是徐时樾?

真是有种"踏破铁鞋无觅处,得来全不费功夫"的荒谬感,显得她这几天满学校逛跟个傻子一样……

但这也不能怪她,苏甜那天分享给她的帖子里也没徐时樾的照片啊!不然她肯定早就认出来了!

想起自己当时在宿舍群里大言不惭的评价,黎宁顿时脚趾抠地。她掏出手机,开始狠狠地翻起聊天记录。

正专心寻找之际,有道声音叫她:"黎宁?"

见没人回应,那道声音又响起:"黎宁来了吗?"

黎宁的手指还在微信聊天记录里快速地滑动着,旁边的苏甜用胳膊肘捅了捅她:"叫你呢!"

黎宁头也不抬:"别吵,忙着呢!"

上课的教室挺小的，而且因为正在点名所以还挺安静。黎宁也没注意控制好音量，所以声音还挺大，也就刚好够整个教室听见。
　　于是下一秒，教室里爆发出笑声，旁边的苏甜更是直接笑趴在了桌上。
　　黎宁终于意识到不对劲，抬起头，对上小老头似笑非笑的眼神。
　　只见他双手撑着桌沿，推了推眼镜，笑问道："你是黎宁同学？"
　　黎宁："……是。"
　　"上课就先别忙了啊。"小老头笑着说。
　　"好的，老师。"黎宁欲哭无泪。
　　教室里又爆发出一阵笑声。
　　黎宁捂住脸。
　　徐时樾这人绝对是蓝颜祸水吧！
　　小老头很快揭过这茬，继续点名。
　　但班级群里的消息疯狂刷新，一溜儿刷下来，全是"别吵，忙着呢"。
　　还有人特意@黎宁，没错，这个人正是苏甜：不愧是我宁姐，这吸引老师注意的方法多特别，你们都学着点啊。@黎宁
　　众人全部"哈哈哈哈哈"。
　　黎宁愤而回复：你们的笑声吵到我眼睛了！
　　苏甜带头：好的，别吵姐。
　　李晓佳：好的，别吵姐。
　　曾琪：好的，别吵姐。
　　…………
　　简直是一群复制粘贴怪。
　　黎宁怒而关上手机。

　　虽然一大早就丢了次脸，但黎宁并没有把这事放在心上，因为她现在有更重要的事情要做。
　　下课后，经过不懈努力，黎宁终于翻到了当时的聊天记录，然后逐字逐句圈出关于徐时樾的信息。
　　徐、时、樾。
　　原来是这三个字。
　　黎宁轻声读了一下。
　　呜呜呜，连名字都这么好听！
　　她又接着往下看。
　　大二。
　　嗯，同一年级的，共同话题应该很多！

计算机系。

等会儿,江远好像也是这个系来着?

想到这里,黎宁立马去戳了下江远:弟弟,在不在呀?

江远:别叫我弟。

江远:不在。

黎宁没理他,接着打字:听说你们系有个叫徐时樾的,你认识吗?

江远倒是有几分警惕:你问这个干吗?

黎宁正要回复,又想到江远的德行,留了个心眼,回复:他好像在学校还挺有名的,我室友托我打听一下。

江远:你室友?

黎宁:不然呢?

黎宁:[可爱.jpg]

坐在教室里的江远瞥了眼坐在前面的徐时樾,见徐时樾正靠在椅背上,有一搭没一搭地和旁边的人闲聊。

江远不情不愿地承认,这厮确实长得还行。

江远低头看了眼和黎宁的聊天框,回复她:认识啊。

黎宁一看,顿时激动起来,正要回复,就见那边又弹出来消息。

江远:我室友啊。

黎宁盯着"我室友"这三个字看了几秒。

如果她没理解错的话,江远的意思大概是——

徐时樾是他的室友?

黎宁沉默几秒:你别告诉我,那天我去四教找你时,你跟你室友在一起?

江远:嗯。

江远:怎么了?

黎宁:没什么。

她就是有点想拍死当时的自己。

她记得,当时江远好像还问她要不要和他们一起吃饭……

黎宁坚强微笑,并果断朝江远抛出橄榄枝。

黎宁:好几天没见你了。

黎宁:中午一起吃饭呀?

黎宁:我叫上我室友一起,你也叫上你室友。

黎宁:大家正好相互认识一下呀?

黎宁已经开始期待中午了,却见江远开始拿乔:不来。

黎宁:[问号.jpg]

江远:毕竟我也挺招人烦的。

黎宁无语。

无奈之下,黎宁做小伏低了好一会儿,总算哄好了某个小心眼的弟弟,对方勉为其难地答应了她的约饭邀请。

于是一整个上午,黎宁都心不在焉。一下课,她就拉着苏甜直奔食堂。

另外两个室友因为临时有事,就没和她们一起。

两人骑着小电驴,往和江远约好的食堂赶去。

下车后,黎宁还特意整理了一下自己的形象,有些紧张地问苏甜:"我现在看起来怎么样?"

早上因为快迟到了,她们就洗了个脸草草出门了。

闻言,苏甜看向黎宁,只见她素面朝天,皮肤简直吹弹可破,在阳光下显得无比干净细腻。

"好看的!"苏甜使劲点头。

黎宁放了心,和苏甜一起走进食堂。

随便打了点饭菜后,她们找到江远发来的位置。

黎宁端着饭菜紧张地走过去,一眼就看到吊儿郎当的江远,除此之外,就是他右手边坐着的另一个戴眼镜的男生。

"来了?"江远打了个招呼,"坐啊。"

戴眼镜的男生见到黎宁和苏甜,腼腆地打了个招呼。

没见到想见的人,黎宁失望地坐下。

看向对面一点都不靠谱的江远,黎宁很无语,正要说些什么,就见他朝她身后招了下手,叫了声:"徐时樾,这里!"

黎宁后背瞬间绷紧,忍不住屏住了呼吸。

江远倒是没特地邀徐时樾一起。

他当时只是在宿舍群里吼了一句:中午一起吃饭吗?

结果只有姚俊飞理他。

能在食堂遇见徐时樾纯属偶然,本着同一个宿舍的情谊,江远朝他打了个招呼。

徐时樾循声看过来,视线一顿,随后朝他们走过来。

他们坐的位置靠近落地窗边。食堂外墙被阳光炽烈烘烤着,明亮的光线从巨大的玻璃窗外流泻进来。

黎宁只感觉旁边一道高大的阴影覆下,挡住外头的光线,让她视线也暗了一瞬。

下一秒,这道身影又径直越过了她。

她又嗅到了空气中那丝细微的雪后杜松气息。

一声轻响,徐时樾拉开椅子,在江远的左手边坐下,正好位于黎宁的斜对面。对面无人,他一双大长腿往前伸,桌下瞬间便显得格外局促。

黎宁心跳快了一瞬,屏住呼吸,余光忍不住偷偷朝那边溜过去。

她的视线没敢直接往徐时樾脸上去,只匆匆扫了一眼他宽阔平直的肩膀,最终定格在他随意搭在餐桌上的手上。

徐时樾的手指修剪得很干净,皮肤薄白,青色的血管微凸,指骨修长,筋骨分明,是很有张力的一双属于男性的手,莫名让人觉得很性感。

气氛似乎也安静了几秒。

黎宁看了一眼对面的江远,示意他赶紧介绍。

江远接收到黎宁的眼神,"啧"了一声,终于大爷般地开口,指了指黎宁道:"美术系的黎宁和——"

他又看向苏甜,为难地皱了下眉。

苏甜会意,立马接上话头:"苏甜!"

江远点点头,接着介绍自己这边:"计算机系的,姚俊飞,徐时樾。"

大家相互打了个招呼。

黎宁矜持地说了声:"你们好。"

苏甜性格开朗,一向是个自来熟,见状立马提议道:"要不大家加个微信吧?以后也好联系!"

黎宁朝她抛去一个赞赏的眼神,随后动作很麻溜地掏出手机,掩饰般地先扫了下姚俊飞的二维码,快速添加好友申请后,然后名正言顺地转向徐时樾。

黎宁稳住呼吸,装作自然地问:"是我扫你还是你扫我?"

两人目光撞上。

黎宁大胆地看向他。

徐时樾的长相无可挑剔,脸部轮廓清晰流畅,棱角分明却并不粗犷,带着恰到好处的男性骨骼力量。他的眼睛形状很好看,眼型偏狭长,双眸漆黑,不过带着几分疏离与冷淡。

两人对视了两秒。

就在黎宁快要坚持不住时,徐时樾终于表情冷淡地说了句:"抱歉,没带手机。"

"哦,好吧。"黎宁表面上无比淡定地收回手机,实则内心根本平静不下来。

耳朵里还回放着徐时樾刚刚说话的声音,像是一股电流,从耳膜一路穿行至心尖。

旁边的苏甜已经和姚俊飞聊起来了。

黎宁有些懊恼自己刚刚的反应。没能加上微信,多少让她有些失望。可惜失去了最好的时机,自己要是这时候再提,就显得太刻意了……

黎宁叹了一口气，心也有点乱，只好先安静地埋头吃饭。

毕竟女孩子总是不自觉地会想要在好感的异性面前，表现得好一点。

可是黎宁忘了，还有江远这个拖她后腿的在场！

此时，江远埋头干饭的间隙看了一眼黎宁，无比惊讶地开口："你的食量什么时候这么小了？"

黎宁维持住脸上的微笑："……我一向吃这么多的！"

"呵，你看我信吗？"江远斜睨她一眼。

黎宁：……你能不能把你那张嘴给我闭上！

接收到黎宁投射过来的死亡视线，江远认怂，殷勤地往她盘子里夹过去一只鸡腿，说："多吃点，你最爱的大鸡腿。"

黎宁咬牙。

她喜欢个鬼啊！

真的很想打爆冤种弟弟的头！

黎宁又瞥了徐时樾一眼，见他没抬头，忍无可忍，气得一脚踹过去。

多年的姐弟默契，江远很有经验地将腿往后一收。

黎宁的鞋子畅通无阻地踩上了旁边的另一条长腿。

桌板随之轻微地震动了一下。

徐时樾朝她看过来，眼里没什么情绪。

黎宁一愣，心想不会吧。

她深吸一口气，快速地往桌下看了一眼。

只见徐时樾的长腿往里收了收，白色的球鞋上，很明显有个灰扑扑的鞋印。

黎宁愕然。

黎宁一脸灰败地和苏甜回了宿舍。

其他两个室友已经提前回来了，见黎宁脸上的表情，曾琪奇怪地问道："这是怎么了？"

"在她的 crush 面前丢脸了。"苏甜热心解释。

"咦，找到了啊？"李晓佳问。

她们只知道黎宁这几天多方寻找 crush 无果，还不知道她已经找到了。

"这事简直太戏剧化了。"苏甜一屁股坐下，兴致勃勃地和两个室友解释，"你们知道她的 crush 是谁吗？"

"谁啊？"

"徐时樾。"

"噗——"

"其实我之前就有点觉得，但你们好像一开始就排除他了，所以就没敢说。"

马后炮曾琪如是说。

黎宁闻言幽怨地看了她一眼,又想到自己刚刚结结实实踩的那一脚,生无可恋地趴下去。

那头,苏甜已经绘声绘色地把食堂里发生的事情说了一遍。

两个室友见到蔫下去的黎宁,安慰道:"小事情啦,不就是踩了他一脚嘛。"

"说不定他还觉得你可爱呢!"

"对你自己有信心一点啊!"

"话说回来,校草真有传说中那么帅吗?"

"我跟你们说,比传说中的还帅!"苏甜肯定道。

"唉,早知道我也去了!"

黎宁有一搭没一搭地听着她们聊天,对此并不抱什么信心。她换位思考一下,如果有人莫名其妙踹她一脚,她大概会觉得那人有病……

晚上躺在床上时,回忆起这大起大落的一天,黎宁翻来覆去睡不着。

思考良久,她决定还是要做点什么。

于是,她拿出手机,给江远发了条消息:你把徐时樾的微信推给我。

江远也还没睡,很快回了个:你要他的微信干什么?

黎宁:我给他道个歉。

江远:整这么麻烦,我当面帮你说一声就行。

黎宁:我亲自说比较有诚意。

因为理由充分,江远倒也没说什么,很快推了个名片过来。

黎宁立马从床上坐起来,盯着这个名片几秒,才深吸一口气点进去。

徐时樾的微信头像很干净简单,跟他给人的印象很像。

黎宁牙齿轻轻啃咬着大拇指的指甲,点击"添加到通讯录"。

犹豫了好几秒,最终,她心一横,发送了好友申请。

手机页面重新弹回到名片那里。

黎宁眨了下眼,又看了下,确定自己刚刚应该是发送申请了。

黎宁快速退出微信,扔掉手机,重新躺回床上,但心情实在激动,呼吸也有些不畅,忍不住左右翻身扑腾了几下。

"发生什么了吗?"还坐在另一侧床下敷面膜的苏甜问了句。

黎宁脸埋在枕头里,故作平静,闷声道:"没什么。"

等了一会儿,黎宁忍不住把手机捞回来,打开一看,并没有好友申请通过的提示。

好吧,这么晚了,他应该已经睡了。

黎宁安慰自己,重新锁上手机,准备入睡。

这一觉,黎宁睡得很不踏实,一晚上做了很多奇奇怪怪的梦。

第二天早上一睁开眼，黎宁立马拿出手机，人脸解锁、打开微信一气呵成。

见到通讯录上的小红点，她立马激动地点进去。

结果很失望，里面并没有徐时樾。

申请加她的是几个陌生的头像，大部分没备注姓名和来意，少部分的好友申请介绍相当油腻……黎宁全忽视了。

一整天，黎宁都注意着手机里的消息，但给徐时樾发过去的好友申请就像沉入海底的石头一般，连个泡都没冒。

黎宁挫败地锁上手机。

看着几个正聊得火热的室友，她咳嗽一声，犹豫着开口："那个，问你们个事……"

宿舍里三人六双眼睛望过来："什么事？"

"就我昨天晚上加了徐时樾的微信，"黎宁慢吞吞地说，"但他现在还没通过，我要不要再申请一次……"

"你自报家门了吗？"苏甜问。

"嗯，就备注了学院和名字。"

"那不应该啊？"

"可能校草就是比较高冷，比较难加吧。"

"别说校草了，黎宁自己也很难加啊，不止一次有男生过来和我抱怨说加不上她。"

黎宁突然想起那一串被她忽视的好友申请。

等等，那她在徐时樾眼里，岂不是也是那样的形象？

黎宁仅仅是代入一下，整个人都不好了，立马打消了再申请加好友的念头。

算了，还是别去惹人讨厌了……

黎宁冷静了下来。

就这么怏怏地过了几天，黎宁每天正常上课下课，闲下来的时候埋头画画打发时间。

江远忙着比赛的事情，也没空理她。

这几天宿舍空调温度开得有点低，黎宁早上醒来就觉得有点鼻塞。

好不容易到了周末，室友们都还在睡觉。

黎宁自己爬下床，喝了点热水，没见好转，最后还是决定去校医院买点药吃。

她轻手轻脚地出了门。

走出宿舍楼时，清新湿润的空气扑面而来，让人的心情也无端好了起来。

时间还挺早，黎宁先去吃了个早饭，这才往校医院走去。

拿了药出来后,她想起宿舍里的一些日用品也快用完了,于是又去了趟校园超市。

她提着东西出来时,太阳已经高挂在枝头,温度也渐渐攀升。

幸好黎宁早有准备,她从包里翻出遮阳伞,正准备撑开,突然瞥到林荫道上的两道身影。

其中那道修长清瘦的身影正是……徐时樾。

黎宁撑伞的动作一停,取而代之的是,两个小人在她脑海里打了起来——

"人家连你微信都没通过,意思已经很明显了,就不要去打扰人家了。"一个小人叉腰。

"但也有可能是因为加他的人太多,所以没看见呢!"另一个不甘示弱,"而且现在又遇见了,这简直是天赐的缘分!"

…………

黎宁晃晃脑袋,将脑中的两个小人给甩走。

她抿唇看了一眼徐时樾的背影,准备往宿舍的方向走去,但下一秒,又不争气地掉转了个方向,脚步都带着自己也没察觉到的欢快。

靠近他时,黎宁放缓脚步,深吸一口气,叫了声:"徐时樾!"

女孩的声音悦耳动听,带着股清甜,像是夏日的水果。

前面的两人闻言停下,转过身来,就见身后站了个俏生生的女孩。

女孩手里拎着一袋东西,身上穿着板型宽大的T恤,同样宽松的短裤下是一截笔直白皙的小腿。一头长发松松地绾在脑后,整个人显得休闲又随意。

女孩虽然素面朝天,但依然相当漂亮,阳光下的皮肤白皙通透,眉眼也格外灵动。

黎宁在徐时樾面前站定。

两人之间有一定的身高差。她发现,徐时樾是真的很高,看他都得要仰起脑袋。

眼睛看到他清隽的脸庞,黎宁忍不住又紧张起来,脑子也有点转不动了。

想着他说不定都已经忘了自己是谁,黎宁咽了咽口水,自我介绍道:"那个,我叫黎宁,是江远的——"

"姐姐"这两个字还没说出来,就被他打断。

"嗯,我知道。"他淡淡地说。

他说他知道!那这不就意味着——他还记得她!

意识到这一点后,黎宁瞬间心花怒放,前几天的颓丧直接一扫而空。

"前几天食堂的事,真是不好意思。"黎宁想起来,当面跟他道了个歉。

被阳光剪碎的树影落了面前的少年一身,徐时樾不甚在意地应了句:"没关系。"

话题眼看着就要终结，黎宁想了想，转而说："我前几天加你微信了，但好像没通过……"

　　话一说出来，黎宁才意识到，当面这么问人家，好像是有点尴尬。

　　"……可能是没注意到。"徐时樾沉默两秒，修长的手指挠了下脸。

　　"那要不现在加一个？"黎宁瞄着他手里拿着的手机，大胆地说。

　　反正问都问了，不顺势加个微信岂不是很吃亏？

　　旁边看热闹的男生撞了撞徐时樾的肩膀，笑着撺掇道："你不加我可加了！"

　　黎宁这才注意到旁边的男生。他要比徐时樾矮一头，留着寸头，笑得一脸爽朗，应该和徐时樾是关系不错的朋友。

　　黎宁亮出自己的微信二维码，男生还真掏出手机扫了一下。

　　黎宁通过朋友验证，看到这人叫于凡，数学系的。

　　加完于凡，黎宁又期待地看向徐时樾，细细白白的手指握着手机在他眼前晃了晃。

　　黎宁的眼睛很漂亮，瞳仁浅亮，干净得像玻璃珠子一样，认真盯着别人看的时候，就挺让人招架不住。

　　徐时樾视线不动声色地从她眼睛处移开，最终还是解锁了手机，扫了一下她的二维码。

　　手机"叮咚"一声，弹出那个熟悉头像的验证消息，黎宁立马点击了"同意"。

　　任务完成，黎宁眼睛弯了弯："那就不打扰你们了，有事微信上联系啊！"

　　她挥手和他们告别，像只小蝴蝶一样，脚步轻快地离开了。

　　于凡看了眼黎宁离开的背影，视线又落回徐时樾的脸上，摸了摸下巴道："这大美女谁啊？"

　　徐时樾淡淡地瞥了他一眼："你很闲？"说完抬腿往前走。

　　"急什么？"于凡笑着跟上，"你刚刚干吗打断人家说话？有点不对劲！"

　　于凡和徐时樾算是发小，从小到大都一个学校，关系一直不错。

　　于凡自认为还挺了解徐时樾的。

　　徐时樾这人吧，虽然表面上看起来高冷，实际上确实也挺高冷的……但一般别人找他说话时，他还是挺给人面子，也算是有耐心的。像刚刚，人家小姑娘话还没说完，他就直接给打断了，还真是挺罕见的。

　　"怎么，你是对人家有什么意见吗？"于凡穷追不舍道。

　　徐时樾被他烦到不行，眉眼带着几分不耐烦，总算开口，语气里听不出什么情绪："她是江远的女朋友。"

　　"江远的女朋友啊？"于凡了然。

　　于凡是认识江远的。

　　他们两个和江远都是打竞赛的，又都是松城人，虽然高中没在一个学校，但一起比赛过也算是混了个脸熟。

"那她加你微信干什么？"于凡又问。

"我怎么知道？"徐时樾看着也有点烦。

于凡觉得自己可能办了件坏事，看了一眼徐时樾的面色，试探地开口："你不会还介意黄子豪那事吧？"

徐时樾面色一冷，没说话。

那是很久之前的事了。

徐时樾从小到大都是风云人物，长得帅又成绩好，还会打篮球，在学校一众男生里相当拔尖。

仰慕他的小姑娘可谓是遍及校内校外。

只是这人完全不解风情，面对那些想认识他的小姑娘，要么无视，要么直接拒绝。

其中有一个女孩另辟蹊径，先和徐时樾的一个朋友黄子豪玩到了一起，想通过黄子豪接近徐时樾。

小女生哪懂什么掩饰，很快，这事就被黄子豪发现了。

黄子豪觉得自己被耍了，就跑过来找徐时樾算账。

当时闹得挺难看的，两拨人差点打起来。

全程围观这件事的于凡都忍不住要说一句，徐时樾真的还挺无辜的。徐时樾当时压根儿就没搭理过那女生，也不知道人家想认识他。

反正这件事过后，徐时樾对女孩子就更加敬而远之。

于凡估摸着，这事说不定给他留下了不小的阴影。

"没事，到时候你别理她就是。"于凡拍了拍他的肩膀，安慰道。

"再说吧。"徐时樾没什么表情，心里觉得有点烦，但烦躁之中又夹杂着另一股莫名的情绪。

于凡在心里默默给黎宁点了一支蜡。这姑娘要是真对徐时樾抱有什么不纯洁的心思，那估计要失望了。

黎宁加上徐时樾之后，忍不住激动地在群里号了一声：啊啊啊啊啊，我加上徐时樾了！

苏甜：牛啊！

苏甜：你一大早上专门去堵人家了？

苏甜：佩服！

黎宁：偶遇啊偶遇！

黎宁：这只能说明我们之间相当有缘分！

黎宁：我现在要回来了！

黎宁：要不要带早餐？

室友们：要要要！

三个室友立马开始快乐地在群里点餐。

回到宿舍，黎宁把早饭递给室友们，又重新爬回了床上。

拉上床帘后，黎宁掏出手机，点开微信，嘴角控制不住地往上扬，压都压不住。

黎宁手撑着下巴，盯着徐时樾的头像看了一会儿，决定点进他朋友圈看看。

但由于过于激动和紧张，以至于她的手抖了一下，点了好几下才顺利点进去。

徐时樾的朋友圈并没有设置什么三天或半年可见，就是一个纯开放状态。

黎宁搓搓手，打算仔细研究研究。结果发现，他发的动态并不多，也就一二十条，很快就滑到了底。

一眼望过去，大多数的动态都是转发的一些专业期刊文章。

其中夹杂着一两条节日祝福。

黎宁：……好冷淡！

她不信邪地点进他转发的文章，准备找找共同话题。但很快，她又面无表情地退出来。

很好，完全看不懂。

黎宁脸上显露出无比挫败的表情，跟手机大眼瞪小眼。

这叫人怎么了解啊！

她重新退回两人的聊天界面，最上方他名字那块，竟然变成了"对方正在输入……"

黎宁顿时坐起来，心一下子提了起来，一股热度直冲脸颊。

他要找她？他会说些什么呢？

时间突然变得无比漫长，但其实可能也不过几秒钟，黎宁的手机终于振动了一下。

徐时樾：[？.jpg]

他就发来一个问号。

黎宁也蒙了，手指点开虚拟键盘，想要回复时，眼睛突然瞥见他发来的问号上面还有一行灰色的小字：我拍了拍"徐时樾"。

时间显示为五分钟之前。

黎宁：……救命！

肯定是刚刚她看他朋友圈时不小心点到了。偷窥人家朋友圈也就算了，关键还被抓了个正着……

黎宁简直尴尬得想死，连忙打字找补：擦手机时不小心碰到了……

怕他不信，她又继续解释。

黎宁：真的。

黎宁：这个功能很容易误触。

黎宁：不信的话你拍一拍我！

过了两秒，两人聊天的最新页面重新出现一行灰色的小字："徐时樾"拍了拍我并大喊公主我是你的狗。

黎宁的脑子直接宕机了两秒。她已经完全不记得，自己到底是什么时候设置了这么一个有大病的拍一拍后缀了，再扫一眼上面的聊天记录——

不信的话你拍一拍我。

你拍一拍我。

黎宁愣住。

能不能拍死上一秒的自己啊？

生无可恋了几秒钟，黎宁最终还是硬着头皮缓缓打字：我要是说我不是故意的……

黎宁：你相信吗？

等了几秒，对方没回。

黎宁扔了手机，将脑袋埋进柔软的枕头里，欲哭无泪。

很好，初次微信聊天以失败告终。

黎宁一连两日安静如鸡。

为了不被这段记忆反复鞭笞，她还大手一挥直接清空了上次的聊天记录，生动表演了一番现代版的"掩耳盗铃"，只能每天对着空荡荡的聊天页面长吁短叹。

苏甜从黎宁背后经过好几次，见她趴在桌上，脸颊贴着桌板，整个人蔫蔫地盯着手机。

见她这样子，苏甜一颗贼兮兮的脑袋凑过来："在干吗呢？"一边说着，一边往黎宁的手机上瞄去。

"不是，都加上这么久了，你们还没说上话啊？"苏甜看着空白的聊天记录，表情震惊。

黎宁："……你别跟我提这事！"

"怎么了怎么了？你跟我说说呗。"苏甜朝她挤了挤眼，"我还能帮你参考参考。"

黎宁一想觉得也是。

死马当活马医，她鼓起勇气忍着尴尬把事情和苏甜说了。

苏甜听完，很没良心地直接笑趴在她身上。

见到黎宁眼里飞过来的刀子时，苏甜才止住笑，拍拍她的肩膀安慰道："其实这也没什么，多可爱啊，但只要你自己不尴尬，那么尴尬的就是别人。"

"问题是我现在很尴尬啊。"黎宁简直想哭。

"那你这样想,这才哪儿到哪儿啊,说不定以后还有更尴尬的事呢!"苏甜很认真地安慰道。

黎宁幽怨地看了她一眼,我真是谢谢你啊!

"你这样不行啊,按你这样的进度,猴年马月才能把人追到手啊?"苏甜语气里颇有几分怒其不争的意思在。

"那你说应该怎么办?"黎宁眨巴眨巴眼睛。

苏甜张了张嘴,然后卡壳了。

别看她刚刚说得起劲,其实也是个母胎单身,根本没追过人。

两人默默对视一眼,苏甜挠了挠头。

第二章
大胆追爱
ZHAOMI

周末晚上的宿舍总是格外热闹。

黎宁她们宿舍四人都在,追剧的追剧,敷面膜的敷面膜,各干各的事,偶尔也会聊两句。

黎宁做完专业课的作业后,开始无聊地刷起朋友圈。

朋友圈一点开,最新的一条动态就是江远十分钟前发的一张颓废自拍,并配文:这就是连续熬几个大夜的下场。

照片角度可以说是精挑细选,无比做作。

黎宁只觉得辣眼睛。

为什么朋友圈不开发一个"踩"的功能呢?如果有的话,她一定点爆它!

她接着往下刷。

微信好友大部分都是同学,大家分享的也都是丰富多彩的校园生活,要么是去学校周边玩耍了,九宫格里晒的全是美食美景,要么是各种对学校生活有趣的吐槽。直到看到某一条动态,黎宁的视线突然一顿。

头像和名字都很陌生,黎宁点开聊天记录才想起来,这人是上次加徐时樾微信时,一起加的那个男生。

当时完全忘记备注了。

黎宁顺手把他的备注改为"数学系于凡"之后,立马又退回朋友圈,重新看向他发的那条动态。

数学系于凡：开工！坐等大佬带飞。

下面还配了一张照片。

照片从上往下拍摄了一台打开的笔记本电脑，电脑屏幕里像是在运行着一行行代码。

不过这些都不是重点，重点是笔记本键盘上懒懒搭着的一只手。

冷白、细长、骨感，还带着青筋。

作为一名美术生，对于认真观察过的东西，黎宁的记忆力一向不错。她几乎能肯定，这只手一定是徐时樾的！

怎么有人连手都那么好看啊！

黎宁心脏仿佛也被什么击中了一般，做贼似的立马将照片给保存了下来。

盯着照片看了一会儿，黎宁突然意识到，于凡和徐时樾的关系好像还挺不错的。

想了想，她又点进于凡的朋友圈，想看看里面还有没有关于徐时樾的东西。

于凡发过的朋友圈不算少，黎宁相当有耐心，一条一条地翻看。

也不知道翻了多久，她终于找到了想要的东西。

那是一张合照，看时间是在两年前。

照片拍摄地点是在 CMO（中国数学奥林匹克）闭幕式上，身后是蓝色的背景墙，几个高中少年勾肩搭背，脖子上挂着金牌，个个意气风发。

照片里的徐时樾帅得格外突出。

少年姿态放松地站在中间，线条清晰的下巴微扬，目光随意地看着镜头，眉眼间带着蓬勃的朝气。

黎宁突然想起之前上楼时见到的那几个激动的学妹，当时还觉得她们夸张，现在觉得自己还挺装的。

黎宁指尖触碰了一下照片里徐时樾的脸，像是被触电一般，而后又飞快地缩了回去。

她红着脸将这张照片也保存了下来，私藏在了一个专属相册里面。

就这么看了一会儿，黎宁原本有点死去的心又开始蠢蠢欲动起来。

琢磨了几秒钟，黎宁想到了自己目前在徐时樾那边最大的人脉——江远。

虽于凡看起来和徐时樾关系很好，但她自己和他又不熟，就这么贸然前去的话，还是不太好，还不如和徐时樾是室友关系的江远呢！

因为江远最近忙得要死，两人也有好几天没联系了。

黎宁想了想，先去他朋友圈给他那张颓废自拍礼节性点了个赞后，这才退出找他聊天。

黎宁：在吗？

过了几分钟，他没回，估计还在忙。

黎宁也不急，趁着这段时间思考等下要怎么打探。

过了差不多半个小时，江远终于回复了。

江远：干什么？

黎宁：关心关心你。

黎宁：最近熬夜辛苦了吧？

江远：被盗号了？

江远：我没钱。

不得不说，有些人吧，就真的不能给什么好脸色。

黎宁"嗤"了一声，开始激情打字。

黎宁：人与人之间最基本的信任呢？

黎宁：不是，你的内心怎么能这么阴暗啊！

黎宁：就不能阳光一点？

黎宁越说越觉得痛心疾首，而后开始胡说八道。

黎宁：看看你这个狗脾气，以后怎么能找到女朋友？

黎宁：咱爸咱妈哪年哪月才能抱上孙子孙女？

江远：我要什么女朋友！

过了两秒。

江远：不对。

江远：你在试探什么？

黎宁没想到江远这小子还挺警觉的，但还是装作没听懂的样子，自顾自输出。

黎宁：试探什么！

黎宁：我这纯粹是作为姐姐的担忧好不好？

黎宁：你说你要是以后一把年纪了还是嫁不出去，还要爸妈养你可怎么办啊？他们出门不得招人耻笑？一想到这个，我可真是太惆怅了，唉！

想了想，她又加了一句：不会吧，不会吧，你们宿舍不会就只有你才是单身狗吧？

江远见到她这一堆话，简直给气笑了，他坐直身体，咬牙切齿。

江远：滚啊，我们一宿舍单身狗！

看到这句话，黎宁眨了眨眼睛，脸上露出得逞的笑容。

激将法果然管用，这不就被她套出来了嘛！

黎宁得意地继续：那人家也比你受欢迎多了吧！

江远扯了扯嘴角，冷笑一声。

江远：谁？

江远：徐时樾？

江远：也就那样吧。

江远：跟我比差一点。

黎宁见到徐时樾的名字跳出来，忍不住心头一颤，但接着又看见他后两句……要不要脸啊这人！

黎宁随口说：你是不是嫉妒人家……

等了好几秒，没回复。

黎宁愣住。不是吧！竟然被她猜对了？江远这小子竟然真的暗戳戳地嫉妒徐时樾啊！

黎宁仔细想想，觉得也有迹可循。

虽然不在同一个学校，但高中时江远和徐时樾都在松城，还一起参加过数学竞赛，就是黎宁刚刚保存的照片里的那场CMO，江远当年同样参加了，并获得了保送资格。

这么说说这两人从高中时就认识了吧？然后进入大学，江远更是和徐时樾成为室友。

这缘分也是相当不浅了！

但是，从高中到大学，江远却从没在她面前提起过徐时樾这个人！这不是嫉妒是什么？

要知道江远这人在她面前，向来臭屁又自恋，总是一副老子天下第一的欠揍样子。

估计也是怕自己得知比他更优秀的人之后，他在自己面前就吹不了牛了。

黎宁想想觉得也能理解。

说实话，江远从小到大也算是很优秀的。可惜人外有人，山外有山，碰上了一个更优秀的对手，难免会产生点既生瑜何生亮的嫉妒之心……

毕竟是自己的亲弟弟，黎宁对他也有几分同情，于是安慰了几句。

黎宁：你也别太难过了。

黎宁：人比人，气死人。

黎宁：唉，你还是自己放平心态吧。

江远终于回复，语气里颇有几分恼羞成怒：我嫉妒个鬼！

黎宁：没关系，我懂的。

黎宁打完字，又挑选了"安慰抱抱"的表情包发过去。

结果就看到了对话框出现了一个红色的感叹号。

底下一行灰字格外明显：消息已发出，但被对方拒收了。

黎宁：……怎么还听不得实话啊？

黎宁嘟囔了一句，想了想，从手机通讯录里翻出江远的电话号码，给他拨了个电话过去。

第一个电话，没接。

她又再打。

不知道是第几个的时候，电话终于接通。

"干什么？"江远的语气听着倒还挺平静的。

"你快把我从黑名单里放出去。"黎宁开口。

"没那个心情。"江远依旧是一副欠揍的样子，"现在不想跟你聊，挂了。"

"别别别！"黎宁咬了咬牙，忍痛道，"前几天妈妈给了我一笔零花钱，让我给你分一半，你要不要？"

江远一听，挑了下眉："等着。"随后挂了电话。

黎宁的手机也立马响动一下。

江远：打钱吧。

黎宁捂着心脏，颤抖着手指，给他转了五千块钱过去。

江远秒收款。

江远：才五千？

江远：你是不是私吞了一部分？

私吞了五千的黎宁当然不可能承认：不要的话你还我？

江远：你想得美。

黎宁也不敢再皮，挠了挠脸，慢吞吞地打字：把你的课表发我一份，我对对我们的时间。

从黎宁这里捞到五千块的江远这时心情正好，也变得十分好说话：等着。

没等多久，他就很爽快地甩过来一张截图。

黎宁点开扫了一眼。

她当然不是无缘无故问江远要课表的。

江远和徐时樾是一个班的，专业课都是一起的。唯一有区别的，大概就是一些公共课。

想了想，黎宁决定再套一套江远的话。

黎宁：你公选选的《法学导论》啊？

黎宁：这门课怎么样？

黎宁：我打算换一堂水一点的公选。

铺垫结束，黎宁继续在对话框里打字"你室友他们都选了什么公选，让我也参考一下"，但还没来得及发出去，就见江远那边的消息弹出来。

江远：《法学导论》？

江远：什么玩意儿？

江远：哦。

江远：发错了。

江远：这是徐时樾的课表。

黎宁内心：……你为什么会保存徐时樾的课表？

黎宁忍了忍，终究还是没忍住：还说你没嫉妒人家？

课表都保存了，该不会是在暗中跟人家较劲吧？

江远咬牙：你最好别有什么把柄让我抓到！

这波操作可以说是伤敌一千自损八百，但和拿到徐时樾的课表比起来，又算得了什么呢？这可是徐时樾的课表耶！有这张课表在手，她岂不是能掌握他大部分的动向！然后她找机会多和他偶遇几次，保不准徐时樾哪天就喜欢上她了呢！

沉浸在如此美好的幻想中，黎宁完全将江远的恐吓抛之脑后。

黎宁搓搓手，开始认真研究起这张课表来，顺便又拿出自己的课表来看了看。

仔细对比了一会儿后，她沉默了。

怎么回事啊？为什么他们课表里的上课时间重合率那么高！重合率高也就算了，上课教室还天南地北的！她就算是会飞也飞不过去和他偶遇啊！

黎宁不死心地再看一遍，然后整个人生无可恋地趴下去。

不是吧，连老天都这么为难她，呜呜呜……现在还能不能换课啊？

等等，换课！

黎宁一下子坐起来。

按照他们学校的制度，在开学的前两周内，选修课都是可以通过教务系统自由退换的。

黎宁立马来了精神，赶紧去看两人的选修课。

结果还真让她找着了。

徐时樾周五下午的一门公选《法学导论》刚好和黎宁的时间不冲突。也就是说，她是有机会和徐时樾换到同一门课的！

周五这天下午，黎宁拉着苏甜去蹭课。

至于为什么要蹭课，当然是因为她没能换课成功……

黎宁的微信列表里的好友并不多。和那些一进入大学就野心勃勃想要建立自己人脉的同学不同，黎宁在这方面表现得相当佛系。进入大学以来，列表里新加的大学同学可能都没超过三十个。倒是这几天为了换课，她前前后后加了不少人。

只不过加来的人里面，有一半可能之前听说过她，其实根本没选到《法学导论》，成为好友后，顾左右而言"其他"，一门心思找她聊天。

另一半倒是选上了《法学导论》，但与黎宁自己用来交换的公选时间有冲突。于是也就一直没能换成。

眼看着换课成功的概率渺茫，黎宁其实心里已经没抱太大的希望了。

反正专门去蹭课的话也没什么大问题。

苏甜这天下午也没事情，便陪着她一起，算是给她加油鼓劲。

因为想着专门去偶遇徐时樾，黎宁从上午就开始紧张了。

临出门前，她想起前几次遇见他时，自己的形象都相当潦草，于是这次痛定思痛，特意在宿舍精心打扮了一番。

作为美术生，黎宁的审美毋庸置疑。她穿了一条格纹吊带裙，雨后浓雾般的森林颜色，外搭了件黑色薄纱针织开衫，衬得她手臂纤细，白皙漂亮的锁骨更加明显。

头发也用卷发棒打理了一下，卷成弧度自然的大卷。散下来的一头鬈发乌黑泛有光泽，云朵似的蓬松柔软。

苏甜向来捧场，在一旁直呼简直是仙女下凡，并朝她竖起大拇指："好家伙，你这一走出去，谁看谁不迷糊啊？"

收拾好后，两人拿上东西，直奔教学楼。

因为出门的时间早，她们找到上课的教室时，里面空位还有一大堆。

这是一间能容纳两百人的大教室，坐在后排能将整个教室一览无余。

两人挑了个后排的座位坐下，方便观察情况。

学生们陆陆续续进来，很快教室坐了个半满。

距离上课还有五分钟的时候，黎宁终于见到不疾不徐从前门走进来的徐时樾。

少年模样有些惫懒，从门口斜照进来的夕阳打在他身上，一头蓬松柔软的头发带上了浅金色，像是在发光。简单干净的白色短袖和深色工装裤，愣是被他穿得相当有质感，身材比例极为优越。

几乎是他一出现在门口，教室里就有不少女生的视线或直白或不经意地投过去。

外面似乎有人叫了他一声，徐时樾长腿迈出的步子一停，歪头看向外面，落拓修长的影子被斜阳拉得老长。

两人在门口说了几句话，然后一起走进来，寻了两个教室前排的座位坐下。

后排的苏甜连忙用手肘捅了捅黎宁："喂，来了来了！"

"嗯，我看见了。"黎宁看着徐时樾宽阔又清瘦的背影，紧张地咽了咽口水。

"那你还等什么？快上啊！"苏甜见她半天没动作，催促道。

然而隔着前面一大片座位和乌泱泱的脑袋，黎宁突然开始犯怵。椅子上像是沾了强力502似的，让她半天挪不动屁股。

"我再酝酿酝酿……"黎宁双手抠着桌板。

苏甜恨铁不成钢地看了她一眼。

"啧啧啧，要我说还是太矜持了。"半响，苏甜突然感叹了一句。

被说中心声的黎宁小鸡啄米式点头："是这样的。"

"那你还挺骄傲的？"苏甜很无语，"宁姐，能不能有点危机意识啊？看到没，这已经是第三个了！"

"什么第三个？"黎宁扭头问她。

"第三个过去找徐时樾搭讪的啊！"苏甜用不争气的眼神看她，"不是，你刚刚失明了？"

黎宁肯定是没瞎，只是她刚刚一直把视线定格在徐时樾身上，根本没注意他旁边的情况。

现在经苏甜一提醒，黎宁往旁边一看，果然看到一个女生正在和徐时樾说话。女生清清瘦瘦的，一头黑色直发，长得还挺清纯漂亮。

黎宁一怔，危机感瞬间袭来。

不知道两人说了什么，下一秒，清纯女生神色有些尴尬地离开了。

"啧啧啧，我用脚趾想也知道他俩刚刚说了什么。"苏甜模样自信地说。

黎宁虚心请教。

苏甜晃了晃脑袋，笃定道："还能有什么啊？肯定是那女生问旁边座位有没有人，然后徐时樾说有人呗，再不然就是要微信……"

说到最后，她都忍不住笑起来。

黎宁感觉胸口中了一箭，她突然就想起自己第一次问徐时樾加微信时候的情景。

当时自己紧张得没注意，现在回味过来，她才发现，那可能是一种婉拒的意思……

"追男人这么扭扭捏捏，这得猴年马月才能追上啊！"苏甜侃侃而谈，"咱们学校的女生还是太傲气了。"

苏甜的话也没错，能进入他们学校的女生都挺优秀的，大多数潜意识里还是等着男生来追的那种，像这种主动凑上去的女生已经算是大胆的了。

苏甜的话多少也刺激到了黎宁。

黎宁终于下定了决心，抓起自己的包站起来，像一个即将冲锋陷阵的勇士：

"我去了。"

苏甜一手握拳,弯曲手肘,给她比了个加油的手势。

黎宁深吸一口气,沿着阶梯过道往前走。

她路过一排又一排暗黄色的木质排椅,离徐时樾的背影也越来越近。

"跟你坐在一起可太有压力了!"贺子超叹了一口气。

从他们一坐下来开始,就有三个美女过来找徐时樾搭讪了,她们像是达成什么共识一样,纷纷忽视了他的存在。

徐时樾旁边不能坐,他旁边能坐啊。

徐时樾的微信加不上,他的微信随便加啊。

为什么都看不到他啊?

徐时樾靠在椅子上,长腿敞着随意支在桌下,嘴角一勾,语气散漫:"那你现在换个座还来得及。"

"算了算了。"贺子超摆摆手。

两人正说着话,就见又有人过来了。

贺子超随意扫过去一眼,就见到一位乌发雪肤的大美女,眼睛都要看直了。

可惜这样的大美人估计也躲不过被拒绝的命运。

不知道她是来问座还是要微信呢?

贺子超暗自猜测着,然后就见大美女直接坐了下来。

贺子超:牛啊!

徐时樾此时正垂头回消息,修长的手指在虚拟键盘上划动时,就听见身旁的座椅被放下。

余光扫见一角晃动的裙摆摩擦过一小截纤细白皙的小腿,然后安静地垂落。

空气中似乎混了一抹甜香。

徐时樾手指一顿,头也不抬:"抱歉,旁边有人了。"

话落,却不见对方有动作。

他抬起头一看,撞见一双水润清亮的眼睛。

徐时樾的视线一顿。

上课铃声适时响了起来。

黎宁眨了下眼,眼神湿漉漉的,像是森林深处无害的小鹿。

然后这只漂亮的小鹿开口了:"你说什么?"

徐时樾一怔。

他淡淡地收回视线:"没什么。"宽阔的后背往木头椅背上一靠,一副不打算继续说话的样子。

贺子超在另一边看得直拍大腿。

这大美女厉害啊,这是直接撑回来了?

贺子超又瞥了一眼将长腿往里收了收的徐时樾,怎么觉得大佬突然带上了一点儿正襟危坐的意味?

黎宁要是知道贺子超内心的想法,绝对要大呼冤枉。

她真没有撑人的意思,而且刚刚也是真没听清徐时樾说的话。

从最后排坚持走到这里,几乎是每走一步,黎宁的勇气就消耗一点,走到他旁边时,早就消耗殆尽了,坐下来时都是强撑着最后一口气,简直紧张得快要窒息了。

提前几分钟进来坐在讲台上的老师也站了起来,老师拧好茶杯的盖子,拿起话筒准备开始上课。

黎宁努力平复着自己的心情,但喜欢的人就坐在身边,两人之间的距离不过一个手臂,她的鼻尖充斥着他身上的气息,冷冽又清新。

心情完全平静不下来。

黎宁败下阵来,自暴自弃起来。

她将包塞到桌洞里,在座位上坐好,悄悄往他那边看。

只见他唇线微抿,目光平视着前方,侧脸线条干净利落,脖颈修长,喉结锋利冒着尖,正漫不经心地听着课,脸上表情淡淡。

黎宁心中一颤,做贼似的收回视线。

她就这么混混沌沌地听完了一节课。

课间时,黎宁鼓起勇气和徐时樾搭话。

她偏头看向他,努力表现出一副自来熟的样子,道:"徐时樾,好巧啊,没想到你也上这门课啊?"

可能是出于礼貌,他目光淡淡地看了她一眼,点头:"嗯。"

黎宁一愣,要不换个话题吧。

"对了,有个事我还得谢谢你。"黎宁认真地说。

徐时樾侧头看她,没搭腔,示意她继续说。

"就是咱们第一次见面的时候,不知道你还记不记得。"黎宁看着他,不知道是不是错觉,在他沉静的双眸里,好像划过了一丝波澜。

"在四教的楼梯上,当时幸亏你在楼梯上扶了我一把,不然我肯定摔下去了。"黎宁继续说,嘴角漾开一个笑容,"真是谢谢你啊。"

"不客气。"他淡淡地应了声。

黎宁无奈。

好冷淡啊,这要怎么聊啊!

黎宁看着他冷淡的侧脸,败下阵来。

算了。

反正也不是第一次知道这人冷淡。

黎宁反而觉得徐时樾这种冷冷淡淡的性格还挺带劲的,可能她就喜欢不怎么搭理她的人吧。

人吧,有时候也是挺贱的。

黎宁苦中作乐地安慰自己。

正准备再寻找话题时,另一边的贺子超忍不住插话了:"哇,你们在聊什么聊得这么高兴啊?"

黎宁一怔。

徐时樾无语。

你哪只眼睛看到我们聊得很高兴了啊?

贺子超向来脸皮厚,面不改色地和黎宁搭话:"同学,你哪个系的啊?你和徐时樾认识啊?"

徐时樾冷冷地朝他看一眼。

贺子超没注意到徐时樾的眼神,整个人半趴在桌子上,探着脑袋和黎宁聊天,中间隔着徐时樾。

"都上这门课不如加个微信吧,以后要是有小组作业什么的,还可以一起组个队。"贺子超又说,顺便用手肘捅了捅徐时樾,"对吧,徐时樾?"

徐时樾扯了扯嘴角,没说话。

黎宁听着眼前一亮,点头:"好啊!"

于是两人隔着徐时樾,交换了一下微信。

一截细白的手腕从徐时樾眼前一闪而过,徐时樾听着旁边微信扫码成功的清脆提示音,眉眼垂下去。

只有他自己知道,心里突然升起一丝微妙的不爽。

察觉到这一点后,徐时樾越发烦躁。

好在上课铃重新响起,身旁的两人终于安静下来。

一堂课很快结束。

见旁边的徐时樾站了起来,黎宁犹豫了一下,主动开口叫他:"徐时樾,要不要一起去吃饭呀?"

"抱歉,我还有事。"徐时樾瞥了她一眼,淡淡地开口。

意料之中的答案,但她还是不免有些失望。

徐时樾看到她脸上失落的表情,解释了一句:"是真的有事。"

说完，他眉心猛地一跳，意识到了不妥。

黎宁原本耷拉着的眉眼立马扬了起来，一双眼睛亮得惊人——他这是……在跟自己解释吗？

"那你先去忙吧！"黎宁连忙说，脸上露出浅浅的笑意，整个人像是在发光。

徐时樾抿了抿唇，没再多说什么，点了点下巴，便大步离开了。

黎宁盯着他挺拔利落的背影，不禁在原地露出傻笑。也不知道为什么，就莫名其妙有点开心。

扔在桌上的手机适时响了两下，黎宁这才回过神来，捞起手机一看。

苏甜：*我猜你还没走。*

苏甜：*楼下等你。*

苏甜：*有个大惊喜哦！*

黎宁：*马上就来！*

黎宁快速回完消息，赶紧收拾好东西，蹦蹦跳跳地下楼。

教学楼下。

苏甜正站在树底下和一个男生聊着天。

事情还得回到十分钟前。

苏甜坐在后排玩了两个小时的手机，玩得那叫一个腰酸背痛，听到下课铃响了，正准备叫黎宁一起去吃饭，结果往前面一看，见她正和徐时樾说着话。

苏甜瞬间心领神会，自己一个人先溜了。没想到出教室门的时候，她竟然碰到了高中时候的同学辛明杰。

两个人虽然在同一个大学，但不是同一个专业，平时也没什么机会见到。既然现在碰见了，自然得聊上几句。这不聊还好，一聊才发现，辛明杰刚刚竟然也是上的这门公选课。

想起黎宁这几天为换课奔走的样子，苏甜想了想，便试探性地问了下他："你周二下午有没有课啊？"

"周二下午？应该是没课。"辛明杰想了想说。

苏甜一听，连忙道："是这样的，我室友想用周二下午的公选课换《法学导论》这门课，但找了好久都没找到时间合适愿意换的人，你要是方便的话，介不介意帮个忙？"

辛明杰对换不换课其实没什么所谓，见苏甜都开口了，也没拒绝："行啊，你室友选的哪门？"

"好像是《西方音乐鉴赏》。"苏甜想了想立马回答。

"你确定？"辛明杰一副见了鬼的表情，"这门课不是号称公选第一吗？

挺多人想抢都抢不到啊,她就这么随随便便交换了?"

"那也要看跟什么比啊?"苏甜耸耸肩。

她往教学楼那边看了一眼,正好看见孤身一人下来的徐时樾。一想便知黎宁没有约人成功,她立马低头给黎宁发消息。

等了一会儿,黎宁终于下来了,苏甜打住和辛明杰聊天的话头:"哎,她来了。"

辛明杰顺着苏甜招手的方向一看,瞬间一愣。

此时正值黄昏,云朵被染成层层叠叠的橘黄色,整所学校像是被浸泡在晶莹剔透的玻璃杯装着的啤酒里,目之所及全是微醺的橘。

黎宁就这样踩着落日余晖朝他们走来,裙摆飞扬,整个人闪闪发光。

"那、那就是你室友啊?"辛明杰说话都有点结巴了。

苏甜看他这样子,心下了然,用手拍了拍他的肩膀:"别想了,知道她为什么要换课吗?"

"为什么?"

"为了追人啊。"

听见这话,辛明杰的脸一下子就垮下来。

见他一副大受打击的样子,苏甜很不走心地安慰了句:"但你也别灰心,你努努力,以后也不是没有机会的。"

辛明杰:"呵呵。"

两人说话时,黎宁已经走了过来。

见到苏甜旁边站着的一个笑得过分热情的男生,黎宁有些疑惑。

苏甜赶紧给两人介绍了一下。

黎宁得知辛明杰愿意和自己交换公选课,不由得面露惊喜。

"那我们先加个微信吧,到时候聊起来也方便。"辛明杰提议。

"好啊,好啊。"黎宁点头。

徐时樾的确没骗黎宁,他是真的有事。

这段时间,于凡拉他一起做项目,两人约了今天上完课碰一下。

他们约的地方就在附近教学楼的公共讨论区。

徐时樾到的时候,于凡已经来了有一会儿了,此时正双手撑着栏杆,站在窗前悠闲放风。

徐时樾在他座位旁边找了个座,拉开椅子懒散坐下,将包随手一放,抽出里面的电脑开机。

"来了?"于凡伸了个懒腰,正要过来时,眼睛却不经意间瞥见楼下林荫路上的某处。

他视线随之一顿，脸上露出意味深长的表情。

"徐时樾，你看楼下那是不是江远的女朋友？"

徐时樾没搭理他。

于凡也没太在意，趴在窗沿继续津津有味地看着下面。

"哎，我觉得你可以放心了，这姑娘上次加你微信不一定是真的对你有意思。"于凡贱贱地说。

话音刚落，于凡就看到徐时樾的衣角，也不知道这人什么时候默不作声地走了过来。

于凡扭头一看，只见他侧脸线条有些紧绷，薄薄的眼皮往下垂，黑沉的双眸里看不出什么情绪。

楼下的林荫路旁，站着正在说话的三个人。

其中最惹眼的无疑是那个黑色鬈发女孩。她整个人沐浴在夕阳里，头发好似波光粼粼的湖面，金灿灿地闪着光。

她对面则站着一个高高瘦瘦的男生，目光直勾勾地看着她。

不知道说了什么，只见两人手机凑近。

很明显的加微信的动作。

加完微信，三人一边说话，一边往食堂和宿舍的方向走去。

男生特意走到了黎宁旁边，眼神时不时往她那边飘，不知道说了什么俏皮话，逗得两个女生花枝乱颤。

"这位妹妹的微信可真好加。"于凡感叹。

徐时樾脑子里蓦地浮现刚才在公选课上，她和贺子超加微信的那一幕，眸色微微一沉。

"可能就是比较开朗热情吧。"于凡又说。

徐时樾又想起课间她和自己打招呼的样子。

大概她对谁都是这样吧，只是单纯和人打招呼，并没有什么特殊的意味。

徐时樾眉眼垂下。

"不过她加了我微信后，怎么也不找我聊天？"于凡语带遗憾，"也是，她有男朋友。"

徐时樾转过身，瞥了他一眼："你哪儿来那么多话？"

"不是，你烦个什么劲？"于凡看过来。

徐时樾没理他。

周五的晚上似乎总是格外快乐。

黎宁洗完澡吹完头发，一边玩手机，一边和室友们插科打诨聊天到深夜，三个室友才陆陆续续爬上床准备睡觉。

黎宁熄了宿舍里的大灯，拧开自己桌前的一盏暖黄色的小台灯。

她没上床睡觉，而是坐回了自己的桌前。虽然她现在确实有点困了。

她已经约好了等会儿和辛明杰换课，她怕自己一沾上床，会不小心睡过去，只好坐在椅子上熬着。

周围一片黑暗，黎宁忍不住打了个哈欠，突然听见苏甜的声音从头顶响起：

"哎呀，差点忘了！今天下午公选课时，我还拍了张黎宁和徐时樾的照片！"

黎宁一听，原本的睡意立即消散了个干净。

还没等她开口，李晓佳就笑出声："笑死，这你也能忘？"

"我记性不好嘛！"苏甜嘿嘿一笑，"还是刚刚翻相册准备发朋友圈才想起的。"

"快发给我，发给我！"黎宁赶忙道。

"好嘞，等着。"苏甜很好说话。

"你们别私聊，发群里呗，给我们也看看啊！"曾琪强烈要求。

"好好好，我跟你们说，这照片绝了！"

三人的手机提示音同时响起。

黎宁点开宿舍群，见到一张照片弹跳出来。

因为距离远加放大的关系，照片不算很清晰，还带着些黑色的模糊噪点。

可正是这模糊的像素，反而让这张照片更有氛围感。

照片拍的是他们两人说话的时候，徐时樾略微偏头，黎宁则微仰着脸和他对视。

两人的侧脸显得无比美好。

黎宁的视线不由得落在照片里的徐时樾身上。

不知道是不是错觉，她总感觉照片里的他，虽然依旧一副冷冷淡淡的样子，但眼神看上去莫名有几分温柔。

黎宁忍不住嘴角一弯，内心一阵小鹿乱撞。

"苏甜，这么会拍，你不要命了！"李晓佳开口就是一个大烂梗。

"真不愧是校草啊！"

"和黎宁好配。呜呜呜，这对CP我先嗑为敬！"

"这照片发到某抖上不得爆啊！"

"爆不爆的先另说，倒是那群看小说的闻着味就来了。"

…………

三个室友对着照片大吹特吹，聊了半天才发现黎宁一直没说话。

"宁姐,你说句话啊?怎么,害羞了?"李晓佳促狭道。
"还用想吗,在底下偷着乐呢!"苏甜一唱一和。
黎宁闻言咳嗽了一声,矜持道:"没有好吧,我很平静的!"
"嘴硬的人追不到男朋友哦。"曾琪补刀。
黎宁无语。

打趣了黎宁几句后,几个室友困意袭来,渐渐睡去,整个宿舍也归于平静。
黎宁静悄悄地去阳台洗了把脸。
夜已经很深了,对面宿舍楼只亮着零星几盏灯。
整个校园都蛰伏在黑暗里,只有小径上的路灯发着微弱的光。
呼吸了一口凉爽的夜风,黎宁瞬间清醒了几分,掏出手机看了眼时间,凌晨三点半,快到约定好的换课时间了。
辛明杰那边也在等着,给她发了个消息提醒:时间快到了哦!
说起来,黎宁和辛明杰约在深更半夜换课,也是有缘由的。
开学前两周的选课属于最后一轮选课,不需要再抽签,而是哪门课有空位就直接选。
黎宁和辛明杰所拥有的公选课都是满位的,需要有人先退选,才有空位出来。
这个空位并不能指定,大家都可以抢。所以经常会出现,两个人约好换课,结果刚退选原来的课,那门课立马就被其他人秒选了。
所以吸取教训,大家都会约定一个特殊的时间点,同时退换选。
一般这个时间都集中在深夜。
当然,深夜也不是万无一失的,据说有一些缺德鬼,会在深夜里专门蹲守截和……
想到这里,黎宁突然又紧张起来。
回复了辛明杰的消息后,她重新坐回电脑前。
四周一片黑暗,电脑屏幕正是已经登录好的教务系统,刺眼的白光映照在黎宁有些不安的脸庞上。
黎宁一只手紧紧握着鼠标,双眼认真地盯着时间,整个人紧张得直打战。
当年高考都没现在这么紧张。
时间终于跳到了 3 点 42 分 01 秒,她操作着鼠标,一鼓作气先退掉自己的《西方音乐鉴赏》,接着又快速刷新页面。
紧张又期待中,她终于看见《法学导论》出现了空位,想也不想地疯狂点击了好几下。
等到提示选课成功时,她才意识到自己刚刚竟然一直屏着呼吸,肺部难受得快要炸掉，直至终于尘埃落定了才重新开始呼吸。

辛明杰的消息适时弹出来：选上了没？

黎宁抖着手回复：嗯。

黎宁：你呢？

辛明杰：也选上了。

辛明杰内心其实还有点遗憾。他刚刚在退完课后，特意等了一会儿没动，想着最好能被人截和，正好让黎宁欠他一个人情，之后也能顺理成章有故事发生。

辛明杰对黎宁挺有好感的，属于一见钟情的那种。虽然听苏甜说黎宁有喜欢的人了，但辛明杰觉得自己也还不错，从小到大不说校草，至少当个班草还是挺稳的。

而且黎宁这边不也没追上嘛，他也不算是小三吧？

然而等了一分钟，《西方音乐鉴赏》这门课愣是没人选……

不是说好的有人蹲着捡漏吗？

再等下去就有点刻意了，辛明杰只能吐血把课选上了。

黎宁并不知道辛明杰的内心活动，她现在正激动着，奈何室友们都睡了，也没法跟人说。

环顾一圈后，她选择登录很久没上的微博号了一句。

但这会儿夜深了，微博上也没什么人和她聊。

黎宁轻手轻脚地爬上床，内心还是有些平静不下来。

她翻出手机，打开微信，点开徐时樾的头像，跟个傻子似的笑了一会儿，有点想给他发消息，但又觉得不太好。

最后还是作罢。

想退出时，她又瞥见江远的头像，于是她点开和他的对话框，打字：啊啊啊啊啊啊！

发完之后，她终于舒服了。

于是，黎宁直接扔了手机闭上眼睛睡觉。

已经睡着的江远蓦地被微信接连的提示音给吵醒。

他眯着眼睛点开手机，见黎宁发过来一长串"啊啊啊"后，无语地骂了句神经病。

因为半夜被吵醒，江远后半夜一直没睡好，早上起来时，眼下顶着两个明显的黑眼圈。

刷牙洗脸的时候，江远越想越气，干脆将手机放在洗漱台前，给黎宁打了个视频过去。

这会儿时间还早，早晨八点多，外面树林和空气中还笼罩着清晨的雾气。

周末本来就不用上课，黎宁又睡得晚，这会儿正睡得香呢，就被恼人的视频铃声给吵醒了。

她想也不想就直接挂掉。

江远锲而不舍，继续打。

黎宁不堪其扰，终于接通了视频，勉强睁开眼睛看向手机屏幕，连骂人都没力气。

然而就在视频接通的那一秒，江远正埋下头洗脸，屏幕下半段是他埋下去的黑乎乎的脑袋。

而在他背后，一道高挺清冷的身影正走过去。

对方似是刚洗完头的样子，白色的毛巾搭在肩上，一头黑发湿漉漉的。白色短袖往上捋成了无袖的样子，露在外面的胳膊覆着一层薄薄的肌肉。

他边走，边扯过毛巾，动作随意地擦了两下头发。

明明也没多露什么，但就有一股荷尔蒙扑面而来，简直要溢出屏幕来。

黎宁一下子就清醒了过来。

她眼睛微微睁大正打算细瞧，就见江远突然直起了身，将镜头给挡了个严严实实。

画面里出现他放大的，还没来得及擦干水珠的脸。

对比就还挺惨烈的。

江远对此一无所知，见她那边背景昏暗，半边脸还陷在柔软的枕头里，一看就知道还没起床。

江远终于爽了，脸上露出了一抹恶劣的笑容：" 哟，还睡着呢？那我就放心了。"

然后，他也不等黎宁有所反应，就干脆利落地掐断了视频。

看着被挂断的视频，黎宁眨了下眼。

她瞬间就不困了，也没空去计较江远这种无比幼稚的报复行为，她现在满脑子都是徐时樾刚刚走过去的那一幕，与平时的高不可攀形成强烈的反差。

方才的徐时樾竟有几分让人脸红心跳的男友感。

相当勾人。

甚至让人无端升起一个很恶劣的念头——

好想看他坠落。

想要亲手将他拉下神坛。

同她一起跌入凡尘。

这样的念头太过变态，黎宁整个人在床上扭成一团麻花，眼尾也因为激动泛出泪光。

怎么会有人，什么也不做，只是站在那儿，就能把人给蛊疯掉啊？

黎宁将整张脸都埋进被子里，直到脸憋得通红，快要窒息时，她才掀开被子透气。

她呆愣愣地看了头顶上的床帘一会儿，突然坐起来，意识到自己简直错过了一个亿。

她竟然完全忘记了江远还有大用处。

江远和徐时樾可是同一个宿舍的室友啊！

要论一个大学生在学校和谁待得最久，同一个宿舍的室友肯定是绕不开的，毕竟光是睡觉和上课的时间都快占据每天的三分之二了呢。而方才在江远视频里出现的徐时樾更是直接打通了黎宁的任督二脉。

她一下子精神起来，无比感动地给江远发了条消息。

黎宁：你可真是个大好人！

黎宁：[比心.jpg]

江远到了教室才看手机，见到这两条相当无厘头的消息，冷笑一声，骂了句神经。

江远：你阴阳怪气的功力又见涨了。

黎宁没理会江远的讽刺，她越琢磨越觉得和江远视频，简直是个稳赚不赔的买卖。运气好点的话，说不定能像今天早上这样，见到徐时樾在宿舍里不一样的一面。

那简直就是天降福利，对她的眼睛相当友好。

再不济，她每天通过视频出现在他们的宿舍里，她长得又不丑，怎么样都能让人对她印象更深刻吧？

然后等时机一到，她再主动一追，岂不是事半功倍，手到擒来！

黎宁美滋滋地畅想着未来，连带着看江远也越来越顺眼。

估摸着白天大家有可能不待在宿舍，黎宁特意等到了晚上。匆匆吃过外卖后，她便迫不及待地给江远发消息。

黎宁：在哪儿呢？

隔了好一会儿，他才回复：宿舍。

黎宁一看，正合她意，立马来了劲，打字道：好无聊，视频吗？

江远：在忙。

江远：没空和你聊天。

黎宁：不聊天，就视频。

江远：行。

一回复完，他就弹了个视频过来。

黎宁没马上接通，而是先抓起桌上的小镜子照了照自己的脸。

幸亏这几天考虑到可能不知道什么时候就会偶遇徐时樾，黎宁不再犯懒，每天兢兢业业打扮自己，力求时时刻刻都是最好的状态。

她仔仔细细在镜子前检查了一番，确定没什么不妥后，才找好角度接通了视频。

姐弟俩虽然平日里互撑得很起劲，但感情其实挺不错的。

小时候的江远性格和现在相差还蛮大的，特别胆小还爱哭，总是寸步不离地跟在黎宁后面，为此没少被别的小孩嘲笑。

黎宁也不知道他怎么就长成了现在这副自恋的模样。

他们小学五年级的时候，江柏青和黎艳离婚，姐弟俩就此分开。

黎宁被黎艳带去完全陌生的南城，除了要适应新学校和新同学，每天晚上还要接听江远哭唧唧打来的电话。

江柏青和黎艳两人工作都忙，黎宁和江远大多数时候都是一个人待在家里。

虽然隔着几千公里，也不耽误两个小孩互相陪伴。

两人刚开始是打电话聊天，后来被准许玩电脑后，就开始视频聊天。

大多数时候也没那么多话聊，两人就在镜头前各干各的事，抬眼的时候能看到镜头里的对方就行。

这个习惯就一直延续了下来。

像高中那会儿，就经常是江远在桌前埋头解着奥数题，黎宁则在手机的另一边专心画画。

去年大一的时候，因为分属两个不同的校区，有时无聊时，两人也视频过。那时候，黎宁都是埋头干自己的事，视线极少往屏幕里的江远那边扫，对他宿舍那边是什么情况压根儿就不关心……

手机屏幕里出现江远的脸。

看得出来他这几天挺忙，和早上相比，脸肉眼可见的疲惫。

头发像稻草一样乱糟糟的，视频接通后，他对着镜头抓了几下头发，正要把手机架在桌上时，视线瞥到画面里的黎宁，蓦地一顿。

"你这是什么打扮啊？"江远脸上表情跟见了鬼似的。

只见画面里的黎宁面若桃花，眼含秋水，连头发丝都带着精致。不知道的人乍一看，还以为是娱乐圈里哪个漂亮的女明星。

作为亲姐弟，黎宁过往在江远面前向来没有什么形象，聊视频时大多数时候也不修边幅，头发不梳脸不洗是常事。

洗个脸都已经是对他最大的尊重了。

乍一看她这么精致漂亮，他真是相当不习惯。

"我平时出门就这样啊。"黎宁忽视他脸上的表情，装傻，"你忙你自己的。"

反正她也不是为了看他。

江远吐槽了两句，也没再多想，戴上耳机，随手将手机搁到面前，镜头对准自己后，继续埋头手上的事。

就这么写了一会儿程序，江远总感觉有一道令人发毛的视线盯着他。

敲代码的手一顿，江远不经意地抬眸一看，就见手机屏幕里的黎宁正直勾勾地盯着他看。

江远一怔。

魂都快吓没了好吗？

"你看我干吗？"江远狠狠皱了下眉。

"……我看你有没有认真学习。"黎宁心虚胡扯。

江远一脸"你没事吧"的表情。

黎宁不自然地摸了摸自己的鼻子，眼睛垂下去，假装自己在忙。

好吧，偷窥男生宿舍什么的……听上去确实也挺变态的。

但喜欢这件事哪能控制得住啊。

呃，好像有点歧义，是喜欢徐时樾，不是喜欢偷窥男生宿舍……

而且她也并没有偷窥成功。

江远的手机放得离他自己很近，画面基本上被他一个人给占据了，只有边缘处的缝隙得以窥见他们宿舍的一角。

黎宁想了想，开口问江远："咱俩视频不会影响你室友吧？"

住在宿舍和住在家里不同，做什么事都不能只顾自己，得多考虑其他室友的感受，否则很容易出现宿舍矛盾。

女孩子们心思更加细腻敏感，更需要注意。

因为考虑会和江远视频，虽然室友们没提，但黎宁大一的时候就主动买了个帘子，能把床下的桌子给罩住，就算是视频的时候也不会影响其他室友在宿舍里自由走动。

刚刚接通江远的视频前，她就已经把帘子给拉上了，但江远他们男生宿舍好像并不在意这个。

"宿舍里就我一个。"江远头也不抬地应了句。

竟然都没回来，那刚刚真是白忙活了！

黎宁热情消退下来，终于开始忙活自己的事，只是时不时往手机里瞄上一眼。

一连几天视频下来,也不是没有收获。

虽然在和江远的视频聊天中,徐时樾也就出现过寥寥几次,甚至严格来说并不能算见到。

徐时樾每天都挺晚回宿舍,有时候黎宁和江远通话结束了都不见他回来。偶尔的两次,还是听到视频那边有人喊他。

黎宁猛然抬头,却根本不见他人,只听到他低沉悦耳的声音。

黎宁发现徐时樾的人缘是真的好,时不时就有别的宿舍的男生风风火火地过来找他。

——"樾哥呢?樾哥在吗?"

——"我大佬呢?"

——"徐时樾回来了吗?十万火急啊!"

…………

每次黎宁都假装低头认真忙自己的事,实则竖着耳朵听他们在说什么,心里面有种隐秘的欢喜,好像无形之中又更加了解他一些了。

除了视频,黎宁还无师自通,每天有空的时候就穿得花枝招展地去找江远吃午饭或者晚饭,基本上都是挑在他们专业课上完后,再顺便偶遇徐时樾。

但基本上都没能说上话。

徐时樾身边总是或多或少围着几个人,她再胆大也不敢当着这么多人的面单独和他说话,更何况还有江远在。

黎宁目前是打算瞒着江远的。

毕竟江远这人心眼奇小,又暗戳戳嫉妒徐时樾,要是被他知道了,黎宁怕他会坏了自己的好事。

比如在徐时樾面前掀她老底,破坏她形象这些……

江远这人是绝对干得出来的。

因为频繁找他视频和找他吃饭,江远也不是没有怀疑过黎宁的居心。

但黎宁早已准备好了说辞:"还不是因为你每天在朋友圈里卖惨,妈妈要我多关心关心你。"成功堵住了江远的嘴。

这天下课,黎宁又跑去江远他们院楼那边报到。

等了一会儿,她终于看见有人下来了。

黎宁一眼就看到了徐时樾。

他走在几个男生中间,挺拔利落,垂着脑袋听旁边人说话,表情带着几分漫不经心,似是察觉到了什么,抬起眼皮朝黎宁的方向扫过来。

两人的视线蓦地在空中撞上，带着些黎宁捉摸不透的意味。

黎宁心中一动，终于鼓起勇气想走过去打个招呼，但肩膀被人一撞，身后传来江远的声音："走吧。"

黎宁无奈。

两人一起离开，丝毫没注意到身后的一群学霸理工男快羡慕哭了的眼神。

徐时樾和一个相熟的同学继续往前走。

同学看着江远的背影，突然想起什么，笑着说："我前两天去你宿舍找你没找到，你最近忙什么呢，都这么晚才回去啊？"

"是有点事。"徐时樾扯了扯嘴角。

男生对此似乎很有兴趣，追着问了几句，随后想起什么，笑得一脸促狭："其实你晚点回去挺好的，不用吃狗粮。"

男生啧啧感叹了两句："江远和他女朋友也太黏糊了，不仅经常来咱们院楼底下秀恩爱，还每天晚上都视频，我去你们宿舍时都撞见好几次了！"

"嗯。"

徐时樾沉默了几秒，才应了一声，似乎对这个话题不感兴趣。

但男生显然兴致十分高昂，他拉着徐时樾继续这个话题："不过说起来，江远也太能藏了吧，怎么平时也不见他在朋友圈发女朋友照片啊？"

说起这个，男生越发来劲。

江远的朋友圈一路刷下来全是他自己的自拍照。

同为男生，并且出于某些不可说的嫉妒心理，他们相当嫌弃，也就看脸的女生们吃这套。

如果说江远长得帅且爱发自己的帅照只让周围的男生们小小嫉妒了一下，那么得知他有一个仙女般的女朋友后，他们简直嫉妒得快要质壁分离了。

反正经姚俊飞热心科普后，不少男生都知道江远有个贼漂亮的女朋友。

这两天暗戳戳溜达去他们宿舍的男生可不少。

不过这些没怎么接触过女孩子的腼腆理科男，最多也只敢悄悄看一眼黎宁，上前和她说话是万万不敢的！

男生津津有味地和徐时樾说着这些事，没注意到对方眼底的一丝不耐烦。

"抱歉，我还有点事。"过了一会儿，一直没怎么搭腔的徐时樾开口。

男生连忙点头："哦哦哦，那你去忙吧。"

看着徐时樾离开的背影，男生摸摸后脑勺。

怎么感觉大佬好像有点不高兴啊？

应该是错觉吧。

黎宁还不知道自己在计算机实验班男生那边掀起了小小的波澜。

不过她的刷脸任务却被迫停滞下来，因为江远去校外打比赛了，一连几天都不在学校。

黎宁也没借口总往计算机系院楼那边跑了。

这天中午吃完饭后，黎宁和室友们一起回宿舍。

爬楼时，几人有一搭没一搭地聊着天。

李晓佳走在前头，一边玩手机，一边闷头往上爬，同时还不忘和黎宁她们唠几句，结果不小心踩到前面一个女生的鞋子。

"哎呀，抱歉抱歉。"李晓佳收了手机，赶忙道歉道。

被踩的是个腼腆的小学妹，小声说了句："没关系。"说完快速穿好被踩掉跟的鞋子，加快脚步，红着耳朵离开了。

走在后面的苏甜几个笑得不行，吐槽道："看把人家小学妹给吓得！"

李晓佳也无语地叹了一口气。

"你在和谁发消息啊？上课和吃饭时就没见你停过。"曾琪八卦地问。

"前几天遇见个很可爱的小学弟，正和他聊着呢。"李晓佳脸上不禁露出荡漾的笑容。

"有多可爱？"苏甜也凑过来，"长啥样啊，有照片没？"

李晓佳想了想，说："朋友圈里好像有，你等等，我找下。"

很快，李晓佳便翻出学弟的朋友圈，点开他相册里的照片给她们看。

"这成年了吗？"

"你竟然好这一口？"

"怎么，你想追人家啊？"

"去去去，"李晓佳收回手机，"追不追的多俗气啊，先在微信里多聊聊天呗。"

"收着点吧你，可别把人家吓跑了。"

"我稳着呢！"

黎宁听着，脸上若有所思。

自从上次微信尬聊之后，黎宁多多少少患上了一点PTSD（创伤后应激障碍），这些天也没太敢在微信上找他说话，最多也就借公选课的时候，当面和他聊几句，问的也是课上老师有没有布置什么作业，以及课上讲的是哪个案例这样。

徐时樾每次的回复都淡淡的，没有要和她多聊的意思。

现在看到李晓佳勾搭学弟的聊天记录，黎宁觉得自己可真是太含蓄了。

但这也正常，黎宁向来不太会和异性聊天。

她唯一的和同龄异性聊天的经验都来自于江远。

但她用脚想也知道，弟弟和暗恋对象肯定是不一样啊。

黎宁抱着学习的态度去请教了一番李晓佳。

李晓佳也不藏私，十分大方地拿着自己和学弟的聊天记录当案例，给黎宁讲了好大一堆追人要领。

黎宁听得云里雾里，最后总结出两点——

勇敢大胆追爱。

没话题也要主动找话题。

黎宁表示学到了。

于是在李晓佳的殷切鼓励下，黎宁开始勇敢地给徐时樾发微信。

早安、晚安这种问候每日必打卡。

嘘寒问暖也必不可少。

黎宁现在每天除了打开微信，就数看天气预报看得最勤快了，经常看完就找借口给徐时樾发消息。

黎宁：明天好像要下雨哎，记得带伞哦！

又或者——

黎宁：明天降温了，多穿点衣服！

徐时樾一开始还会回个谢谢。

后来她发得多了，他也不太回复了。

黎宁越发消息越没有底，又跑去请教李晓佳。

李晓佳看了下黎宁的聊天记录，摸了摸下巴道："看来他是冰山型的。"

说完，她拍了拍黎宁的肩膀："没事，你继续坚持！像这种冰山一般都是外冷内热型的，前期一般比较难攻略，一旦你追上了，他绝对会对你死心塌地，为你死都愿意！"

"啊？倒也不需要这么严重。"黎宁挠挠脸。

"反正你继续就是了！"李晓佳分析得头头是道，"你看，他也没明确说过让你别发了对吧？这说明什么，不拒绝就是默许，他摆明了就是希望你继续骚扰，呃……不是，继续关心他！"

"闷骚是这样的。"李晓佳信誓旦旦。

黎宁连连点头："行，那我听你的。"

于是，黎宁又继续在微信上说自己的单口相声。

一开始，她还有些忐忑，后来越发越多，脸皮也渐渐厚了，甚至开始随意发挥起来——

在网上看见好笑的视频和帖子，她一键分享给徐时樾，并附言：**快看这个，**

好好笑啊哈哈哈哈哈！

在食堂吃到难吃的菜，她给他发条消息：二食堂的糖醋排骨太难吃了，千万别去吃。

就连随手拍的有趣的校园照片，她也会发给他看。

就算没回应，一个人也自嗨得不行。

第三章
明明有男朋友
ZHAOMI

秋分过后,天气渐渐转凉,白昼也开始变短。

夜晚的篮球场热闹非凡。

暖黄色探照灯将红绿相间的地板照得明亮,一群挥汗如雨的身影在球场上尽情奔跑,篮球拍打在地面的声音,以及运动鞋摩擦的声音不绝于耳。

即使站在场外,也能感受到场内的热情。

一场酣畅淋漓的球赛结束,于凡渴得要命,气喘吁吁地跑下场,抓起一瓶水拧开盖子就对着嘴往下灌,喝了大半瓶才终于解了渴。

他用手背擦了擦嘴,将水瓶拧好,俯身去拿手机看有没有什么错过的消息。

徐时樾的手机就扔在他旁边,这时刚好有消息进来。

于凡往他屏幕那边瞄了一眼。

哦吼。

有点眼熟的头像。

那不是江远的那个大美人女朋友吗?她给徐时樾发消息做什么?

于凡内心八卦的小火苗一下子就冒了起来。

他不由得看向还在球场上的徐时樾。

该说不说,徐时樾这小子真是有一副好皮相,身姿挺拔高大,眉眼英挺,自带一股矜贵冷淡的气质,相当勾引女生。

学习好也就算了,运动方面也有天赋。

同样的篮球服，穿在他身上就是有种不一样的气质。

这会儿刚打完球，他出了一身臭汗，反而荷尔蒙爆棚，只见他一只手拎着球，一手去摘头上被汗水浸湿的发带，和另一个男生走过来，硬是把旁边单拎出来还不错的男生，衬得像根黑色烧火棍似的。

围栏外有不少女生在偷偷拍照。其中一个女生被朋友推了几下，终于红着脸跑过去给他送水，然后被他神情冷淡地拒绝了。

于凡看得发笑，这才是自己认识的徐时樾啊。

徐时樾人高腿长，没几步就走到了于凡旁边，敞开腿坐下了。

于凡给他抛过去一瓶水，顺嘴提了句："刚刚你的手机响了。"

徐时樾"嗯"了一声，先仰头灌了几口水，才拿起手机。

于凡在一旁悄悄地观察他的反应，只见他长手一伸，拿起手机解锁，屏幕白光映照在他英俊的脸庞上，让他的表情也显得有几分模糊。

于凡不错过他脸上一丝一毫的反应。

但可能是徐时樾太会装，他愣是没看出点什么。

于凡一颗心像是被爪子挠似的难受，贼心不死，直接去偷瞄他的屏幕。

徐时樾似有察觉，修长的手指一动，直接锁了屏幕，然后冷冷地瞥了他一眼。

于凡一愣。

"别藏了，我看到了。"于凡不怕死地说。

徐时樾扯了扯嘴角："所以呢？"

"她这绝对是在撩你！"于凡激动地道，"不是的话，我头砍下来给你当球踢！"

刚刚徐时樾动作太快，于凡其实也没太看清，但那一行又一行的聊天气泡于凡可是看得清清楚楚。

于凡虽然没吃过猪肉，但也见过猪跑。

平白无故给异性发这么多消息，说没点别的心思谁信啊？

他就说，当初第一次见面时，他就发觉了黎宁这姑娘看向徐时樾的眼神有点不清白。

这下可算被他逮到了吧！

徐时樾听着于凡的分析，没搭腔。

"她可是有男朋友的啊，这是在干什么？趁江远不在，勾搭你？"于凡大惊失色，"你可千万别做错事啊！"

徐时樾猛地站起来，语气有点烦："我这不是没回复她吗？"说完，又一手拎起自己的东西，"回去了。"

于凡咽下口中的那句"那你可以直接删了她微信啊"，手忙脚乱地抓起自己的东西跟上。

看着自己的好兄弟，于凡想说些什么，但又不知道该怎么说，把自己憋得够呛。

走了一段路后，于凡扫了眼他们走的方向，疑惑地道："你不是回宿舍吗？怎么往校外走？"

"我这段时间住校外。"徐时樾漫不经心地应了声。

在接受燕大的保送之后，徐时樾的爸妈怕他住校不习惯就给他在学校附近准备了一套房子，他有时来不及回宿舍，就会住那边。

于凡盯着他的背影，挠挠头，总觉得哪里不对劲。

天色已晚，校园里的路灯一盏盏亮了起来。

路上不时有学生或单独或结伴经过。

黎宁和室友们白天出去玩了，晚上才打车回来。

几人沿着校园大道说说笑笑。

徐时樾朝校外走的时候，就碰见了她们一行人。

可能是分处道路两边，徐时樾又站在树下的阴影里，黎宁并没发现他。

徐时樾的视线朝她看过去。

只见她手里拿着一杯奶茶，在昏黄的路灯下一边走一边蹦蹦跳跳地踩着影子玩，既生动又活泼。

徐时樾往前走了一段距离后，还能听到她和室友们聊天时欢快的声音。

直到走出校门，路过一家奶茶店时，徐时樾停住了脚步。

他蓦地想起她不久前给自己发的微信——

那是一张手举奶茶的照片。

照片的中心是一杯奶茶，但她握着奶茶的手似乎更抢镜。

手指白皙纤瘦，指甲干净莹润泛着粉色的光泽。

想了想，徐时樾走到奶茶店前。

营业员目露惊艳地看着他，语气有些羞涩地问："请问要喝点什么？"

徐时樾报出来黎宁喝的那杯奶茶的名字。

奶茶拿到手后，他尝了一口。

真是相当甜得慌。

翌日清早。

沉睡一晚的城市渐渐苏醒，树木还倔强地未褪去绿意，鸟雀扑棱着翅膀鸣叫一声，迎接崭新的一天。

徐时樾位于学校北门外的住宅大门被拍得震天响。

被吵醒的徐时樾带着几分起床气去开门，神情困倦。

门一拉开，他先看到于凡眼底两个巨大的黑眼圈。

于凡见到徐时樾时，嘴唇嗫嚅了一下，随后重重地叹了一口气："兄弟，都是我害了你啊！"

他一边说一边差点儿跪下了。

徐时樾被他这番操作一下子弄清醒了，嘴角忍不住狠狠抽动了一下："你是不是有病？"

于凡昨晚回到宿舍后，辗转反侧了一宿，真是愁到睡不着觉。

他是万万没想到，类似的事竟然还能再次上演。

徐时樾难道是什么绝世男狐狸精转世吗？怎么还专门勾引别人家的女朋友啊！

最重要的是今时不同往日。

当年那会儿还是初中，一群小屁孩闹得再凶也不过只是打一架。

现在上大学了，报复人的手段可太多了。千万不要低估了男人对这种事情的容忍度和小心眼。更何况，徐时樾和江远还是同一个宿舍的室友！

室友意味着什么？

于凡脑子里不受控制地想起了上网时刷到的各种室友纠纷案。

万一江远因为被绿恼羞成怒了怎么办？

于凡已经想到了自己以后给徐时樾收尸时的痛苦心情了。

难怪徐时樾最近都不住宿舍了，搬到校外来了。

唉，想必也是有此考虑吧。

再退一步说，就算江远没那么极端，说不定也会有其他的报复手段。

比如曝光黎宁和徐时樾的行为，并把他们挂到网上……

徐时樾虽然无辜，到时候被人指着鼻子骂也是少不了的。

…………

想到各种各样的可能性，于凡简直要愁死了，于是一大早就过来找徐时樾了。

"这事也怪我，如果当初不是我怂恿你加她微信，也不会给她可乘之机！"于凡想起黎宁那天要微信的事，悔不当初。

都怪他凑热闹嘴贱多管闲事。

这下好了，把他兄弟给害了！

徐时樾打了个哈欠，不太想理他，直接转身走到客厅的沙发前，整个人没骨头似的倒下去，顺便拿了个抱枕盖住脸。

于凡也跟着进来，在他旁边找了个位置坐下，继续喋喋不休地出主意。

"这事吧，虽然说肯定有你的一部分责任，但也不是主要责任。"于凡给他分析，"怪也只怪你长了这样一副相貌，啧啧，看来长得太帅也不一定是件好事啊。

"但怎么说呢，这事你算是受害方，只要你把持住自己，别和黎宁有太多牵扯就行，像微信什么的，该删就赶紧删掉。"

于凡说得口干舌燥，顺手从茶几上拿了个橘子剥来吃。

徐时樾只感觉有一只蚊子一直在自己耳边"嗡嗡嗡"地叫。

烦人得紧。

他本来就没睡够，简直越听越烦，于是拽下脸上的枕头，面无表情地回了句："那我要是把持不住呢？"

于凡正要往嘴里塞的橘子"咚"地掉到地上。

于凡一双眼睛瞬间瞪得像铜铃，连舌头也捋不直了，半晌才找回自己的声音："……真的假的？"

"假的。"徐时樾动弹了一下，慢吞吞地直起身。

于凡悬着的心刚落了下来，就听见他又懒洋洋地说："怎么着也要等分手后吧。"

不是，哥你还挺幽默的。

"这玩笑一点都不好笑。"于凡干巴巴地笑了两声。

徐时樾就这么盯着他没说话，目光坦坦荡荡。

好像在说，喜欢就喜欢了，也没什么不敢承认的。

于凡："……不是吧。"

竟然来真的啊！

于凡整个人都混乱了，像是被雷劈了一样。

虽然很不愿意接受这个事实，但仔细一琢磨，他发现只要自己一旦接受这个设定，之前觉得违和的地方通通都有了合理的解释！

比如徐时樾这人一向洁身自好，从小到大往上扑的女生真的不少，但只要他不想和人扯上关系，那是半点可能都不会有的。

微信根本加不上的。

哪里还轮得到他劝啊。

像这种还不舍得删人家微信的，摆明了早就对人家有意思。

于凡不由得冷笑一声，又想起之前自己在他面前提黎宁是江远女朋友时，徐时樾脸臭的表情。

"呵，我说你怎么突然搬到外面住了，原来是见不得人家小情侣恩恩爱爱视频呢！"于凡恍然。

徐时樾的脸一黑，随手捞了一个抱枕朝他砸过去。

于凡接住抱枕，止不住地叹气："真没想到，你终究还是走上了这条路……"

徐时樾无语。

这天晚上，黎宁照常给徐时樾发日常问候。

李晓佳从她背后路过，瞥了一眼，"啧"了一声："都这么多天了，你怎么还在表演单口相声啊！"

黎宁用脑袋轻撞桌子，语气很无奈："我也不想啊，可是他不理我啊！"

"竟然这么能忍？"李晓佳有些震惊，"他不会把你屏蔽了吧？"

黎宁：……扎心了姐妹。

"你这样不行，你要么主动出击一把。"李晓佳献计，"要么晾他一阵子，看他什么反应。但以我的经验，我还是建议你直接冲，问他为什么不理你。"

"行，我考虑考虑。"黎宁点头。

礼尚往来，黎宁也关心了一番李晓佳那边的情况："你和那个小学弟怎么样了啊？"

李晓佳闻言自信一笑："放心，很顺利，我估计他过几天就要跟我告白了。"

听见这个，曾琪和苏甜也一下子凑了过来："真的假的？"

看着三张好奇的脸，李晓佳倾诉欲一下子就上来了："啧啧啧，你们三个怎么回事，脱单这事看来还是得我给你们打个样！想不想听我怎么撩人的？"

三颗脑袋齐齐点头。

李晓佳满意了，继续说："其实这事吧，还是挺简单的，撩人最重要的是什么，没错，就一个'撩'字，所以在聊天中，一定要时刻展现自己的魅力，让男人对你欲罢不能……"

李晓佳侃侃而谈。

其他三人坐在小板凳上认真听课，顺便殷勤地递水递零食递纸巾。

"反正大概就是这些了，你们也多学着点。"

黎宁听得满脸羡慕。

看看李晓佳的进度，再看看自己的，对比可真是太惨烈了。

想了想，她决定听从李晓佳的建议，点开和徐时樾的对话框，根据李晓佳的原话改了改，给他发了几条消息。

黎宁：怎么回事啊哥哥？

黎宁：都不理人家。

黎宁：非要让妹妹今天晚上想你想得睡不着是吧？

黎宁：[流泪猫猫.jpg]

发完之后，黎宁羞耻地将手机扔到一旁，心脏怦怦地跳，既害怕他回，又怕他不回，整个人焦虑得要死，只好和室友们聊天来转移自己的注意力。

李晓佳刚刚给室友们上了一堂课，这会儿自信心爆棚，又去找小学弟聊天。

因为对方迟迟不表白，李晓佳决定下点猛料。

李晓佳：我刚刚去了一趟超市。
李晓佳：买了一瓶油回来。
李晓佳：你知道是什么油吗？
李晓佳：是 I love you。
等了一会儿，没见回。
李晓佳：怎么不回我了？
李晓佳：是不是被姐给迷倒了？
小学弟：哈哈哈。
李晓佳：上次你不是跟我说想要一个温暖的家吗？
李晓佳：这下好了。
李晓佳：你的佳来了。
李晓佳发完自信一笑，自己暗示得这么明显，学弟应该知道该怎么做了吧？
现在学弟应该琢磨着给自己表白了吧。
但等了十分钟，对方还没回复。
李晓佳微笑，不急，表白肯定得多酝酿酝酿。
她还顺便和几个室友自信地说："我觉得小学弟很快就要跟我表白了！"
三个人又跑来围观。
又等了十分钟。
还是没有动静。
"他好慢啊！"曾琪幽幽地道。
"没事，我催催他。"李晓佳说。
于是，她挑选了个表情包发过去。
然后，她们四人看见了表情包左边出现了一个鲜红的感叹号。
底下还有一行灰色的小字：xx 开启了朋友验证，你还不是他（她）朋友。请先发送好友验证请求，对方验证通过后，才能聊天。
其他三人一愣。
李晓佳干笑一声："哈哈哈，他肯定是在跟我开玩笑呢。"
说着，她立马重新发送了朋友验证。
但很快遭到了小学弟的拒绝，并附言：学姐，我想我们不合适，还是不要再联系了。
其他三人又是一怔。
她们拍了拍李晓佳的肩膀："节哀吧。"
李晓佳挣扎："不可能啊！我不信！"
其他三人心情复杂地回了自己的座位上。
黎宁被这个转折弄得有点蒙，怎么也想不明白，李晓佳和小学弟突然就结

束了。

　　她的眼睛瞥到自己放在桌上的手机,心里突然一"咯噔"。

　　徐时樾正盯着黎宁半个小时前发来的微信看,表情略有些复杂。
　　和黎宁之前发来的消息不同,这几条就是很明显的暧昧了。
　　受于凡今天一整天叨叨的影响,徐时樾这会儿脑子也不太清醒。
　　以至于,他都想直接和她摊牌了。
　　现在到底是个什么意思。
　　明明还有男朋友。
　　他修长的手指移动到虚拟键盘上,正准备打字时,对面一连弹出几条消息。
　　黎宁:呜呜呜呜呜,对不起,不好意思发错人了!
　　黎宁:能不能当没看见?
　　黎宁:求求了。
　　徐时樾深吸一口气。
　　他给于凡发了条消息:我微信看起来和江远很像?
　　于凡回得很快:你别说,还真有点像。
　　徐时樾的脸顿时黑了。

　　"这很明显就是一招以退为进!"第二天,于凡还信誓旦旦地给徐时樾分析,"先频繁给你带点暧昧的消息,见你不回,又故意说自己发错人了,既保持了自己的体面,又能激起你作为男人的胜负欲!"
　　"真是妙啊,"于凡边走边感叹,"她简直不要太会!"
　　天阴沉沉的,像是在酝酿一场大雨。
　　空气很闷,校园大道的路面也显得灰扑扑的一片。
　　徐时樾的眉眼间带着几分躁郁:"你就不能闭嘴安静一会儿?"
　　"看吧看吧,"于凡跳起来,"你现在这样子,明显就是已经上钩了!"
　　"你能不能别随意揣测别人?"徐时樾手指捏了捏眉心,"万一她真的只是发错人了呢?你不也说我微信看上去和江远的有点像。"
　　于凡深深地看了他一眼:"那你是想要她发错人,还是没发错人?"
　　徐时樾不说话了。
　　"而且怎么可能会发错人?"于凡思路相当清晰,"还能发错那么多条?"于凡越说越激动,"再说男朋友不回自己的信息,哪个女朋友会这么淡定啊?早就闹分手了吧?所以,这很明显就是一个相当拙劣的谎言!"
　　徐时樾一怔。
　　"完了完了,我看你是逃不出她的手掌心了。"于凡叹了口气,愁得要死。
　　"兄弟,要不你还是换个人喜欢吧?咱们学校漂亮又单身的妹子还是很多的，像什么外院、中文系、美……"想起黎宁就是美院的，于凡把这两个字吞回去，"再不行隔壁学校的妹子也行啊，真没必要吊死在这一棵树上。"

而且很明显还是一棵歪脖子树。

黎宁漂亮归漂亮，但她有男朋友啊！

在于凡看来，黎宁简直就是一个段位相当高的"海王"，明显已经把徐时樾当成鱼在养了。

这都还没怎么出手呢，自己兄弟都快被她钓成翘嘴了……

再这么继续下去那还得了？

等到下一次她再勾勾手，徐时樾岂不是直接原地当小三去了？

"就算你以后真和她在一起了，你在江远面前也抬不起头来的。"于凡苦口婆心地劝他。

徐时樾："……再说吧。"

于凡一脸蒙。

"再说吧"是什么意思？

眼见着好兄弟即将踩入惊天巨坑，于凡可谓是操碎了心。

正好这几天天闷得厉害，该下的雨迟迟下不下来，于凡便约徐时樾一起去游泳。

一来，可以在水里放松放松。

二来嘛，于凡有自己的小心思。

学校游泳池里的美女一向很多，而且游泳吧，一般都穿得比较清凉。

水波荡漾，俊男美女，又是在氛围感不错的泳池里。

万一和哪个美女看对眼了，他也算是功德一件，拯救兄弟于苦海了！

燕大的室内游泳池很大，水质清澈干净。

平时过来游泳的学生很多。

男更衣室里。

于凡一边套着泳帽，一边等着徐时樾换衣服。

因为是于凡自己约的，他出宿舍门前就骚气地穿好了紧身泳裤，然后套了件外套就出门了，这会儿只需要把外套一脱，直接就能下水。

不像徐时樾，他还专门去宿舍拿了泳衣泳裤过来换。

见徐时樾换好了泳裤，又抓了件黑色泳衣往头上套，于凡"啧"了一声："你也太保守了吧，还穿什么泳衣啊，直接光着呗！"

徐时樾没理他，动作没停。

徐时樾穿好泳衣，套好泳帽后，朝他一偏头："走吧。"

于凡跟上，看着走在自己前面的人，觉得自己刚刚的话肤浅了。

前面穿着一套黑色泳衣泳裤的徐时樾身材匀称,肩宽腿长。

他上半身的泳衣材质极好,是略有些贴身的长袖,流畅利落的肩背线条一览无余,纹理清晰,穿上比不穿更加欲盖弥彰,任谁也不会怀疑他泳衣底下的一副好身材。

泳裤的长度则是到大腿中部,往下的腿部肌肉线条紧实,让他整个人显得很有力量感,但又不会过分壮实。

于凡看着自己特意没穿上衣而露出的腹肌,突然觉得不香了。

早知道他也带件泳衣了!

游泳池里。

黎宁和苏甜正一边玩水一边聊天。

燕大对于体育有一项规定,要想毕业的话,必须在游泳池里游过五十米。

这可难倒了不少旱鸭子。

黎宁是会游泳的,但苏甜不会,且苏甜这学期还没抢到游泳课,只能自己来泳池练练。

黎宁闲着也是闲着,便陪她一起过来,正好教教她怎么在水里换气。

两人练了一会儿颇有成效,这会儿正坐在浅水区的池边休息聊天。

"你怎么样啊?"苏甜喘了一口气,朝黎宁挑了挑眉,"还有去找那谁聊天吗?"

黎宁一听就苦了脸,吐槽道:"我哪敢啊!"

上次给他发了消息后,意料之中地,没有收到任何回复。

因为有李晓佳失败的例子在前,部分师从李晓佳的黎宁也不知道自己到底是幸运还是不幸了。

总之,她现在单口相声也不敢发了,就怕他也像李晓佳的小学弟那样,直接把她给删了。

她还偷摸打开了好多次转账页面,反复确认自己还在不在他的好友列表里……想想就觉得好心酸。

"没删你说明还是有希望的。"苏甜安慰她,突然眼睛看向某个方向,激动道,"咦,你看那个是不是徐时樾?"

黎宁立马扭头:"哪儿呢哪儿呢?"

她顺着苏甜手指的方向一看,果然看见了那个熟悉又高大的身影。

只见他面容冷峻,站在泳池边活动了一下手脚,和旁边的人说了几句话,然后便戴上泳镜,纵身一跃跳进了泳池里。

他应该是有学过的,入水的动作很专业又干净利落,澄蓝透亮的水面溅起了一团白色水花,人已经像条鱼似的快速游了出去。

"天啦，帅啊！"苏甜忍不住站起来感叹，"这是什么泳姿啊，我也想学！"

"自由泳啊。"黎宁回答她，目光却一直追在泳池里。

"我要学这个！"苏甜不自量力道。

"你还是先把蛙泳学好吧。"黎宁劝她。

苏甜挣扎："我觉得我已经会蛙泳了啊！"

"想听实话吗？"黎宁扭过头来，慢吞吞地开口，戳破她不切实际的幻想，"你现在的泳姿，最多被尊称为狗刨式。"

苏甜委屈。

"我生气了。"苏甜愤愤地道，"你还是快去找你的徐时樾吧！"

黎宁眼睛一亮："真的可以吗？"

"你就等着我这句话吧！"苏甜已经看清她了，朝她挥了挥手，"快去吧快去吧！"

"那你自己小心点啊！"黎宁不放心地嘱咐了一遍，"别去深水区。"

"知道了，知道了！"苏甜点头。

反正泳池那么多人，还有安全员，也不会出什么事。黎宁从池边站起来，迈着小碎步朝徐时樾所在的深水区走去。

黎宁来到徐时樾跳入的那条泳道，往池中看了一眼，见他正在往回游。

心脏如小鹿般乱撞，黎宁先在池边坐下，将双腿伸进水中等他，心里止不住地想着，等会儿要说些什么才好。

眼看着他离自己越来越近，黎宁也越来越紧张，水下的脚尖都忍不住绷直了。

近了近了。

黎宁屏住呼吸，然后就看到徐时樾一个下潜，长腿一蹬池壁，整个人流线般地又朝对面游了出去。

黎宁无语。

会水下掉头了不起哦！

人又游走了，黎宁只好继续等。

然后她发现，徐时樾的体力是真的好。

她都已经快要数不清他已经游了几个来回了。

黎宁在池边等得无聊，忍不住下水玩了一会儿。

不愧是深水区，水挺深的，她根本就踩不到底，只能在边缘游了游，然后又重新坐了回去。

原本紧张的心情早已消磨殆尽。

她开始变得相当平静。

徐时樾游了几圈过后，终于耗尽了体力，决定休息一会儿。

在接近池壁时，他停了下来，浮在水中，一只骨节分明的手搭上池边，另一只手去摘泳镜。

结果泳镜一摘下来，他就猝不及防对上了一张明媚清丽的脸。

那张他即使游了一千米，却依旧时不时浮现在脑海中的脸庞。

黎宁也猝不及防，不知道他突然就停了下来。

两人视线在空中相撞，黎宁脑子一片空白，下意识地挥了挥手，打了个招呼："嗨！"

徐时樾搭在池岸的手一滑，整个人沉入水底。

黎宁一愣，以为他游了这么久体力不支溺水了，想也不想跟着"扑通"一声跳下去。

一下水，黎宁就睁开眼朝徐时樾的方向游去，只见他正沉在水里，头一偏，同样朝她看过来。

黎宁赶紧游过去拉他，但对方不太配合。

水下说不了话，也明白不了对方的意思，两人在水底纠缠了几秒，黎宁只记得自己终于抓住了他，然后被带着一起浮出了水面。

于凡正在浅水区这边玩。

原因无他，一般女孩子都在浅水区这边，只有徐时樾这种不解风情的，才会一来就奔去深水区。

于凡在这边孔雀开屏似的花样展示了一番自己的泳姿之后，终于想起了徐时樾。

他觉得，还是得把徐时樾叫过来。

他刚刚已经看到好多个漂亮小姐姐了。

这么一想，于凡朝徐时樾的方向看过去。

不看还好，这一看，他直接瞪大了眼睛——

他就说来游泳池没来错吧！

这不，这才多久啊，徐时樾都已经和女孩子抱上了！

浮出水面的那一瞬间，大片的水花从头顶冲刷下来，黎宁下意识地闭上了眼睛。

再次睁开眼时，她撞上了另一双黑白分明的干净眸子，在泳池明亮闪烁又动荡的波光中，犹如一块沉在水底的璀璨的黑色宝石。

两人之间的距离拉得很近，湿热的呼吸交缠。

黎宁这才发现，自己的双手不知何时竟然圈在了他的脖子上，手臂紧贴着他脖颈两侧的皮肤，似乎能感受到底下动脉血管中汩汩流动着的血液。

徐时樾同样蒙住，双眼不设防地看向她。

黎宁的皮肤很白，因为刚从水里出来，脸上还有透明水珠滚落，更显得脸颊水润透亮。

她的眉毛和睫毛都湿漉漉的，包括眼神也是。

既无辜，又清纯。

徐时樾匆匆别开脸，移开视线，有点想往后退，结果又发现，水底下，她的双腿正缠着自己。

夜晚的游泳馆池水带了些许凉意，两人贴在一起的皮肤更显得温热。

徐时樾太阳穴狠狠一跳，喉结滚了滚，声音像是在压抑着什么："能先放开我吗？"

黎宁终于反应过来，脸颊随之爆红，松开双手："抱歉抱歉！"手指不小心碰到他的手臂，清晰地感觉到他的肌肉好像跳动了一下。

手感真是，相当不错。

徐时樾在两人分开之后，迫不及待地往后退了一些，将他们之间的距离拉开，仿佛黎宁是什么洪水猛兽一般。

黎宁只见他双手撑住池壁，动作很利落地就上了岸。

一大片水珠顺着他身体线条往下流，从宽挺的后背到肌理分明的长腿。

"先走了，你游吧。"他丢下一句话就要走。

黎宁傻眼了。

他人都走了，她还在这儿游个什么劲儿啊！

于是，她想也不想地追了过去。

于凡一直在围观徐时樾那边的情况。

因为隔了一段距离，再加上那个女孩子正好背对着他，于凡也没看清是谁。

只见原本抱着的两人突然分开，徐时樾径直上了岸。

于凡懊恼地拍了下水面，简直是恨铁不成钢。

是不是男人啊，竟然就这么丢下人家女孩子走了？这也太不怜香惜玉了吧！

好在那个女孩也紧跟着上了岸。

女孩穿了件款式简单耐看的蓝紫色运动连体泳衣，背心样式，露出漂亮的手臂和肩颈线条。

下半身是超短裙设计，稍稍遮到大腿根部，站起来腰细腿长，一双笔直白皙的大长腿格外显眼。

于凡不由得感叹，真是旱的旱死涝的涝死。自己在这边苦苦寻觅，徐时樾这小子什么都不用干，就有大美女主动凑过去！

于凡暗暗嫉妒了两秒，正要移开视线，突然又动作一顿。

他不信邪地眯着眼看过去——

不是吧！

那大美女是黎宁啊!

于凡真是服了。

到底是什么孽缘啊?这也能碰上?

眼看着黎宁追过去了,于凡立马急了。他叫徐时樾来游泳,可不是为了撮合徐时樾和黎宁啊!

于凡想也不想也要追过去,心里想着,有自己这个第三人在场,想必黎宁不敢那么过分吧!

他人现在正好在泳池中央,于是一边往岸边游,一边喊了几声:"喂,徐时樾,等等我!"

同一时刻,苏甜也在水里游着玩,听见于凡喊徐时樾,便也顺着他视线的方向看过去。

这一看,苏甜正好看见走在前头的徐时樾和追在他背后的黎宁。

苏甜一下子就精神了。

这明显就是要单独相处的节奏啊!

再一看在泳池里喊徐时樾的这个男生,苏甜眼里露出嫌弃的目光。

这男的一看就是个电灯泡。

作为一个好室友,苏甜觉得自己有义务为自己的室友创造无人打扰的追人机会!

想了想,苏甜义不容辞,决定拖住这个男生。

"喂,同学!"她喊了于凡一声。

于凡此时满心满脑想的都是自己势必要阻止徐时樾和黎宁这两人畸形的爱情,压根儿就没听到有人叫他。

苏甜心一横,一个猛子扎进水里,狗刨式奋力朝于凡游过去。

眼看着越来越近了,苏甜直接手一抓,好像拽住了什么布料。

因为想叫住抓着的人,她手也下意识扯了扯。

这布料弹力还挺大,一下子就从她手中溜走了。

还在往前游着的于凡感觉有人好像拽了拽他的泳裤,但还没等他停下来,他就感觉什么崩开掉了,原本被泳裤紧紧包裹着的屁股和大腿蓦地一松。

水的压力瞬间涌过来,屁股也感觉凉飕飕的很自由。

他不由得停下来,和一个女孩子四目相对。

而在他们中间的水面上,突然浮上来一块于凡无比眼熟的黑色布料。

看着还蛮像他的泳裤的。

等等,他的泳裤?

于凡一愣。

苏甜也一愣。

另一边。

徐时樾人高腿长,很快就跨过浸脚池,进入了男更衣室。

黎宁只好止住脚步,去了女更衣室,准备去游泳馆门外堵他。

因为害怕他会先离开,黎宁只随便在淋浴区冲了冲,泳衣都没来得及换,直接套了件外套就出去了。

去到外面时,黎宁并没看见有人在,也不知道他是走了还是没走。想了想,黎宁干脆站在游泳馆大门外等着。

此时已经是晚上八点多了,天空黑压压的一片。

放眼望去,远处的宿舍楼灯火通明,一扇扇窗户放射出温暖又让人安心的光芒。

一盏盏路灯以灯泡做画笔,仔细描摹着面前的小路。

天气好像变得更加闷热了。

黎宁用手理了理自己半湿的头发。

徐时樾走出来的时候,就见到这样的一幕。

身材纤细的少女正仰着脸看着天空,漂亮精致的脸庞被暖黄色的路灯照得发亮。

她身上穿着一件宽大的外套,笔直修长又白皙的腿露在外面,脚底下踩着一双拖鞋,脚踝纤细,连脚趾头也圆润可爱。

似是察觉到旁人的注视,黎宁扭头看过来。

看见徐时樾时,她的眼睛瞬间亮了起来,比夜空中最亮的星星还要耀眼。

"徐时樾!"她唤了他一声。

徐时樾看着明显在等着自己的黎宁,脸上浮现出一抹认命的表情,还真被于凡给猜中了,自己好像真的被她给缠上了。

她可真是锲而不舍。

之前于凡问他,到底是希望她发错人还是没发错人。

那时他没有回答。

也不好回答。

徐时樾隐隐感觉有什么东西早晚要失控。

本来不应该有的念头越发冒头。

他敛下眼底翻腾的情绪,沉默地朝她走过去。

黎宁站在原地没动,静静地等着他走过来,高大的身影将她罩住。

一时间,两人都没说话。

黎宁仰头,视线一寸寸地往上挪,依次看过他凸起的喉结,干净硬朗的下巴,再到嘴唇和鼻子。

他的眼睛,她没敢看,而是又低下头去,脚尖蹭了蹭地面,鼓起勇气开口:"徐时樾,你是不是在躲着我啊?"

她给他发微信他不回,还有刚刚在泳池他丢下她就走。

明摆着不想和她扯上什么关系。

徐时樾无奈。

她为什么能理直气壮地问出这个问题?

为什么躲你你不知道吗?

徐时樾抿了抿唇,深深地看了她一眼,往后一靠,开口道:"黎宁,你现在究竟是什么意思?"

明明有男朋友,还来招惹他?

他话音刚落,黑压压的天际处突然出现一道蜿蜒的闪电,犹如一条破空而出的银龙,明亮又刺眼。

压抑了好几天的惊雷终于降下,"轰隆"一声炸开。

黎宁心脏猛地一跳,也不知道是被惊雷,还是被他刚刚说的话给吓到了。

闪电和雷声接踵而至。

明明灭灭的光线照耀着徐时樾的脸。

黎宁觑眼看他,他薄薄的眼皮垂下来,表情里带着几分冷淡疏离。

"我,"黎宁张了张嘴,"我可不可以——"

又是一道惊雷下来,黎宁突然就闪了舌头:"可不可以和你做朋友?"

暴雨无情地冲刷着整座校园,哗啦啦的雨声响彻云霄。

曾琪将阳台门关紧,看着外面夜空里的狂风暴雨,感叹了一句:"我的妈呀,这么大的雨!"

回来时,她经过黎宁和苏甜,好奇地问了句:"你们两个怎么回事?从游泳馆回来后怎么都一副魂被吸走了的样子?"

黎宁"啊"了一声,看向曾琪。黎宁挠了挠自己的脸,慢吞吞地说:"我感觉我刚刚好像错过了一个机会。"

"什么什么?"曾琪感兴趣地问。

黎宁想了想,把刚才在游泳馆的事情和她们说了。

"唉,我当时就觉得我要是告白的话,肯定会被拒绝。"黎宁挠挠头,"而且那时候又打雷又闪电的,天打雷劈的也不适合表白啊,然后我脑子一抽就说想和他做朋友……"

"天打雷劈,哈哈哈哈哈!"李晓佳躺在床上边听她们聊天,边刷手机,"就很像渣男发毒誓的场景。"

"你不在那时候告白是对的。其实也还好啊,先做朋友,做着做着就是男朋友了！"曾琪也笑，笑完又问，"那他怎么回的，同意了吗？"

"他没说什么，好像突然接了个电话，又匆匆掉头回更衣室去了。"黎宁叹了口气。

后来，黎宁也回更衣室把泳衣换了下来，正好遇见苏甜，两人便一起回了宿舍。

路上，黎宁一直在想着和徐时樾在游泳馆外的事情，也没和苏甜多说什么话。

现在才发现，苏甜好像也不似往日的活泼。

"那甜姐，你又怎么了？"曾琪看向苏甜。

苏甜睁着一双死鱼眼看向她们。

只见苏甜张了张嘴，还没来得及说话，躺在床上的李晓佳突然"嗷"一声坐起来。

"什么鬼，论坛上有人说今晚有人在游泳馆里裸奔？"李晓佳大声道。

"没有吧？我没看见啊。"黎宁说。

"快看快看，我把帖子分享到宿舍群里了。"李晓佳兴奋地道。

黎宁打开宿舍群，果然看见弹出来一条校园论坛链接。

黎宁点开链接一看，就见帖子上方有一个极为醒目的标题：真是受不了了，咱就是说，咱们学校某些人能不能注意点素质啊？游泳馆禁止裸泳不知道吗？要长针眼了！

黎宁看到这个标题大为震惊。

而发帖人显然对此怨念颇深，标题吐槽还不够，又在主楼骂了一遍：家人们谁懂啊，本来游泳游得好好的，突然在前方水里看到一个光屁股裸男，谁懂这一幕对我的伤害有多大？好歹是国内顶尖学校的学生，能不能别丢学校的脸？打码了不用谢，算是给你留点面子！

黎宁往下看，果然附了一张照片——

正是一个光屁股裸男双手捂着关键部位，撒开脚丫子往男更衣室狂奔的背影。

楼主确实如他所言打了码，但照片像素本来就比较模糊，就算不打码也看不出来是谁。

一楼：6啊！

二楼：虽然但是，就标题而言，学校游泳馆好像确实没有明确规定不能裸泳啊。

…………

十二楼：回复量11，转发量60，你们这帮人是懂得分享的。

十三楼：歪个楼，裸奔哥身材还挺好的，屁股好白好翘啊哈哈。

十四楼：救命，楼上混入一个大变态！

……………

二十二楼：从群里过来围观。

二十三楼：真是一对卧龙凤雏，楼主随便挂人也挺没素质的。

二十四楼：确实，事实怎么样不评价。

楼主特意回复二十三楼：呵呵，裸奔哥本人来了？

楼主又回复二十四楼：裸奔哥亲友？

帖子一经发出，就以坐火箭般的速度往上蹿。

又因为今天晚上外面下大雨，好多人都在宿舍上网，帖子浏览量和回复数激增。

帖子里面有玩梗的，有试图猜测还原事情真相的，还有因为看不惯楼主嘴太臭而撑楼主的。

其中一条评论被顶到了最赞：冷知识，你的人生没有那么多观众，但会有那种偷拍并把你挂到网上的人！

黎宁她们宿舍几人也在讨论这个帖子。

"被挂这人真是又惨又好笑。"李晓佳捂着肚子笑，"碰上楼主这种人也算是他倒大霉了！"

"所以他为什么要裸奔啊？平时学习压力太大了？"曾琪大胆猜测。

"也可能他就是个变态。"李晓佳恶意揣测。

"有没有一种可能，"沉默已久的苏甜终于开口了，"是他的泳裤坏掉了？"

"你怎么知道？"黎宁总觉得这事有点不对劲。

苏甜深吸一口气，脸上带着无比坚强的微笑："当然是因为我就是那个把他泳裤扯烂的人啊，呜呜呜……"

此话一出，三人齐齐看向她。

"嗷嗷嗷，甜姐你这么生猛？"

听到这话，苏甜终于绷不住了，"哇"的一声哭出来。

几人连忙过去安慰她，顺便打探到底是什么个情况。

黎宁在听到这其中还有自己的原因时，抱住她的手，大为感动："呜呜呜，甜姐，你辛苦了！以后有什么需要我的，请尽管开口！"

苏甜双眼无神："先记着吧。"

李晓佳眼珠子一转，贼兮兮一笑："那你岂不是把他给看光了？"

"哎哎哎，你会不会说话啊？"曾琪拍了一下李晓佳，转头问苏甜，"所以，他身材真的很好吗？"

苏甜微笑："你们两个给我闭嘴。"

她现在想起来都尴尬得想找块豆腐撞死算了。

"行行行，那你要不要去论坛帮忙澄清一下啊？"李晓佳又说。

苏甜连忙点头："要的要的。唉，还得给人家道个歉吧。"

说完，苏甜又问黎宁认不认识徐时樾身边的朋友。

黎宁想了想，翻出于凡的微信，打开他朋友圈里的自拍给苏甜看："你看看是不是他？"

苏甜仔细瞧了瞧，皱了皱眉头："有点像，但我也不太确定。"

泳池里的男生戴着泳帽和泳镜，而且事情发生得突然，她其实并没看得太清楚对方的脸。

"那我去问问徐时樾？"黎宁想了想说。

她现在回想起来，徐时樾当时接了个电话后又回男更衣室，应该就是为了这个事吧？

如果确定了于凡今天也去了游泳馆，那就应该八九不离十了。

另一边，徐时樾家里。

暴雨冲刷着落地窗，玻璃窗上水痕宛如一条条快速流动的小溪流。

于凡窝在沙发里，忐忑地刷着学校论坛，看到某个醒目的帖子时，两眼一黑，一直悬着的心终于死了。

于凡也是真没想到自己会这么倒霉。

最后想来想去，他发现这事也得怪他自己？

最大的问题还是出在那条泳裤上。

那条泳裤是他去年买的，上学期最后一次穿的时候，发现有些脱线了，他还和室友们吐槽说现在的泳裤质量不行，当时一边说，一边还手贱地把脱了的线给抽走了。

本来是要将那泳裤扔了的，但最后不知道为什么，他又给塞进柜子里了。

今天去游泳时，他早就把这件事忘在脑后，随随便便取了一条泳裤出来。

要不然怎么会这么轻易就被人给扯烂了……

"呜呜呜，老子不活了！"于凡在沙发上边滚边哀号。

他们回来时正好赶上下大雨，衣服也淋湿了。

徐时樾又去洗了个澡，脖子上搭了一条毛巾，一边擦头发一边走出来。

听见于凡的哀号，徐时樾捞起扔在茶几上的手机。

看到群里刷屏的帖子，徐时樾蹙了蹙眉。

想起方才接到于凡的电话，徐时樾也相当无语。

最后，于凡还是穿了他多余的裤子，才得以从游泳馆离开。

"我帮你把帖子删了。"徐时樾想了想说。

学校论坛的站务基本上都是本校学生，包括升级维护什么的，也都是交给本校的本科生或研究生来做。

徐时樾之前被拉去过帮忙升级系统，和管理论坛的学长混得挺熟，让删个帖子再简单不过。

"删删删，赶紧删了！"于凡说，过了一秒，又阻止道，"哎哎哎，先等一会儿！"

徐时樾抬起眼皮，面露疑惑地看着他。

下一秒，徐时樾就看见于凡点开帖子，把那些赞叹他身材好的评论都点赞了一遍，然后又顶着自己半实名的论坛网名"数学系小于"，激情打下了一个回复：谁啊，真是个人才，这么狂？

随后，他退出论坛，又在各个群里水了水，十分戏精地加入大家的聊天。

——这人不会精神有问题吧？

——唉，我今天还去游泳馆了，可惜离开得早了，没见到！

——裸奔啊，好变态啊！

徐时樾见状抽了抽嘴角。

于凡在群里精分完之后，还顺便将论坛链接转发到朋友圈，并附了一段文字：啧啧，真是世风日下，人心不古！

朋友权限设置为仅大学同学可见。

把这一切都做完之后，于凡舒出一口气，对徐时樾说："好了，可以删帖。"

徐时樾无语。

见到徐时樾脸上的表情，于凡心虚地道："这招叫作声东击西，这样大家才不会怀疑到我身上！"

徐时樾不置可否，摸出手机给学长打了个电话过去。

学长也很八卦，问："所以这到底是怎么回事啊？"

徐时樾简单解释了两句。

"这样吧，你悄悄告诉我是谁，我保证不告诉别人！"学长又说。

正在偷听的于凡立马警惕起来。

徐时樾瞥了他一眼，身体往沙发上靠，轻描淡写地对着电话那头道："学长，你看起来也挺忙的，要不我直接黑进后台自己动手吧？"

"唉，别别别，马上删了就是了！"学长连忙阻止，嘟囔了一句，"你们这些人，能不能别仗着自己技术高，有事没事就想着黑进后台啊！我维护也很辛苦的！"

学长也怕徐时樾真把论坛给黑了，速度很快地把帖子给删了。

于凡点开链接发现显示内容已被删除，终于放下了心，并且开始嘚瑟起来："唉，早知道把那些夸我身材好的评论给截图下来了。"

徐时樾脑袋靠在沙发背上，嘴角一扯，闲闲地道："没事，你想要的话，也可以恢复的。"

于凡一怔。

他只是口嗨一下好不好！

不过徐时樾帮自己删帖这事，还是让于凡内心颇为感动。

真不愧是他十几年的好兄弟啊，两个字，仗义！

徐时樾正要合上手机，突然又有私聊的消息弹出来。

黎宁：在吗？

黎宁：能问你一个问题吗？

黎宁：那个游泳馆帖子里被拍的人是不是于凡啊？

徐时樾见到她的消息不由得挑了挑眉，随后脑子里又闪过一个念头，她为什么要关心是不是于凡？

想了想，徐时樾发了个问号过去。

黎宁没想到他会这么快回复，愣了愣，但还是先把苏甜的事情放在首位。

于是，她解释道：是这样的，帖子里的事情也有我室友的一部分责任，如果是于凡的话，她想要和对方道个歉。

徐时樾：那你去找他聊吧。

黎宁看着他的回复，有些不明白他这到底是承认还是否认。

不过，她还是依着他的话点开了于凡的微信，把和徐时樾说的话，重新和于凡说了一遍。

最后，她加了一句：我可以把你微信推给她吗？她想当面给你道歉。

于凡本来以为万事大吉了，结果猝不及防看到黎宁的微信，瞬间一口老血吐出来。

他差点忘了，还有那个在泳池扯他泳裤的罪魁祸首！

再仔细一看，什么，那人还是黎宁的室友！

于凡瞬间脑洞大开，并意识到这绝对不是一场意外，说不定是她们策划好的！

于凡直接炸了毛，承认是不可能承认的。

他手指重重地戳着屏幕回复：不是我哦。

于凡：你们是不是找错人了。

"黎宁该不会是知道我想阻止她，故意让她室友报复我吧？"于凡脑子飞速一转，将自己的猜测和徐时樾一说，神情愤愤，"她现在给我发微信什么意思？她是不是故意羞辱我？"

徐时樾往他手机屏幕上看了一眼，又无语地瞥了他一眼，说："你能不能别脑补那么多？她有和你说过几句话吗，就害你？而且这不是语气很正常地替她室友来问你吗？"

于凡一听徐时樾这样说,立马不高兴了:"不是,徐时樾,你还不是她的人呢,就胳膊肘往外拐了?咱俩还是不是兄弟了?"
徐时樾无语。

周五下午。
徐时樾照例去上公选课。
他目光往教室一扫,直接挑了个后排的位置,刚一坐下,就有个身影朝他挪过来。
他略一偏头,然后视线毫无意外地撞上了黎宁的脸。
见他看过来,黎宁立马扬起一个笑容,打了个招呼:"嗨。"
徐时樾斜睨她一眼,扯了下嘴角,算是回应。
黎宁的眉毛却忍不住飞扬起来。
不知道是不是她的错觉,她总感觉徐时樾的态度好像软化一些了?
不像之前,真的是肉眼可见的冷淡。
察觉到这一丝细微的变化后,黎宁不由得振奋起来,继续找他说话:"于凡这几天还好吧?"
虽然上次在微信问于凡时,他死不承认那天在游泳馆的人是他。
但很不幸的是,于凡上学期发在朋友圈里的游泳自拍没删掉,然后被苏甜看到了。
所以她们宿舍的人也都知道了……
"你和他很熟?"徐时樾没回答,而是反问她。
黎宁其实也不是真要问个答案,于是老实地摇头:"不熟啊。我也就和你熟一点。"说完,眼睛看向他,又加了句,"对吧?"
语气和表情都相当真诚。
徐时樾无奈,有被她噎住。
还对吧?他们哪里熟了?
"好歹我们现在也算是朋友了吧?"黎宁又说,想起上次在游泳馆那段无疾而终的对话,"你上次也没反对,我就当你答应了啊。"
徐时樾的视线看向前方,轻嗤了声,淡淡开口:"我不和女生做朋友。"
黎宁在心里头接话,不想做朋友,那直接做女朋友行吗?
但很显然,她现在还没那么大的胆子敢直接说出来。
于是,她眨了眨眼,说:"哎,你怎么还搞性别歧视啊?女生很适合做朋友啊!"
见他不搭腔,黎宁又厚着脸皮夸自己:"比如我,从小到大好多男生求着跟我做朋友的!"

"哦，那你男性朋友还挺多的。"徐时樾扫过来一眼，闲闲开口，语气听不出什么情绪。

只不过"男性"这两个词在咬字时似乎略有加重。

"没有啊。"黎宁否认，"我都拒绝了。"

说完，她发现好像给自己挖了一个坑，连忙又补了句："你是我第一个抛出橄榄枝的对象，你看，咱俩都没交过异性朋友，要不试一试呗？"

徐时樾无语。

还试一试，被她说得像要交往似的。

徐时樾终于正眼看向她。

黎宁见他看过来，立马双手合十，抵在精致的下巴前，漂亮的眼睛眨了眨，声音也软软糯糯的："行吗？"

徐时樾的眉心狠狠一跳，眼睛里划过一丝荒唐。

随后，他似是轻笑了一声，身体往椅背上一靠，开口："行啊。"

连撒娇这种手段都用上了，他倒要看看她到底想做什么。

"那就说好了啊！"黎宁弯了弯唇，双眼变得更加明亮。

还想再说什么，却已经到了上课时间，黎宁只好先闭嘴，但激动的心情却一时平静不下来，只好努力将自己的嘴角往下压。

很好，终于迈出了第一步。

现在是男性朋友，迟早有一天，她要把其中的某个字去掉！

等等，好像有点不对劲……

突然有点想歪了的黎宁脸不由得一红，忍不住将头埋了下去，脑门碰到桌板，发出一声轻响。

她动作幅度有点大，惹得旁边的徐时樾朝她看了一眼。

只见女孩突然趴在了桌上，细肩薄背，露在外面的一截脖颈白得晃眼。

公选课结束后，黎宁以朋友的名义，找徐时樾一起去吃饭。

徐时樾没拒绝。

两人一起走出教室往食堂去。

这好像还是两人第一次一起并肩行走。

黎宁内心难掩激动，隔几秒就看一眼旁边的人，有点没敢相信两人的关系一下子就突飞猛进到单独一起吃饭的程度了！

人一高兴，走路也就蹦蹦跳跳的。

徐时樾视线扫过去，注意到她走两步就忍不住蹦跶一下。

意识到不对，她又恢复走路的姿态，但没忍两秒又犯。

跟个小朋友似的。

之前看到她时,好像也是蹦蹦跳跳的,也不怕在路上摔了。

徐时樾忍了忍,还是开口:"好好走路。"

意识到他是在和自己说话,黎宁点头"哦"了一声。

过了两秒,她突然蹦到他面前,兴冲冲地问:"你等下想吃什么啊?"

徐时樾一愣。

没等他回答,黎宁自顾自地说:"我比较推荐烧鸭饭,还有咖喱鸡饭也还可以,我记得我之前在微信上和你说过?"

徐时樾斜了她一眼:"不是发错了人吗?"

黎宁一愣。

呃,怎么会有人聊着聊着就把自己给聊爆了啊?

顶着徐时樾意味不明的目光,黎宁干巴巴地说:"好吧,其实没发错人。"

徐时樾眉毛微挑。

他倒要看看她要怎么说。

"因为我想和你做朋友啊!"黎宁脑子飞速旋转着,打出万能朋友牌,表情真诚地说。

男朋友也是朋友的一种嘛!

黎宁说着话时倒是半点不心虚。

徐时樾一瞬间都要被她的表情给骗到了,心想,难不成她真的只是想和自己做朋友?

接着,他又听见她说:"我这个人对朋友的分享欲一向很强的,有什么好吃的好玩的,都想和朋友一起去。"

黎宁瞎话越编越顺:"下次咱们可以一起去玩啊?"

说完之后,黎宁都不禁为自己的机智点了个赞。

她简直是太聪明了,竟然连下次约人的借口都找出来了!

徐时樾深深地看了她一眼。

你这么约异性朋友一起出去玩你男朋友知道吗?他就那么大度?

没说好,也没说不好,徐时樾只是极为短促地嗤了一声。

黎宁摸摸脑袋,不太明白他这是什么意思。

所以这是答应了还是没答应啊?

吃过晚饭后,两人从食堂走出来。

黎宁问徐时樾:"你是要回宿舍了吗?"

"不是。"他说。

"那你去哪儿?"黎宁又问。

"……图书馆。"他顿了几秒。

"哇，好巧啊，"黎宁立马道，"你是怎么知道我也要去图书馆的？"

徐时樾看了她几秒。

黎宁感觉他那双漆黑深邃的眼睛像是洞悉了一切，自己拙劣的谎言一下子变得无所遁形。

顶着这么一道视线，黎宁感觉自己的头皮都开始发麻。

好在他最终什么也没说，转身迈着长腿往图书馆的方向走去。

黎宁松了一口气，厚着脸皮跟上去。

两人来到附近的图书馆，找了张空着的桌子坐下。

黎宁坐在徐时樾对面，只要一抬眼就能看到他。

图书馆里禁止喧哗，徐时樾一坐下之后，就开始忙自己的事。

黎宁有些后悔下午出门时没顺便把画板带来，不然这会儿也正好能做个作业，但好像什么也不做，就和他静静待在一起，也一点都不无聊。

反而有种莫名的高兴和满足感。

为了不让他觉得自己不学无术，黎宁装模作样地去旁边的书架上拿了一本书过来看。

可能是图书馆氛围太好，黎宁看着看着，眼皮开始打起架来。

徐时樾往她那边扫了一眼，就见对面的女孩不知什么时候趴在桌子上睡了过去。

她半边脸压着胳膊，散下来的头发蓬松柔软，睡颜柔和安静，白皙莹润的脸颊泛着微光。

他的视线不由得多停留了几秒，随即移开视线，翻书的动作放轻了几分。

黎宁一直睡到了晚上九点多，图书馆的闭馆音乐都响了起来。

徐时樾屈起手指关节敲了敲她面前的桌板。

黎宁这才惊醒，对上徐时樾的眼睛。

刚睁开眼睛的女孩脸上还带着几分迷茫，脸颊上带着淡淡的压痕，整个人显得稚嫩柔软。

徐时樾垂下眼皮，长长的睫毛覆盖下来，嗓音平淡地和她说："闭馆了。"

黎宁"啊"了一声，这才反应过来自己竟然在图书馆睡了几个小时……

她连忙收拾了自己的东西，跟在徐时樾的身后。

看着他落拓挺拔的背影，黎宁不禁有些懊恼，自己怎么就睡过去了呢？

走出图书馆已经晚上十点了。

外面夜色深沉，秋风卷起落叶，温度也降下来不少，空气中带着明显的凉意。

今天白天出了太阳，温度宜人，黎宁下午出来时，身上只穿了件薄薄的针织开衫。

现在被冷风这么一吹，她忍不住打了个哆嗦。

下一秒，一件外套就罩在了她的身上。

黎宁扯了下衣服，看向旁边的徐时樾，他原先穿着的外套已经不见，现在身上只穿着一件黑色的短袖。

"穿着吧。"他没什么表情地说。

"我不冷。"黎宁想将外套还给他。

徐时樾扯了扯嘴角，没说什么，大步朝前面走去。

黎宁只好匆匆将外套套上，快步追上他，说了声："谢谢你啊。"

徐时樾个子高，他的外套对黎宁来说有些大，像是偷穿大人衣服一般，袖子往上挽了两下才露出她的手来。

因为才脱下来不久，外套上还沾着他的体温，以及属于他的那股干净清洌的气味。

黎宁心中一颤，忍不住又悄悄看了他一眼。

"你住哪栋？"他突然又问。

黎宁先是愣了一下，反应过来后回答："善五。"

善园是燕大的一个宿舍区，善五是善园五号的简称，也是黎宁她们宿舍所在的宿舍楼。

徐时樾"嗯"了一声，和她一起往宿舍区走去。

一路安静无话。

很快，他们就走到了她宿舍楼下。

黎宁停下脚步，想要说些什么，手机突然响了起来。

是江远打过来的电话。

黎宁想也不想便按掉，但电话很快又打过来。

她有点烦躁地又挂断。

徐时樾瞥到她的手机页面，嗤笑一声："怎么不接？"

黎宁仰头看他。

两人这会儿站着的地方没有路灯，在昏沉的夜色下，她看不清他脸上的表情。

"我等会儿再给他打过去。"黎宁想了想说。

徐时樾扯了扯嘴角，自嘲地说了句："上去吧。"说完，转身迈着长腿大跨步离开，高大的身影消失在无边的夜色中。

黎宁不明所以地上了楼。

不知道为什么，她总感觉他刚刚的情绪不是很好？

她低头一看，发现自己身上还穿着他的外套。

黎宁连忙给他发了一条微信：不好意思，外套忘记还你了。

想了想，她停下脚步又继续打字：

△你已经走远了吗？

△要不要我现在给你送过去？
△还是哪天我洗干净再还给你？

黎宁在楼梯上等了几分钟。

手机终于响动了一下，徐时樾发过来消息。

徐时樾：直接扔了吧。

黎宁一头雾水地回了宿舍。

推门进去时，几个室友都在，她们看着她身上穿的显然属于男生的外套，脸上的八卦神色完全掩饰不住。

李晓佳上下打量着她："哟哟哟，这是怎么回事儿？"

"快如实招来，这是哪个狗男人的衣服！"苏甜吹了个口哨。

顶着几个室友的目光，黎宁走到自己桌前，把外套脱下来，抱在怀里。她重重地叹了一口气，开口："徐时樾的外套。"

"牛啊，你们的关系一下子就快进到这种程度了？"几个室友震惊了。

黎宁抿了抿唇，没回答，而是问："你们说，一个男生愿意把自己的外套给一个女生穿，是不是意味着他对那个女生至少有一丢丢的好感？"

"肯定的吧！"苏甜道。

"这个也不一定，有可能他是个'中央空调'。"李晓佳"哼"了一声。

曾琪想了想说："但是徐时樾应该不是'中央空调'吧，他不是对女生都很高冷的吗？"

黎宁闻言眼睛里划过一抹神采，但很快又沉寂下去，闷闷地道："但我刚刚问他外套要怎么还他，他让我直接扔了……"

几个室友一愣。

"不是，他有病吧？"李晓佳率先破口大骂，"渣男！"

自从上次被小学弟给删了好友后，李晓佳陷入间歇性的精神不正常中，具体表现为对男生吹毛求疵，时不时厌男情绪明显。

曾琪连忙捂住她的嘴："不好意思，她又犯病了。"

李晓佳："唔唔，唔唔唔！"

黎宁无奈。

她又眼巴巴地看向苏甜。

苏甜拍了拍她的肩膀，委婉道："要不你还是换个人喜欢吧？"

反正感觉不太正常。

黎宁叹气。

她将脸颊贴在冰凉的桌板上："我再想想吧。"

黎宁虽然没谈过恋爱，但她也不算特别迟钝的那种。

她明明感觉徐时樾对自己好像也不是没有好感的。

但不知道为什么,她总感觉他忽冷忽热的。

难道男生也有"大姨父"这种东西?

黎宁有些烦躁地摸出手机,看到江远的两个未接来电,懒懒地给他拨了个电话过去。

电话一接通,就听见他贱贱的声音:"呵,大小姐终于肯接小的电话了?"

黎宁依旧趴在桌上,语气恹恹的,懒得跟他贫嘴:"你最好真的有什么事。"

江远"啧"了一声,终于说起正事:"这不马上放长假了吗?我就问你要不要一起出去玩几天?"

黎宁听他这么一说,看了眼日期才发现竟然已经九月底了。

今年中秋和国庆日期隔得近,凑在一起一共放八天小长假。

"就和你一起出去啊?"黎宁问。

"不然呢?你还想和谁一起?"江远吊儿郎当地说。

"那算了。"黎宁拒绝。

"这可是你说的啊!"江远听着有点不太满意,"别到时候又去爸妈面前告状说我不带你玩!"

"我什么时候告过状了?"黎宁很是无语。

"那就没什么好聊的了,挂了。"江远直接挂了电话。

第四章

试探

ZHAOMI

转眼就到中秋和国庆假期。

同学们回家的回家,旅游的旅游,校园一下子就空了一大半。

黎宁她们宿舍就只剩下她和曾琪两个人。

黎宁没出去旅游,但也不打算回家。

她妈黎艳平时工作很忙,即使是假期也没什么时间休息,黎宁就算回去也和她见不着几面,于是也就懒得折腾了。

她这几天打算在宿舍里专心画稿。

曾琪也是个宅女,平时除了上课吃饭,基本不怎么踏出宿舍。

她们两个留守的人,除了假期第一天去市里吃饭逛街玩了一天,剩下的时间基本都待在宿舍里长蘑菇。

黎宁每天的活动基本上都是画画,以及到饭点的时候下楼拿外卖,过得平静又无聊。

在宿舍里闷了两天后,黎宁决定出门放放风。

正好放假学校空了,路上也没什么人,黎宁准备在学校里练一练小电驴。

前些日子她在苏甜的指导下,磕磕碰碰也算是知道该怎么骑了,只不过路上人一多她就害怕,一直不敢自己独自上路,这段时间一直都是蹭室友们的后座,但总这样也不是办法。

她虽然和室友们是同一个专业,但也有不少课的时间不一样,偶尔时间不协调的时候，还是挺不方便的。

　　黎宁去宿舍楼下的车棚找到自己的小电驴推出来，戴好头盔坐上去，深吸一口气，决定克服自己的心理恐惧。

　　徐时樾从实验室出来的时候，就见到这样的一幕——

　　只有寥寥几个行人的校园大道上，一个女孩骑着一台可爱的小电驴龟速前行。

　　她双手用力捏着两个车把手，两条纤细的长腿敞开在车座两边，鞋底摩擦着地面。

　　女孩脑袋上规规矩矩地戴着一顶米白色的头盔，露出来的下半张脸鼓鼓的，表情特认真地盯着自己前面的一亩三分地。

　　速度有多慢呢？

　　徐时樾眼睁睁地看着旁边一个背着书包的学生按照正常速度走路，然后超过了她。

　　徐时樾眼里忍不住闪过一抹笑意。

　　黎宁双脚踩住地面，将车停下，呼出一口气，松开被她紧紧握在手里的两个车把手。

　　谁懂啊，就这么一会儿，她竟然骑得满头大汗，手心也被汗水沾湿了，结果回头一看，竟然才骑出去两百米……

　　还不如她自己走路呢！

　　黎宁有些丧气地看向前方，突然目光顿住。

　　只见不远处路边绚丽的栾树下，立着一道高大挺拔的身影。对方肩宽腿长，身着灰色的套头卫衣，带着几分少年气，目光散漫地朝她看过来。

　　黎宁眼里闪过一抹惊喜，高兴地喊了他一声。

　　与此同时，她右手下意识拧了一下油门，小电驴飞快地往前冲了出去。

　　小电驴速度快得吓人，有那么一瞬间，徐时樾甚至觉得她是不是要冲过来撞死自己。

　　黎宁也蒙了。

　　她只感觉自己身体跟着小电驴一下子冲了出去，但是魂还没跟上。

　　她尖叫一声，总算是记得放开油门，捏了下刹车。

　　但这么一番操作后，人也失了平衡，她连人带车就要往地上摔去。

　　好在徐时樾长腿一迈，几个跨步冲上来，单手扶住了她的车把手，才不至于酿成惨剧。

　　黎宁惊魂未定，感觉自己的两条腿都有些发软。

　　徐时樾犹豫了下，一只手扶住小电驴，另一只手扶住她的胳膊："你先下来吧。"

黎宁白着一张小脸下了车。

徐时樾将小电驴的撑脚架放下来,垂眸看向她:"没事了。"想了想又说,"下次别骑了。"

黎宁无语。

他是会安慰人的。

她打起了点精神,有意为自己正名,语气直白地道:"我刚刚是因为看到你太激动了。"

徐时樾瞥了她一眼,心说你刚刚那速度也不像是会骑的。

不过,他只扯了扯嘴角,没发表什么意见。

黎宁也不泄气,摘下脑袋上的头盔,一头蓬松的头发露出来,被风一吹带着一种凌乱美。

她随手将头发掖在耳后,眉眼弯弯地问:"你假期也留在学校啊?"

呜呜呜,她果然留在学校里没留错!

"在实验室里做点东西。"徐时樾简单解释了一句。

"好厉害!"

冷场。

好吧,她是真的不会聊天。

正要找个别的话题,黎宁突然听到什么声音。

她安静了一下,抬头问徐时樾:"你有没有听到什么声音啊?"

听了一会儿,她又说:"好像是在草丛这边。"

说着,黎宁在花坛边的灌木丛前蹲下,探着脑袋往里面看。

徐时樾垂下眼皮,只觉得她蹲下来更显得小小的一个,头顶头发毛茸茸的,好像一只手就能拎起来。

他挪了挪脚步,也在她旁边蹲下。

"喵呜……"很孱弱的一声猫叫。

黎宁终于听到了,兴奋地转头和徐时樾说:"好像是一只小猫哎!"

她转头的时候,徐时樾正好也偏头过来,两人脸颊的距离一下子靠得很近,她的鼻尖很轻地擦过他的下巴。

很浅地接触了一下,像羽毛擦过一般,带着轻微的痒意。

气氛好像一下子凝固了几秒。

黎宁眨了眨眼,"啊"了一声,匆忙别开脸,垂下来的头发恰好挡住了有些发烫的耳根。

徐时樾"嗯"了一声,同样移开视线。

黎宁慌乱得不知道看哪儿,只好继续追着小猫的方向。

这一看,她才发现,这只小猫好像受了伤,白色的前爪毛毛上有一摊红色刺眼的血迹。

"它好像受伤了!"黎宁说着就要伸手进去灌木丛里把小猫抱出来。

可还没等她手探进去,另一只骨节分明的手隔着衣袖握住了她的手腕。

黎宁疑惑地看向徐时樾。

他淡声道:"我来。"

见他坚持,黎宁只好让开。

小猫有点怕人,见到有人要抓它,往灌木深处躲了躲,挣扎着发出尖锐又凄厉的叫声。

黎宁看得担心极了。

好在没一会儿,小猫还是被徐时樾抱了出来。

小小的一只三花奶猫,没比徐时樾的手大多少。

被抱出来时,小奶猫还在挣扎,徐时樾犹豫了一下,空出一只手,顺了顺它的毛。

可能是察觉到面前的人没有恶意,小猫终于安静下来。

黎宁凑过去看,见它左前腿果然无力地耷拉着,白色猫毛上有一团干涸的血迹。

"真的受伤了。"黎宁皱起眉头,"要不带它去宠物医院看看吧?"

徐时樾"嗯"了一声。

学校里面没有宠物医院,两人此时离校门也有一段距离。

黎宁指了指自己的小电驴,说:"要不然骑它去?"

徐时樾挑了挑眉:"你骑?"

黎宁沉默两秒,看向他:"那你骑?然后我抱着它坐后面?"

黎宁伸出手想接过他手里的小猫。

徐时樾却抱着小猫移开了手,说:"先别抱,它有点凶,你在这儿等着。"

黎宁不明所以,就见他大步朝不远处的校园超市走过去。

少年的身影挺拔又英俊,气质冷冷淡淡,怀里抱着的小猫让他多了几分反差萌。

他进了超市后,微弓着背,垂头和里面的店员说了几句话。

店员很快找了一个不大不小的纸箱子递给他,他道了声谢,将怀里的小猫放到箱子里。

然后,他朝她走过来。

"拿着吧。"徐时樾把箱子递给她,"别让它跑出来。"

"好。"黎宁愣愣地接过箱子,里面的小猫"喵呜"一声,不安分地动了一下。

她的心好像也不安分地动了一下。

最后，徐时樾骑着黎宁的小电驴，载着她和小猫一起去到校门口。

黎宁坐在后座盯着他高大的背脊。

这辆小电驴有点过于可爱小巧了，他的两条长腿都很委屈地屈在前面。

黎宁忍不住弯了弯嘴角，就觉得他好可爱。

出了校门，两人抱着猫打车去了附近的一家宠物医院。

医生拍片检查了一下小猫的腿部情况，然后告诉他们小猫的腿部被人为插进去一根钢针，需要动个小手术取出来，问他们要不要做。

黎宁忙不迭地点头，都带来这里了，肯定要把它给治好的。

安排手术还要等一会儿，这会儿时间已经下午五点多了，黎宁提议："要不我请你吃个饭吧？"

两人在附近找了一家餐厅进去。

餐厅里人不多，饭菜味道一般，但胜在环境安静，氛围不错。

吃完饭后，黎宁去前台结账，旁边却伸出一只手："扫我的。"

黎宁偏头看他："说了我请你的。"

"我刚刚好像没答应。"他身体倚着前台柜台，不紧不慢地说。

"哎——"黎宁还想再说什么，就见前台小姐姐飞速地扫了一下徐时樾的付款码，并朝黎宁眨了眨眼。

黎宁无奈。

"好吧，那下次换我请你。"她想了想，说。

徐时樾不置可否，收回手机，放进兜里。

黎宁往他手那边一看，突然顿住，然后不由分说地抓住了他的手。

"你被抓伤了！"她直接撸起他的卫衣袖子。

只见他的手腕内侧有两道深深的抓痕，伤口破了皮，带着刺眼的血痕，在他冷白色的皮肤上格外显眼。

徐时樾的手动了动，似想从她手中抽出来。

"没事。"他的声音从头顶上方传过来。

黎宁抬起头，瞪了他一眼："哪里没事？快和我去医院！"说着，她握紧他的手，把人往外面拉。

黎宁在路上拦了一辆出租车，要司机载他们去最近的能打疫苗的医院。

黎宁一路上都很安静，徐时樾有些不习惯，想开口说话："我——"

刚开了个头，就被她打断："你现在不要说话。"

黎宁有些生气，也不知道是气自己还是在气他。

她不明白，他为什么被抓伤了也不和她讲，如果她一直没发现呢？

她突然又想到，难怪之前他不让她抱小猫。

两人一路沉默地来到医院。

医生看了下徐时樾的伤口，问了句："被什么抓伤的？"

"学校里的小流浪猫。"黎宁回答。

医生看了他们一眼，不赞同地说："你们这些小情侣，不要看到野猫就上去摸，野猫爪子上携带的病菌不少。"

黎宁张了张嘴，最后只是开口问："他这严重吗？"

"这算三级暴露了，先打几针疫苗吧。"医生说。

黎宁让徐时樾坐着，自己忙前忙后去缴费。

回来后，医生已经给徐时樾的伤口消了毒，正准备拿针管给他注射疫苗。

狂犬疫苗需要肌肉注射，徐时樾已经脱了卫衣，露出里面的短袖。袖子撸上去，清薄的一层肌肉覆在手臂上，线条流畅又有力。

医生将疫苗注入针管中，粗粗的针头抵在他消过毒的手臂上。

黎宁一向害怕打针，但这会儿强忍着没转头。

药水缓慢地注入他的肌肉中，医生抽出针管，拿出棉签按住，又扫了眼站在旁边的黎宁，开口："那个女同学，过来帮你男朋友按住。"

"我……"黎宁张了张嘴，想说他们还不是男女朋友的关系。

徐时樾也朝她看过来，眼神清明。

黎宁终究还是没说什么，走过去伸手帮他按住棉签。

医生让徐时樾转个身，又拿出一支疫苗，打另一边的手臂。

打完疫苗，徐时樾还要留在医院观察三十分钟。

两人坐在观察室的长椅上，没说话。

徐时樾忍不住朝她看过去一眼，注意到她卷翘的睫毛有些湿湿的，不由得一顿。

针口已经不再出血，徐时樾扔掉棉签，转过头，语气无奈："哭什么？"

"我哪有哭！"黎宁垂着眼不看他。

"不就打个针的事吗？"徐时樾想了想，安慰了一句。

他对此是真的不在意。别看医生说得严重，其实被野猫抓伤的话，感染概率并不算高。

只是她刚刚一直绷着脸，他也不好开口。

至于卖惨什么的，这种手段他根本瞧不上。

如果没被她发现的话，他就没打算让她知道。

黎宁听着他云淡风轻的话，心里越想越不是滋味。

她抬起眼睛看向他，从刚刚开始一直憋着的眼泪终于不受控制地掉下来，像是一串珍珠往下砸。

她声音带着些哽咽："都怪我。"

如果当时阻止他去抓小猫就好了，他就不会受伤了。

徐时樾看着她的眼泪，也有些慌了，无措地说："喂，你别哭啊。"

但黎宁这会儿眼泪根本止不住。

徐时樾摸遍口袋也没找着纸巾，脑子不知道怎么一抽，竟然伸手去给她擦眼泪。

微凉的手指触碰到温热的脸颊。

两个人俱是一愣。

观察室里安静得落针可闻，空气里混杂着浓烈的消毒水气味。

徐时樾触碰在黎宁脸上的手指一顿，意识到了自己的逾越。

他猛地收回自己的手，喉结滚了滚，垂眸沉声说了句："抱歉。"收回去的拇指上还沾着她的眼泪。

藏在她看不见角落里的手指微不可察地痉挛了一下。

黎宁也怔住了。

她蒙眬泪眼眨了下，然后匆匆别开了脸，耳根立马烧了起来，后知后觉地发现自己有些丢人。

"我去一下洗手间。"黎宁突然站起来说。

也没等徐时樾回应，她就迈了出去。徐时樾只能看见她匆匆跑出去的纤细背影。

洗手间里。

黎宁打开水龙头，朝自己脸上泼了一捧清水。

看着镜子里的自己，黎宁捂住脸，不由得懊恼起来。

自己刚刚怎么就没能控制住自己的情绪！

啊啊啊，简直跟个神经病似的。

他会不会觉得自己很麻烦很爱哭啊？

她抱着脑袋纠结了几分钟，最后擦干脸，整理好表情走出去。

徐时樾已经在走廊上等着了。

他站在尽头的落地窗前，表情淡然地看着窗外的夜色，身后的地板上投下一道颀长的影子。

黎宁慢吞吞地朝他挪过去。

"我平时不这样的。"黎宁觑了他一眼，忍不住替自己辩解了一句，"真的，你信我！"

女孩一张脸白皙干净，眼睛圆溜溜的，眼尾带着浅浅的红。

徐时樾看了她一眼，没说什么，而是掉转了脚步，示意她："走吧。"

黎宁摸不准他这是信了还是没信，只好先跟上他的脚步。

走出医院的时候,外面的天已经完全黑了下来。
宠物医院的医生发过来消息,说小猫的手术已经完成,问他们什么时候过来。
两人又打车回宠物医院那边。
小猫刚做完手术,麻药的劲儿还没过,眼睛微微眯着,粉色的小舌头伸在外面。
因为伤着的那条腿还有些骨折,医生给它弄了夹板固定。
黎宁凑过去摸了摸它,手轻轻抓住它没受伤的腿,轻声说:"你怎么这么凶啊?"
医生交代了些注意事项,就让他们把小猫领走。
抱着小猫出来时,黎宁突然陷入为难之中。
因为她不知道该把小猫带到哪里去。医生刚才有过交代,说晚上还得观察几次伤口有没有恶化,所以肯定不能把小猫扔在外面的,而且黎宁也不忍心,但带回宿舍也不行,因为曾琪猫毛过敏。
徐时樾看她一副纠结的样子,开口:"怎么?"
黎宁犹豫了一下,抱着怀里的小猫:"那个,你方便暂时收养它几天吗?"
女孩眼巴巴地看着他,让人不由得心里一软。
徐时樾抿了抿唇,朝她伸出手:"可以。"
黎宁眼前一亮,但又有点不放心地问:"那你要带它回宿舍吗?你室友有没有猫毛过敏的毛病啊?"
"我不住宿舍。"徐时樾开口。
黎宁惊讶地"啊?"了一声。

半个小时后,两人出现在燕大附近的一个小区里。
黎宁听说过这个小区,据说每平方米价格贵得吓人。
进入电梯时,黎宁找徐时樾说话:"你平时都住在这边吗?"
难怪她后来找江远视频,都没在他们宿舍里看到他了。
徐时樾"嗯"了一声,按下电梯里的一个数字键。
黎宁好奇地看了一眼,发现是顶层。
电梯出来是一梯一户的设计,徐时樾摁了指纹锁打开门,偏头对黎宁说:"进来吧。"
黎宁"哦"了一声。
她踏进门的时候,内心忍不住"啊啊啊啊啊——",有着难以自抑的激动。
怎么回事?她现在,竟然,都能进他家了哎!
虽然只是过来安置小猫的。
黎宁勉强维持住脸上的淡定,视线朝屋里看去。

这是一个大平层，整体色调冷淡自然，全屋上下整洁干净。

徐时樾扔下一句"你随便坐"，自己则抱着小猫，想着要把它放到哪儿。

黎宁凑过去，建议道："要不然给它做个小窝吧？"

徐时樾想了想，去找了个盒子出来。黎宁接过他拿来的小毯子，将毯子铺进盒子，一个简易又柔软的小窝就做好了。

小猫被放进去的时候，小尾巴甩了甩，眯着眼睛"喵呜"了一声。

黎宁看得心一软，摸了摸它："你这几天就先在这里待着哦，等伤好了就给你找个主人好不好？"

毕竟总不能一直麻烦徐时樾。

这只小奶猫长得又可爱又萌，应该是会有人愿意收养的。

徐时樾垂着眼睛没说话。

几秒后，他起身，问了句："要喝点什么？"

黎宁仰头，张了张嘴："水就可以。"

徐时樾去开放式厨房拧开水龙头，透明的水流冲过他骨节分明的手指。

擦干手后，他取了一瓶常温的矿泉水出来。

黎宁洗了手接过，就这么拧开瓶盖喝了一口。

两人面对面站着，突然觉得气氛好像变得有点尴尬。

黎宁用手擦了擦被水沾湿的唇瓣，垂眸看了眼时间，说："那我就先回学校了。"

徐时樾"嗯"了一声，和她一起走出去。

见他要跟着一起，黎宁连忙说了句："不用送了。"

徐时樾没理会她，径直走进电梯，手搭在电梯门上，漆黑的双眸看向她："还不进来？"

黎宁无奈。

好吧。

徐时樾的房子距离他们宿舍区确实不远，从学校北门进来后，只有十几分钟的路程。

假期中的校园依旧安静，只有寥寥几个行人。

一路上只有风吹树叶的沙沙声。

徐时樾和黎宁并排走着。

落在地上的两道一高一矮的影子随着路灯不停地变化着。

"你国庆没和江远出去玩？"黎宁听到徐时樾突然问了句。

托大嘴巴姚俊飞的福，徐时樾知道了国庆假期宿舍里每个人的动向。

黎宁不明白徐时樾怎么突然就问起江远，但仔细一想又觉得不奇怪，毕竟江远和他是室友，他又知道自己和江远的关系，随口问一句也正常。

"对啊。"黎宁点头,吐槽了江远一句,"不想和他待在一起。"

和江远一起旅游简直是折磨,因为他们两个的旅游观念太不一样了。

黎宁属于那种摆烂式旅游,攻略从来不做,在酒店睡到中午,出门随便闲逛,主打的就是一个随性。而江远那人就有点强迫症,每次出去都会做满满的攻略,吃什么、去哪儿玩,都安排得清清楚楚。

要是他自己一个人去就算了,他还总爱拉着黎宁一起!有许多次,黎宁还在床上睡得正香,就被江远拍门拉起来出门,精神简直都要崩溃了。从此,黎宁对和江远一起旅游敬而远之。

黎宁本来想和徐时樾吐槽一下,但想想还是算了。

他们男生感觉精力都挺充沛的。

徐时樾不会也和江远一样吧?

黎宁瞥了他一眼。

突然发现这还真是个问题……

就在黎宁陷入纠结之时,又听徐时樾问了句:"你们吵架了?"

黎宁"啊?"了一声,想了想江远挂电话时确实有点不爽的样子,于是点了点头:"嗯,算是吧。"

"哦。"他应了一声,声音听不出来什么情绪。

很快,就到了黎宁宿舍楼下。

黎宁转过身,仰头和他说:"要是小猫有什么事,可以随时微信联系我。"

高大颀长的少年站在路灯下,细碎的光晕打在他的头顶,给他平添了几分柔软。

他点了点头,说了声:"好。"

"那我先进去了。"黎宁抿了抿唇,往后退了几步,和他告别,"你也早点回去吧。"

黎宁走进宿舍楼里,上楼梯的时候忍不住往外面看了一眼。

徐时樾还站在原地没走,垂头看着手机。

黎宁偷偷看了他一眼,忍不住弯了弯嘴角,脚步轻快地往上爬。

次日清晨。

徐时樾从卧室里出来喝水。

落地窗外的太阳在云层露出一角,蟹青色的天空闪烁着微光。

虽然他昨天晚上起夜几次查看小猫的情况,但这会儿天亮了也没什么睡意。

徐时樾仰头靠在沙发上,手指揉了揉眉心,脚踝突然被什么柔软的东西给蹭了蹭。

他低头一看,发现原本在窝里的小猫不知道什么时候跑过来了。

它拖着一只伤腿，还挺精神的。

徐时樾弓了下背，长手一伸，手指放轻力度提起小猫的后颈皮把它给拎了起来。

看着手里的小东西，徐时樾扯了下嘴角。

啧，真是给自己找了个麻烦。

小猫这会儿也不怕了，睁着圆溜溜的眼睛，讨好地朝他"喵"了一声。

徐时樾盯着它的眼睛，突然觉得和另一个人的眼睛很像。

他将小猫放下，说了句："自己玩去吧。"

想了想，他又把它拎到沙发上，拿出手机拍了张照片。

"特种兵"大学生于凡这几天过得相当充实。

今天凌晨四点多，他就去爬山看日出，如愿拍到了日出照片，并拍了张自己和日出的合影后，立马发了个朋友圈，并配了个文案：**勇敢的人先享受世界！**

坐缆车下山时，于凡又点进朋友圈看自己的点赞情况，看完正准备退出时，发现万年不发朋友圈的徐时樾，竟然发了条朋友圈！

这条朋友圈没配文字，只有一张照片。

照片里竟然是一只超可爱的小猫咪！

于凡立马瞪大了眼睛，点了个赞顺便评论了一句：什么意思？你不是最讨厌小猫小狗了吗？

于凡还记得上小学那会儿，每次放学后，他们一群小男生就喜欢蹲在一起去逗学校里的流浪小猫。

只有小小的徐时樾一个人远远站在一边，表情倨傲。

于凡那时还跑过去邀请他："徐时樾，这只小猫超可爱，你也来摸摸啊。"

小少年表情嫌弃，拒绝："不要。"

于凡家也养了小猫小狗，徐时樾从来也没什么兴趣，只会嫌弃它们扑上来很烦。

所以照片里这只小猫是怎么回事？难道是因为它长得格外可爱？

于凡百思不得其解。

下了缆车，他准备问一问，结果发现他的那条评论竟然被删掉了。

删掉了！

于凡："？？？"

另一边，黎宁从床上醒来。

想起什么，她立马去看手机。

然后失望地发现，徐时樾并没有给她发过一条消息。

手指不小心点到"发现"那一栏,看到"朋友圈"的右边竟然显示徐时樾的头像!

黎宁兴冲冲地点进去。

看到小猫的照片,她立马点了个赞。

随后,她点开他的头像找他私聊:我等会儿能过来看看小猫吗?

过了几秒钟,那边回复:嗯。

一整个上午,徐时樾都在家里和小猫大眼瞪小眼,并且时不时烦躁地看一眼手机。

很好,那个说要来看小猫的人,整整四个小时里,一条消息都没发来。

徐时樾薄唇一抿,目光往下沉了沉。

怀里的小猫无知无觉,还在自顾自地舔着小爪子。

徐时樾自嘲地扯了扯嘴角,干净修长的指尖碰了碰它毛茸茸的脑袋。

看来她也没那么喜欢你啊。

徐时樾烦躁地往沙发背靠上仰面一躺,合上眼睛,只感觉额角突突地跳。说不清是因为昨晚没睡好,还是因为别的什么。

突然,门铃声响起。

徐时樾眼睛猝然一睁,下意识地坐直身体,原本随意放着的长腿往里收了收。

两秒过后,他动作散漫地站起身,不急不缓地往门口走去。

没有意外地,可视门铃的显示屏上出现黎宁的脸。

她正在用手整理额角的碎发。

徐时樾的视线在上面停留几秒,脸上恢复冷冷淡淡的表情,伸手打开了门。

门外,扎着丸子头的女孩的脸颊红扑扑的。

应该是觉得热,她用手给脸颊扇了扇风。

见到他时,她双眼亮晶晶的,唇边露出一抹笑容:"嗨,我来看小猫!"

徐时樾冷淡地"嗯"了一声,注意到她脚边放着一个蓝色的大袋子。

"对了,我刚刚去给小猫买了点东西。"黎宁解释了一句。

她本来想直接来的,但中途想到昨天小猫是匆忙安置到徐时樾家里的,很多要用的东西都没有,于是干脆绕路去买了点猫猫用品,吃的、用的、玩的都挑了些。

一路上,她提得满头大汗。

"我把东西提进来?"黎宁弯腰要重新提起。

不过还没等她手指触碰到袋子,另一只手已经抢先她一步,毫不费力地将袋子提起。

黎宁抬眼望过去,只感觉那一大袋子东西在他手里轻飘飘的,跟一团没什么重量的棉花似的。

刚刚提得累死累活的黎宁一愣。

哇,这就是男女之间的力量差距吗?

她悄悄在内心感叹了一句,换了鞋子,跟在徐时樾后面进了屋。

白天的房子和昨天晚上看到的略有些不同。

窗帘被拉开,日光透过大大的落地窗照射进来,整座房子显得温暖又明亮。

黎宁的视线在客厅里扫了一圈,一眼就看到在地毯上打滚的小猫。

虽然过来的目的是有那么几分不纯粹,但黎宁对这只小猫的喜爱并不是假的,见到它的可爱姿态,内心一下子就被击中了。

她几步走过去,直接把它抱起,语气带着欢快:"啊啊啊啊啊啊,你怎么这么可爱呀!"

徐时樾在后面站着。

明亮的落地窗前,漂亮精致的女孩直接坐在地毯上,用柔软的脸颊贴了贴猫猫的脸。

愣怔几秒,徐时樾垂下双眸,在沙发上坐下。

女孩清甜又柔软的声音时不时在耳边响起,原本空荡荡的屋子好像一下子鲜活起来。

黎宁愉快地撸了一会儿猫,忍不住偷偷看了徐时樾一眼。

他正低头看着手机,表情一如既往的冷淡,也没有要一起来逗小猫的意思。

黎宁抿了抿唇,不太能摸得清他的情绪,也有点担心自己和小猫在这儿会不会惹他烦。

纠结两秒,她开口叫了他一声:"徐时樾。"

闻言,徐时樾的视线落在她身上。

黎宁有一瞬间的紧张,将小猫抱到身前,开口道:"我刚刚在微信上问了医生,他说小猫恢复得很好,过不了几天就能痊愈了。"

一人一猫都看着他,两双圆溜溜的眼睛有几分相似。

一时分不清谁更可爱一些。

徐时樾垂下眼,突然有一种无所适从的心动。

他喉结上下滑动了一下,"嗯"了一声。

"那小猫在这儿会不会打扰你啊?"黎宁又说,"要不我现在发帖看有没有人想要收养它?"

"就养在这里吧。"徐时樾轻咳了一声。

黎宁闻言眼睛一亮,不确定地问了一遍:"你的意思是,你要收养它吗?"

徐时樾点了下头。

黎宁弯了弯唇,抱着小猫凑过去:"那你要不要给它取个名字啊?"

因为她的靠近，徐时樾的身体忍不住一僵，故作淡定地往后一靠，说："你取吧。"

"啊？"黎宁的表情有几分为难，"可是我特别不会取名字哎，我能想到的只有'咪咪'这种烂大街的名字……"

"那就叫'咪咪'。"他无所谓地开口。

黎宁一愣。

这么随意，你是认真的吗？

既然主人都这么说了，那"咪咪"就"咪咪"吧。

于是，黎宁又垂头蹭了蹭小猫，语气欢快地说："咪咪，你有家了！以后这里就是你的家，你喜欢不喜欢啊？"

咪咪像是听懂了一样，小尾巴甩了甩，"喵呜"了一声。

于凡国庆旅游没跑远，就在燕城周边的城市玩。

自从早上看了徐时樾的朋友圈后，他越想越觉得奇怪，于是忍不住又点进他朋友圈一看，结果打开一片空白，只有一条灰色的横杠。

好家伙，这是直接把他给屏蔽了？

于凡惊了，直接去找徐时樾私聊。

好消息是，他没被删好友。

坏消息是，徐时樾一条也没回他。

于凡越想越不对劲，直接暂停旅游，杀回燕城。

他倒要看看那只猫有什么魔力！

下午两点半，于凡拎着自己的旅行箱，伸手拍响了徐时樾家的门。

黎宁听见声音，对徐时樾说："好像有人敲门？"

徐时樾起身去入户门那里，看见可视屏幕里于凡的脸，很想假装自己不在家。

"开门开门，我知道你在。"于凡对着门铃说。

他可是清楚地记得，那张照片里，小猫趴着的沙发就是徐时樾这个家里的。

人不在，猫总会在的吧？

徐时樾无语。

"是谁呀？"黎宁见这边久久没动静，抱着猫过来问了一句。

徐时樾无语地打开门。

"你可算是开门了。"于凡提着箱子冲进来，大嗓门道，"猫呢猫呢？我倒要看看这只猫——"正说着，他突然看见屋里的情形，话音猛地一顿，差点咬了自己的舌头。

只见黑着脸的徐时樾背后站着一个长相极为漂亮的抱猫少女。

女孩扎着一个饱满的丸子头，正探头朝门口这边看过来，表情有些疑惑。

而这个女孩不是别人，正是黎宁。

于凡一愣。

这还有什么不明白的呢？

原来此猫非彼猫啊！

他就说怎么徐时樾这边太阳打西边出来了。

原来是因为黎宁啊。

那没事了。

黎宁和于凡不怎么熟，看了他两秒才想起来这是和徐时樾关系很好的朋友，于是礼貌地打了个招呼。

于凡脸上表情相当复杂，憋了半天也憋不出一句话。

好半晌，他脸上才露出一个僵硬的笑容："我找徐时樾有点事儿。"

"……那你们聊？"黎宁主动走到阳台那边。

见黎宁走远了，于凡眼神复杂地看向徐时樾，小声说："怎么回事，你都把人带到家里来了？"

徐时樾从柜子里拿出一瓶水，拧开喝了一口，闲散地往墙上一靠，慢悠悠地开口："她和江远吵架了。"

于凡无语。

我问的是这个？

于凡忍了忍，还是说："所以你这是觉得你有机会了，准备乘虚而入？"

徐时樾避而不谈这个话题，转而说："她只是过来看看小猫。那猫是她捡来的，放在我这里养。"

想了想，他又说："不过现在是我的了。"

于凡："呵呵。"

你就装吧你！

反正劝也劝了，没什么效果。

于凡已经接受现实了，看来徐时樾注定要一头栽进黎宁这个坑里了。

于凡彻底佛了，开始放平心态。

他甚至还有闲心悄悄观察并猜测这两人进度到哪步了。

结果，他越看越是一头问号。

本来按照他的想法，他以为这两人都独处一室了，怎么着也得天雷勾地火，接吻不说，小手至少拉上了吧？

但怎么越看越纯洁啊？

彼此坐的位置挺远的，视线好像也没怎么接触啊，难不成是故意在他面前装的？

于凡看不明白，也懒得想了。

正好看见地毯上的小猫，于凡一伸手把它抱起来。

于凡多少也算个爱猫人士，况且这只小猫确实可爱，他那颗爱猫之心瞬间就绷不住了。

"啊啊啊，它真的好可爱！"于凡一边撸猫，一边感叹，最后情不自禁，嘴巴嘟起来就要往小猫脸上亲去。

看到这一幕的徐时樾太阳穴一跳，直接伸手一拉。

就在嘴唇离小猫一步之遥的时候，于凡突然感觉自己的卫衣帽子被人猛地一拽，瞬间卡住他的脖子，差点没把他勒死。

"要死，你干吗？"于凡回过头。

徐时樾面无表情地放开手，将小猫从于凡手中抢回来："你那嘴巴离猫远点。"

于凡一怔。

我嘴巴怎么你了！

我是亲猫！

又不是亲你女朋友！

至于吗！

见到这一幕，黎宁忍不住笑出来。

她一笑，两个人都看向她。

黎宁脸颊红了红，站起来，顺便开口道："那个，时间也不早了，我就先回去了。"

自从于凡来了之后，黎宁就感觉挺不自在的，总感觉他的视线奇奇怪怪的。

于凡一听，也站起来："那我也回学校了。"

真不想和某个神经病待在一起。

徐时樾冷冷地看了于凡一眼。

于凡假装自己没看到。

电梯门合上。

于凡和黎宁两人一前一后站在对角线上。

站在前面的于凡瞥了眼身后的黎宁，想说些什么，但还是作罢。

于凡扬起脑袋闭着嘴巴，一路上都表现出一副高贵冷艳的样子。

黎宁瞥了他一眼，觉得他奇奇怪怪的，又转念一想，暗自猜测估计上次游泳馆的事情，还是给他留下了阴影……

唉，看他这一副故作坚强的样子。

黎宁忍不住同情地看了他一眼，想了想也闭上嘴巴，没敢戳他的伤心事。

两人就这么一路安静地往学校走去。

快到校门口时，黎宁想到自己画画的材料用得差不多了，便和于凡说了一声，自己要去附近的画材店逛逛。

于凡点头："那你去吧。"

黎宁脸上露出一个浅浅的笑容，礼貌地和他说了声再见。

于凡看着她的背影，不得不感叹，撇开别的方面不讲，黎宁真的是个相当耀眼的女孩。

自己兄弟会喜欢上，也不是没有道理的。

但以前追徐时樾的女孩中，也有不少漂亮又性格好的啊。

反正爱情这种东西吧，就很难讲。

假期很快结束，学生们也重新回到校园。

因为有咪咪在，黎宁和徐时樾的聊天频繁了很多，虽然大部分话题都围绕在猫上。

图书馆里，于凡正抖着腿翻书，偶尔抬头看一眼对面的徐时樾。

于凡已经撞见好几次徐时樾正拿着手机给人回消息。

于凡突然觉得，人要是活久了，真是什么都能见到，搁在以前哪能见到这场面啊！

这位大爷以往做事的时候，一向都是手机调静音往那儿一扔，从来不带理的。

于凡撇撇嘴，直接来了个眼不见为净。

他移开视线，在图书馆四下看了一圈，目光落在这一层的入口处时，突然定住。

反应过来后，于凡桌底下的脚立马踢了对面的徐时樾一下，小声道："喂，江远江远。"

听见这话，徐时樾动作一顿，若无其事地合上了手机。

清楚地看到这一幕的于凡一脸无语。

"你说他是不是知道你偷偷勾搭他女朋友，过来找你麻烦了？"于凡故意犯贱地说。

徐时樾撩起眼皮，面无表情地看着他。

于凡心说，事实就是如此，还不让人说了？

但这话他也就只敢在心里说说。

"啊，不是吧，他真朝我们走过来了！"看着明显朝他们走过来的江远，于凡声音都惊讶得变形了。

徐时樾看见于凡这夸张的样子，怀疑他是在诓自己，于是有些不耐烦地转头一看，果然看到两道走近的人影，正是江远和姚俊飞。

徐时樾一怔。

姚俊飞热情地和他们打招呼："嗨，旁边有人吗？我们可以坐吗？找了好久都没位！"

徐时樾"嗯"了一声。

于凡收起自己脸上的表情，笑着说："没人没人，你们坐你们坐。"

姚俊飞和江远听到这话，放下东西坐下。

姚俊飞坐在于凡旁边，江远则坐在徐时樾旁边。

于凡忍不住朝对面的两人看过去——

江远表情平淡正常，应该是什么都不知道。

徐时樾依然是一副面无表情的样子，但凭借于凡这么多年对他的了解，这人的肢体一看就僵硬得很。

或许是于凡的眼神太过明显，江远皱眉看了他一眼："有事？"

于凡立马干笑两声："没有没有。"

徐时樾瞥了于凡一眼，将面前的电脑合上，站起身道："我还有点事，就先走了。"

"对对！我也突然想起来了。"于凡愣了两秒，看到徐时樾看过来的眼神，也接着说。

"啊？这就走了啊？"姚俊飞面露遗憾。

江远闻言看了他们一眼，语气很跩："慢走。"

徐时樾点了下头，算是回应，动作一点都不拖泥带水，装好东西后，也不等于凡，迈开长腿就向门口走去。

于凡赶紧追上去。

姚俊飞看着他们两人离去的背影，疑惑地道："喂，江远，你有没有觉得徐时樾有点不想和咱们待在一起啊？"

宿舍也不怎么回，上课时也不和他们坐在一起。

还有刚刚……

总感觉有点怪怪的。

江远白了他一眼，直接霸占了徐时樾原本的位置，长腿舒服地往前一伸："你问我我怎么知道？我又没得罪他！"

姚俊飞认真地想了想："那我好像也没得罪他啊？"

电梯里。

于凡一边整理自己的东西，一边一脸幽怨地看向徐时樾，幽幽地道："你刚刚心虚的样子，就差把'我是小三'这几个字刻脑门上了。"

徐时樾"嗤"了一声："你有病？"

"谁有病我不说。"于凡抱臂冷笑,"你敢说你敢面对江远?你现在连宿舍都不敢回!"

徐时樾没接话。

"不是,你们三个现在到底什么情况啊?我看你现在干脆一不做二不休,直接把人撬过来得了。"于凡无语道。

于凡这几天也算是看明白了,徐时樾和黎宁绝对还没在一起,不然这人还会和他一起来图书馆?

徐时樾烦躁地皱了皱眉:"你闭嘴吧,我有分寸。"

于凡看了他一眼,内心表示十分怀疑。

周末。

黎宁觉得最近几天和徐时樾聊得不错,纠结着要不要约他一起出去玩。

想了想,她给徐时樾发了条消息:*在忙吗?*

等了几分钟没回复。

篮球场上,秋日的暖阳泼洒下来,地板泛着一层金光。

几个穿着球衣的矫健身影正在场上较量着。

中场休息时,徐时樾才有空拿起手机。

看到黎宁发来的消息,他垂下眼皮回复:*在打球。*

一直守着手机的黎宁收到回复后,立马从床上坐起来,噼里啪啦地打字回复。

黎宁:*好巧哦!*

黎宁:*我就在球场附近。*

黎宁:*能不能过来看看?*

黎宁发完也不等徐时樾回复,立马爬下床,顺便邀请室友:"你们有谁要和我一起去篮球场吗?"

宅女曾琪表示拒绝,李晓佳一大早就因为社团的事情出去了,最后只有苏甜愿意去。

黎宁飞快地换衣服收拾自己,和苏甜挽着手出门时,才有空看了眼手机。

徐时樾在几分钟前回复了一句:*随便。*

黎宁撇撇嘴。

反正他就算不同意,她也肯定会去的!

她们到达篮球场时,场上的气氛正是最热烈的时候,周围还有不少围观的女生。

黎宁一眼就看到了徐时樾。

少年身上穿着球衣,正在球场上奔跑,只见他接过队友抛过来的球,纵身一跃,一个极为漂亮利落的投篮完成。

球场周围爆发出一阵欢呼声。

黎宁的眼睛一直盯着他矫健利落的身影。

只见他撩起球衣下摆擦了下汗，突然朝场外看了一眼，正好和黎宁的视线对上。

黎宁的心脏不争气地跳了起来。

但很快，旁边的人叫了徐时樾，他移开视线，重新回归到比赛中。

旁边的苏甜抓住黎宁的胳膊，激动道："啊啊啊，这也太帅了吧！"

黎宁赞同地点了点头。

过了一会儿，球场上几个男生俱是满头大汗，上气不接下气，看着徐时樾说："不活了不活了，徐时樾你吃了兴奋剂了，根本不给我们活路啊？"

他们几个和于凡还有徐时樾是高中同学，这个周末约着一起打球。

于凡也双手撑着膝盖，喘得厉害，视线往场外的某个方向看去，对于某人为了在喜欢的人面前开屏，拿他们虐菜的事狠狠翻了个白眼。

众人纷纷表示打不动了，要休息。

徐时樾呼吸也微微急促，扫了他们一眼："你们行不行啊？"

于凡无语。

你继续装？

见到他们下场，苏甜赶紧扯了扯黎宁的手，催促她："快快快，去送水！"

黎宁点头，正要过去，就见另一个女生抢先跑过去了。

"徐时樾，请你喝水。"女生扬起笑容，递过去一瓶水。

黎宁脚步一停。

旁边的苏甜倒是认出来了，和黎宁说："那女生不是外院的傅姗姗吗？据说是他们院的院花。"

徐时樾扫了一眼黎宁，看也不看傅姗姗，拒绝道："不用，谢谢。"

傅姗姗脸色有些难看。

徐时樾已经越过她朝后面的排椅处走去了。

到底担了院花之名，傅姗姗有自己的骄傲，也没纠缠，咬了咬唇就走了。

苏甜赶紧捅了捅黎宁，示意她赶紧去。

黎宁有些忐忑地走过去。

事实上，她也有点说不准，徐时樾会不会接受她的水。

徐时樾此时正敞着腿坐在椅子上，因为运动了一场，他的呼吸仍有些快。额发被汗水沾湿，他用手往后拨了拨，露出形状完美的发际线。脸颊也冒着汗，被太阳一照，像是镀了一层浅浅的金光。

黎宁走到他旁边，递过去一瓶水："要喝水吗？"

徐时樾抬眸看了她一眼，伸手接过。

他直接拧开瓶盖，嘴唇对准瓶口，仰头灌了起来。

黎宁看着他滚动的喉结，雀跃地在他身旁坐下。

不远处的廖伟勾着于凡的脖子，羡慕道："啧啧啧，徐时樾怎么到了大学也还这么受欢迎啊？老天真是不公平！怎么就没人给我送水啊？"

"伟啊，你自个儿多照照镜子，就能想明白了。"于凡拍拍他的肩。

"大哥不笑二哥，你小子不也没人送？"廖伟不服气。

正说着，就见他们跟前跑来一个女生，递过来一瓶水："于凡同学，请你喝水！"

廖伟无语。

看清楚女孩脸的于凡也是一愣。

他皮笑肉不笑地说："谢谢你啊同学，我不渴。"

苏甜疑惑："但我看你嘴唇都起皮了。"

于凡恶狠狠地接过苏甜手中的水，当着她的面灌了几口。

游泳馆那事已经过去多日，学校论坛相关帖子被删掉，基本上没什么人知道照片里的人是谁。

于凡除了在知道学校游泳馆在第二天竖了一个"禁止裸泳"的牌子后，心碎了那么几秒，作为一个大男人，他早就放下了这事。

但原本平和的心态止于再次见到苏甜这张自己死也不会忘记的脸。

任谁再次看到当初扒了自己裤子的罪魁祸首也不能保持淡定啊！

于凡内心一万匹马狂奔而过，勉强自己冷静下来后，决定这事必须咬死不承认。

于是，他故作淡然地说："谢谢你啊同学，第一次见面，你哪个院的啊？"

"第一次见面"这几个字的反应特地咬重了几分。

"美院苏甜，我们之前见过的。"苏甜说。

于凡眼皮狠狠一抽："你肯定是记错了，咱们之前绝对没见过！"

要不是为了徐时樾，他至于吗？

于凡越想越悲愤，斜着眼睛往徐时樾的方向看去。

只见秋日灿烂的暖阳下，篮球场边缘的长椅上，一男一女正坐在一起。

俊男美女的，气氛相当不错，感觉粉红泡泡都要冒出来了。

于凡抽了抽嘴角。

真是厉害了，光天化日之下，你们现在胆子都这么大了吗？是真不怕翻车啊！

这要是江远这时候过来——

于凡刚这么一想，转眼就远远看到几个人朝篮球场这边过来了。

走在中间那人不是别人，正是江远。

于凡一愣。

难不成他真有什么特异功能？

幸好这时他们还隔着一段距离，江远又在和旁边的人说话，没往这边看。

于凡的心一下子就提了起来。

不会吧不会吧，不会等下真的要血溅篮球场了吧！

于凡一会儿看看徐时樾和黎宁那边，一会儿又看看江远，心里急得像是热锅上的蚂蚁。

为什么？

明明偷情的是你们！紧张的却是我啊？

于凡狠了狠心，最终还是决定再帮徐时樾一把。

没办法，他总不能眼睁睁看着自己兄弟被揍吧。

于凡从兜里摸出手机，快速编辑了一条微信发给徐时樾：江远来了，你快躲一躲。

接着，他又把自己没喝完的水一把塞回给苏甜："谢了，你的水。"说完看也不看她，直接朝江远的方向跑过去。

苏甜一脸蒙，只能眼睁睁地看着于凡一脸谄媚地朝不远处一群男生跑去。

江远手里抱着篮球，正和旁边人说着话，突然感觉自己肩膀被人一勾，人也跟着掉转了个方向。

江远皱着眉一看，对上于凡谄媚的笑容："哎，江远，正好有点事找你！"

还没等江远说话，于凡就带着他往远离篮球场的方向走："咱们边走边说！"说完又对江远的朋友们说，"你们先去玩，我们一会儿再回来。"

江远皱着眉将于凡搭在自己肩膀上的手扯下来，以为他真有什么事，把篮球先抛给了朋友。

另一边，徐时樾也看到了于凡发过来的微信。

他抿了抿唇，眸色瞬间暗沉下来，有那么一瞬间，心里涌起一股破罐子破摔的念头——

他是真想看看，自己和江远，她究竟会选谁。

黎宁见他看着手机不说话，歪头问了一句："有什么事吗？"

徐时樾抬眸看向她，眼睛里带着她看不懂的情绪。

黎宁正想说些什么，就见他移开视线，语气平淡地说："没什么。"

同时，他身体往前，不动声色地挡住了她的视线。

徐时樾内心不由得一嘲。

终究还是胆怯了。

不敢去问，也不敢去赌另一种可能性——

万一呢？

万一，她选江远呢？

正好打球的朋友叫了他一声，徐时樾站起身，高大的影子落下来，将她整个人包裹住。他问："要走吗？"

"好呀好呀！"黎宁点头。

另一边，已经走出篮球场一段距离了，于凡还在满头大汗地拖延时间："这个吧，嗯，这个事怎么说好呢？"

江远见他半天没蹦出个屁来，不耐烦地说："你到底有什么事？"

"是这样的。"于凡脑瓜子快速转动着，想到了什么终于开口，"你还记得高中我们比赛的蒋老师吧，他家猫刚生了九只崽，你看你要不要给他发个祝福什么的？"

江远深吸一口气："……你是不是有病？"

"年轻人脾气不要那么暴躁。"于凡很不走心地安抚了一句。

你看你脾气那么差，难怪女朋友和你吵架，去勾搭别人去了！

于凡在心里默默吐槽一句。

江远只觉得这人莫名其妙："我跟你很熟？"

于凡翻了个白眼。

真的想撂担子不干了啊！

江远也懒得再和于凡说话，直接扔下他重新往篮球场走去了。

于凡看着他的背影，无奈地耸耸肩，给徐时樾发消息。

于凡：拖不住了。

于凡：江远回篮球场了。

于凡：你们走了没？

于凡：别被抓个正着啊！

徐时樾看了一眼，不太想回复。

于凡：江远这性格太欠揍了！

于凡：我现在举双手双脚支持你上位！

徐时樾扯了扯嘴角，似乎坚定了什么信念，打字回复：不做小三，谢谢。

于凡嗤笑一声。

我就看你嘴硬到什么时候。

接下来的一周，黎宁有几门课的作业要完成，每天忙得飞起，也没空经常去找徐时樾。

这天晚上，她们宿舍四个人正在院楼自习室里画着图。

画了一半忙里偷闲玩手机的苏甜突然叫了一声。

"黎宁，你快看姚俊飞刚发的朋友圈！"

"怎么了吗？"黎宁放下画笔，眨了眨有些酸涩的眼睛。

"唉，你自己看吧。"苏甜叹了一口气，不知道该怎么说。

黎宁拿起扔在一旁的手机，慢吞吞地打开朋友圈。

校园网这会儿有点慢，朋友圈左上角的圈圈转了有一会儿才加载成功。

黎宁的视线看到最上面跳出来一条动态，几分钟前发出来的。

姚俊飞：真该死啊，室友竟然脱单了，这简直比杀了我还难受啊啊啊啊啊！

下面还配了一张照片。

是在傍晚的学校操场里，草坪上摆了一圈爱心形状的 LED 电子蜡烛，发出暖黄色又暧昧的光芒。地上还撒着气球和红色玫瑰花瓣。

看着挺有氛围感的。

"什么什么？"

"姚俊飞是谁？"

其他两个吃瓜的室友也纷纷放下画笔。

她们两个都不认识姚俊飞，也没他的微信，这会儿听到苏甜说，简直一头雾水。

"姚俊飞就是江远和徐时樾的室友，"苏甜三言两语地解释道，"他刚刚发了条朋友圈，好像是说他某个室友脱单了。"

"哪个室友啊？"

"江远吗？"

"还是徐时樾啊？"

提到徐时樾这个名字，大家都不约而同地看向黎宁。

"应该不是他吧。"黎宁有些不确定地开口。

虽然有一瞬间的不知所措，但重新看了眼那张照片，黎宁下意识觉得应该不是徐时樾。

就是有一种莫名其妙的直觉。

几个室友听她这样说，顿时也放下心来，又因为有瓜吃，顿时也画不下去了，凑到苏甜旁边让她问清楚到底是怎么回事。

"好好好，马上就问。"苏甜连连点头，说着快速点开姚俊飞的头像，噼里啪啦地打字。

苏甜：在吗？

苏甜：你朋友圈说的那个室友是谁呀？

黎宁看着她们凑在一起的三个脑袋，忍不住一笑，低头看了眼手机，嘴角的笑意又收了起来。

黎宁的心绪到底有些被扰乱了,虽然直觉不是徐时樾,但终究还是有那么一点不确定。

毕竟直觉不一定准。

只要一想到,如果有另一个女孩和他在一起,心里就酸酸胀胀很难受,整个人像是被绑了石头一样,往水底下沉。

黎宁眨了眨眼,点开徐时樾的微信,给他发消息。

黎宁：听说你脱单了？

黎宁：恭喜啊。

在面对喜欢的人时,连试探都带着拐弯抹角。

图书馆里,于凡的视线从电脑屏幕上移开,双手抬起伸了个大大的懒腰,顺便活动了一下僵硬的脖颈。

对面的徐时樾还看着电脑,修长的手指在键盘上来回轻敲,看起来相当游刃有余。

于凡摇了摇头,翻出手机准备摸会儿鱼。

没想到刚解锁屏幕,手机页面就弹出来不少消息。

他扫了一眼,看向对面的徐时樾："徐时樾,你撬墙脚成功了？"

徐时樾眼皮都没抬："你发什么神经。"

他这几天都没怎么跟黎宁联系。

一是确实挺忙的。

二是他还没想好到底要怎么处理好两人的关系。

他暂时还没办法突破自己的底线,真要断的话,又断不了。

就挺烦的。

"真的,突然有好多人来问我你是不是脱单了。"于凡忍住笑道。

徐时樾眉头一皱,放在键盘上的手停了下来。

他往椅子上一靠,长手一伸,拿起扔在一旁调成静音的手机。

他的手机同样弹出来不少消息。

徐时樾的视线径直落在黎宁的头像上,看到她发过来的消息时,英挺的眉眼一皱,直接回了个问号过去。

"破案了,是姚俊飞那小子败坏你名声,他发了条朋友圈说自己室友脱单了,然后大家可能就以为这个室友是你,哈哈哈哈哈！"冲浪达人于凡很快弄清楚了究竟是怎么回事。

徐时樾无语。

他狠狠皱了下眉头,回复黎宁：*不是我。*

回复完,他又有些唾弃自己,觉得自己上赶子去解释的样子真是贱得慌。

然而徐时樾的消息发出去后,就犹如石沉大海一般。

他一直没收到回复。

徐时樾面无表情地盯着手机,垂下去的眼皮底下情绪止不住地翻腾。

他不知道,她这是单方面误会自己脱单,不想再和他扯上任何关系了,还是故意在吊着他。

这两种猜测都让他相当不爽。

徐时樾烦躁地合上手机。

姚俊飞也没想到自己随手发的朋友圈竟然会引发这么大的轰动。

自从朋友圈发出去没多久,手机里的消息就没停过。那条动态底下的点赞评论看都看不过来,各种私聊和好友申请也络绎不绝,吓得姚俊飞以为自己是不是犯什么事了。

结果仔细一看,他发现全是在问他脱单的室友是谁。

一半是冲着徐时樾来的,另一半是冲着江远来的……

姚俊飞刚开始还一个一个耐心回复,回得手都抽筋了,结果发现越回越多。

他简直两眼一黑。

他当时也是被这阵仗给吓住了,半晌才想起来还可以在朋友圈里统一回复,这才马不停蹄地发了条朋友圈。

姚俊飞:现在真的是比杀了我还难受了。统一回复:脱单的不是徐时樾和江远!!!脱单的不是徐时樾和江远!!!脱单的不是徐时樾和江远!!!重要的事情说三遍!!!别再问了,私聊也不会再回复了!!!

此次事件的大冤种还有王迪。

没错,王迪就是徐时樾他们宿舍成功脱单的那个室友。

事情是这样的。

王迪是他们院学生会的副会长,负责今年暑假迎新活动。在正式开学前的暑假里,一个新生小学妹加了他咨询一些问题。一来二去,两人就勾搭上了。

开学后,两人成功见了面,又相处了一段时间,对彼此都挺有好感的,就差捅破最后一层窗户纸了。于是,王迪精心策划了一番,找了几个朋友帮忙,在学校操场当众对学妹表了白,请求对方当自己的女朋友。

学妹一脸羞涩地答应了。

表白成功后,王迪整个人幸福得找不着北,连走路都是飘着的。

轰走了周围起哄的人群,王迪红着脸大胆拉住了学妹的手,在夜色笼罩的校园里漫步。

只不过还没等两人好好说会儿话，王迪的手机提示音接二连三地响起来。

王迪刚开始还以为是祝福他脱单成功的呢，脸上刚要露出自得的笑容，结果一看，全在打探脱单的是不是徐时樾或者江远……

好啊，他就知道这群加他的妹子一开始就心思不纯！

在得知脱单的是他后，这些人肉眼可见地放松下来，这才敷衍且不走心地恭喜了他一句。

王迪简直气笑了，他是什么很贱的人吗？

一旁的学妹见状问他发生了什么事，王迪就把这事给她说了。

学妹一边喝奶茶，一边问："据说学长你的两个室友都挺帅的。"

王迪听见女友说别的男生帅有些不高兴，但也实事求是地说："这个确实是。"

"那他们都有女朋友吗？"学妹又问，"以后还可以认识一下。"

"听姚俊飞说江远好像有，但他从来没在宿舍谈论过。"王迪想了想，"徐时樾好像是没有，但他这样的条件，眼光应该也挺高的吧，反正应该是看不上像我们这样的普通人，哈哈哈！"

王迪言语间都是对徐时樾的崇拜，却没注意，一旁的学妹在听到他最后一句话后脸都黑了，挣脱掉他的手自己一个人往前走。

王迪就算再迟钝也发现了不对劲，赶忙追上去："宝宝你怎么了？"

"没什么。"学妹依旧闷头往前面走。

"是不是我说错什么话了？你告诉我，我马上改！"王迪努力睁着一双清澈又愚蠢的眸子看向学妹。

学妹无语。

"唉，但我好像也没说什么吧。"王迪挠了挠头。

学妹忍了又忍，开口："要不咱俩交往的事，再考虑考虑……"

"不要啊！我不同意！"王迪立马慌了。

哄了好久，王迪终于勉强哄好了学妹。

将学妹送回宿舍之后，王迪想来想去觉得这事还得怪姚俊飞！好端端发什么朋友圈啊？就算发朋友圈了，就不能老老实实写上他王迪的大名吗？导致他风头全被抢了，还惹女朋友不高兴了！

王迪越想越气，气势汹汹地杀回宿舍准备去找姚俊飞算账。

姚俊飞也自知搞出了一个大乌龙，早就悄悄窝在宿舍里安静如鸡，大气都不敢出一个，心里盼望着千万别有人来找他麻烦。

但有时候越怕什么就越来什么。

只见宿舍门被人恶狠狠地推开，一身腱子肉的王迪出现在门口，见到里面的姚俊飞，从牙缝里喊出他的名字。

姚俊飞吓得从椅子上弹跳起来，一下子蹿出去老远："王迪，我警告你，打人犯法的！"

"你放心吧，我会手下留情的。"王迪活动了一下手腕，阴恻恻地说。

底下两人吵闹的动静吵醒了床上的江远。

江远昨天熬了一个大夜，吃了晚饭就直接躺床上补觉去了。

吸取上次夜里被黎宁微信吵醒的教训，江远这次睡觉前直接把手机给开了静音，再加上姚俊飞回来也没发出任何动静，他就一觉睡到了晚上快十一点。

被吵醒后，江远睁开眼，顶着一个鸡窝头皱着眉头朝床下看去："你们两个有病啊？"

姚俊飞和王迪都没想到江远竟然在宿舍。

但也只愣了一秒，王迪立马小嘴叭叭地控诉了姚俊飞这坑货一通。

江远支着一条腿，往床里侧的墙壁上一靠，一边听王迪说，一边摸出手机看了看。

看到自己微信里的一堆消息，他直接被气笑了。

他冷笑一声，下巴往阳台那边一点，说："拖去阳台打一顿。"

姚俊飞哇哇大叫。

王迪一个擒拿手勾住姚俊飞的脖子，把人带到阳台"交流感情"去了。

阳台时不时传来两人打闹的声音。

江远抓了抓头发，看着微信一大片消息有点烦，懒得一个个回复，他干脆发了条朋友圈——

别问了，我单身！

黎宁在自习室画完图才回宿舍。

她今天出来时手机忘记充电了，给徐时樾发完消息过后没多久，手机就因为电量过低直接关机了。几个室友也没一个带充电器出来。

因为没收到徐时樾的回复，黎宁本来也是有点着急的。但苏甜那边传来消息说，姚俊飞已经在朋友圈回复大家脱单的人不是徐时樾和江远，她暂时也就没管了。

因为画图作业明天上课的时候就要交，黎宁便也没急着回去，而是和室友们一起完成作业后，才回宿舍。

一回到宿舍，她就找出充电器，给关机的手机充电。

等了一会儿，手机终于开机成功。

点开微信，看到徐时樾的消息时，黎宁心情早就已经放松下来，给他解释了一句：刚手机没电了，现在才回宿舍。

过了几分钟，对方才回过来一个冷淡的"嗯"。

黎宁习惯了他的冷淡，也没太在意，正想说些什么时，视线扫到他之前的回复，眼睛一下子亮了起来。

这段日子，两人虽然时不时聊天，但内容一直相当规矩，今天还是他们第一次聊起这种自带暧昧的话题。

黎宁意识到，这也许是一个让两人关系有所突破的机会。

于是，她抱着手机，开始打字：你现在还没谈恋爱吗？

将这句话反复看了几遍，黎宁才鼓起勇气发过去。

徐时樾刚刚才洗完澡出来，回了她的消息后，就把手机扔到一边。

他拿着毛巾揉搓还湿着的头发时，手机屏幕又亮了一下。

他本来不想理会，但没忍住。

看到她发过来的话，徐时樾扯了扯嘴角。

怎么，现在才终于想起来打探他的情况了？

徐时樾回了个：没。

他想看看她到底要干什么。

黎宁看到他的回答并不意外，想了想，直接大胆地问：那你喜欢什么样的女孩啊？

徐时樾看到这个问题，眉心跳了一下，心里突然冒出一种古怪的预感。

这样的问题……她到底想要问什么？

徐时樾让自己平静下来，想了想还是忍不住给她回复。

徐时樾：单身的。

相当意有所指。

所以，你到底和江远分手没？

黎宁自从发出去那句话后，心里一直忐忑不已，既期待又害怕，心里不断设想着他会回答什么。

他会喜欢什么样的女孩子，会是自己这样子的吗？自己有没有机会？

结果徐时樾的回答完全出乎黎宁的意料。

单身的？

这也算得上是要求？

黎宁一头雾水，但这并不妨碍她勇敢地表达自己的心意。

黎宁的脸颊升起两抹红晕，指尖发热地输入着文字：好巧啊，我正好符合耶！

这条消息跳出来时，徐时樾愣住。

同一时刻，于凡的消息也弹出来。

于凡：[图片.jpg]

于凡：厉害，真被你撬成功了？

图片正是江远刚发的朋友圈截图。

徐时樾扔了手机,仰面朝沙发上一躺,眼睛怔怔地盯着天花板,脸上带着几分不敢置信——

难不成,他真做了小三?

黎宁发出那条消息也完全是凭借着一时冲动。发出去的那一刻,她就有些后悔了,但还是强忍着没撤回。

在等待回复的时候,她感觉整个世界都像被开了慢倍速,每一秒都变得极为漫长。

时间好像过去了很久。

徐时樾的回复迟迟不出现。

也不知道他是不知道怎么回,还是压根儿不想回……

黎宁一颗心越来越忐忑,最后终于受不了这种折磨,犯贱的念头占据了上风,指尖颤抖着快速打着字。

黎宁:哈哈哈哈哈,我开玩笑的。

黎宁:被吓到了吧!

黎宁:时间也挺晚了。

黎宁:早点睡觉呀。

黎宁:晚安哦。

相当无师自通,自己给自己体面,简直熟练得让人心疼。

正打算回复,结果看到这一连串消息的徐时樾一愣。

不是,他就晃个神的工夫。

不过说实话,他脑子确实是空白的,压根儿就没明白她话里的意思。

一瞬间想了很多,但又说不清具体想了些什么,总觉得有点不真实,大脑很需要冷静一下。于是,他绷着脸回复了一句:晚安。

第五章
告白
ZHAOMI

女生宿舍这边。

黎宁看到他的回复,瞬间心凉了半截。

她扔了手机,一把抱住路过的苏甜的腰,开始哭诉:"啊啊啊,怎么办怎么办,我觉得我没希望了。"

苏甜摸摸她毛茸茸的头发,觉得手感挺好,忍不住又摸了几把:"怎么了啊?"

黎宁把自己刚刚和徐时樾的聊天记录给苏甜看了眼。

她深吸一口气,说:"我觉得我暗示得挺明显了吧?他是不是根本就对我没意思啊?"

苏甜眯着眼睛看了两眼。

"不是,你这认尿的速度也太快了吧?"苏甜指着聊天记录说,"就等了两分钟,也许他当时刚好没看手机呢?"

黎宁眨了眨眼睛:"是这样吗?"

苏甜拍了拍她的肩膀:"我觉得可能性还是挺大的。"

"而且据说徐时樾本来很冷淡,好像一直都不怎么搭理女生。"苏甜想了想又说,"但他对你明显不一样啊!上次不还接了你递的水?"

作为旁观者,苏甜是真觉得徐时樾对黎宁的态度挺不一样的。

"是吗?"黎宁挠挠脸,很是灰心地说,"但这可能是因为我一直缠着他的原因……"

"不一定哦，难道以前就没有缠着他的女生吗？"苏甜安慰道，"反正我觉得你是特别的。"

被苏甜鼓励了几句，黎宁仔细想了想，发现确实有时候觉得徐时樾对自己不太一样。

那颗原本焦躁不安甚至有点想退缩的心也渐渐安分下来。

徐时樾重新去浴室洗了把脸。

凉水的刺激让他的头脑稍微清醒了一些，不由得想起黎宁刚刚发来的消息，总觉得自己好像忽略了什么。

徐时樾擦干脸上的水珠，弯腰拿起手机，正准备重新看看的时候，突然发现自己被姚俊飞拉进了一个三人小群。

王迪：？？？

王迪：姚俊飞，你带头搞宿舍孤立啊？

王迪：虽然江远这厮有时候确实挺欠揍的，但真的不至于不至于！

王迪：你赶紧把群解散了，不然被看到了不好！

说完，王迪直接退了群。

姚俊飞无语。

看着对面退了群后，给女朋友发肉麻晚安语音的傻瓜室友，姚俊飞真想把他拉下床打一顿。

他忍了忍，还是把人拉回来：@王迪 你是不是傻？

把人骂了一句后，姚俊飞直接甩过来一张截图，正是江远最新发的一条朋友圈动态。

事情还得从几分钟前说起。

姚俊飞睡前例行刷手机的时候，猝不及防看到了这条动态。

他的第一反应是：我嗑的CP竟然悄无声息地分手了？

第二反应是去看江远。

姚俊飞的床铺和江远是斜对面。

江远自从被吵醒后，也没了睡意，这会儿正戴着耳机靠在床上打游戏。

手机的屏幕光不断闪烁，淡淡的蓝光照在江远毫无表情的脸上，让他看起来带着无端的戾气。

唉，可怜的江远。

看来分手还是给他带来了不小的打击，难怪他这几天心情都不好。

作为室友，姚俊飞决定要做点什么，让江远知道，虽然他失去了爱情，但还有室友们的关心。

正好这段时间，徐时樾不知道怎么也和他们有些疏远了。

姚俊飞决定趁此机会，好好团结一下室友情。

想了想，姚俊飞开始在群里打字。

姚俊飞：江远分手了。

姚俊飞：我觉得他好像受了挺大的打击。

王迪：原来如此。

王迪：你不早说？

王迪：那我今天脱单岂不是往他心口里插刀？

王迪：哎呀，真是罪过罪过。

姚俊飞：所以我们要不要安慰安慰他？

姚俊飞：@所有人

姚俊飞：@徐时樾，大佬你在吗？

徐时樾回了个句号。

王迪：怎么安慰啊？

姚俊飞：要不明天请他去吃个夜宵？你们都有空吧？

王迪：没空那也得有空啊！

姚俊飞终于看王迪顺眼了些。

姚俊飞正要询问徐时樾的意见，就见他的消息弹了出来。

徐时樾：他们什么时候分手的？

姚俊飞：不知道哎，不过确实有一阵没见他和女朋友聊天视频了。

王迪：直接问他不就行了？干吗那么麻烦？

姚俊飞：你忘了江远当初刚进宿舍时说过的话了？

王迪想了想，直接抽了抽嘴角。

那可真是相当印象深刻。

那是他们大一开学报到的时候，姚俊飞和王迪先到了宿舍，正聊着天呢，江远就进来了。

江远长得倒是挺不错，就是跩得跟二五八万似的，目光嫌弃一般地扫了一眼有些破败的宿舍后，才介绍了一下自己的名字。

然后，他说了一句相当令他们印象深刻的话："如无意外，接下来咱们得相处四年，我就一个要求，我不管你们私下怎么样，反正别当着我面讨论女生，大概就这样。"

当时的姚俊飞和王迪面面相觑，只能尴尬一笑。

但之后，他们宿舍倒也真的从来没讨论过女生。

不过当时徐时樾比江远还跩。

徐时樾是最后一个来的，又高又帅，进来之后对他们点了个头，冷淡地介绍了一句:"徐时樾。"

因为这两尊一看就知道不太好惹的大神,姚俊飞和王迪刚开始跟两只鹌鹑似的瑟瑟发抖。

姚俊飞当时还在网上投稿了个帖子,标题是——谁懂啊,我们宿舍有两个跩王。

该帖在网络上一战成名,引起了挺大的关注。

最让人不可思议的是,这两个跩王竟然还各自吸了不少粉丝。

简直匪夷所思。

他发出来是让大家吐槽的,结果大家就只看到了他们又高又帅又跩?

姚俊飞当时就无语了,后面也捂死自己的马甲,不再继续投稿。

再后来熟了之后,姚俊飞发现他们两个其实都挺好相处的,姚俊飞和王迪放下心来,宿舍关系也变得和谐。

王迪:是有这回事,说起来,江远似乎从来没跟我们提过他女朋友。

王迪:不对啊,那你们怎么知道是他女朋友啊?

王迪:而且他朋友圈也没说分手只说单身。

王迪:他到底什么时候有的女朋友?

王迪直接说出自己的疑惑。

王迪大一的时候加入了各种社团,每天累得跟狗一样,基本上回宿舍倒头就睡了,还是这学期才偶然听班上同学提了一嘴江远有个长得贼漂亮的女朋友。

徐时樾看到这话,视线略微一顿。

但下一秒,就看到姚俊飞回复了。

姚俊飞:那当然是我亲眼看到的了!

姚俊飞立即给他们科普了一下。

那是大一时候的事了,当时姚俊飞正好跟江远在一块,有个女生来找江远告白。

江远拒绝了,但女生不死心,问他:"你又没有女朋友,就不能给我一个机会吗?"

结果江远直接说自己有女朋友了。

女生不相信,江远也不废话,直接掏出一张合照,说这就是他女朋友。

一旁的姚俊飞看得真真切切。

但这事他一直也没和别人说,还是这学期美院搬回主校区,黎宁过来找江远时,班上有同学问那是谁时,姚俊飞好心向他们解释了江远和黎宁的关系。

姚俊飞在群里三言两句解释了一遍,想了想又加上了自己的猜测。

姚俊飞:据我观察,他们在一起挺久了。

姚俊飞:说不定还是初恋。

姚俊飞：唉，反正咱们明天也尽量别在江远面前提这个，毕竟是伤心事。

翌日。

徐时樾去上专业课的时候，刚走进教室，就见到姚俊飞热情地朝他招手。

徐时樾抿了抿唇，走过去在姚俊飞旁边坐下。

江远坐在姚俊飞和王迪中间，瞥了一眼徐时樾，看着宿舍里整整齐齐的四人，皱了皱眉："你们今天怎么回事儿？"

今天一大早起来，江远就觉得他们奇奇怪怪的。

王迪正忙着用微信和女朋友聊天，徐时樾坐下就没说过话。

姚俊飞觉得他们都靠不住，只能自己开口："江远，这学期咱们宿舍还没聚过，要不今晚一起去吃夜宵怎么样？"

江远想了想，今天晚上正好也没啥事，便也没多想就答应下来："行啊。"

黎宁今天一整天都是满课，晚上回到宿舍才有空去找徐时樾聊天。她点开徐时樾的聊天页面，想了想给他发了个"在干吗呀"的可爱表情包。

徐时樾收到消息时，正和三个室友在校外的烧烤摊吃夜宵。

三人小群里也活跃着。

王迪：我看江远表情挺正常，不像是被伤了心的？

姚俊飞：你懂什么，他装的。

在群里发了一句后，姚俊飞给江远倒了一杯酒："来，兄弟，别的也不多说了，把这杯酒喝了，我敬你！"

江远拿起酒杯，看了姚俊飞一眼："说的什么玩意儿？"但还是把酒喝了。

徐时樾看了一眼对面的江远，又看了一眼微信，做贼心虚的感觉越发强烈。

他飞快地回了句：正在吃。

黎宁见他正在吃饭，也没有要多聊的意思，想了想问了一句：明天一起去图书馆吗？

"来来来，再喝，你要相信，咱们几个舍友永远站在你这边。"姚俊飞勾着江远的脖子，又对王迪和徐时樾说，"你们说对吧，咱们一起干了。"

徐时樾端起面前的啤酒，和他们碰了一下。

喝完之后，他回复黎宁：好。

应该没有哪条法律规定，不能和室友的前女友接触吧？

两个小时后。

因为忙着和女朋友聊天，没喝太多酒，唯一还清醒的王迪看着桌上的几个室友，头都要大了。

只见喝多了的姚俊飞和江远两人正抱头痛哭。

姚俊飞大着舌头道:"兄弟,一醉解千愁,你放心飞,有我们陪着你。"

江远:"呜呜呜,没想到你们对我这么好。"

王迪无奈。

你们两个醉鬼真是够了!

再看旁边坐着的徐时樾,只见他安静地坐着,不知道在想什么。

王迪拍了拍他的肩膀,说:"看来只能我们把他们带回去了。"

徐时樾抬头,黑沉的眼睛看着王迪,依旧一言不发。

王迪再一看他面前,一堆啤酒瓶,他什么时候默不作声喝了这么多?

王迪头痛。

得嘞,这也是个醉鬼。

没办法,王迪最后还是叫了几个同学,帮忙把这三个醉鬼室友带回去。

把人带到宿舍,连哄带骗让人爬上床后,王迪把宿舍门一锁,就去女朋友宿舍楼底下找她去了。

黑暗中,徐时樾睁开眼睛看着近在咫尺的天花板,脑子不太清醒,连自己在哪儿都不太清楚。他伸手摸了摸,找出自己的手机,循着本能操作了一番。

黎宁刚洗完澡正在吹头发。

手机突然铃声大作,是一通微信语音电话。

一般会打她微信语音的,除了室友就是江远。

室友们都在宿舍,那应该就是江远了。

黎宁漫不经心地拿起手机,刚要接通,看到屏幕中间显示的头像时,一下子就愣住了。

她猛地眨了两下眼睛,确认自己有没有看错。

什么鬼!

徐时樾竟然给她打语音电话?

反应过来后,黎宁关掉吹风机,看了眼各做各事的室友们,将手机声音调小,做贼似的跑到阳台,顺便把阳台门关上。

阳台门隔绝了室内室友们的说话追剧声。

因为天气变冷,晚上出来阳台的人不多,外面安静得只有夜晚的风声。

黎宁握着手机,紧张得仿佛能听见自己的心跳声。

她深吸一口气,终于按下接听键,将手机贴到耳边。

"喂?"她轻声对着话筒说。

电话那头很安静,只听见细微的窸窣声。

黎宁有些疑惑,叫了一声他的名字:"徐时樾,是你吗?"

女孩的声音温软,像片羽毛似的刮过耳郭,徐时樾愣了愣神,开口叫她:

"黎宁。"

黎宁应了一声。

意识到电话里的徐时樾有些反常,她心里浮现出一个猜测:"你喝酒了?"

那边好像咕哝了一声,黎宁没听清,但她已经确定对面这人绝对是喝醉了。

想象了一番对面人的样子,黎宁弯了弯嘴角:"你难不难受啊?"

"黎宁。"他又叫了一声她的名字。

他的声音带着轻微的电流声,感觉像是贴在自己耳边说话一般,黎宁脸颊热度攀升,低低地应了一声:"怎么了?"

"想听听你的声音。"

隔着手机,黎宁只感觉自己的心脏被狠狠地电了一下。

翌日清晨。

还在床上睡着的黎宁感觉被人推了推。

她睁开眼,人还没完全清醒过来,含糊着声音问:"几点了?"

"快七点四十了。"苏甜刚从阳台进来,一边刷牙一边应了她一声,"你抓紧点时间,不然等会儿迟到了。对了,外面有点冷,你记得多穿点。"

今天上午有一节专业课早八。

学期快过半,黎宁她们宿舍已经累积了丰富的踩点经验,并且计算出最合适的出门时间。

听苏甜提起要上课,黎宁连忙爬起来。

一通收拾后,几人匆忙出了门。

往上课教室赶的时候,黎宁才抽空拿出手机,却发现手机已经因为没电关了机。

昨晚的记忆渐渐回笼,黎宁忍不住捂住了脸。

昨晚他们应该通话通了很久,久到手机电量都支撑不住。

虽然通话时间长,但其实并没有聊什么。

徐时樾的酒品挺好,喝醉了也不会发酒疯,话也很少。

她记得在阳台上说完那句令她脸红心跳的话后,他好像就直接睡着了……徒留黎宁一个人吹着冷风平复心情,但她也没舍得挂断,而是抱着手机钻回温暖的被窝,戴上耳机听着他浅浅的呼吸声入眠。

回忆起昨天的细节,黎宁感觉自己一颗心上蹦下跳的,一点都不安分,脑子里闪过一个控制不住的猜测——

徐时樾是不是也有点喜欢她啊?

但他昨天说的话真的很容易让人误会啊!

同一时刻，男生宿舍里。

徐时樾醒来，脑袋一抽一抽地疼。

他伸手捏了捏眉心，突然动作一顿。

清醒过来后，脑子里涌现出一些断断续续的记忆。

他僵硬地坐起身，找到角落里已经没电的手机，默不作声地下床，找到充电器给手机充上电。

开机之后，弹出来不少消息，他没理，直接打开和黎宁的对话框，只见上面明晃晃地显示，昨晚通话时长为六个多小时。

徐时樾一怔。

因为这通彼此都没预料到的语音电话，两人似乎都有些尴尬，一整个白天，都没有给对方发消息。

下午最后一节课下课前，黎宁主动给徐时樾发了信息：等下还要不要去图书馆呀？

徐时樾回得很快：你几点下课？

黎宁说了自己的下课时间，两人约好在图书馆附近的食堂见面。

约好之后，黎宁心情立马肉眼可见地雀跃起来。好不容易熬到下课，她立马拿着早已收好的包包跑路。

时间已是深秋，天黑得相当早。

黎宁从院楼出来时，灰蓝色的天空已不见半分光亮，路上早已亮起了灯。

她一路小跑，踩着暖黄色的路灯往食堂赶去。

在接近食堂时，她看到了徐时樾的身影。

他正站在一棵疏疏落落的银杏树下。

深秋的银杏叶像一把把小扇子，悬挂在枝干上，即使在夜晚也泛着金黄色的光，地上铺了一层厚厚的落叶。

徐时樾穿着黑色的冲锋衣，整个人清隽又挺拔。

黎宁放慢脚步，绕到他背后，伸手拍了拍他。

徐时樾转过身，撞进黎宁含笑的眼睛里。

她身上穿着件蓬松柔软的米色毛衣搭配灰色半身裙，一双眼睛干净明亮，漂亮得不行。

"你等很久了吗？"黎宁也有些不自在。

徐时樾不自在地移开视线，语气低沉地应了一声："没。"

"那我们先去吃饭吧？"黎宁建议。

两人一前一后进了食堂。

一顿饭吃得很安静，两人偶尔视线接触时，俱是一愣，停住一秒，随即又默契地转开。

吃完饭，他们又去了图书馆。

正值期中周，需要完成的作业和考试纷至沓来，两人都不是很有空闲。

直到从图书馆出来，黎宁才摸到包里的饮料。

她想了想，还是把饮料拿出来。

"那个，刚刚忘记给你了，你现在头还疼吗？"黎宁把饮料瓶递过去，"据说喝这个挺有效果的，你要不要试试？"

徐时樾垂眸望去，只见女孩细白的手指握着一瓶饮料。

他视线一顿，伸手接过来。

塑料瓶身上还沾有她手指的温度。

徐时樾默不作声地拧开喝了一口。

黎宁微微瞪大眼睛，看向他："哎，你怎么就喝了啊，会不会太冰了？"

此时室外的温度已经有点冻人了。

"还行。"徐时樾说，想了想终究还是问了句，"我昨晚，有没有说什么不该说的话？"

徐时樾对自己的酒品挺有自信，但如果面对的对象是她，他好像就没有那么有把握了。

黎宁听他问这个，也有些不好意思起来。

不是，他是完全不记得了吗？

黎宁挠挠脸，闷声道："没说什么。"

确实也没说什么，而且要她重复的话，她是真的有些说不出口。

反正就还挺尴尬的。

"黎宁。"他叫了她一声。

"嗯？"黎宁抬头看他。

暖黄色的路灯下，两人的视线不偏不倚地撞上，有种说不出的感觉。

似乎都在等着对方先开口。

这时，旁边突然传来一阵又一阵惊呼声："哇，是不是下雪了！初雪耶！"

黎宁闻言移开视线，伸手掌心朝上，只见路灯下有星星点点的雪花飘落下来，有几粒落在她的掌心，痒痒的，很快就融化成小水珠。

她双眼亮晶晶地看向徐时樾："真的下雪了！"

刚说完，一片雪花落在她浓密的眼睫毛上。

徐时樾垂下双眸，应了一声："嗯，下雪了。"

算了，来日方长，也不必急于这一时。

下次找个正式一点的场合？

反正，人应该是跑不了吧？

十一月的初雪让夜晚的校园沸腾起来。

还在路上的学生们纷纷驻足，或仰头欣赏，或拍照记录飘落的雪花。宿舍楼外的阳台上也站满了人。更有甚者，直接穿着睡衣裹了棉袄出来。

各种欢呼声连绵不绝。

姚俊飞正好从自习室里出来，见状立马掏出手机拍照，准备发个朋友圈。

他先对着天空拍一张，又对着路灯拍一张。

哇，路灯下那对情侣氛围感绝了，也拍一张好了。

姚俊飞找好角度，满意地按下快门。

正要收回手机，他突然见照片里的男主转头看过来。

姚俊飞看到一张熟悉的脸，震惊得瞪大了眼睛——

竟然是徐时樾！

怎么回事，这也不是春天啊，怎么一个个的都要脱单了！

姚俊飞有过一秒的羡慕嫉妒，但还是选择祝福他的室友，见徐时樾看过来，他还和徐时樾挥挥手。

徐时樾似乎在他身上停留了几秒，然后若无其事地移开。

姚俊飞也没太在意，转而去看他旁边的女孩。

也不知道徐时樾喜欢的女孩长什么样？

姚俊飞眼含期待地看过去，然后下一秒，他直接愣住。

等等，如果他没看错的话——

那个女孩，是黎宁？

姚俊飞震惊得下巴都要掉下来。

谁懂啊，他今天早上起来的时候，看到宿舍里整整齐齐的四个人，还感叹了一番他们的绝美宿舍情，现在觉得脸好疼。

姚俊飞人都傻掉了。

他们现在所在的地方离宿舍区不远，姚俊飞傻愣愣地回宿舍，发现和前面两人的方向一样，于是只能眼睁睁看着徐时樾把黎宁送到宿舍楼下，然后朝他走过来。

徐时樾的脸色也有些复杂。

两人沉默了一会儿，徐时樾先开口："这事得怪我。"说完，又有些烦躁，"你先别和其他人说。"

姚俊飞咽了咽口水："嗯。"

又想起什么，徐时樾问他："你刚刚拍了照片？"

姚俊飞反应过来，立马道："我、我、我马上删掉！"

"……不是，"徐时樾看了他一眼，"我是让你发我一份。"

姚俊飞一愣。

两人一起回了宿舍。
一路上,姚俊飞的表情都恍恍惚惚,欲言又止。
他异常纠结地看了徐时樾一眼,只见对方面色如常,表情寡淡,没什么特别的情绪。
姚俊飞不由得有些佩服,又有些好奇他们之间到底是怎么一回事?
虽说江远和黎宁分手了,但毕竟是前女友啊!更何况昨天晚上他好像还隐约听见江远叫黎宁的名字了。
等等,不对劲!
昨晚叫黎宁名字的到底是谁?
姚俊飞满腹心事地回了宿舍。
宿舍里灯光明亮,江远和王迪都在。
王迪正和女朋友视频:"宝宝,等明天我一定给你拍出超好看的照片!"
江远则正跷着腿打游戏,表情看起来还挺轻松。
姚俊飞狠下心,觉得这事他不管了,还是暂时先维持这虚假的宿舍情吧。
但没想到的是,江远打完游戏后,也不知道想起什么,竟然直接给黎宁打了个电话。
徐时樾的床位就在江远的对面,看见时,眸色不由得一沉。
姚俊飞看到这一幕,内心直接化身尖叫鸡。
好在江远打了几次,对方都没接。
危机虽然暂时解除,但姚俊飞觉得心好累,他感觉这宿舍迟早得打起来,到时候他应该帮谁啊,救命!

黎宁是在第二天才给江远回的电话。
昨晚江远给她打电话时,她洗澡去了没带手机,上床时才看到几个未接来电,太晚了就也没打回去,在微信上说了一句:**有事明天说。**
第二天早上,黎宁才抽空给他打了个电话过去。
"什么事,快说!"黎宁问。
"啧,你是真不看手机啊。"江远说,"妈昨天给我打电话,说她这几天在燕城出差,要我们周末过去找她。"
黎宁这才看了一眼手机的通话记录,果然发现一通黎艳的未接电话。
黎艳应该是在她回宿舍的路上打来的,她在图书馆时手机调了静音,出来后也忘了调回去,所以也就没听见。
"好啊。"黎宁点头。

"行,那你今天下午上完课,就直接来校门口找我。"江远说,"咱俩到时候一起去。"

给江远打完电话后,黎宁又给黎艳回了个电话。

得知黎艳周末会在燕城待两天,于是上午上完课后,黎宁回了趟宿舍,装了点洗漱用品和换洗衣物。

黎宁下午的课是那节和徐时樾一起上的公选课。

黎宁出门有些迟了,赶到教室的时候,刚好上课铃敲响。见徐时樾旁边有个空位,黎宁直接朝他走过去。

说实话,黎宁也说不清,自己和徐时樾现在究竟是什么关系。她感觉对方应该是有点喜欢自己的,但有时候态度又很奇怪,搞得她也一直患得患失的。

像昨天晚上,她后来回到宿舍时,回想了一番,觉得他当时好像是有话要和自己讲。

但最后什么也没说。

黎宁多少有些矜持,也不好意思直接问。

万一她会错意了那多尴尬啊……

徐时樾瞥了一眼黎宁。

今天外面依旧在下着小雪,她应该挺怕冷的,穿得挺厚实,不仅围上了一条毛茸茸的围巾,还戴了一顶毛绒帽,看着可爱得紧。

外面虽然温度低,但教室里有暖气,还挺热的,一坐下,她就开始脱手套、解围巾,摘帽子。很快,她桌前的毛绒制品就堆成了一座小山。

徐时樾忍不住轻笑了声。

女孩耳朵动了动,一双圆溜溜的眼睛瞪过来。

徐时樾若无其事地移开视线,心里想着,周末要不要把人约出去?

两人就这么各怀心思地上了两节课。

下课的时候,徐时樾突然问:"你这周末有空吗?"

因为要出教室了,黎宁又重新围上围巾。

突然听见他说话,她愣了一下,表情有些为难:"这周末不太行哎。"

"有事?"他问。

"对,我——"黎宁刚要解释,兜里的手机响动起来。

是江远打来的电话。

黎宁挂断,电话又锲而不舍地打过来。

她只好接起,对那边说:"你别催了,我就来了!"

挂掉电话,黎宁对徐时樾抱歉地说了句:"那个,我先走了,到时微信上和你说。"

徐时樾看着她,眼底情绪莫名。

江远催人的时候相当烦，连环夺命 call 的那种。黎宁也不敢耽误，拿起自己的东西和徐时樾说了声再见后，就飞快地跑出教室。

黎宁一路小跑出教学楼，就见门口坐在自行车上的江远。

只见他一条长腿撑着地，单手拿着手机似乎还要给她打电话。

黎宁无语。

她朝他跑过去："不是说在校门口等？"

"我不相信你那乌龟一样的速度。"江远白了她一眼，"赶紧的，别磨蹭，快上来！"

黎宁无语，坐上他的自行车后座。

江远脚往前一踩，载着她往校门口骑去。

教学楼的楼梯间里，于凡不知道从哪里冒出来，拍了拍徐时樾的肩膀："你在这儿干吗呢！"说完，顺着徐时樾的视线，隔着玻璃往楼下一看。

于凡一怔。

只见黎宁在江远的自行车后座上坐好，她一只手搂住他的腰防止自己掉下去，一边用牙齿将另一只手的手套咬下来，然后艰难地抽出兜里的手机。

黎宁单手点开和徐时樾的聊天框，速度极其缓慢地打字。

黎宁：我妈妈出差来燕城了。

黎宁：这个周末要去陪她。

黎宁：下个周末再一起玩呀！

刚发完，江远骑车经过一个减速带，狠狠一个颠簸，黎宁差点没拿稳手里的手机。

被这么一吓，她也没敢再继续看手机，用手肘捅了一下江远："拜托，你能不能好好骑？"

江远"呵"了一声，故意左歪右扭了几下。

黎宁在后面气得直骂他。

两人一路骂咧咧地到了校门口。

锁好自行车，江远直接用打车软件叫了个车。司机距离他们不远，很快就赶了过来。

坐上车，黎宁还和江远确认了一遍："你确定妈妈在这个酒店？可别等下跑错了。"

"放心吧，你记错我都不会记错。"江远很有自信。

见他这样说，黎宁也不说什么了。

倒是江远斜睨了她一眼："对了，你最近忙什么呢？十次联系你有九次联系不到，呵呵。"

忙什么？当然是忙着追人啊！

黎宁看了他一眼，想了想决定暂时先不说，不然难保这人搞什么破坏。等到时候和徐时樾在一起了，她再狠狠吓他一跳。

于是，黎宁咳了一声，淡定地道："到时候你就知道了。"

"行啊，有秘密瞒着我了是吧？"江远冷笑，"用到我的时候热情无比，不需要我的时候就一脚踹开，给你打视频的时候一秒挂断，呵呵，黎宁，你可真是好样的。"

听到这话，黎宁看了他一眼，理不直气也壮地回怼："你有事直接微信说就是，视什么频啊？你几岁了，都这么大了难道还要姐姐陪着你写作业？"说到最后，眼神透露出几分嫌弃。

江远无语。

前头的司机一直默默听他们说话，透过后视镜看了他们一眼，忍不住笑了起来："你们姐弟感情真好！"

黎宁和江远互相对视一眼，都有被对方恶心到。

"谁跟他感情好啊！"

"谁跟她感情好啊！"

司机通过后视镜看了他们一眼，"扑哧"一声笑出来："你们可真是有趣啊！"

两人一路互相嫌弃着到了黎艳下榻的酒店。

刚一进入酒店大堂，他们就看见了黎艳一行人。

黎艳是某家知名外企的中国区总经理，妥妥的高知女性，职场精英女强人。

黎艳身材高挑，穿着打扮职业又精致，身上穿了一件剪裁质地极好的大衣，在人群中极为醒目。虽然人已中年，但经过沉淀下来的气质反而更加有韵味。此时，她正和几个西装革履的中年男人说着话。

黎宁和江远没打扰她工作，就在旁边等着。

倒是黎艳见到他们两个，招招手让他们过去。

"这是我家的两个孩子，都在燕大念书，说不定以后还需要许总关照一番。"黎艳笑着和为首的男人说了句客气话。

"哪里哪里，这么一对优秀的儿女，黎总可真是好福气啊！"被称为许总的中年男人看着黎宁和江远赞叹了一句。

黎宁和江远对此习以为常，跟两个吉祥物似的微笑着喊人打招呼。

原地寒暄了一会儿，双方终于告别。

送走了合作对象，黎艳又给身后的年轻女助理也放了个假，让她这两天自由安排，然后才看向一双儿女，笑着问："饿了没？"

黎宁亲昵地抱住她的胳膊："妈，我好想你啊！"

旁边的江远抱着自己的胳膊"嗤"了一声,傲慢道:"就你会撒娇!"

"那你也可以啊!"黎宁白了他一眼,"妈妈的另一边胳膊还是空的,你完全可以抱住!"

江远没理她。

黎艳被逗笑了,戳了戳黎宁的脑门:"行了,你别逗你弟弟了。"

说完,她看向江远:"阿远,你先把东西放上去,我们看看去哪里吃饭。"

"行,房卡给我。"江远很好说话。

黎艳把房卡递过去,黎宁也毫不客气地把自己的东西塞给他。

江远没好气地接过去,不忘瞪她一眼。

黎艳在一旁笑着摇头。

当年和前夫因为工作理念不和离婚后,两个小孩也被迫分开,幸好姐弟俩没有因此生分,也算是不幸中的万幸。

母子三人很快找了个餐厅吃晚饭。

也算有几个月没见过面了,作为母亲的黎艳好好关心了一番他们两个最近的情况。

其间,黎宁只抽空看了一眼手机。

之前给徐时樾发的微信他回复了一句:嗯。

因为忙着和黎艳说话,黎宁也没再找徐时樾聊天。

周六这一天过得相当充实。

几人将燕城好玩的景点逛了逛,他们又陪黎艳在燕城的朋友们吃了顿饭。走了挺多路,饭桌上还被几位叔叔阿姨轮番关照,一天下来累得不行。

白天有空的时候,黎宁有给徐时樾发微信找他聊天,但对方可能兴致不高,回复得都挺冷淡,黎宁便也作罢。

等到晚上回了酒店,黎宁趴在床上,抱着手机纠结该找什么话题。

路过的黎艳见到,瞥了自己女儿一眼,漫不经心地开口:"怎么这副表情?谈恋爱了?"

黎宁一怔。

不愧是她妈,竟然这么敏锐!

黎宁赶忙收了手机,对上黎艳的眼睛,老实道:"还没谈呢。"

黎艳直接坐到她对面,感兴趣地问:"那就是有喜欢的人了?"

黎宁没说话。

"你不会还在搞暗恋那一套吧?"黎艳想起什么,看着她的目光带着几分嫌弃。

"也不算吧。"黎宁在黎艳面前放弃挣扎,挠了挠脸,"我觉得我表现得还挺明显的?"

"那怎么回事,那男孩不喜欢你?"

黎宁往床上一滚,避开她妈的视线,羞耻心一下子涌上来,小声道:"应该也不是不喜欢吧?"

"那你们在扭扭捏捏什么?"黎艳好笑道。

黎宁感觉自己心口被扎了一箭。

看着说不出来话的女儿,黎艳很是嫌弃:"你怎么都不遗传遗传我?胆子大一点,畏畏缩缩像什么样子?喜欢就大胆去表白,追不上大不了就换一个。"

"你当初也是这样追我爸的?"黎宁忍不住好奇地问。

"那倒不是,是你爸追的我。"黎艳回答,"我当初追的是我们学校的校草。"

"后来呢?"黎宁又问。

"后来那狗东西劈腿了。"黎艳冷笑。

黎宁一愣。

怕打击到她,黎艳安抚了一句:"妈妈的意思是,结果其实并不重要,你这个年纪多谈谈恋爱也行,算是一种体验,注意保护好自己就行。"

黎宁难得和她妈聊感情话题,双眼不由得亮晶晶的。

黎艳摸了摸她的脑袋,跟她说了说一些感情上的事。

末了,黎艳才装作不经意地问了句:"你喜欢的那男孩具体什么情况,叫什么名字,也是你们学校的?性格怎么样,要不要妈妈帮你参考参考?"

黎宁听到这话,直接钻进被子里,闷闷的声音传出来:"哎呀,还是等我追上了再说好了!"

周日这天,黎艳带着黎宁和江远去逛商场。

黎艳对自己的一双儿女向来大方。

她努力工作除了自己本身对工作的热爱,也有赚到钱为家人们提供更好的物质生活的原因。

进了商场,黎艳直接放话:"看中什么随便挑。"

只不过一路上,都是黎艳和黎宁在前面逛,江远跟在后面,任劳任怨地当拎包小弟。

进了一家女装店,黎艳给黎宁挑了套衣服让她去试。

趁着黎宁去试衣服的时候,黎艳对靠在墙上无聊到玩手机的江远说:"你姐好像有点情况,你帮着注意一点。"

江远头也没抬:"什么情况?"

黎艳看了他一眼:"她好像在学校里有个喜欢的男孩,这事她没跟你说过?"

江远玩手机的动作一顿,抬起头来:"什么鬼?"

"你真一点儿都不知道？"黎艳有些不可置信。

"我不知道啊！"江远一头雾水，说完眯了眯眼睛，"她喜欢的那人是谁？"

"这我哪知道。"黎艳摇摇头，对这傻儿子无语了，"反正你多看着你姐点。"

一起吃了个晚饭后，黎宁和江远将黎艳送到机场，才一起坐车回学校。

回去的路上，江远一直以一种鼻子不是鼻子、眼睛不是眼睛的目光盯着黎宁看。

黎宁不知道他抽什么风，但没空搭理他。

一路上，她都在想着黎艳说的话，脑子里几种情绪不断在拉扯。终于，她心里蓦然升起一股冲动——

她有点不想再等下去了。

既然徐时樾不主动，那就自己主动好了！

她这次一定要勇敢一点，主动说出自己的心意。

黎宁脑海中的这个念头挥之不去。

在学校门口下车时，黎宁终于下定了决心。

她对江远说："我还要去买点东西，你自己先回去吧。"

江远挑了挑眉，手微微举起，扬了扬手中大包小包的购物袋："那这些东西呢？"

黎宁想了想说："你帮我拿到我宿舍楼下吧，我叫我室友下来帮忙拿上去。"

"行。"江远吊儿郎当地点了下头。

看着江远远去的高大背影，黎宁在宿舍群里和室友们说了一句。

得到答复后，她又点开和徐时樾的对话框，斟酌了好一会儿，鼓起勇气发了几条消息过去。

黎宁：你在家吗？

黎宁：我能过去找你吗？

黎宁：有点话想和你说。

消息发出去之后，一时间并没收到回复。

黎宁站在原地想了想，决定干脆直接去他家那边等着。无论他现在人在不在，晚上总是要回去的吧。

天色已晚，路旁灌木丛上还堆着浅浅一层没融化的积雪，在明亮的路灯下莹莹闪耀。

距离目的地越近，黎宁就越是紧张，喉咙眼像是被什么堵住，连咽口水都变得艰难。无数次生出想要逃跑的念头，但都被她强压了下去。

明明是这样冷的天,连呼吸都在空气中凝结成白气,黎宁却已经紧张得后背冒起了一层薄汗。

因为来过几次,长相又相当出众,保安早就对黎宁有了印象,登记过后,就帮她刷了卡让她进去。

看着电梯上的数字一下一下往上跳动着,黎宁反而平静下来。

走出电梯时,头顶的灯光似乎闪烁了一下,黎宁没注意到,看似镇定地按响了门铃。

等了一会儿,面前的大门并没有什么动静。

不在家吗?

黎宁既有些失望,同时又悄悄地松了一口气。

她拿出手机,继续给徐时樾发了条消息:*我已经到了。*

一墙之隔的门内。

徐时樾正站在门口的监视器前,浑身上下泛着一股冷意。

亮起的手机屏幕上,显示的是黎宁刚刚发来的消息。

监视器里,女孩正乖巧地看着手机,表情里带着紧张与忐忑不安。

她在不安什么?

徐时樾垂下眼,自嘲一笑。

这两天她和江远发的朋友圈已经很清楚了,不是吗?

相似的景点照片,还有若有似无出现在对方照片里的身影。

她做了什么选择,不是显而易见了吗?

她现在又过来找自己做什么?

再狠狠践踏他一次吗?

这种从一开始就不该有的接触,早就应该结束了。

徐时樾冷下眸子,打算置之不理。正要转身离开的时候,监视器那边却传来一阵动静。

黎宁原本好好地在外面等着,头顶的灯突然剧烈闪烁了几下,抬头一看,灯光竟然直接熄灭了。

眼前突然一片黑暗,黎宁吓了一跳。她眨了眨眼,下意识地往后面一退,结果不知道撞到什么,发出一声闷响。

徐时樾见到监视器的画面突然一暗,画面里的女孩正在黑暗里茫然无措着。

他抿了抿唇,还是拉开了门。

黎宁突然见到面前的门被打开,屋内也没开太多灯,光线微弱,屋子里也有几分灰暗。

但总比她站着的地方要亮一些。

"咦,原来你在家呀?"黎宁不由得惊喜道。

徐时樾背对着屋内站着,高大挺拔的身躯将门内大部分的光线挡住。

黎宁抬眼朝他看过去,因为背着光,她努力想要看清他脸上的表情。

隔着昏暗的光线,她猝然对上了他有些冰凉的视线。

黎宁不由得愣住。

"有事?"彼此沉默几秒,他极为冷淡地开口。

黎宁眨了眨眼,她见过很多次徐时樾的冷淡,但这还是她第一次从他身上感觉到了拒人千里之外的冷意。

这股冷意化作尖锐的冰刀,猝不及防地扎了她一下。

黎宁僵在原地,好半晌,才找回自己的声音:"我……"

徐时樾没说话,只沉默地看着她。

他看上去心情好像不太好,黎宁抿了抿唇,还是决定不再给自己退缩的机会。

她鼓起勇气,无比紧张地说:"我……你……要不要和我在一起?"

虽然有些磕绊,黎宁总算是将话给说了出来。

她心脏剧烈地跳动着,忐忑地等着他的回复。

在昏暗的光线下,她强迫自己看着他的脸,等待着他的反应。

一秒、两秒、三秒……

他脸上的表情依旧冷淡。

黎宁一颗滚烫的心脏渐渐冷却下来。

不用多说什么,意思好像已经很明显了。

一瞬间,所有的血液好像都往脸上涌来。她的脸颊变得热辣无比,眼睛浮现出一抹酸意。

时间好像也凝固住了。

不知过了多久,对面的人终于有了动静。

只见他扯了扯嘴角,语气冰冷地说:"你这样,江远知道吗?"

黎宁不明白他为什么突然提起江远,但此刻,她只觉得异常难堪,大脑也被窘迫、失望等各种复杂的情绪所占据着,根本无暇思考,只凭借着本能回应了一句:"我没告诉他。"

他似乎是笑了一声,声音既冰冷又疏离。

"你走吧。"他的声音从头顶上方传来。

黎宁不知道自己是怎么从楼里走出来的,她大脑一片空白地往前走着。

雪花不知道什么时候又落了起来,冰凉地在她脸上化开,她却什么感觉也没有,仿若一具没有知觉的行尸一样。

徐时樾冰冷又厌恶的视线在她脑海里不断循环播放着。

原来他根本就不喜欢她,原来一直是她在自作多情。

他一直以来就对自己很冷淡不是吗?

只不过是自己一直欺骗自己。

黎宁努力压住鼻尖的酸意,埋着头往前走,不想让旁人看到自己脸上的表情。

前方视线里出现一个人,黎宁眨了眨眼,绕开。

来人却勾住了她的肩膀,欠揍的声音传来:"喂,你走路埋着头干什么?"

江远低头去看黎宁。

黎宁别开脸,不想看他。

江远不依不饶。

黎宁觉得他真的好烦。

两人视线对上,她终于忍不住,抽噎了一声。

江远瞪大双眼:"你不是吧!"

他好像也没干什么吧!

黎宁压抑好久的情绪终于找到了宣泄口,眼泪像断线的珠子一样疯狂往下掉。

"你为什么这么烦……"

黎宁哭得上气不接下气。

江远被这突如其来的状况给搞蒙了。

说起来,因为小时候他比较爱哭,所以作为姐姐,黎宁就坚强一些,没怎么在他面前掉过眼泪。后来两人分开,江远就更没机会见到她哭了。

现在乍一见到,江远直接被吓到了,手忙脚乱不知道该做什么好。

"喂,你别哭了。"江远干巴巴地说了句,他向来不太会安慰人,想了想说,"哭起来多丑啊!"

黎宁一听哭得更大声了。

周围的人都朝他们投来异样的眼光。

江远想了想上前一步,像小时候黎宁抱住自己一样,轻轻搂住她,让她的头埋在自己的胸膛里:"唉,算了算了,你想哭就哭吧。"

听着对方压抑的哭声,江远渐渐冷静下来。

他仔细想了想,觉得这事有点奇怪,可能不是因为他,而是黎宁遇到了什么事。

"谁欺负你了?"江远尽量放柔了语气问。

"呜呜呜……"黎宁哭得全身都在抖,抽抽噎噎地说,"他……他根本就不喜欢我。"

江远一听,咬着牙问:"那个渣男是谁?"

好啊,哪个杀千刀的,竟然敢欺骗他姐的感情!

江远内心已经将这渣男千刀万剐，碎尸万段了。

可是无论江远怎么问，黎宁都不再开口了。

离两人有一段距离的阴影处，站着一道高大的身影。

自从黎宁离开后，徐时樾就一直远远地跟在她身后。看着她失落的背影，徐时樾也后悔自己的话是不是有些说重了。

可是那要自己怎么回答？

难道还要高高兴兴地答应吗？

徐时樾站在原地，看着不远处抱在一起的两人。

他自嘲一笑，眼底毫无情绪地转身离开。

第六章
乌龙
ZHAOMI

黎宁红着眼睛回了宿舍。

三个室友都在,隔着门也能听见里面的欢声笑语。

黎宁用手搓了搓自己僵硬的脸颊,好让自己看起来不那么狼狈,但情绪怎么也恢复不过来。

她垂着眼睛打开门。

"黎宁,你回来了啊?你东西帮你拿上来放桌上了哈!"

"这两天玩得开心吗?"

室友们见她进来,欢快地和她说话。

黎宁闷闷地"嗯"了一声。

"你眼睛怎么红了?"苏甜突然问。

对上室友们关切的眼神,黎宁露出一个比哭还要难看的笑容:"没什么,我就是告白失败了。"

三个室友都安静下来,整个宿舍变得无比寂静,只有曾琪电脑上播放的电视剧声音。

曾琪手忙脚乱地赶紧把视频给关了。

黎宁觉得宿舍里明亮的灯光有些刺眼,她几步走到自己的床位前,说了句:"有点困了,我先睡一会儿。"

"好好好,你睡吧!"

"要不要把灯给关了?"

室友们连忙说。

黎宁没再说话,脱了衣服爬上床,将自己裹进被子里。

在楼下狠狠哭了一场后,黎宁这会儿也没什么眼泪了,但还是觉得很难过,又有点丢脸。

不就是失恋吗?

不对,或许连失恋也算不上。

有什么好哭的。

黎宁你别表现得那么矫情!

黎宁努力安慰自己。

她翻了个身,身体却不小心被手机硌了一下。

她沉默着把身下的手机抽出来。

屏幕面容解锁成功。

黎宁一顿,她点开微信,打开置顶的那个人的聊天页面。

她自虐般地往上看着两人的聊天记录,越往上看,越觉得自己果然就像小丑一般,终于崩溃看不下去了。

黎宁想给徐时樾发条消息"抱歉,我以后不会再打扰你了",打完又删掉。

她觉得自己既矫情又自取其辱,眼睛好像又蒙上了一层雾气。

黎宁狠狠眨了眨眼,手指点开他的名片,又点击右上角的三个点,点下了红色的"删除"。

姚俊飞自从今天下午看到江远的朋友圈时,就觉得大事不妙。

这条平平无奇的朋友圈看似吐槽,实则暗戳戳地秀恩爱!

朋友圈标题是这样的——

江远:当三陪的一天/微笑

底下还配了几张照片。

其中一张正是黎宁和另一个很漂亮的大姐姐的合照。

王迪那傻瓜还在下面评论了一句:又幸福了哥/狗头

但江远没回他。

姚俊飞觉得不对劲,又去翻了下黎宁的朋友圈。她朋友圈发得不多,就发了一些景点和美食的照片,和江远这两天朋友圈的重合度很高。

姚俊飞哪有什么不明白的——

这两人周末肯定是一起出去玩了呀!

他突然又想起,昨天晚上,徐时樾好像在他们三人小群里问了一句:江远在宿舍吗?

他当时还回了句：他说今晚不回来。

姚俊飞只觉得两眼一黑。

正这么想着，宿舍门被推开，江远阴沉着脸，带着一身风雪走进来。

姚俊飞看江远的脸色，直觉不妙。

他咽了咽口水，忍不住问了句："怎么了啊？"

江远脱下外套，将凳子拉开重重坐下。他看了姚俊飞一眼，想了想说："我怀疑黎宁被渣男骗了！"

"啊？"姚俊飞张大了嘴。

不是，你这么爱吗哥！

你们三个现在究竟是什么关系啊？

江远这会儿也一肚子的疑问和火气，抓着姚俊飞就倾诉了一番。

他将自己脱下的外套拿起来，指着胸口上那一大片的水迹，说道："她刚刚就在我这儿哭了一通，问她怎么回事也没说。"

江远恶狠狠道："要是被我知道了那狗东西是谁，我不打死他！"

姚俊飞目瞪口呆。

怎么听上去，错的人好像是徐时樾啊？

徐时樾这么渣吗？

江远还在一旁骂骂咧咧，说黎宁哭得有多惨，他从来没见她这么伤心过。

姚俊飞被说得情绪上头。

他挠了挠头，对江远说："唉，要不我给你看个帖子吧？"

没错，帖子正是姚俊飞写的。

姚俊飞心里怀揣着一个大秘密，又不能和人说，简直要把自己憋死了，于是只能选择在微博上匿名投稿。

帖子的标题是"求问，两个室友喜欢上了同一个女生该怎么办"。

如题，室友A和室友B都超级优秀。室友A有一个交往多年的女朋友，两人很甜，但最近分手了。万万没想到，帖主偶然撞见女生竟然和室友B在一起了，关系看上去还有些暧昧。室友A感觉心里还是放不下前女友的，室友B好像也不打算放手……救命，他们两个会不会打起来，作为他们共同的室友，我该怎么调解？维持好我们的宿舍关系？

姚俊飞是真心想求网友们的建议的。

但底下评论乱七八糟的。

有站室友A的，有站室友B的，还有站女生的。

还有让帖主不要扭捏直接加入他们的……

更可怕的是，竟然还有人猜出他是不是当初发"我们宿舍有两个跩王"的那个帖子的帖主。

然后评论彻底走歪。

姚俊飞都要联系博主删帖了，现在一上头，决定把这帖子给江远看看，算是提前给他打个预防针。

姚俊飞把链接给江远发过去。

江远给面子地点开链接，就见到一大堆字，看着就有点晕。

还有什么室友A室友B的，简直乱得可以。

江远皱了皱眉，扫了一眼就很没耐心地退出："什么玩意儿，我不爱看小说！"

姚俊飞无奈。

黎宁睡了一觉后，心情终于好了一些。

顶着室友们关心的目光，她若无其事地说："走吧，去上课呀。"

室友们点头，默契地闭口不提与徐时樾相关的事。

黎宁像往常一样正常地上下课，并且打定主意，从今天开始，再也不要喜欢徐时樾，也不要与他产生丁点交集。

但有时候命运就挺爱捉弄人的。

以前她喜欢徐时樾的时候，费尽心思想创造机会和他见面，现在放弃了，在学校里偶遇他的机会反而多了起来……

有几次是走在路上遇见的。

黎宁猝不及防地看到他，微微一愣，反应过来后立马移开视线别开脸，就像看到陌生人一样。

这天中午，下了课后，黎宁和苏甜一起去食堂吃饭。

两人选了一个窗口排队。

刚排了一会儿，就看见徐时樾和于凡排在隔壁的队伍里，两人之间相隔不过两个手臂的距离。

徐时樾似乎也没想到会碰见她，两人的视线毫无防备地对上。

黎宁原本脸上的笑意淡了下去，冷漠地移开了视线。

排在黎宁前面的苏甜还没发现，黎宁垂下眼，轻轻拍了下她的肩膀，轻声道："苏甜，我突然有点不想吃了，我就先回宿舍了……"

苏甜"啊"了一声，想说"你刚刚不是还喊饿吗"，结果扭头一看，就看到徐时樾和于凡。

她忍不住瞪了他们一眼，随后快步跟上黎宁："哎，等等我！"

莫名其妙被瞪了的于凡摸摸后脑勺："不是，她瞪咱们干什么？"

于凡收回视线，就见徐时樾正紧抿着唇盯着她们离开的背影，浑身气压低得吓人。

于凡明智地闭上嘴。

这几天,他都不敢和徐时樾说话,生怕一不小心就踩什么雷。

毕竟他也没想到,黎宁明明都和江远分手了,竟然还能再复合。

现在一看这两人的状态,明显就是闹崩了。

具体发生了什么,于凡不清楚,也没敢去问。

但多少能猜出一些。

在于凡看来,徐时樾这人吧,一路顺风顺水地长大,骨子里其实一直挺傲的,遇上黎宁大概算是他人生中最大的挫折了。事实上,在明知道对方有男朋友,他还和人家纠缠,就已经跌破于凡的眼镜了。不过也足以见得,徐时樾是真的上了心。

好不容易等到人家分手了,结果又复合了,换成他的话,他心态也会直接崩掉。

对于徐时樾这种天之骄子估计就更加接受不了了。再纠缠下去怎么回事?真当小三去破坏人家的感情啊?

虽然之前于凡总拿"小三"这事开徐时樾的玩笑,但他也知道,依照徐时樾的品性和骄傲,应该是做不出来这种事的。怪也只怪徐时樾动作太慢,竟然没趁分手时干脆利落地把人拿下来。到底还是吃了年轻没感情经验的亏啊!

黎宁的生活也渐渐恢复正常。

她按部就班地上下课,空闲的时候就集中精力画画,连续在空闲已久的微博更新了好几张画稿。

粉丝们简直都要感动哭了。

其中也不乏有些敏锐的粉丝:

△老婆最近是遇到什么事了吗?感觉风格有点变了哎?

△对对对,我以为就我一个人这样觉得!

黎宁也看到评论了,但她没有回复,偶尔点开微信,也会失神一会儿,但很快,她会强迫自己从那种情绪中抽离出来。

自从在食堂遇见徐时樾之后,黎宁连食堂都不去了,一日三餐全靠外卖续命。不上课的时候,她基本都窝在宿舍或者美院院楼里。

倒是江远这几天频繁地联系她,总是发消息约她出来吃饭什么的。

黎宁这几天全身心地投入画作中,可以说是没日没夜,所以也就没什么空收拾自己。接到江远的电话出去时,江远见到的黎宁就是一副萎靡不振、精神不济的样子。

黎宁眼底一片青黑,整个人带着一种颓废的漂亮。

江远一看她这样子,眉毛立马竖了起来:"你干什么去了?"

黎宁打了个哈欠，郁郁寡欢："昨晚熬夜画画了。"

江远心里不太信，觉得肯定还是因为失恋。

"那男的到底是谁？"江远忍了忍还是没忍住。

黎宁听了有些烦："都说了让你别问了。"

她是真不想再提这事，而且说出来又能怎么样呢？一直以来主动的人都是她，总没有人家不喜欢你，你恼羞成怒，找人去报复人家的道理。

黎宁不想闹得那么难看，也不想让对方看不起自己，更何况，江远还和徐时樾是室友，没必要因为她的事影响到江远。

江远看黎宁的表情，就知道从她口中是问不出什么了。江远还是有些见不得她一副受挫的样子，想了想，安慰道："算了，不过一个男人罢了，他看不上你是他眼瞎！"

黎宁恹恹的，没说话。

"你也别想着他了。"江远又说，"男人嘛，光是咱们学校就遍地都是。"

江远说着说着，想到了一个办法——

走出失恋最有效的方法是什么？那当然是重新开启一段新的恋情啊！

"真的没什么，大不了我给你介绍一个更好的！"江远信誓旦旦地说，顺便脑子里把自己认识的男生扒拉一圈，最后勉勉强强挑出来一个，"你看我们宿舍的徐时樾怎么样——"

黎宁一愣。

"长得不错，也有品位——"压下心中一丝若有似无的酸意，江远在那儿尽量客观地分析着。

黎宁忍无可忍，踹了他一脚："你是不是有病？"

江远往旁边一躲："好端端骂人干什么？"

黎宁懒得搭理他，撇下他自己闷头往前走。

江远盯着她的背影，脸色一下子垮了下来。

完了完了，竟然这么抗拒？看来她还是对那个渣男念念不忘！

好呀，最好不要被他知道那人是谁！

第二天是周末，黎宁本来还窝在院楼里，突然被班长提醒要去参加体测。

黎宁翻了下这学期的体测时间，发现这两天竟然是最后期限。而室友们早在上个周末都测了，没办法，黎宁只得自己一个人去。

她先回宿舍换了衣服鞋子，又拿上校卡，这才往操场赶去。

这天天气还不错，连续阴沉了好几天之后，终于出了太阳，气温也升上去不少。

黎宁先去旁边的体育馆里测了身高、体重、肺活量那些，最后才到操场测

800 米。

跑道起点处摆了桌子和感应器，测试之前得先过去登记。

桌前围了几个人，黎宁看不清那边的情况。

阳光也有些刺眼，400 米的红色塑胶跑道上男生们正在跑 1000 米。

黎宁用手挡在眼睛上方，朝那边走过去。

拨开人群进行登记的时候，她才发现桌子后面坐着的其中一人正是徐时樾。

他穿了件黑色的卫衣，外面套了件体能测试志愿者的绿色马甲，戴了顶棒球帽，面容干净清隽，下颌线流畅漂亮。

在一旁等待跑 800 米的几个女生，视线都忍不住往他身上飘。

黎宁无奈。

服了，这究竟是什么孽缘啊。

但没办法，体测还是得测，黎宁抿了抿唇，沉默地把校卡递过去。

徐时樾也没想到会遇见黎宁，他当这个志愿者纯属意外，相熟的朋友今天突然拉肚子，便抓壮丁抓到了他的头上。

他抬眸看向面前的人。

因为体测，黎宁身上穿了件烟粉色的瑜伽服，配上深灰色束脚运动裤，看上去十分青春阳光。头发也难得束了个马尾，一截细腻白皙的脖颈在耀眼的阳光下发着光。

但她并不看他，也不说话，像是对待陌生人一样。

徐时樾抿了抿唇，接过她的校卡。

冰凉的校卡上，似乎还带有她手指的温度。

登记结束，黎宁抱着等下跑步时要用到的马甲和手环，到一旁等着。

女生这边人还没齐，得等到三十人才能开始测，大家扎堆站在一起等待。正好这时，江远给黎宁打了个电话，问她在干吗。

黎宁看着面前的跑道，咽了咽口水，已经开始腿软。想了想，她直接说："马上体测跑 800 米，要不你过来一趟吧，我怕我撑不住。"

江远这几天都相当好说话："行，马上来。"

刚挂完电话，女生这边人终于齐了。

另一名志愿者吆喝着让大家赶紧站上跑道，马上就要开始测试了。

大家闻言纷纷站好，穿好马甲，戴好手环。

随着一声枪响，女生们全跑了出去。

黎宁跑在中间的位置，跑前半段时还行，但跑到后半段时，她开始觉得不妙。

这几天因为连续熬夜，她本来就没休息好，再加上刚刚测仰卧起坐和 50 米的时候，也消耗了不少的体力，黎宁开始感觉到明显的不舒服。

腹部疼痛难耐，肺部好像也要炸掉一样。

强撑着跑过终点线,听到感应器传来"嘀"的一声响后,黎宁直接腿一软,就要往地上倒下去。

就在这时,一双手扶住了她。

鼻尖涌入熟悉的气息。

"不需要你扶。"黎宁气喘吁吁地说,伸手想要推开他,但此刻浑身的力气都像被抽空了一样,根本提不起一点儿劲。

黎宁暗恨自己的身体不争气,目光往前扫了一圈,一片平坦又宽阔的操场上竟然半点能扶的东西都没有……

与此同时,体育老师也在那儿喊:"跑完的不能坐不能坐,都相互扶着走一走!"

徐时樾也没放手,扶着她往前:"走吧。"

黎宁有些抗拒。

明明都拒绝她了,能不能保持距离啊?

好在上天听到了她的祈祷,江远终于来了。

黎宁眼睛一亮,喊了他一声:"江远!"

徐时樾也看到了走过来的江远,眸色不由得一沉。

黎宁根本没在意徐时樾怎么想,她像看到救星一样,直接推开了他,朝江远扑过去。

江远动作很快地扶住她。

徐时樾的手蓦然一空。

"啧,你怎么还是这么菜啊!"江远搂住黎宁,嘴很贱地吐槽了一句。

黎宁现在根本没力气回撑他,又不想面对徐时樾,干脆直接把头埋在江远怀里。

徐时樾一言不发地看着他们互动。

江远帮黎宁把马甲和手环脱下来,看了眼穿着志愿者马甲的徐时樾,理所当然地把东西塞到他手里,并说了句:"你怎么来当志愿者了,哎,东西给你,谢了啊!"

徐时樾一愣。

说完,江远拽着黎宁,把人带出操场。

徐时樾站在原地没动,目光沉沉地看着两人亲密的背影,下颚线绷得极紧。

相较于从未得到过,明明曾经唾手可得,转眼间又失去,更加让人嫉妒得发狂。

直到另一个搭档曹勇喊了一下他的名字,徐时樾才回过神来。

徐时樾收敛回目光,重新走了回去。

"给我吧。"曹勇见他走过来,伸出手说道。

徐时樾这才注意到，自己手里还拿着黎宁刚刚脱下来的橙色马甲和手环。

愣怔了一下，他才将东西交给曹勇。

曹勇有些奇怪地看了徐时樾一眼，只觉得面前的人比之前变得更冷淡了一些，神情中似乎还夹杂着一丝落寞。

但体测还在继续，徐时樾和曹勇继续做着手头上的工作。

一直忙到傍晚，夜幕低垂，操场上的探照灯亮起来的时候，这一天的800米测试项目终于收工结束。

收拾东西的时候，曹勇捡起桌上的校卡，"咦"了一声："谁的校卡落在这里了？"

徐时樾本来并不在意，但下一秒又听见他说："这不是下午那个大美女吗？原来是美院的啊！"

曹勇对黎宁很有印象，毕竟在一群人里，黎宁无论是长相还是身材都相当出挑。

面对这样的大美女，曹勇当时把马甲和手环递过去的时候，简直完全不敢跟她对视，只敢等她走了之后，偷偷地看几眼，没想到竟然捡到她的校卡了。

莫非这就是上天赐予他的缘分？

曹勇不由得心神荡漾、想入非非，幻想着自己说不定能趁此机会认识对方。因为一张丢失的校卡而结缘，多么浪漫的桥段啊！

结果下一秒，手中的校卡突然被人给抽走。

曹勇一愣。

他呆愣地看向徐时樾。

"给我吧。"徐时樾语气听不出什么情绪，"我们认识。"

看着面前高大帅气的徐时樾，又对比了一下自己，曹勇最终只能悲愤放弃："唉，行吧。"

不然还能怎么办？

对上面前这人，他根本就没有赢面啊！

徐时樾收拾完之后就回了家。

打开门时，屋内一片清冷，一只小猫咪蹲在地上，仰头朝他"喵喵"叫。

徐时樾弯腰，一只手将它托起，带着它一起走进去。

他确实不太喜欢小动物，但这个小家伙倒是个例外。

就好比另一个人，明明不该惦记的，但就是控制不住。

思及此，他脑子里不由得浮现出两道身影，只要站在一起就相当刺眼。

无论是在下雪的夜晚，还是阳光灿烂的午后，他们是那么亲密无间，让人无端生出一种破坏欲，还有隐藏其下的不甘和嫉妒。

徐时樾手中的力道不由得收紧。

小猫从他怀里跳出去，落到地上，又灵巧地转过身来，控诉般地朝他"喵"了一声。

徐时樾反应过来。

他叹了一口气，蹲下来，垂下眼，朝小猫说了声："抱歉啊。"

说完，徐时樾往沙发上一躺，头往上仰着，喉结微微滚动，从下巴到脖颈之间拉扯出好看的线条。

他伸出手背遮住眼睛。

他想，他好像真的高估了自己。

承认吧，他远没有自己想象中的那么高尚。

他现在正嫉妒得发疯。

徐时樾动弹了一下身体，手放下去，碰到口袋里一个坚硬的物体。

顿了顿，他将兜里的卡片翻出来。

巴掌大的一张卡片，右边的小一寸照片里，女孩素着一张脸，皮肤通透干净，头发别在耳后，笑意盈盈地看着镜头。

徐时樾盯着看了几秒。

小猫这会儿已经原谅了徐时樾，重新跳回他怀里，对着黎宁的照片"喵"了一声。

徐时樾摸了摸它的脑袋，眼里难得带上了些笑意："你也觉得我应该联系她对吧？"

小猫尾巴扫了扫他的胳膊，又"喵"了一声。

徐时樾放松下来。

像是终于找到了借口一般，他掏出手机，从联系人列表中找到黎宁。

两人的聊天记录还停留在几天前。

这几天，他一直努力克制着自己没去找她。

盯着她的头像看了一会儿，徐时樾编辑了一行字：你的校卡落在我这里。

迟疑了两秒，他点下发送键。

然而下一秒，刚发出的消息左侧出现一个红色的感叹号。

下面还有一行灰色的小字——黎宁开启了朋友验证，你还不是他（她）朋友。请先发送好友验证请求，对方验证通过后，才能聊天。

徐时樾一怔。

女生宿舍里。

黎宁正生无可恋地躺在床上。

体测完回来后，江远把她送回了宿舍楼底下。

因为男生不允许进女生宿舍楼，黎宁只能自己上楼，天知道她是怎么一步一步扶着栏杆爬上五楼的。

在床上躺了几个小时了，她还是觉得浑身上下哪儿哪儿都疼。

因为跑步出了汗，身上黏腻难受，黎宁忍了忍，最终还是决定下床去洗个澡。

她摸索着下了床，打开衣柜翻找换洗的衣物，突然瞥见挂在衣柜一角的一件男士外套，正是之前徐时樾要她扔了的那件。

后来洗干净后，黎宁也一直忘了还他。

黎宁视线一顿，要不是现在身体不允许，她真的想把这件衣服拿下楼扔掉。再不然，等到下次宿舍大扫除的时候，她直接踩在地上拖地也行。

眼不见为净，黎宁快速找出自己的衣服，将衣柜门给关上。

她抱着衣服正准备去洗澡，放在桌上的手机突然响了一声。

是一条好友申请。

看到熟悉的名字，黎宁一愣。

她抿了抿唇，本来想直接忽略，却一不小心点了进去。

正好看到他的好友申请内容：你校卡在我这儿。

黎宁视线一顿，下意识地在衣服口袋里翻找了一会儿，果然没找到自己的校卡。

回想了一下，好像是当时测 800 米登记时，她忘记拿回来了。

真服了，怎么就落到他手里了。

黎宁想了想，绷着脸直接点了拒绝，并附言：不用还我，你直接扔了吧。

反正补办校卡又不麻烦。

收到拒绝消息的徐时樾无奈。

于凡忙了一天，此时正美美地靠在床上打游戏，酣战之时，页面上方突然弹出徐时樾的消息。

徐时樾：北门烧烤摊。

徐时樾：快来。

于凡　愣。

神经病吧，晚上这么冷，吃什么烧烤啊！

他退出游戏回复：晚上好冷，不太想出去呢。

徐时樾没回。

于凡：[？.jpg]

想起这人这几天的不正常，于凡想了想，还是骂骂咧咧地出了门。

顶着一路的寒风，于凡推开烧烤摊的店门，他使劲用手搓了搓自己被冻僵的脸，深感自己做兄弟做到这份上也是够意思了。

没想到这烧烤店里的生意竟然还不错,每张桌子上基本都有人,热火朝天的,都是周边大学的学生们。

于凡视线往里扫了一圈,终于在角落里的一个位置发现了徐时樾。

见他走过来,徐时樾抬起眼皮看了他一眼,淡淡地说了句:"来了?"

于凡毫不客气地在对面坐下,捡起一根羊肉串,吃了一口,问:"怎么突然想起来吃夜宵了?"

徐时樾应了声:"嗯。"

于凡还等着下文,结果等了半天也没见他再开口。

于凡无奈。

算了,失恋中的男人,他多包涵包涵。

于凡虽然刚才出宿舍时挺不情愿的,但现在人一坐下,被烧烤的香味一勾,馋虫立马冒出来,胃口瞬间也打开了。他一串接着一串,顺便配一口小啤酒,吃得相当快乐。

反倒是对面的徐时樾不怎么碰吃的,而是一杯又一杯,沉默地喝着酒。

于凡瞥了他一眼,嘴唇抽动了一下,想了想还是闭上了嘴巴。

反正很有当工具人的自觉。

不大的烧烤店里,其他桌都是其乐融融、有说有笑的,就他们这一桌氛围相当奇怪。

只见两个大男生面对面坐着,两人都长得不错,但一个闷头喝酒,另一个一边玩手机一边吃串,互相也不说话,不知道的,还以为他们不认识呢。

过了一会儿,于凡把桌上的烤串吃得差不多了。

他擦了擦嘴巴,看向对面的徐时樾:"喝完了吗,走不走?"

徐时樾迟钝地抬头,眼神茫然,人看着已经不太清醒了。

于凡无语,开始发挥自己工具人的作用。

于凡先去前台把账给结了,然后又折回来搀扶着人出去。

出来时,徐时樾不知道发什么疯,怀里抱着一空酒瓶不肯撒手。

于凡叹气。

于凡任劳任怨地把人带出去,外面寒风一吹,徐时樾似乎清醒了些,至少能说话了。

"她为什么说放弃就放弃?"徐时樾语气没什么情绪地说。

"唉,算了,别想了,你们这辈子有缘无分。"于凡以为他酒醒了,苦口婆心地安慰了一句。

"那你说,她为什么要选江远?"徐时樾挣脱开于凡的手,语气突然激烈,声音像是一头困兽,"我到底哪里比不上他了!"

于凡无奈。

得嘞,还醉着。

于凡赶紧把人给抓紧了,尽量顺着他说:"比得上比得上,江远比起你差远了!"

"那她为什么不选我?"

"那是她有眼无珠!"

"你,不准说她坏话!"徐时樾突然瞪向他。

于凡心里骂了句神经病:"好好好,那就是江远那小子阴险!"

....

一番折腾之下,于凡终于把人带回了家。

刚进门,于凡就听见旁边的人干呕了一声。

"你别吐我身上啊!"于凡大惊失色。

于凡着急慌地把人扶进洗手间,果然就见他扶着马桶吐了。

于凡摇摇头,难得见徐时樾发酒疯的样子,眼珠子一转,立马掏出手机开始录视频。

徐时樾抱着马桶吐了一会儿之后,擦了擦嘴,摇摇晃晃地站起来。

于凡问他:"干吗去呢?"

"我要去找她。"徐时樾扶着门框,踉跄着脚步就要往外走。

"大哥,这会儿早就过了门禁时间了。"于凡赶紧劝道,"你就算去了也见不到她。"

徐时樾烦躁地抓了抓头发,高大的身躯顺着门框滑下来,整个人坐在地板上,看着相当颓废。

他似乎想起什么,掏出手机在那儿捣鼓了一番。

片刻后,他茫然地看向于凡:"为什么她都不理我?"

于凡往他手机屏幕上瞥了一眼,看着那满屏的红色感叹号,忍不住抽了抽嘴角。

"为什么视频电话也打不了?"徐时樾一只手揪着自己的头发。

于凡叹气。

还能是因为什么?

当然是因为她把你删掉了啊,大哥!

次日。

徐时樾是在家里的沙发上醒来的。

他整个人感觉头痛欲裂、四肢无力,身上一股难闻的气味。最为窒息的是,脑子里还浮现出一段记忆。

徐时樾一怔。

于凡早已溜之大吉,只在微信上给他发了两条消息。

于凡:兄弟。

于凡:醒来后自己去买点解酒药吧。

徐时樾狠狠皱了下眉头,掀开身上盖的毯子,走去洗手间。

路过镜子的时候,徐时樾有一瞬间没认出是自己。

只见镜子里的年轻男人一脸颓丧,无精打采的,头发凌乱,衣服也皱得像咸菜。

他面无表情地看了眼镜子中的自己,直接进了淋浴间洗澡。

出来后,他看了眼时间,上午的第一堂课已经错过了。

江远和姚俊飞几个室友也是上完课才发现徐时樾第一堂课好像没来,下课后准备去找第二堂课的教室时,江远还问了一句:"徐时樾今天怎么没来?"

"生病了?要不要发个微信问一问?"

正说着,江远就看到走廊拐角处走出来一个人,黑色的冲锋衣和黑色的裤子,整个人看起来清冷逼人。

那不正是徐时樾吗!

"不用了,他人来了。"江远下巴朝徐时樾的方向一点。

说完,江远想了想,又喊了他一声:"喂,徐时樾!"

徐时樾脚步一顿,朝他们这边看过来。

那目光相当冷,像是山顶永不融化的积雪,只一秒就收回视线,他也没回应他们,直接迈着长腿进了教室。

江远一愣。

他扭头看向旁边的姚俊飞:"我没惹到他吧?"

姚俊飞欲言又止,打了个哈哈:"可能是没看到我们吧,哈哈!"

江远被人忽略有些不爽。亏他之前安慰黎宁的时候,还曾将徐时樾纳入自己考虑过的姐夫人选中一秒。

什么人啊这是!

他立马在心里给徐时樾画了一个大大的叉!

一天很快过去,转眼间外面的天空就暗了下来。

最后一节课结束,大家都陆陆续续离开教室。

徐时樾没动,在教室里坐了好一会儿,直到有老师过来关灯,他才起身离开。

不知不觉,他就走到了善五楼下。

他仰头看了眼面前灯火通明的宿舍楼。

徐时樾眼底黑沉,眉间紧皱。

理智告诉他,现在正确的做法就是马上离开,然而却怎么样也迈不开脚步。
徘徊了好一会儿,他最终还是认了命。
他紧绷着脸拿出手机,拨出了一个号码。
对他来说,想查到她的电话号码,并不是什么难事。

黎宁这会儿刚好在宿舍里。
曾琪昨天给她推荐了一部最近很火的搞笑甜剧。
今天上完课正好没事,她又不想画画,就点开看了几集。
她看得正上头的时候,放在桌上的手机突然有一通电话打进来。
黎宁将平板电脑上的视频暂停,拿起手机一看,来电显示是一个来自松城的陌生号码。
不确定是不是认识的人,黎宁犹豫了一会儿,还是按下了接听键。
"喂,你好?"黎宁漫不经心地开口。
徐时樾没想到能接通。
蓦然听见她温软的声音,他愣了一下,才开口:"是我。"
陌生又熟悉的声音透过电流传到耳边,黎宁也有些愣住。她皱了皱眉,不确定地开口问了一句:"徐时樾?"
"嗯。"低沉的声音再度传来,黎宁听见他又说,"能见一面吗?我在你宿舍楼下。"
黎宁一怔。
她起身走到阳台,视线往楼下看去。
初冬夜里,万物孤寂,树木凋零,空气里带着清寒。
一盏路灯下,站着一个身形挺拔的少年,耳边举着手机。
他似有所觉,抬眸朝楼上看来。
黎宁下意识地往后退了两步,避开他的视线。
背部靠着冰冷的墙壁,黎宁沉默了两秒,还是开口:"如果是校卡的事情,就不必了。"
也没等他回答,黎宁又接着道:"我还有事,先不说了。"说完,她直接挂了电话。
挂断的电话里传来一阵忙音,徐时樾敛了敛眉,不知道在想什么。
挂了电话后,黎宁离开阳台,重新坐回自己的椅子上。
发了几秒钟的呆,她再次点开视频,打算接着看。然而刚刚明明很搞笑的剧情一下子变得索然无味起来。越看越心烦,黎宁干脆合上了平板电脑,抱着膝盖坐在椅子上发呆。
好一会儿,她终于忍不住站了起来,又去阳台上看了一眼。

徐时樾还站在下面。

正好此时,曾琪从外面回来,一进门就大喊:"啊啊啊,暖气简直救我命!外面这温度真的适合人类生存吗?不如直接冻死我算了,呜呜呜呜呜,再也不想晚上出门了!"

黎宁呆愣愣地站着。

她抿了抿唇。

算了。

不就是下楼拿个校卡吗?她怕什么!

成功说服了自己,黎宁随手抓了件外套穿上,冷着一张脸就要出门。

"咦,黎宁,你要出去啊?"曾琪一边脱下外套,一边问。

"嗯,有点事。"黎宁答了一句。

黎宁的腿还没完全好利索,慢吞吞地走下楼。

一出宿舍楼大门,她就看见了树下的徐时樾。

对方也正朝她看过来,漆黑的双眸里似乎划过一抹光亮。

黎宁不情不愿地走到他面前,朝他伸出手:"给我吧。"裹在外面的外套很厚,更显得她伸出来的手指纤细。

徐时樾喉结滚了滚,从口袋里拿出校卡放在她手心里。

校卡一直塞在徐时樾衣服的口袋中,整张卡片暖乎乎的,带着他的体温。

黎宁的手指似乎被这温度烫了一下,她有些不自在地捏紧自己的校卡,卡片薄薄的边缘压住她的掌心。

黎宁垂下眼睛说了一句:"谢谢,那我就先上去了。"说着,她转身就要离开,然而还没等她转身,手腕就被人给紧紧拽住。

力道不算重,但足以让她停下脚步。

黎宁扭头看向徐时樾,微微瞪大眼睛。她想将自己的手腕从他手中抽出来,但徐时樾却握得更紧了。

"你还有事吗?能不能放开我?"黎宁瞪着他。

她有些生气,不明白他这是什么意思。

夜色下,少年眼底沉得像墨,脸上线条也紧绷着。

两人目光对视,像是在比谁更加沉不住气。

几秒后,徐时樾终于败下阵来,看着她的脸,语气颓唐:"你……就不能跟江远分个手吗?"

黎宁一脸蒙。

跟江远分手?

为什么每个字她都听清楚了,组合起来却那么难以理解呢?

黎宁面露古怪地看向徐时樾:"你说的是……江远?"

如果分手她没理解错的话，指的应该是男女之间谈恋爱的那种分手吧？

夜色暗沉，徐时樾不太看得清黎宁脸上的表情。

见她一直沉默，他不由得心下一沉，上前一步，低头道："不行吗？"

黎宁一愣。

这不是行不行的问题。

重要的是，江远是她亲弟弟啊！

黎宁觉得自己现在脑子里简直一团乱麻。

另一边。

江远和姚俊飞刚从快递站出来。

江奶奶最近学会了网购，每天戴着一副老花眼镜刷视频看直播，顺便激情下单。

这几天，不知道老太太又进了什么直播间，打电话来说给他和黎宁买了东西，说是特别适合现在的大学生。

收货人的姓名和电话填的都是江远。

下午的时候，江远就收到了来自学校快递点的短信。

吃完晚饭后，江远便去快递站拿了。

江远取了快递拿出来一看，除了他自己网购的东西，还有两个一模一样的，不知道里面是什么的包裹，估计就是老太太给买的东西。

取好快递出来时，江远一边走，一边给黎宁发消息。

江远：**在不在宿舍？**

江远：**奶奶给你买了东西，我拿来给你？**

消息发出去没收到回复，江远也没在意，把手机塞回兜里。他打定主意，等会儿直接在黎宁宿舍楼下抓个人帮忙带上去就行。

于是，江远对旁边的姚俊飞说："我得去趟善五，你要先回宿舍吗？"

姚俊飞没多想："我跟你一起吧。"

江远他们宿舍在善园十八号，与五号楼隔了一段距离，但也不算特别远。

两人一边说话，一边往前面走。

天气越发冷了起来，这个天气愿意待在外面的，除了匆匆赶路的行人，就是女生宿舍楼底下一对对你侬我侬的小情侣了。

比如他们宿舍的王迪，每天跟女朋友约会回来，都冻得跟孙子一样。

姚俊飞不由得感叹，谈恋爱好像也没那么好。

不过话又说回来，怎么感觉江远谈恋爱就不像王迪那样。除了打电话视频，好像就没怎么在他们面前秀过？

或许只是没在他们面前表现出来。

比如，一般大家都在女生宿舍楼下约会，男生宿舍楼下就没几个人。

等等，他们现在要去的是女生宿舍楼吧？

姚俊飞蓦地反应过来。

他是不是被冻傻了？江远来找女朋友，自己跟过来干啥啊！

姚俊飞简直服了自己。

眼看着也快到了善五，他决定识趣一点，找个理由赶紧走。正要说话时，他的视线突然瞥见不远处宿舍楼下的一对男女。

看身形还挺熟悉的样子？

回忆起什么，姚俊飞突然瞪大双眼。

正好此时，江远的视线也朝那边看了过去。

姚俊飞心脏都要飞出来。

他当机立断，立马走到江远前面去，伸了个大大的懒腰，想要将江远的视线挡住。

江远果然被他突如其来的动作吸引了注意力："你干吗呢？"

姚俊飞欲哭无泪："走累了，我活动活动身体。"说着，又在他面前做了几个广播体操的动作，顺便还邀请道，"你要不要也试试？"

江远一言难尽地看着他，冷酷地拒绝："不了。还有，你里面的秋衣露出来了。"

姚俊飞瞬间站好。

"你还是自个儿在这儿慢慢活动吧。"江远扔下一句，绕开他就要走，"我先过去了。"

姚俊飞哪能让江远走啊，立马挡住他："哎，先别走啊！"

姚俊飞的这番动作引起了江远的怀疑，江远皱眉看向他："你干什么，奇奇怪怪的。"

"反正你先别过去。"姚俊飞愁得头都要秃了。

看着他费劲挡住自己，欲盖弥彰的样子，江远直觉这里面有鬼。

仗着身高优势，江远直接往姚俊飞的身后一看，结果也没发现有什么奇怪的，正要收回目光时，突然瞥到什么，视线一顿——

只见善五楼下的路灯下，一男一女正面对面站着。

男的背对着他们，看不清他的脸。

女孩倒是侧着身体，原本是被男生高大的身体给挡住了，但她动了一下，露出半个侧脸。

江远一下子眯起了眼睛。

他就算是再瞎，也不会认不出来那女孩是谁。

再一看，那男的竟然还拽上手了？

电光石火之间，江远心里蓦地浮现出一个猜想——

作为姐弟，江远还是挺了解黎宁的。

从小到大追她的人不少，但只要是她不喜欢的，哪怕对方拿着大喇叭在底下喊她名字告白，她也绝对不会理的。

现在竟然和一男的站在楼下，那么只有一种可能了——

这男的，就是她之前喜欢的那个渣男！

好啊，可算是让他抓到了！

江远直接推开姚俊飞，冷着脸大步朝楼下的两人走过去。

而这一边，黎宁觉得自己应该是明白了徐时樾的意思。

她内心正觉得十分荒唐之际，不知从哪儿突然冒出来一个黑影，直接挥着拳头朝徐时樾脸上砸过去。

速度之快，黎宁根本就没来得及反应，直接被吓得愣在了原地。

后面跑过来的姚俊飞捂着脑袋尖叫了一声。

救命啊！

怎么终究还是走到了这一步啊！

徐时樾也蒙住了，只感觉脑瓜子"嗡嗡"了两声，整个人不由自主地往后退了两步。

嘴角似乎有温热的血液流下，他用手擦了擦，抬起眼皮，对上江远一张无比愤怒的脸。

四目相对，双方眼里都是火药味。

江远看清楚渣男的脸后，先是一愣，随后心里升起更大的火气："原来是你这个狗东西！"

千算万算，没想到人竟然就在他眼皮子底下！

徐时樾视线丝毫不避让。

生气倒也不至于，毕竟他是做错了事，受这一拳也是应该的。但事已至此，徐时樾眼神平静地看着面前依然愤怒的江远，正打算开口。

没想到姚俊飞突然抱住了江远的腰："江远，你冷静点！虽然徐时樾是勾搭了你女朋友，但是，但是……"

嗷嗷嗷，"但是"什么他也编不出来了！

江远听到这话，动作却停下了。

"什么意思，勾搭我女朋友？"江远的视线在场上的几人身上转了一圈，扭头一字一顿地问姚俊飞。

"啊？不是吗？"姚俊飞扭头看向站在一边的黎宁。

黎宁也睁着一双死鱼眼看着他们。

江远扯了扯嘴角，冷笑道："你是不是有病，她是我姐。"

此话一出，现场突然变得死一般寂静。

徐时樾原本冷静的脸一僵，表情一瞬间似乎也有些崩裂。他没看江远，而是立马不可置信地看向站在一旁的黎宁。

四目相对，黎宁只是眼神平静地望着他。

下一秒，她扯了扯嘴角，直接转身往楼里走。

徐时樾心里没来由地一慌。

他下意识地迈腿追上去，但刚踏上台阶，就被早已注意到他们的宿管阿姨拦住。

"哎哎哎，停下停下。看到旁边那牌子了吗？女生宿舍，男生止步啊！"宿管阿姨面色不善。

徐时樾只好停下脚步，看着黎宁头也不回的背影。

姚俊飞也傻了。

他不太明白，黎宁不是江远的女朋友吗？怎么突然变成他姐了？

"不是吧……"姚俊飞抖着声音问，"亲的姐弟啊？"

江远皱了皱眉："同父同母，龙凤胎，懂？"

说完，他看向众人，又结合姚俊飞刚刚说的话，他也意识到好像确实发生了一些自己不知道的事。

姚俊飞愣住了。

不是，你俩不仅长得不像，姓氏也不一样，你自己不说谁能知道啊？而且你之前不还拿合照对别人说是你女朋友吗？

姚俊飞突然又想起，自己之前还给不少人解释过黎宁和江远的关系，并且还……顺便把徐时樾给带沟里了……

姚俊飞顿时觉得脖子一凉。

江远也抱着手臂看向徐时樾："喂，徐时樾。"

徐时樾眸光复杂地看着江远——

这个人自己误以为是情敌，结果竟然是喜欢的人的亲弟弟。

徐时樾也想不通，竟然会发生这么离谱的事情，以至于他大脑都有些停止运转。

"你——"江远正要说什么，却被姚俊飞给拉住了。

姚俊飞注意到徐时樾脸上的表情，小声道："那个，我觉得他可能需要冷静一下……"

江远冷笑："我也需要冷静！你最好给我解释一下到底是怎么回事。"

回想起姚俊飞这些天奇奇怪怪的，江远一下子反应过来，这人绝对知情。

"行行行，边走我边给你解释。"姚俊飞不由分说地拽着江远离开。

徐时樾这时候确实也没心思应付江远，他烦躁得太阳穴都跳了跳，最后看了眼身后的宿舍楼，敛眉朝外走去。

一阵冷风吹来，破了的嘴角钝钝地疼，但脑子也清醒不少。

徐时樾开始回想这段时间发生的事情。

关于他为什么会坚定地认为黎宁是江远的女朋友。

然后，他发现这个问题真是无解。

真是一环扣一环。

除了这段时间，姚俊飞时不时提醒，最主要的原因是，早在当初他第一次见到黎宁的时候，她就是以江远女朋友的身份出现的。

他当时亲眼看见，江远亲昵地揽着黎宁的肩膀，居高临下地对另一个男孩说："喂，你干吗一直缠着我女朋友？"

现在回想起来，徐时樾都忍不住骂了句脏话。

与此同时，另一边。

于凡和苏甜在学校超市里狭路相逢。

苏甜白了一眼于凡，转身往另一边走，因为徐时樾的事，她连带着对于凡也没了什么好感。

于凡见状，忍不住气笑了，直接伸手拽住苏甜脑袋后面的帽子："喂，我惹到你了？"

她之前让他出了那么大的丑，自己都没跟她多计较好不好？

也不知道最近怎么回事，苏甜每回见了他都鼻子不是鼻子，眼睛不是眼睛的。

苏甜将自己的帽子扯回来，瞪了他一眼："你没惹到我，你朋友惹到我了。"

"我朋友？"于凡想了想，"徐时樾啊？"

对了，这人和黎宁是室友。

想起徐时樾，于凡也觉得他挺惨的，但为什么听起来，面前这姑娘好像把错都怪到了徐时樾头上啊？

于凡想了想，不由得为自己兄弟说了句公道话。

"他们两个的事吧……"于凡摸了摸下巴，"黎宁不都和江远复合了吗？那徐时樾还能怎么办？"

苏甜闻言瞪大了眼睛："你在说什么鬼话？黎宁和江远复什么合？"

于凡也震惊："难道他们没复合？"

"不是。"苏甜意识到什么，咽了咽口水，"他们是亲姐弟啊，难道你们不知道？"

于凡一愣。

两人在超市里对视一眼，然后不约而同地快速走出去。

于凡从超市走出去后，立马给徐时樾拨了个电话。
电话没人接，他又转而发微信。
于凡：你绝对不敢相信！！！
于凡：我得知了一个重磅消息！！！
于凡：真的，听完你绝对会震惊！！！
于凡：等着啊，我现在马上就去你家找你，当面跟你说！！！
于凡可以说是全程跑着去的徐时樾家那边，按门铃时，整个人累得上气不接下气。

门打开时，他正双手撑着膝盖喘气，抬头看到徐时樾，原本在喉咙里的话一噎："怎么回事，你被人给揍了？"

徐时樾没什么表情地倚着门。

"哎，先不说这个，你知道我刚刚听到了什么吗？"于凡表情激动起来，"黎宁和江远根本就不是情侣，他们是亲姐弟！"

说完，于凡迫切地想要看徐时樾的反应。
应该是相当震惊吧，说不定还有点欣喜若狂？
然而，徐时樾脸上依旧没什么表情，他嘴角破了皮，上面沾着凝固的鲜血，旁边还带着些青紫。

看起来有些……生无可恋？
于凡意识到什么，开口："你知道了？"
徐时樾终于正眼看向他。
"那你这是被谁揍的？"于凡张了张嘴，"是黎宁还是江远啊？"
应该不会是黎宁吧？一个女孩子应该不会这么猛吧？
"江远。"徐时樾扔下一句，转身往屋子里走。
于凡赶紧跟上："不过你这是什么表情啊？听到这个消息你难道不应该高兴吗？她没男朋友哎！"

徐时樾往沙发上一靠，烦躁地皱眉："你看我现在像是高兴的样子吗？"
回来的这一段时间，徐时樾站在黎宁的角度，回忆了这段时间自己的所作所为。

然后发现……自己好像更浑蛋了。
而且更令他不安的是黎宁当时的反应，如果她当时大骂他一顿，他可能还好受一点。

但她什么也没有说，这让徐时樾不由得有些恐慌起来。

女生宿舍这边。

苏甜风风火火地推开宿舍门。

"宁姐呢？宁姐在不在宿舍？"苏甜一进来就着急地问道。

"在床上呢。"李晓佳敷着面膜口齿不清地回了一句。

"睡了啊？"苏甜声音听着有些遗憾。

正在发呆的黎宁闻言坐起来，掀开床帘，探出一个无精打采的脑袋："怎么了？"

"你知道我刚刚遇见谁了吗？"苏甜终于忍不住了，叭叭叭开口，"就是那个于凡，徐时樾的朋友！你们知道我听到什么了吗？他们竟然一直以为你和江远是男女朋友关系。"

黎宁沉默。

其他两个人："离了个大谱！"

"为什么会有这样的误会？"

"小说都不敢这么编吧？"

"嗯，我已经知道了。"黎宁平静道，"本来正好也要和你们说。"

但刚刚回到宿舍时，李晓佳正在和人打电话，曾琪又在认真看剧，她也没找到开口的机会。

"那他之前拒绝你，就是因为这个理由？"苏甜好奇地问，"我听于凡的意思，徐时樾好像也是喜欢你的？"

"应该吧。"黎宁说。

至少他刚刚在楼下表现出来的反应是这样。

"那你打算怎么办？"

"不知道啊。"黎宁抱着枕头叹了口气。

她确实不知道该怎么办，在得知一切都是误会之后，好像也并没有很开心。回忆起这段时间的事情，喜欢的情绪是真的，但伤心难过同样也是真的。

抽离掉情绪，重新再审视一遍自己。黎宁其实还蛮不喜欢前段时间患得患失的自己。因为喜欢一个人而差点失去自我的感觉，她已经不想再体验一次了。

误会什么的也不想再深究。

说到底，还是他们没缘分吧。

黎宁越想越平静了下来。

正好此时，手机响动了一下，进来了一条短信。

黎宁看了眼发件人，是徐时樾的那个手机号码。

他只发过来两个字：抱歉。

黎宁抿了抿唇，本来不太想回复，但想了想，还是输入了一行字，发送了过去。

刚发完，江远的微信又弹出来。

江远：你没事吧？

江远回到宿舍后，总算弄清楚事情的前因后果。

无语过后，他才意识到，他好像不小心坏了他姐的一桩姻缘？

又想到，这好像也是她第一次喜欢别人。

江远到底有些心虚，于是发了一条消息试探试探。

黎宁看到江远的微信，冷笑一声，差点忘记了这其中还有江远这浑蛋的事了。

黎宁：你是不是有病？

黎宁：你和你室友说我是你女朋友？

江远的消息很快弹出来。

江远：我没说过！

又隔了几秒。

江远：我只是没和他们说过你是我姐……

他刚开始是懒得说，再后来纯粹是忘记了。

毕竟谁能想到，事情会变成这样啊！

互装男女朋友这件事，真论起来还是黎宁先开始的。

时间得追溯到他们高考结束的那个暑假。

当时他们两个分隔两地，放暑假的时候，江远去南城找她。

那会儿有个男生喜欢黎宁，不知道从哪里学的招数，被拒绝多次也不放弃，一直对她死缠烂打的。

那天，黎宁和江远一起出去玩。

江远去买吃的了，黎宁等在旁边玩手机的时候，刚好碰上了那个男生。

男生直接拦住黎宁，得意地说："我都问过你朋友了，她们说你根本就没有男朋友！"

黎宁可能也有些烦了，直接把江远拽了过来，对着男生说："看到了吗？他就是我男朋友，比你高又比你帅，请你别来烦我了。"

男生被羞辱一番后，瞪了他们一眼，伤心地跑了。

江远惊呆了，觉得他姐简直是个天才。后来遇到不好拒绝的人，他也用这一招。

别说，还真挺好使的。

遇到难缠的对象时，只需要朝对方使一个眼神，另外一个人就知道该怎么做。

黎艳后来不知道怎么知道了这回事，确认他们只是在玩闹后，当时幽幽地说了句："你们两个安分点，别到时候真玩脱了。"

可能是因为大部分时候生活在不同的地方，一直以来都相安无事。

没想到终于来到同一个校区后，还真翻车了……

另一边,徐时樾死死地盯着黎宁回过来的短信。
黎宁:不用,这段时间的事情,我们都忘了吧。
文字表达出来的情绪看上去不太妙。
什么意思?
她,想忘了什么?

第七章

追她

ZHAOMI

周五下午。

黎宁出门去上公选课。她也没想到,之前费尽心机换来的课,现在竟然开始觉得是个负担了。

也不是没想过干脆直接逃课算了,但想想又觉得不至于,显得她好像很心虚一样。

总不能让一段无疾而终的失败感情影响到自己。

再说,她在学校里说不定还会再遇到徐时樾呢,难不成自己还要退学?

前尘往事皆已翻篇,她得学会淡定。

给自己洗脑完毕后,黎宁抬头挺胸,从教室后门进去。

然后……她快速挑了一个后排不起眼的位置坐下。

黎宁忐忑地将包放进桌洞里,视线往前扫了一圈,没发现什么不对劲,这才放下心来。

黎宁垂下头,正准备玩手机打发时间,旁边突然坐下一个人。

她心中一紧,扭头一看,对上一张看着有点陌生的男生的脸。

"嗨!"贺子超扬起笑脸和黎宁打了个招呼,"还记得我吗?"

黎宁悄悄松了一口气,认出他是之前加过微信的公选课同学,于是点了点头,和对方打了个招呼。

"是这样的,现在也第十周了,咱们这门课的小组作业是不是也要准备开始做了啊?"贺子超说。

"截止日期是什么时候?"黎宁问了句。

"12月底的样子。"贺子超回答。

虽然是公选课,但这门课的考核方式并不简单。

除了平时考勤,考核方式还包括个人作业和小组作业。

个人作业是在老师指定书目里挑一本阅读,之后交一份一千字的读书报告。

小组作业则是拍一个普法情景短剧,具体内容不限。

当初得知要做小组作业后,贺子超一早就拉了黎宁和徐时樾一起入群,后面又陆续加入了其他几个同学,一起组成了小组。

黎宁当时还在追徐时樾,自然是一百个愿意,而现在,她只想掐住自己的人中。

也不知道,现在换小组还来得及吗?

面对贺子超的询问,黎宁一时间也不知道说什么好,只好囫囵点了下头:"你是组长,你决定就好。"

"那行,我到时问问大家的时间——"贺子超点头,话说了一半又突然打住,"哎,徐时樾来了。"

黎宁往前面一看,果然看到一个高高大大的身影从教室前门进来。

他骨相优越,穿着打扮干净利落,嘴角处的伤口瘀青有些显眼,但因为长相优越,反而有一种战损的美感。

他似乎并不在意,若无其事地往教室里扫了一圈。

黎宁当机立断拂下桌上的笔,顺势弯腰下去捡笔。

她动作慢吞吞的,只希望徐时樾赶紧在前排找个位置坐下,但她忽略了自己旁边的贺子超。

于是,已经半个身体埋下去的黎宁清晰地听见旁边的贺子超热情地喊了一声:"徐时樾,这里!"

听见这话,黎宁差点闪了腰。

过了一会儿,黎宁感觉他们这排的长椅动了一下,是有人坐了下来。

旁边的贺子超开口和旁人说话:"哎,你的脸怎么了?"

黎宁一愣。

她面无表情地捡了笔坐起身。

徐时樾的余光朝黎宁那边瞥了一眼。

他早在一进门的时候就看到她了,自然也看到了她拙劣地捡东西的动作。

徐时樾扯了扯嘴角,眸子沉了沉,果然还在躲着他。

"没什么。"徐时樾回了贺子超一句,视线却越过贺子超看向黎宁的侧脸。

她正垂眼玩着手机,一个眼神都没看过来。

徐时樾无奈。

很快，上课铃响，老师进来开始上课。

黎宁收了手机，目光看向前方讲台。

一节课相安无事地结束，黎宁放松下来，打算等会儿一下课就立马离开。

没想到课间休息时，徐时樾突然拍了拍贺子超的肩膀，和他说："换个座。"

贺子超"啊？"了一声，看看黎宁又看看徐时樾，似乎明白了什么，脸上露出微笑："好，行行行。"

之前他还以为黎宁在追徐时樾，现在怎么感觉调换过来了？

黎宁无语。

行什么行，你们经过我同意了吗？

还来不及阻止，上课铃声就适时响起，黎宁不禁怀疑徐时樾是不是故意掐着点的。

她抓起包下意识地往另一边看去，准备自己也换个位置。

但好巧不巧，座椅的另一侧正好被墙给堵死了……

黎宁只能憋屈地继续坐在原位，而徐时樾已经在她旁边坐下。

黎宁深吸一口气，冷静下来，决定先忍着。

但旁边这人实在是太难以忽视了。

旁边一阵窸窸窣窣的动静，像是笔尖划过纸面的声音，接着又传来一声清脆的"刺啦"声。

黎宁面前的桌面出现一张撕下来的笔记纸，上面还压着一只清瘦修长的手。

她不予理会。

那只手的指腹又将纸张往前推了推，然后屈起手指关节，轻轻地在她桌面上敲了敲。

黎宁无语。

她抿唇看过去。

只见纸上面用黑笔写了一行字：你还在生气？

徐时樾的字写得很好看，遒劲有力，有棱有角，很有一番风骨。

黎宁本来不想回复，但想到旁边的人不会善罢甘休，于是只好抓起手边的笔，提笔回了句：没有。

她写完又推过去。

对方拿起看了看，"唰唰"又写了几个字推过来。

△那为什么不理我？

△因为和你不熟。

纸张再次被推回去后，黎宁似乎听到旁边人轻笑了一声。

这笑声听起来……不太爽。

好在他没有继续传过来。

一节课很快结束。

下课的时候，站在讲台上的老师还提醒了一句："课间的时候有同学来问过小组作业的事啊，算算时间，你们差不多也要开始准备了，最后两周咱们就不上课了，用来展示大家的作品，期待大家的成品，往年倒是出现不少优秀作品呢！"

底下的同学们都应了一声"好"。

老师笑眯眯地宣布下课，同学们陆陆续续收拾好自己的东西准备离开，没一会儿一教室的人就都走得差不多了。

黎宁也站起来，对徐时樾说："麻烦让一让。"但这人跟个大爷似的依旧坐着，动也不动，将黎宁死死地堵在里面。

黎宁无语，思考着爬桌出去的可能性。

徐时樾看到她视线的方向，忍不住气笑了。他直接伸手拽住她的胳膊："咱俩谈谈？"

黎宁下意识地甩开他的手，但动作幅度有些大，肩上背着的包也跟着一晃，好巧不巧砸到了他的脸上。

徐时樾捂住瘀青的嘴角"嘶"了一声。

黎宁一怔。

好像坚硬的背包底部又砸到他的伤口了，她眼睛眨了眨，有些心虚地说："说了咱俩不熟，也没什么好谈的。"

徐时樾扯了扯嘴角："不谈怎么变熟？"说着，他直接站起来，朝她靠近，高大的身躯很有压迫感。

黎宁直接被他给逼到了墙角，空气也变得窒息。

他弯下头，漆黑又深沉的目光直勾勾地看着她。

呼吸被他的气息所包围，黎宁忍不住咽了咽口水，突然有些心慌起来。这时候身体的动作比脑子快，她想也不想就推开他，侧过身体，往后排的桌子上一爬，直接跳到后一排离开。

徐时樾无奈。

看着直接爬桌而逃的某个人，徐时樾沉默了，他捏了捏眉心，单手一撑，翻越后排的桌椅，大步朝她追过去。

察觉到背后追上来的脚步声，黎宁心慌得不敢回头，不由得加快了脚步，然而对方人高腿长，自己根本就甩不开他。

身后的徐时樾也没再拉住她，而是不紧不慢地跟在她身后。

存在感十足。

两人就这么一前一后地走了一段路，黎宁终于忍受不了了，停下脚步，朝身后的人说:"你到底想干什么?"

"我想你能听我说几句话。"徐时樾说。

看她现在这态度,自己要是不尽早把话说开,他俩估计是真的完了。

"行,那你说吧。"黎宁吐出一口气看向他。

"抱歉,我之前是真的不知道你和江远是亲姐弟。"徐时樾斟酌了一下,看着她说,"我真以为你们是男女朋友。那天拒绝你也不是我的本意,我——"

"那你不会问我吗?"黎宁听见他提这件事,一直努力压抑着的火气也冒了出来,"你的嘴巴是摆设是吧?"

"我……"徐时樾动了动嘴唇。

她心里知道造成这样的误会并不是单纯一个人的责任,也一直故意让自己不去想这些,不去怪任何一个人,但再次被提起,心里的委屈再也压不住了。

"既然你认为我是江远的女朋友,还和我来往,那你又把我当成什么了?"

心里最不愿意去想,觉得最难堪的话,终于被她发泄一般地说了出来。

看着黎宁脸上愤怒的表情,徐时樾垂下眼皮,像是泄出了一口气,宽阔平直的肩膀也有些塌陷下来:"我以为你们会分手。"

事实上,他一直避免自己去想她和江远,也从来不敢开口去问这个问题。

和别人的女朋友走得近,本就是件不道德的事情,但只要不提这个话题,就还能骗骗自己。

简直是一个自作聪明的胆小鬼。

"好吧,我承认,我只是……一直很嫉妒江远。"徐时樾挠了挠眉,声音有些低哑。

也是人生第一次体会到了嫉妒是什么滋味。

两人四目相对。

徐时樾看着她,目光十分坦诚,澄黑眼睛里似有旋涡。

黎宁有些承受不住他的目光。

视线往下,划过他高挺的鼻子,还有嘴角的瘀青,不知道是不是刚刚被她砸的,好像又严重些了。

她心里乱糟糟的,强迫自己什么也不要想,沉默地继续往前走。

徐时樾也继续不紧不慢地跟着,结果发现她突然拐进了旁边的一家药店。

看见她买的药,徐时樾的眉毛不由得微微一扬。

下一秒,黎宁结完账把药递给他:"给你,伤口擦下药吧。"毕竟是被江远揍的,而且他一看就没有擦过药。

徐时樾没接,开口试探了一句:"你帮我擦?"

黎宁直接把药塞到他怀里:"那你继续痛着吧。"

徐时樾无奈。

徐时樾拿着药膏回家，一时间摸不准黎宁到底是什么意思。他将药膏随手往茶几上一扔，有些烦躁地去洗手间洗了把脸。

伤口沾了水还有点疼，他不在意地用手碰了碰。看着镜子中的自己，徐时樾突然意识到一个自己从没想过的问题。

黎宁之前为什么会喜欢他？

一开始有江远这个烟幕弹在，徐时樾在黎宁最初接近自己的时候，其实根本没往这方面想。现在迷雾散去之后，徐时樾发现，黎宁当初对自己的喜欢还挺明显的。

与现在的她相比简直是一个天上一个地下……

但之前两人根本没怎么接触过，她为什么会喜欢自己？总不能是因为看上他这张脸吧？

徐时樾一愣。

没准还真是这个原因？

真是一时不知道该气还是该笑。

但下一秒，他还是把药膏给拿了回来，对着镜子上了药。

再往镜子里一看，白色的药膏涂抹在脸上，好像更滑稽了。

徐时樾看着不太满意。

虽然他一向对自己的长相不太在意，但要是有一张脸能让她喜欢，总比什么都没有的强。

想了想，徐时樾在网上搜索了一下：怎样才能让脸上的瘀青快点消失？

回答五花八门。

徐时樾将自己觉得靠谱的方法都记了下来。

正看着呢，于凡弹了个视频过来，徐时樾本想挂断，结果却不小心按成了接听。

"在干吗呢？"视频里的于凡问，"打不打游戏？"

"没空。"徐时樾拒绝。

"咦，你脸上白色的那是啥？"于凡眯着眼睛看了看，接着不敢置信道，"你竟然主动上药了？"

一起长大，于凡算是知道徐时樾的怪癖。徐时樾这人极其讨厌吃药上药，感冒完全靠扛，受伤破皮只要不严重，全是不涂药等伤口自动愈合，仿佛药能毒死他一样。

徐时樾懒得回答他这个问题，但既然于凡都问了，他便顺势问了一句："你知不知道有什么方法能让瘀青快点消失？"

"用煮熟的鸡蛋多滚滚？"于凡想了想说，"不过你问这个干什么？"

"我怀疑,黎宁之前只是喜欢我的脸。"徐时樾表情不是很好地说,"而我现在打算追她,顶着现在这张破相脸不太好。"

于凡在手机那边直接笑出声。

"我看你干脆顶着这张脸在她面前卖卖惨算了。"于凡一边笑一边给他提建议,"好像不少女生都吃这套的。"

徐时樾思考了一下,果断拒绝,冷冷地道:"你别给我出馊主意了。"

还卖惨?

别还没卖成,反而让她又想起那天发生的事情了。

他现在只希望这件事赶紧翻篇。

黎宁这边也回到了宿舍。

洗完澡出来后,她就见到微信上有人@她。

她点开一看,正是他们《法学导论》小组群。

贺子超:@所有人 家人们,小组作业也要开始做了,大家要不先各自想个选题,分别找一找案例,到时候我们再找个时间讨论一下?

付梦琳:可以。

王海跃:行。

彭子轩:OK!

俞雯莉:好的。

贺子超:那大家都什么时候有时间?

贺子超:周六或周日?

付梦琳:我周日晚上八点之后才有时间。

其他几人表示都行。

只剩黎宁和徐时樾没回复。

贺子超在群里@了一下他们俩。

黎宁赶紧回复:周日晚上可以。

徐时樾紧跟着她后面回复:我也行。

贺子超:好的,那就定在周日晚上八点,到时就在善园这边的食堂集合?

众人纷纷表示没问题。

周末两天,黎宁没怎么出去。

到了周日晚上,看到群里的消息后,黎宁收拾了一下去食堂参加小组讨论。

黎宁出门的时间不算晚,结果到了才发现,自己竟然是最迟的一个。大家找了一个小包厢,差不多都坐满了,只有徐时樾旁边还有一个空位。

小包厢里的光线有些昏暗,幽幽地照在他脸上,勾勒出他俊挺的五官轮廓。

他看着与平时闲散的模样有些不一样,头发好像有打理过。

黎宁没矫情,直接在他旁边坐下。

徐时樾看了她一眼,倒是没说话。

虽然组成了小组,但大家都来自不同的专业,互相也都不是很认识,人一齐,就先进行了下自我介绍。

贺子超作为组长外加社交小能手,随口玩了几个梗,气氛很快就活跃了起来,大家说说笑笑几句,开始聊起正事。

贺子超咳了一声,笑着说:"大家有什么想法吗?都可以说说。"

黎宁一开始没发言,一直听着其他人的想法。

大家这几天都找了一些案例,主题各式各样。

有建议干脆做一个大学生应该知道的法律常识合集。

也有建议改编一个趣味性强的短剧,类似《1818黄金眼》那种。

…………

每个想法都各有趣味,贺子超连连点头,最后看向黎宁,问她有没有什么想法。

黎宁想了想说:"我倒是有一个想法,主要思考的是趣味性。就是以前那些霸总小说不是很火吗?然后现在大家发现很多霸总的行为都相当'刑',《刑法》的刑,所以我想,能不能将小说里的霸总作为主角,拍一个'我在霸总小说里普法'的小短片。"

黎宁将自己的想法说出来。

贺子超一听,立马拍了下手:"你这个想法很不错哎!"

其他几人也看向黎宁:

"感觉会很有趣。"

"我想做这个!"

"附议!"

"拍这个拍这个!"

大家都很赞同黎宁的想法。

贺子超想起徐时樾还没发言,于是问他:"你的想法要不要说一说?"

徐时樾的下巴朝黎宁一仰:"我听她的。"

黎宁无语。

她能不能怀疑他根本就没准备啊?

拍摄的主题就这么定了下来,接下来便是讨论具体分工。

付梦琳和俞雯莉是中文系的,表示剧本可以由她们来搞定。导演拍摄和道具准备也有人表示可以接手,最后就只剩下了后期的剪辑渲染这些。

徐时樾靠着椅子懒洋洋地说:"视频后期我能做。"

黎宁正在想自己能做什么，但还没等她说话，就又听见徐时樾说："她美术系的，审美方面得要她把关。"

"对对对，黎宁是我们的美术指导。"贺子超连忙点头，"那后期就交给你们两个了。"

黎宁一怔。

好像给自己挖了一个坑。

"那就先这样安排。"贺子超拍板，"剩下的等剧本出来后我们再讨论。"

到时候真拍摄了，每个人都得出镜，得给大家安排角色。

贺子超扫了一眼徐时樾和黎宁，瞬间放下心，至少男女主不用愁就是了！

黎宁还不知道贺子超已经提前给她安排了戏份，讨论结束后，大家就都准备撤了，她不打算和徐时樾单独相处，于是直接跟着大部队一起往前走。结果一聊，发现中文系的两个女生竟然都不是跟自己一个宿舍楼的，于是只能自己一个人往善五走去。

身后果不其然跟了一道脚步声。

没走几步，这人就迈着长腿走到了她旁边。

还没说话，他就递过来一个袋子："给你的。"

黎宁拒绝："不用了。"

徐时樾也不恼，拖着声音说："那我等会儿只好在楼下随便叫个人帮你拿上去了。"

黎宁无语，瞪了他一眼后，直接伸手把袋子拿过来。

"这样总可以了吧？"她没好气地说。

她就算是生气的样子，也可爱得紧。

徐时樾忍不住轻笑了一声。

见她一双眼睛又瞪过来，他面不改色地说："你别怕，我就送你到宿舍楼下。"说完意识到什么，抬手挡了挡自己的嘴角。

黎宁不知道他现在是犯什么毛病了。

很快，他们就走到了宿舍楼下。她几步跃上台阶，想了想还是回头冷淡地说了句："我到了，你走吧。"

徐时樾立在原地没动，身形落拓又挺拔，就这么看着她，明亮的眼神中似有几分灼热。

黎宁感觉自己好像也被烫了一下似的，她抿了抿唇，没再说话，而是快步朝楼里面走去了。

黎宁一口气爬上了五楼，然后气喘吁吁地在自己的椅子上坐下。平复下来呼吸后，黎宁才发现自己怀里还抱着徐时樾刚刚递给她的袋子。

犹豫了一下，她还是拆开一看。

只见里面是一杯奶茶，还有一份小蛋糕。

奶茶是自己最喜欢的那个口味，小蛋糕看着也有点熟悉，好像是最近朋友圈里一直被这蛋糕刷屏，据说需要排很长的队才能买到。

黎宁盯着这两样东西沉默了下。

手机适时响了一下。

她拿过来一看，发现又是徐时樾发过来的好友申请。

徐时樾：通过一下，小组作业需要讨论。

黎宁还是有点不太想加他，于是拒绝：有什么事直接在群里说就好。

下一秒，黎宁果然发现自己在群里被@了一下。

徐时樾：@黎宁 有点话想跟你说。

黎宁震惊！

这感觉不太妙的样子！

真害怕他在群里说出什么不该说的话，黎宁连忙添加他为好友。

对方秒通过，群里的消息也被撤回。

意识到自己被耍了的黎宁忍不住干瞪着手机。

她忍了忍，愤怒打字：你到底想干吗？

徐时樾：我想追你。

徐时樾：可以吗？

黎宁看到这两句话，拿起奶茶吸管，恶狠狠地插进去，像是在发泄着自己的怒气。

随后，她微笑着打字。

黎宁：抱歉，暂时没有要谈恋爱的打算呢。

路灯下，少年神情寡淡。

清寒的月光洒下来，他连同影子一起，站立在萧索的寒风中。

半响，他似是叹了一口气，一张清隽逼人的脸上浮现出几抹苦恼。

果然，遭到了拒绝。

这个结果竟然一点儿都不意外。

大概这就叫自作孽不可活吧？

黎宁倒是没骗徐时樾，她目前真的没什么想谈恋爱的想法。是作业不够多，还是画画不好玩啊？非得要尝一尝爱情的苦？

本以为自己拒绝得已经很干脆了。

没想到过了几秒，他又发过来消息：那我先排个队？

黎宁无语。

随便他吧。

时间转眼进入十二月，凛冬正式来临，这意味着期末也越来越近。

期末之前，各门课程的作业截止提交日期也纷至沓来。

大学和高中有所不同。高中的时候大家只需埋头做题，努力提高个人成绩单上的成绩。

而在大学里，基本上每门课，都必有一项大家都深恶痛绝的东西——小组作业。

遇到合拍的队友那还好，要是遇到不合拍的，对方轻则划水，重则随便糊弄出来一堆垃圾，其他认真做的人绝对会被气得升天，然后还得替对方收拾残局。

但没办法，老师就是这么安排的，抗议也没用。大家就算再不满，也没拒绝的资格。

《法学导论》的小组作业算是打响了小组作业的第一枪。

接下来的几天，黎宁一直辗转在各种小组讨论中。

徐时樾那边也差不多，他们班里课程难度高，学习压力更大，每个人都是卷王中的卷王，几乎每年都有人扛不住压力，提出转专业申请。

从来没有什么东西是不劳而获的，徐时樾平时花在学习上的时间并不少。但可能他确实有点天分，学东西学得很快，探索欲也强，看的东西广而杂，说什么他都能知道，所以在旁人看来，他总是一副毫不费劲的样子。

反正作为大佬中的大佬，徐时樾在各种小组组队时，相当抢手。

毕竟有这么粗壮的一条大腿在，不抱才是傻子。

再加上徐时樾懂的东西多，和他交流起来很有启发，大脑变得相当活跃，随时都能碰撞出思想的火花。

姚俊飞就很有先见之明，从大一开始，就以宿舍的名义，拉着大家一起组队。一年下来，每次小组作业不用说，他们宿舍四个都自动成一组，人数不够的时候，再加几个其他的同学。

这学期也不例外。

但因为前段时间的事，他们的宿舍关系变得极为复杂，现在还要凑到一起做小组作业，就很让人忐忑。

作为全宿舍最没有眼色的人，王迪率先跳出来，问大家什么时候开始做小组作业。

姚俊飞也意识到不能再拖了，终于忐忑地戳了戳徐时樾，让他上完课后，和他们一起讨论一下。

徐时樾没什么异议，回了个"好"。

他们几个提前来到约好的研讨室里。

姚俊飞着重看了眼江远，只见这人吊儿郎当地坐着，神情倒还正常。

过了一会儿，徐时樾也来了，表情也挺正常。

姚俊飞松了一口气。

没多说什么废话，几人立马开始讨论起来，然后姚俊飞发现自己这口气实在是松早了。

江远不知道怎么回事，徐时樾说一句他就撑一句，像是故意和徐时樾呛上了一样。

徐时樾脾气倒是好，懒散地坐着，手搭在电脑键盘上，面上一派淡然地看着他。

等他说完后，徐时樾才不慢不紧地一一回应他刚刚说的话。

两厢对比之下，谁是"跳梁小丑"一目了然。

姚俊飞捂着脸不敢再看，手肘捅了捅旁边的江远，示意他差不多得了。

徐时樾在专业方面的能力毋庸置疑，江远逐渐也跳不起来，开始不由自主地跟着他的思路走。

等讨论完确定方案之后，江远才回过味来，双手抱在胸前，一张脸臭得出奇。

讨论结束，王迪赶着去见女朋友，第一个溜了。

姚俊飞看看徐时樾又看看江远，犹豫着自己要不要留下，但还没等他决定好，徐时樾就叫了江远一声。

江远臭着一张脸，不客气地说："干什么？"

"你刚刚提到的那个概念，我知道国外有几本书可以参考，书目要不要发你？"徐时樾神色坦然地说。

江远有点心动，但还是很有骨气地拒绝，硬邦邦地说："不用。"

看了徐时樾一眼后，江远直接高贵冷艳地离开了。

但走出去没多远，微信提示音一响，江远点开一看，是徐时樾发来的一串英文书目。

江远回过味来——

徐时樾这是在主动给自己示好？

他略微琢磨一下，反应过来，这狗东西该不会是对黎宁贼心不死吧？

前段时间的乌龙，他固然是有责任，但徐时樾就没一点错吗？

反正现在江远对徐时樾还是挺有意见的，想这么容易进他们家的门？他想得美！

思及此，江远边走边点开黎宁的微信。

他本来打算直接编派几句徐时樾，但想了想觉得有些太明显了。于是在搜索栏里搜索一番，给黎宁转了几篇微信文章。

江远：链接：为什么不能找长得帅的男朋友。

江远：链接：十招教你辨别渣男。

江远：链接：高学历不代表高人品，越优秀的男人越是渣到你无法想象。

黎宁：[？.jpg]
江远：你自己好好看看。
黎宁：你要是有病就赶紧去治。
黎宁：实在没钱的话我可以给你借点。
江远气得咬牙。

自从在微信上说完之后，徐时樾倒真表现出了一副要追黎宁的样子。

黎宁一开始还有点担心他搞死缠烂打那一套，但没想到的是，他的分寸感拿捏得还挺好。

可能是意识到怕引起反感，除了几次偶遇，徐时樾倒是没去教室和宿舍楼底下堵人。大多数时候，他都是在微信上找她聊天。他也试图约过她几次，但无一例外都被黎宁给拒绝了。

这天，黎宁又收到了徐时樾发来的消息。

徐时樾：我要带小猫去打疫苗，你要不要一起？

上一次徐时樾找黎宁聊天时，提到了家里的小猫好像精神不太好，黎宁当时就忍不住回复了一句。徐时樾多聪明的人啊，立马就抓住了机会，发过来关于小猫的消息一下子就多了起来。

黎宁这两天经常被他发来的小猫照片轰炸。

他想借猫上位的心思暴露得明明白白。

黎宁才不想如他的意呢，意志很坚定地拒绝了。

但每天看到这么多可爱的猫猫照片，还只能看不能摸，勾得黎宁心里痒痒的，看到徐时樾问她要不要一起去时，她竟然有些可耻地心动了。

最后还是理智将她拉了回来。

她高冷地回复：不去。

徐时樾：那我只能自己带它去了。

他顺便还遗憾地发了一张照片。

照片的角度是从上往下拍的，小猫被他抱在怀里，毛茸茸又圆滚滚的小脑袋相当可爱。

黎宁看完心更痒了。

这人绝对是故意的！

发完照片后，徐时樾就没再打扰她。

黎宁等了一下午，见他没消息了，晚上的时候终于没忍住，主动戳了一下他：小猫怎么样了？

过了一会儿，他才回复。

徐时樾：不太好。

徐时樾：方便视频吗？

徐时樾：给你看看它。

黎宁还没来得及回复，他的视频邀请就已经弹了出来。

犹豫了一会儿，她还是点了接通，并将手机放在桌面，镜头调至为后置摄像头。

她这边的画面一片漆黑，徐时樾那边的镜头则正对着趴在窝里一动不动的小猫。

"小家伙对疫苗反应有点大。"徐时樾低沉悦耳的声音从手机扬声器里传出来，似有些担忧，"回来后吐了几回，现在还在睡着。"他一边说着，一边用另一只手轻轻给它顺毛。

黎宁闻言也担心起来："那医生那边怎么说？"

"说是要先观察一晚，看明天会不会好一点。"他叹气道。

两人聊了几句便中断了视频。

徐时樾也没拉着她继续聊，仿佛刚刚的视频真的只是让她看看小猫的状况而已。

不过第二天，没等她问，徐时樾就主动发消息过来：别担心，已经好多了。

他同时发了一张照片过来。

照片里的小猫虽然依旧没什么精神，但看着比昨天要好很多。

又过了半天，小猫已经恢复了以往的活蹦乱跳。

次日晚上，徐时樾突然又发来消息。

徐时樾：我在你宿舍楼下。

徐时樾：带了小猫过来。

徐时樾：要不要下来看看？

黎宁跑到阳台往下看，果然看到一道身影。

在宿舍里转了几圈，黎宁终究还是没忍住，痛骂了一句自己没出息后，还是下了楼。

几乎是她一出现，徐时樾那双锋利又干净的眼睛就朝她看过来，带着几分明显的笑意。

黎宁的视线在他身旁扫了一眼，随即瞪向他："小猫呢？"

不是吧，竟然骗她？

然而火气刚要上来，就见一颗毛茸茸的小脑袋从徐时樾的外套拉链口处冒出来，并朝她"喵"了一声。

叫完后，它还用脑袋蹭了蹭徐时樾。

场面太过可爱，黎宁感觉自己的一颗心都要被萌化了。

徐时樾拉开外套拉链，将小猫抱出来，抬起头来，询问般地看向她："要不要抱?"

　　黎宁身体的每一个细胞都在尖叫，很诚实地伸出了手。

　　黎宁将小猫抱进怀里，忍不住用脸蹭了蹭它。

　　小猫似乎也还记得她，对她很是亲近。

　　黎宁的猫瘾终于被满足了，幸福得眯起了眼睛，她视线不经意间扫过面前的徐时樾，对上他含笑的眼睛，突然意识到——

　　等等，她这算不算是被套路了？

　　黎宁和小猫在宿舍楼下的公共会客厅里玩了一会儿，才把小猫还给徐时樾。

　　动作简直是肉眼可见的舍不得。

　　徐时樾看得心里一软，眼里忍不住带上了点笑意。他勾了下唇，声音懒散："那下次再见。"

　　黎宁看看小猫，又看看徐时樾，最后扬了扬下巴，矜持道："再说吧。"模样看起来活像一只高傲的小孔雀。

　　徐时樾喉结滚了滚，忽然很想揉一揉她的头发。

　　但想也知道，他要是真敢这么做，绝对会被这只小孔雀狠狠地挠上一爪子。

　　于是，他只能遗憾作罢。

　　这天，《法学导论》小组进行第二次的小组讨论。

　　这次主要讨论的是剧本。

　　付梦琳和俞雯莉前一晚已经将写好的剧本发到了群里，让大家看看有没有什么问题，需不需要补充点什么。

　　两人不愧是中文系的，文笔方面没的说，剧情虽然略有瑕疵，但整体质量已经算是相当高了。

　　大家围着剧本头脑风暴了一下，故事情节没怎么变，只是多增加了有趣的桥段。两个编剧只要把这些东西添进去，剧本就算是大功告成了。

　　剧本搞定之后，下一步就是定角色了。

　　"选角了选角了，大家踊跃报名哈！"贺子超说。

　　"我演家庭医生！"

　　"那我演管家！"

　　"刘妈刘妈！"

　　"……"

　　"怎么回事啊你们，怎么都没人申请演霸总和我们的女主啊！"贺子超摇摇头。

　　此话一出，众人不约而同地看向徐时樾和黎宁。

大家脸上的表情相当明显——

还用想吗？这两人颜值这么高，简直是天选的男女主啊！

贺子超也朝徐时樾和黎宁挤了挤眼："作为我们组的门面，男女主角你们两个是不是应该当仁不让啊？"

怕他们拒绝，贺子超双手合在一起，做了个"拜托"的手势："请千万不要拒绝，事关期末绩点，下学期能不能拿到奖学金就靠你们了，呜呜呜。"

徐时樾松松垮垮地坐在椅子上，往黎宁那儿看了一眼。她侧脸安静柔和，睫毛长而卷翘，嘴唇轻抿着没开口说话。

徐时樾脑子里回想了一下刚刚讨论过的剧本。

剧情相当"沙雕"。

但演的是男女朋友，也不是不行。

思及此，徐时樾修长的手指屈起，轻敲了一下桌面，面上云淡风轻，声音懒懒散散："我都可以。"话刚说完，就见黎宁朝他看过来。

她一双眼睛干净透亮，嘴角还轻轻弯了下。

徐时樾眉毛不由得一扬。

然而下一秒，只见黎宁扭过头和贺子超说："组长，我建议女主的角色可以反串一下。"

"这样按部就班演的话就很没意思。"黎宁接着说，"既然咱们的短剧要追求搞笑，那不如贯彻得更彻底一些，干脆直接找个男生来演女主怎么样啊？"

其他人简直拍案叫绝。

"黎宁，你这个想法不错哎！"

"哈哈哈哈，不好意思，我现在就已经开始笑了。"

"那选谁好呢？"

徐时樾无奈。

众人的视线往在场的几个男生身上打量。

"男主倒是不用变了。"黎宁很贴心地建议，"我看组长颇有几分姿色，倒是可以胜任女主这一角。"

本来还打算摸鱼的贺子超一脸蒙，不明白女主角怎么突然就落到了他的头上了。

更可怕的是，他还明显感觉到了旁边一道令人忽视不了的、凉飕飕的视线。

而他旁边坐着的人，正是徐时樾。

贺子超扭头看过去，只见他下颌收紧，嘴角绷着，目露审视地往他脸上扫了一圈。

贺子超一怔。

总而言之，在众人的镇压下，贺子超毫无反抗之力，被迫拿稳了女主角的剧本。

定下剧本和角色后,大家约好这个周末就进行拍摄。

毕竟只是小组作业,大家也没太折腾,拍摄地就直接选在学校里面。

周六一大早,黎宁就爬起来,拿上了化妆箱,去教学楼那边集合。

她来得不早不晚,组里的两个女生都到了,贺子超也来了,此时正一脸怨念地拿着一条裙子往自己的身上套。

黎宁直接"扑哧"一声笑了出来。

笑声传到贺子超耳朵里,对方表情更加怨念了。

付梦琳蹲下来给贺子超整理裙子。

俞雯莉手里则拿着一顶假发,忍着笑对黎宁说:"是先化妆,还是先戴假发啊?"

"先戴假发吧。"黎宁说。

正说着话,其他几个男生也提着东西过来了。

王海跃和彭子轩毫不客气地直接笑喷了:"哈哈哈,果然有几分姿色啊你哈哈哈!"

贺子超对他们比了一个抹脖子的动作。

黎宁正看着热闹,突然旁边两个女生用肩膀碰了碰她,朝着一个方向惊呼:"好帅啊!"

黎宁顺着她们视线的方向看过去,只见徐时樾正从外面走进来。

和往日的休闲打扮完全不同,他这次穿了白衬衫和黑色的西装,外面套了一件黑色羊毛大衣,鼻梁上还架着一副细边眼镜。

衣领有些高,衬出他棱角分明的脸庞,还有脖子上微微凸起的喉结。

整个人看上去既禁欲又矜贵,完全一副斯文败类的模样。

黎宁眼睛盯住他几秒,在他也朝自己看过来时,她才回过神来立马移开视线。

旁边的两个女生已经激动到不行了。

"啊啊啊,我要晕过去了。"

"简直就是小说里走出来的男主啊!"

"是吧,黎宁?"

黎宁一愣。

好吧,不得不承认,徐时樾的长相确实连她也挑不出什么错处。

很难说她当初追他不是因为他这张脸……

"别看了别看了。"贺子超拍拍手,"快点化妆,争取早点拍完!"

给贺子超化妆的任务自然落在了黎宁的头上。

黎宁点了点头,在贺子超面前坐下,拿出妆前乳挤在手背上,正准备往贺子超脸上抹。

但她人刚凑过去,手还没碰到贺子超的脸,就见徐时樾走了过来。

徐时樾用手肘撞了一下贺子超,不咸不淡地开口:"化个妆你怎么还要别人动手?"

贺子超扭头,瞪大眼睛,哇哇大叫:"那当然是因为我不会啊!"

"不会那不是正好。"徐时樾理所当然地说,"画得越丑反差不就越大?"

贺子超一琢磨,发现还真有几分道理。反正他都扮成女生了,也不介意再扮丑一点,拍出来还更好笑一些。

"行行行,那我自己来。"贺子超成功说服了自己,"黎宁,你告诉我要用哪个?"

黎宁:"……好的。"

黎宁拿出工具,在旁边指导贺子超。

徐时樾在黎宁旁边坐下,趁着贺子超在化妆时,突然撇过头对黎宁说:"你要不要帮我也化一个?"

黎宁看向他,一言难尽道:"你要点脸吧。"

别以为她不知道他刚刚什么目的,也就是贺子超信他的忽悠。

被拆穿的徐时樾依旧一脸淡然,就这么坦然地看着她。

黎宁没他脸皮厚,抿了抿唇移开了视线。

很快,在众人你一句我一句的指导下,贺子超化完了妆。

妆容的风格和如花相似度极高,在场的人都笑得直不起腰。

贺子超这会儿已经完全放飞自我,朝大家抛了个媚眼,夹着声音道:"讨厌,干吗这样看着人家啊,人家都害羞死了。"

闹过之后,负责拍摄的同学架好三脚架和相机,正式开始拍摄。

第一幕是女主不小心撞到霸总,然后女主捂着脸害羞地跑掉。

霸总怅然若失,摸着自己被她撞过的地方,说出了那句经典台词:"女人,你成功引起了我的注意。"接着,又邪魅狂狷地对旁边的助理说,"三分钟,我要这个女人的所有信息!"

助理内心独白:救命,法盲总裁,这侵犯公民个人信息罪啊!

这场戏黎宁没有戏份,就站在相机后面看。

见到徐时樾生无可恋又一本正经地说着那些羞耻的台词,整个人简直要笑趴下。直到这一场拍完,她眼里还满是笑意,一双眼睛水漾漾亮晶晶的。

徐时樾语气很无奈:"这么好笑?"

黎宁盯着他的脸,忍不住又笑起来:"就是很好笑啊!"

她笑起来很是漂亮生动,比不理他的时候有趣多了。

徐时樾忍不住伸手捏住她的脸,威胁道:"喂,不准笑了。"

黎宁一愣，脸有些微红，连忙挥开他的手。

徐时樾也有些不自在，半晌才道了声歉。

气氛好像突然有些尴尬。

好在其他人都在看相机，没人注意到他们。

老师要求视频长度不能超过十分钟，所以他们写的情节不多，拍得也很快，到下午的时候，基本上就拍摄完毕。

黎宁在里面客串了一下霸总他妈，霸气地对女主甩支票："五百万，离开我儿子。"说完还故意看了徐时樾一眼。

徐时樾嘴角抽动了一下，一只手扶住额头，表情相当复杂。

拍完之后，贺子超提议大家晚上一起出去聚个餐。

其他人都没什么意见，黎宁也没扫兴，答应下来。

大家约好先去宿舍放东西换衣服，然后去校门外集合，一起去附近的餐馆吃饭。

因为这次欢乐又融洽的合作，几人的关系也变得更好了一些，互相打趣着吃完饭后，还约着一起去附近唱歌。

包厢里气氛热烈。

唱了几首歌后，不知道是谁起的头："不如来玩游戏吧？"

选来选去，大家在桌底找到一副扑克，开始玩。

有人嫌不够刺激，提议："赢得最多的人问输得最多的人一个问题怎么样？不回答的必须自罚一杯。"

大家都没什么异议。

黎宁不太会玩，第一局就输了。

"输了的认罚啊！"贺子超起哄，"彭子轩快问！"

彭子轩看了黎宁一眼，即使在包厢昏暗的灯光下，也看得出来他有点脸红："那个，你有男朋友吗？"

这个问题一问出来，其他人就开始起哄："居心不良啊！"

黎宁不知怎么的，下意识地看向徐时樾。

他并没参与这次的牌局，英俊的眉眼隐在昏暗暧昧的光线后面，表情意味不明。

黎宁移开视线，看向彭子轩，摇头："没有。"

彭子轩眼睛一亮。

接着，又是第二局。

黎宁打起精神认真对待，然后很光荣地又输了。

这次是贺子超赢了，他嘿嘿一笑，朝黎宁挤了挤眼睛："你对在场哪个男生最有好感？"

黎宁看了一圈在场的四个男生，然后对贺子超微笑："你。"

贺子超夸张地捂住自己的心脏："救命，没想到我魅力这么大。"

黎宁也跟着笑起来。她倒是没说谎，四个男生里，先排除掉徐时樾，她确实对贺子超的好感度最高。

彭子轩脸上露出遗憾的表情。

接着，又是第三局。

黎宁人菜瘾还大，不信邪自己赢不了。

然后，第三局毫不意外地又输了。

黎宁有点烦躁。

问完问题后，第四局马上要开始了，其中有个人想去唱歌，问有没有人来替他。

徐时樾站起来："我来。"

黎宁警惕地看着徐时樾。

新的一局开始，黎宁兢兢业业地出牌摸牌，看着对面徐时樾气定神闲的样子，心里越发没底。

结果一局打完，输的人竟然是徐时樾。

贺子超不敢相信："徐时樾，你居然这么菜？"亏自己刚刚见他自信出牌的样子，还以为他很会打呢！

徐时樾耸耸肩，没说话。

这次的赢家是付梦琳。

她看向徐时樾，问道："你有没有喜欢的人？"

黎宁感觉徐时樾往自己这儿看了一眼，但她只盯着桌上的牌，然后听见他轻悦低沉的声音传过来："有。"

接下来一局又是徐时樾输。

在后面观战的贺子超在结束的时候终于忍不住大喊："徐时樾，你会不会打？这么一手好牌都能被你打烂，这么漂亮的对子你都拆开，我真是服了！"

这局赢的人是王海跃。

旁边的付梦琳捅了捅他，凑过去和他说了什么。听完后，他咳了一声问："你喜欢的人在现场吗？"

"怎么老问这种问题？"徐时樾扯了扯嘴角。

说完，他端起酒杯，仰头喝了一杯："这个问题跳过。"

贺子超"嘘"了他一声。

黎宁垂下眼，悄悄松了一口气。

由于黎宁和徐时樾牌技太烂，两人很快就被赶下了场。

玩到差不多晚上十点钟，大家才意犹未尽地从KTV里出来，三三两两往校门口的方向走。

夜晚路上很安静，黎宁不知怎的，和徐时樾走在了最后面。

走着走着，徐时樾突然状似不经意地问了句："明天要不要去看看小猫？"

"你能不能换个招，别总拿小猫当借口。"黎宁翻了个白眼。

"这不是想试试看，能不能主凭猫贵吗？"徐时樾眼睛直勾勾地盯着她说。

黎宁不知道为什么，竟然有点不敢看他。

她别开眼，努力强撑着语气："你想得美！"

徐时樾轻笑了一声，掩唇道："这么霸道？连想一想都不行啊？"

他声音又轻又沉地落在黎宁的耳朵里。

黎宁垂下眼，小声嘟囔了一句："以前怎么没发现某些人脸皮竟然这么厚？"

这人以前不是挺高冷的吗？现在不要脸的样子跟以前相比，简直判若两人好不好？

"脸皮不厚点，什么时候才能追到人。"徐时樾相当意有所指，但凡他之前脸皮厚点，哪还有现在的事？

可真是一失足成千古恨。

"不然又被误会了可怎么办？"徐时樾又说，"怎么样，能不能给某些人一个机会？"

"简直不想理你。"

黎宁耳根有些发烫，丢下一句话后，看也不看他，几步就追上了前面的大部队，和小组里的两个女生走到一起。

一路上，黎宁脑子乱糟糟的，突然肩膀被人碰了碰，她疑惑地转头，对上付梦琳的脸。

只见她朝自己一笑，顺便看了眼慢悠悠缀在她们身后的，那道高大又挺拔的身影。

"黎宁，徐时樾是不是在追你啊？"付梦琳凑过来小声问道。

黎宁"啊"了一声，蓦地想起在KTV时付梦琳问徐时樾的问题。

"你——"黎宁看着付梦琳，不知道该怎么开口，与此同时，心里还有另一种难言的情绪。

付梦琳连忙摆摆手："别误会别误会，我没有其他的意思！"

哪个女孩子不爱看帅哥啊，更何况徐时樾这种极品，对着这么一张脸，要说一点都不心动那肯定是不可能的。不过也只止于浅层的心动了，完全是抱着只可远观不可亵玩的态度。

而且徐时樾一看就心有所属啊。

付梦琳解释了几句，随后语气羡慕地对黎宁说："他表现得超明显哎！"

因为小组作业,这些天大家相处的时间也长了一点。

所以就很容易看出,徐时樾对黎宁完全不一样。

组里的其他两个女生找他说话时,他虽然也会耐心回复,但明显就知道是那种客气的礼貌,带着一股疏离冷淡。

但他面对黎宁时就完全不一样。眼神里带着超级明显的纵容和偏爱,那种喜欢她的感觉根本藏不住好吗?

"刚刚在 KTV 里抱歉啊。"付梦琳不好意思地说,"是我太八卦了。"

她也是后来才意识到,自己让王海跃问的第二个问题不太妥当。

要是两情相悦的话,那就无疑是助攻一波上大分,要是不是的话,不喜欢的那个人就会很尴尬。

所以徐时樾刚刚的操作就很拉好感。

"没关系。"黎宁应了声。

"哇,所以他真的在追你啊?"付梦琳那颗八卦的心又冒出来。

"唔,算是吧。"黎宁含糊地应了声。

回到宿舍,洗完澡躺到床上时,黎宁翻来覆去一直睡不着。

她脑子里时不时浮现徐时樾的脸,还有他在路灯下说的,有点近乎告白的话。虽然他在微信上也说过要追她这样的话,但和亲口说的感觉很不一样。

黎宁一瞬间可耻地有些心乱了。

好吧,她承认——

虽然这些天一直装作冷漠的样子,但她心里其实根本还没放下他。

第一次喜欢上的人,怎么可能这么容易就放下啊。

可是就这么接受,她又有点胆怯。

感情这么虚无缥缈又难以捉摸,她很难从中寻找到安全感。

两种想法在她脑海中拉扯。

黎宁在黑暗中迷茫地睁着眼睛。

最后,她眼一闭,强迫自己入眠。

拜托,争气点好不好,才这样你就扛不住了?

次日上午。

黎宁收到徐时樾的消息,问她要不要一起把视频剪出来。

黎宁迟疑了一下,答应了。在分工安排里,后期是需要他们两个做的。

穿好衣服,黎宁坐在镜子前,不知道为什么竟然有些紧张,她伸手揉了揉自己的脸,努力恢复成一副冷漠无情的表情。

两人约的地方是图书馆。

徐时樾提前预约了一个隔音间，这样到时候就算是要讨论或者放出声音，也不会打扰到其他人。

黎宁找到他所在的位置，在他对面将东西放下。

"那我们马上开始吧。"黎宁没说什么废话，一边开电脑一边说。

徐时樾应了一声，很专业地开始给两人分工。

昨天拍的视频都储存在 U 盘里，他修长匀称的手指将 U 盘递过来："你先拷贝到电脑里，素材已经排好序了，现在先粗剪一下。"

"好。"黎宁接过来。

黎宁会一点剪辑，粗剪对她来说并不难，只不过长时间盯着电脑屏幕眼睛有点难受，她眨了眨有些不舒服的眼睛，将视线从屏幕上移开。

隔音间里空间狭小，黎宁的眼睛避无可避地瞄到徐时樾的身影。

他穿了一件黑色的卫衣，更显得领口往上的一截脖颈无比白皙。

他坐姿有些懒散，可能是因为在做着没什么挑战性的东西，神色里带着几分倦淡。

似是察觉到黎宁的目光，他抬起眼皮看过来："累了？"

黎宁立马收回视线，摇了摇头："没有。"

"剪到哪儿了？"他又问，"我这边差不多了，剩下的直接我来。"

黎宁看了眼，发现自己才剪了一半。

他效率好高。

给他分了一些后，黎宁重新打起精神来。

过了一会儿，视频素材终于粗剪结束。

徐时樾抱起电脑，站起来询问她："需要讨论一下，我坐过来？"

黎宁点了下头。

隔音间的座位不算太宽敞，她连人带着笔记本往里侧挪了挪，给他腾出位置。

徐时樾一坐下，空间立马逼仄了起来。黎宁感觉自己整个人也像是被他的气息所包围，手指有些不自然地摸了摸冰冷的笔记本边缘。

两人凑在屏幕前一起看了下粗剪下来的视频。

黎宁忍不住多次笑场。

徐时樾面无表情地往后一靠，看着一派淡定，其实耳根有些发红。

"别笑了。"他将视频暂停，"在意一下你旁边的当事人行吗？"

"挺好的，只需要加点音效，补充点细节我觉得就行了。"黎宁眉眼弯弯，忍笑道。

"那就赶紧找音效。"徐时樾拍板。

他现在只想快点把这羞耻的玩意儿弄完。

黎宁"哦"了一声，伸手去拿鼠标。

结果不知怎的,撞倒了她刚刚放在一旁的水杯。

更要命的是,水杯还没有盖上。

瞬间,一大摊水洒到她的电脑上。

黎宁蒙了:"啊,我的电脑!"

她小小地惊呼一声后,手忙脚乱地站起来收拾。

"先关机。"旁边伸出一只手来。

徐时樾接过她的电脑,动作行云流水地将电脑强制给关了机,又擦干其表面的水分,将其倒扣在桌面上。

"完蛋了,我的作业和资料!"黎宁突然想到了什么,傻眼地望着自己的电脑。

刚才剪的视频倒是不用担心,徐时樾电脑里有备份,可是黎宁自己的东西就遭殃了。

现在正是期末月,各种完成或还没全部完成的作业都存在电脑里,除此之外,还有黎宁的一些画稿什么的。虽然有备份的习惯,但总有一些还没来得及备份的,要是电脑坏了,她真的会哭死。

黎宁正慌乱得不知道该怎么办时,旁边传来一道沉稳的声音:"别担心。"

黎宁下意识地看向他,紧接着又听见他说:"我有办法。"

他说这话时明明声线平稳,却奇异地抚平了黎宁的慌乱。

半个小时后。

看着面前的电梯,黎宁同样进水的脑袋终于重新开始转动——

等等,现在到底是什么情况?

她电脑进了水,完全可以拿去学校里面的电脑修理铺那边去修啊,为什么要跟着徐时樾回他家?

思及此,黎宁看了一眼站在自己前面的徐时樾。

只见他平直的肩膀上,松散地挎着黑色双肩包的一只肩带,手上还拿着她的笔记本电脑。

下一秒,轻微的失重感袭来,电梯门打开。

徐时樾迈着大长腿出去,又转身用一只手抵住门,抬眸示意黎宁出来。

黎宁:"……好吧。"

来都来了,现在立马就走好像也不太好?

黎宁跟着徐时樾往前走,见他一脸淡定地打开门。

门刚一打开,在里面埋伏了好久的小猫突然就冲了出来,像是准备要吓一吓主人,结果没想到先进来的是黎宁,小猫猛地一个急刹车,自己被吓得跳起来。

黎宁被逗得一笑,扭头看向徐时樾:"它怎么被你养得越来越傻了?"

徐时樾耸耸肩,表示自己很无辜。

两人一前一后地进去。

开放式岛台那边,一个穿着工作服的中年妇女朝他们看过来,微笑着说:"您回来了啊?"

黎宁疑惑地看向徐时樾。

徐时樾介绍了一句:"这是过来打扫卫生的阿姨。"

徐时樾说完又对阿姨点点头:"您继续忙吧。"

阿姨负责平时家里的卫生清洁,还有在徐时樾不在的时候会帮忙照看一下小猫。

"你随便坐。"徐时樾将自己的背包往沙发上一放,便捧着黎宁的笔记本,往一个房间里走,"我先去拆个机。"

黎宁"哦"了一声,也把肩上背着的包放下来。

阿姨正好过来拖地,朝黎宁笑了笑。

黎宁回以礼貌的微笑。

和陌生人待在一起,她有些不自在,想了想,干脆抱了小猫去找徐时樾。

房门没关,黎宁站在门口往房间里看去。

里面像是一个工作室,墙上挂了挺多工具,还有一侧墙做了一面展示柜,里面放了各种各样精致的模型。

徐时樾背对着门口坐在桌前,正专心摆弄着手底下的笔记本电脑。

黎宁敲了敲门。

徐时樾头也没抬:"进。"

黎宁这才走进去,站到他旁边默默看着。

笔记本的后壳已经被他给拆了下来,露出里面的主板。

黎宁犹豫了一下,忍不住问:"你们学计算机的还会修电脑啊?"

徐时樾手上的动作一停,转笔似的转了一下螺丝刀,看向她的眼神似笑非笑:"怎么,不相信我啊?"

黎宁抿抿唇,老实道:"是有点。"

"那怎么办?都拆开了。"徐时樾神情苦恼,"我试试看能不能装回去?"

黎宁闻言惊愕地瞪大眼睛:"哎,你——"

看着她涨红了一张脸,眼睛里全是不敢置信,想说什么又忍住的样子,徐时樾没忍住笑了起来,两只肩膀都在颤抖。

片刻后,他才终于止住笑:"逗你的,真的会修,进水只是小问题。"

黎宁无语。

无不无聊啊这人!

黎宁懒得搭理他,干脆扯了一张椅子,在他旁边坐下。

他煞有介事又慢条斯理地摆弄着手里的零件,看着倒挺专业的。

暖黄色的灯光打在他高挺的鼻梁上，长长的睫毛往下垂，脸上带着认真又柔和的神色。

　　莫名给人一种很踏实的感觉。

　　黎宁移开视线，问了一句："你学过修电脑啊？"

　　"嗯。"徐时樾一边用电压表检测主板，一边应了声，"小时候有阵子对机械很感兴趣，就稍微学了学。"

　　这话其实有点谦虚了，那时候家里的东西都被他拆了个遍。

　　市面上新出的各类电子产品，也都被他第一时间买回来拆开来看构造，修理类的书籍也翻了翻，闲得无聊还帮身边的朋友们修好了不少东西，修个进水的电脑对他来说简直是小菜一碟。

　　因为处理得及时，电脑内部进的水不多。

　　直接用吹风机将水烘干，又检查了一遍电路，都没问题后，徐时樾直接开机通电测试。

　　一旁的黎宁看得紧张，下意识地用手指揪住了他的衣袖。

　　徐时樾垂眸看向那几根纤细白皙的手指，不由得勾了勾唇。

　　按下电源键后，电脑正常启动，屏幕也没出现闪烁或者其他任何问题，又试了试其他功能，都正常。

　　"这就……修好了？"黎宁眨了眨眼。

　　"差不多吧。"徐时樾沉吟，"以后要是有问题，随时找我就行。"

　　说完，他重新将主板以及后壳都装好。

　　黎宁激动地站起来想要去拿自己的电脑，结果不知怎的，腿被椅子腿给绊了一下，整个人往徐时樾怀里栽去。

　　脸颊好像撞上什么硬邦邦的东西，鼻腔里充满清冽的雪松气息。

　　黎宁蒙了一秒，直到头顶传来一道不正经的声音："倒也不必如此感谢。"

　　黎宁这才意识到自己摔进了徐时樾的怀里，双手还抱着他劲瘦的腰。

　　她红着脸，松开双手，手忙脚乱地从他身上爬起来，柔软的发丝轻轻擦过他的下巴。

　　"对不起。"黎宁往后退了两步，脸颊发热地说。

　　她悄悄抬起眼皮，只见对方身上那件黑色的卫衣被她扯得有些凌乱。

　　他双手还保持着张开的姿势，表情悠哉地看着她，眼神里带了点控诉的意味。

　　她被看得莫名有些心虚。

　　黎宁眨眨眼，确认自己应该没理解错他的意思："你干吗表现出一副我非礼你的样子啊？"

　　徐时樾挑了挑眉："没办法，我这人一向比较传统。"

黎宁无语。

"也从来不和女朋友之外的异性有肢体接触。"他说完又顿了两秒,身体往后一靠,懒洋洋地继续,"所以,现在我的清白没有了,你不打算负个责什么的?"

黎宁扭头往周围看了看。

"你要找什么?"徐时樾见她四处张望的样子,问了一句。

黎宁这才重新看向他,淡淡地开口:"我找找看有没有绳子。"

徐时樾一愣。

"找来给你用来上吊,也算是全了你的清白。"黎宁慢吞吞地说。

徐时樾一噎。

成功将人噎住的黎宁脚步轻快地抱着自己的电脑走出房间,背过身时,嘴角忍不住勾起一个大大的笑容。

在客厅找了个位置坐下,黎宁重新打开电脑,立马把所有的文件都备份了一份。

出来喝水的徐时樾瞥一眼她的电脑屏幕,忍不住扯了扯嘴角。

既然电脑没问题,两人便接着剪视频。午饭和晚饭都是叫的外卖,两人一直工作到外面天黑,才勉强剪完。

之后,他们又断断续续弄了几天,加上了配音那些,在上课的前一天,才总算是做好了。

将视频备份传到网盘,然后分享链接到小组群里,黎宁回到宿舍,才有空看手机。

小组群里讨论已经 99+ 了。

黎宁往上刷了刷,发现都是一片夸夸,没说有什么问题需要改,她便也就没管了。

倒是李晓佳从床上探出一个脑袋来:"黎宁,你那个拍视频的公选课是在哪天哪个教室来着?"

黎宁说了上课的时间和教室,问她:"你问这个干什么?"

李晓佳嘿嘿一笑,说:"我有朋友想到时去蹭课,刚好我想起你在上这门课来着。"

"啊?"黎宁表情有些疑惑。

"你不知道吗?这门公选很火的,每年期末都有人去看你们拍的作业哎。"曾琪解释了一句。

黎宁一脸蒙。

抱歉,她还真不知道。

虽然从室友口中得知上课那天会有人过来看，但黎宁是真没想到，会有这么多人——

平时上课只能坐个半满的教室，此时竟然坐得满满当当，甚至后排还站了不少人。

黎宁被这阵仗给惊住了。

好在贺子超对此早有预料，早早就来给全组人都占了位置，见到黎宁出现，他赶忙朝她招手，顺便喊了她一声。

瞬间有不少目光看过来。

黎宁感觉自己好像动物园里被参观的猩猩，她加快脚步，赶紧走到给她留的空位上坐下。

黎宁坐下才发现，小组成员基本上到齐，就只差徐时樾还没来。不过距离上课还有几分钟，大家也没催。

"PPT和视频拷上去了吗？"黎宁问了句。

贺子超比了个"OK"的手势。

没一会儿，徐时樾终于出现在教室前门。

他人一出现，感觉那些蹭课的女生视线更热烈了。

也不用贺子超叫，徐时樾只扫了一眼，就朝他们走过来，在黎宁旁边坐下。

刚坐好，上课铃声终于响了。

已经在第一排坐下的老师终于起身，走上前拿起话筒，笑眯眯地看了眼教室的情况，说道："真是没想到大家这么捧场。"

"好了，那废话也不多说。"老师调出一页PPT，"就按照这个顺序来。"

PPT上排列了每个小组展示的顺序。

因为小组不少，这一周肯定讲不完，反正按照顺序来，这周轮不到的，那就等到下周。

黎宁看了一眼，他们组排在第三个。

今天肯定能轮得到。

"每组上台来，先做一个两分钟的presentation（介绍），然后再播放你们的短片。"老师笑眯眯地说了一句后，就直接点了第一个小组，"好，罗佩琪组来了吗？你们可以开始了。"

老师走下讲台，罗佩琪组一行人站到台前。

黎宁安静地当一个观众，旁边的徐时樾也抱着手臂看向前方，表情懒懒散散。只有另一边的贺子超握紧拳头："可恶，他们竟然拍得也挺有趣的！"

黎宁无奈。

倒也不必如此。

前面两组都展示完毕后，黎宁也知道为什么会有这么多人来看了，因为确实大家拍的东西都挺有趣的。

很快轮到他们上台。

本来前三分钟的陈述一个人就可以做，但因为前两组所有的组员都一起上台了，他们便也跟着照做。

这事之前说好了由贺子超来，黎宁他们只是在后面当个背景板。

贺子超拿起话筒，面带笑容地给大家打招呼："大家好，相信大家在成长过程中多多少少有接触过霸总小说或者电视剧，但你们知道这里面也有很多法律小知识吗？我们小组这次的主题是在霸总小说里普法——"

他话还没说完，底下就传来很给面子的几声"哇"。

稍微介绍了一下，贺子超就打开他们的视频，播放了起来。

视频的一开始，出现的就是徐时樾。

"啊，这么帅！"

"救命，霸总本人啊！"

"啊啊啊，太帅了吧！"

底下传来不少激动的细微声响。

短片里的女主角小花最先出场的是一个背影。

只见"她"身上穿着一条飘逸的裙子，棕色的长发柔柔地垂在后背，发丝随风飘扬，好一个背影美人！

接着，这个背影美人娇弱地撞倒在男主角怀里，又匆匆逃跑。

过了几秒，镜头终于给了美人一个正脸镜头——

粗粗的眉毛，彩色的眼影，鲜艳的嘴唇和夺目的腮红……

底下直接爆发出一阵笑声，连老师都忍不住露出了笑容。

短片播放完毕后，底下的同学们都笑出了眼泪。

老师拿起桌上的话筒，笑着评价："不错，很有创意。"说完，又扫了一眼徐时樾和黎宁，呵呵一笑，"不过你们刚上场时，我还以为你们要拍偶像剧，没想到猜错了女主角。"

黎宁对上老师的目光，有些不好意思。

贺子超厚着脸皮，拿起话筒："老师，你要是这样说，我可真就伤心了。"

老师被逗笑，又点评了他们几句，然后便叫了下一组。

黎宁他们则回了座位。

刚坐下，她就见微信群里大家已经在开香槟庆祝了。

黎宁也回了个表情包。

展示完小组作业后，这门公选课对于黎宁来说，就已经算是结束了。

今年的元旦正好不用调休，从明天周六开始有三天假期。

黎宁一身轻松地回了宿舍，刚推开门，苏甜就哇哇叫了几声："啊啊啊，我后悔了，我竟然没跟着你去蹭课！"

黎宁今天下午去上课前，还问了句苏甜要不要一起去，结果对方睡午觉根本起不来。

"没事，你可以下周再去。"黎宁安慰道。

"不是，我主要是想看你们组的那个短片。"苏甜朝她挤挤眉，"你之前竟然都没和我说你拍了这么一个好东西！"

还没等黎宁说话，曾琪也上课回来了。

一进门，她就说："啊啊啊，黎宁，你们那个短片还有吗？发给我发给我，孩子很想看。"

黎宁总算意识到不对劲："不是，你们怎么知道啊？"

曾琪晃了晃自己的手机："学校论坛有人开了帖子！"

黎宁无奈。

"求求你了！"

"饿饿，饭饭！"

还没等黎宁说话，手机里李晓佳的消息也弹出来：宝，求视频！

黎宁叹了一口气，将视频分享到群里，还不忘嘱咐了一句："就你们自己看看，千万不要分享出去啊！"

毕竟视频不是她一个人的，随便分享出去也不太好。

"好的！好的！"苏甜和曾琪拼命点头。

李晓佳也在群里回了个"OK"。

拿到视频后，苏甜和曾琪直接凑到电脑前一起看，不时爆发出尖叫声和笑声。

黎宁摇了摇头，回到自己的座位上，突然想起刚刚曾琪提起过的校园论坛，想了想，她登录上去看了看。

她点开"闲聊灌水"板块，果然看见有几个很热的帖子飘在上方。

△202×《法学导论》期末视频第一弹出炉！

△谁懂啊，我要笑死在《法学导论》的教室里面了！

△在霸总小说里普法，可真有你的，好看爱看，多拍点求你了呜呜呜！

△点击就看高冷校草人设大崩塌！

…………

黎宁眼皮忍不住跳了跳。

她想了想，点进去"高冷校草"那个标题，直觉应该和徐时樾有关。

点进去一看，果然。

主楼就是——

△我依稀记得徐时樾是高冷校草对吧？高冷校草下海去拍搞笑霸总去了？

肯定是这个世界魔幻了吧哈哈哈哈哈,为什么到底为什么啊啊啊啊啊!!!

△笑死,楼主的精神状态堪比得知偶像塌房的粉丝。

△没有啊,这不演得挺高冷的吗?

△别提了,现在计实班的男生也在集体大崩溃!

△为什么?

△因为觉得他们眼中的神陨落了恍恍惚惚。

△不是,你们都去看了吗?我翻遍整个论坛也就只有几张照片和几秒的小视频啊!完整版哪里有啊?好心人求分享,邮箱地址已附上!

△同求!

…………

△楼主我真信了你的邪,还真以为校草不高冷了,兴冲冲跑过去要联系方式……

△然后呢?

△然后当然是被礼貌拒绝了/微笑

△哈哈哈哈哈哈!

黎宁弯着唇一路看下来。

直到看到一条评论:还能是为什么?当然是因为爱情啊/狗头

回复人名字显示为"数学系小于"。

黎宁一怔。

她的心脏莫名快速跳动了一下,抿了抿唇,将帖子转发给徐时樾。

黎宁:他们说你人设崩塌了。

对方的微信名那块显示"对方正在输入……"。

过了几秒,他才回复,却没直接回答她,而是问——

徐时樾:拍视频玩得开心吗?

黎宁不明所以,想了想回复:还行吧。

徐时樾:那我下次再努力点。

黎宁愣了一下。

她重新将他的话连起来看了一遍才看懂。

她眨了下眼睛,将手机放下,感觉脸颊好像也有些发烫。

黎宁装作没听懂,也不打算回复,刚要锁上手机时,没想到徐时樾的消息却再次弹过来。

徐时樾:元旦有安排了吗?

黎宁:有。

徐时樾:[?.jpg]

徐时樾:回答得这么快?

黎宁：真有安排了。

黎宁：和室友们约了一起跨年。

她想了想，又礼尚往来地问了句：你呢？

徐时樾：本来是有的，但现在没了。

黎宁：［？.jpg］

徐时樾：因为想约的人她有安排了。

原本平静下来的心又有些躁动起来，黎宁拍了拍自己的脸，却不经意间从放在桌面上的镜子上看到此刻自己脸上的表情——

眼睛含着些水光，嘴角也控制不住地往上扬。

好一副少女怀春的模样。

黎宁扶额。

真是没出息！能不能争点气啊！

她努力将脸上的表情恢复正常，打字回复：哦。

看到了吧！她一点都不在意他说的话！

看到这个冷漠回复的徐时樾无奈。

好像真的有点难追。

第八章
新 年
ZHAOMI

周日这天,也就是元旦前一天。

黎宁她们宿舍四人一早就决定今年去市中心那边跨年。

因为有一整天的时间,所以大家也都不着急,没一个人定闹钟,全部睡到了中午才慢悠悠地起床。

随后,各自化妆打扮了一下,出门都已经下午了。

到达市中心商圈时,她们发现到处一片喜庆祥和的节日氛围,热热闹闹挤满了人。

几人一路吃吃逛逛,搭乘扶梯上楼时,刚好看见前面一对旁若无人卿卿我我的小情侣。

李晓佳咬了一口章鱼小丸子,转头愤愤地道:"服了,怎么出来逛个街还被强行塞狗粮啊!"

说完,她又看向其他三个室友,继续说:"还是我们宿舍一起出来玩比较好,你们记住啊,朋友一生一起走,谁先脱单谁是狗!咱们明年这时候还一起跨年!"

曾琪笑嘻嘻地道:"哈哈哈,放心吧。"

苏甜从她手里抢了一个章鱼小丸子塞嘴里:"哎呀,这事哪说得准啊。"

"好啊,你个叛徒!"李晓佳骂了她一声,说完,又撞了撞黎宁的肩膀,"你呢?"

黎宁脑子里不受控制地想起某个人,她默默喝了一口奶茶,没来由地有些心虚:"……唔。"

但好在这会儿李晓佳全被苏甜转移了注意力,根本没注意到黎宁。

黎宁悄悄松了一口气。

一直玩到晚上十点多,看着时间也差不多了,大家才决定动身去看跨年灯光秀。

此时正好江远给黎宁发了个消息:来不来广场这边?

黎宁回复:正要过来。

江远:那就直接来我这边。

江远:这里还有位置。

江远发了个定位过来。

江远本来也约了黎宁一起出来,得知她和室友们一起,便也没凑这个热闹,干脆和姚俊飞待在一起。

黎宁见江远说他那边有位置,便拉着室友一起过去。

今天天气很好,不算太冷,出来的人还挺多的。

可能大家都赶着去看灯光秀,一出来就感觉人挤人。

在沙丁鱼罐头似的人潮里挤了许久,黎宁原本都放弃了和江远他们会合,没想到挤着挤着最后竟然还真碰到了。

在这一年中最后一天的冬夜里,街头灯光璀璨夺目,连夜空也变得五彩斑斓。

所有人都仰头盯着面前的大屏幕,激动地数着最后十秒倒计时。

终于,新年的钟声敲响,人群也跟着沸腾起来,大家手里五颜六色的气球飞向空中。

黎宁和周围的人互道了一声"新年快乐",然后又像鱼一样,从汹涌庞杂的人潮里挤出来,并且还成功和江远还有室友们挤散了。

找了个空旷的地方,黎宁呼吸了一口凛冽的空气,掏出手机准备联系其他人。

刚解了锁,她就发现徐时樾在00:00时,给自己发了一条消息。

徐时樾:新年快乐。

黎宁抿了抿唇,想了想还是回复了一句:新年快乐。

正要退出,下一秒,他的消息又弹出来。

徐时樾:在外面跨完年了?

黎宁:嗯。

黎宁:你没出来?

他没回复,而是发过来一张图片。

黎宁点开一看,拍的是一台正在工作着的电脑,旁边还露出一截毛茸茸的小猫尾巴。

徐时樾：没人约。

徐时樾：只好一个人待在家。

听着好像是有些凄惨？

黎宁正要回复，突然有人叫了她一声："黎宁？"

她抬头一看，没想到竟然是于凡。

于凡看见她还挺惊喜的，笑着和她打招呼："你也出来跨年啊？"

"嗯，和朋友走散了，"黎宁应了声，随口问了一句，"你一个人出来的？"

"别提了，我也和朋友走散了。"于凡回答，想了想，又提了一嘴徐时樾，"本来约了徐时樾，但他不出来，要是知道能碰见你，他肯定后悔哈哈！"

黎宁礼貌微笑，一瞬间的心软瞬间烟消云散。

她低下头，给徐时樾回了一个"微笑"的表情。

正好此时苏甜也找了过来，黎宁便和于凡告了别。

另一边，徐时樾看着这个"微笑"的小黄脸，陷入沉思。

想了想，他将文档里记录的"适当卖惨"几个字删掉，并打了个问号。

还没想通到底是哪里出了问题，于凡的微信突然弹出来。

于凡：你一定不知道我刚刚遇见了谁！

于凡：［图片］

徐时樾点开图，一眼就认出其中某个穿着白色面包羽绒服、围着格纹围巾的女孩背影。

于凡：后悔不跟我出来了吧，哈哈哈哈哈！

于凡跟倒豆子似的，很欢快地描述了一番自己刚刚碰见黎宁的事情。

听完后，徐时樾终于知道是谁在扯他后腿了。

元旦假期仿佛是最后的狂欢，一收假，距离寒假也没几周了。而在这之前，令人崩溃的期末周率先来临。

一连两周，大家都投入在紧张又刺激的期末复习中。

图书馆和自习室里每天都人满为患，通宵熬夜简直是家常便饭。

黎宁她们专业考试虽然不多，但也不轻松，每天都有画不完的图和做不完的设计。

等到最后一门课结课时，她直接在宿舍昏睡了十几个小时才缓过来。

考试结束之后，寒假也就开始了。

黎宁去年在松城过的年，今年陪妈妈在南城过年。但因为暑假也没回松城，奶奶说很想她，所以这次寒假会先回松城待几天。

她和江远约好一起坐飞机回去。然而江远他们专业考试安排多一些，黎宁这边都结束了，他们还有两门课没考，黎宁便留在学校多等了他两天。

江远也没耽误,上午考完,下午就和黎宁去了机场。

回到松城时,江柏青出差去了没在家,黎宁便先去探望奶奶。

江奶奶和黎宁的二叔一家住在一起。

江柏青自己创业开公司做得风生水起,江二叔则没自家大哥有本事,但有江柏青提携照拂,日子过得也不错。因为江柏青工作忙,江二叔也主动承担了照顾江奶奶的责任,一家人住在江柏青购置的一幢别墅里。

两人下车时,江奶奶已经站在门口了,一见到黎宁就笑眯了双眼:"哎哟,我的心肝孙女可算是来了!"

黎宁甜甜地叫了一声:"奶奶!"

"你个没良心的,都快一年没来了。"江奶奶拉着黎宁往屋里走。

"我不是经常和您视频吗?"

江远在后面任劳任怨地拿着行李。

"视频哪比得上真人啊!"江奶奶嗔了她一眼,摸了摸她的手,"我看你像是又瘦了,这几天得多补补才行!"

"好好好。"

走进屋里,江二婶也笑着说:"宁宁来了啊!"

黎宁打了声招呼:"二婶。"

"房间都给你收拾好了,坐飞机回来累了吧?"

"还好,也没坐多久。"

一连几天,黎宁都在这边陪着江奶奶。

江二叔一家对她也挺好,但黎宁却能感觉得出其中很明显的不同。比如他们对待江远就很亲昵,几个堂弟堂妹也都爱黏着江远,而对黎宁则是带上了几分客气。

黎宁其实一直不太喜欢这种做客的感觉,但她从来没对旁人说过,包括江远。

江远不知道察没察觉,反正他倒是一直陪在黎宁旁边,几个堂弟堂妹来找他,他也没太理会。

江二婶见状还笑着说了句:"他们姐弟感情倒是很好呢!"

江奶奶瞥了她一眼,"哼"了一声:"肚子里一起待了十个月,能不好吗?"

江二婶点头说是。

待了几天后,江柏青终于出差归来,黎宁和江远便也回了江柏青住的那套房子里。

江柏青人到中年,人也没发福,反而自带一股儒雅气质。他对黎宁这个女儿倒是疼爱,每个月生活费给得很足,平时也经常电话联系。但到底不经常在身边,又隔了性别,黎宁对待父亲,并没有对待母亲那样亲密。

江柏青工作忙,黎宁过来也只是多和他吃了几顿饭,聊了几次天而已。

白天的时候，江远被同学找出去玩去了。

黎宁在家里闲得无聊，想着马上也要回南城了，便也找这边的朋友出来见面。

因为离开得早，黎宁在松城并没有很多朋友，唯一一个玩得好的，还是小学时候的闺密谭清珂。黎宁每次回松城，都会找她一起聚聚。

发出邀请后，谭清珂就立马回复：啊啊啊，我马上来！

两人大学也不在一个城市，平时也各有各的事，聊天的时间不算太多。

但两人都挺珍惜这份友谊的，见面时也没有什么隔阂。

女孩子约会不外乎吃吃逛逛聊聊。

两人在商圈逛了一圈后，找了个地方喝奶茶吃小食。

"你之前不是和我说过你那个一见钟情对象的事吗？最后怎么样了？"谭清珂突然想起什么，问道。

黎宁叹气。

面对好友八卦的眼神，她还是三言两语地解释了几句。

谭清珂听完笑得眼泪都出来了："我之前就说过你和江远迟早要翻车，你还不信，哈哈哈！"

黎宁无奈。

她也不知道会这么巧啊！

"那现在呢？你们咋样了？"谭清珂又问。

黎宁挠了挠脸："他应该是在追我。"

谭清珂："啊啊啊，我要听详细版的！"

正当黎宁被谭清珂严刑逼供之时，另外两个女孩一边聊天一边朝这边走过来，其中一个女孩看了同伴一眼，不经意地提了一句："媛媛，我听说，徐时樾好像谈恋爱了。"

叫媛媛的女孩抿了抿唇，没说话。

谭清珂正遗憾没能从黎宁嘴里撬出点什么，不经意地抬了下眼，看到不远处的人，立马忘了这件事。

她碰了碰黎宁的手，跟黎宁小声八卦道："快看，车媛媛哎！"

黎宁对这个名字没什么印象，问了句："谁啊？"

以为是认识的人，黎宁正要扭头去看。

谭清珂连忙阻止了她："别回头！这样太明显了！"

"小学时跟咱们一个班的啊！"谭清珂无语道，"好歹人家当时也是班里仅次于你的小美女哎！你竟然一点印象都没有了？"

黎宁：抱歉，小学里的大部分老师和同学，她是真不记得了。

甚至包括初中同学，其实都有好多忘了的……

"我记得初中时不是还和你讲过一个八卦吗？"谭清珂朝黎宁挤挤眉。

见黎宁完全忘得一干二净的样子，谭清珂叹了口气，重新当八卦和她讲了一遍："我也是听别人讲的啦！据说车媛媛当年喜欢那谁，但那谁根本不喜欢她，她就接近那谁的朋友，然后借机靠近那谁。结果被那谁的朋友发现了，两帮人为此还打了一架！"

黎宁努力回想了一下："好像是有点印象，那谁又是谁？"

"就是一个成绩超好、智商超牛、运动还厉害的超级大帅哥。"谭清珂解释了一半，又继续八卦，"据说这个帅哥好像因为这件事受到了不小的阴影，从此和女生保持距离，然后一直单身至今！"

"也不一定是这个女生的原因吧。"黎宁想了想说。

"哎哎哎，别说了，她过来了。"谭清珂赶紧小声道。

黎宁闭了嘴。

下一秒，果然有两道身影从她们旁边走过。

黎宁看过去一眼，是两张完全陌生的面孔，一清秀一漂亮。

两个女孩也朝她看过来一眼。

因为互相不太认识，双方也没打招呼，彼此视线只略微碰撞一下，就很快移开了。

车媛媛两人越过她们，在距离她们不远处的座位上坐下。

另一边。

楼上某间会所的包厢里，正在举办一场热闹的高中同学聚会。

这些人都是两年前松城中学的毕业生。

松城中学可以说是松城顶尖的高中之一，里面用学霸云集来形容也不为过。甚至有江湖传言称，考入松中，就相当于一只脚踏进了985、211。

这次聚会的十几个人，随便抓出来一个，要么是国内Top2高校的，要么是国外藤校，最差的学校也是国内高校排名Top5的，包厢里可以说是连空气都弥漫着知识的芬芳。

都是熟悉的同学，大家聊起天来热火朝天的。

徐时樾被人拉着聊了好一会儿。他昨晚没睡好，本来没打算来的，然而直接被这次的聚会组织者于凡硬从家里拖了出来，说他是这次聚会的招牌，不出现可不行。

包厢里空气有点闷，徐时樾坐了一会儿就起了身，跟旁边人说了声："我出去透透气。"

徐时樾直接走出会所大门，出来便是商场的顶楼走廊，往下看便是明亮喧闹的商场。

走到栏杆处停下，徐时樾懒散地将一只手搭在上面，另一只手拿着手机，给黎宁发了一条消息。

徐时樾：在干吗？

黎宁还在和谭清珂聊着天，她们也没想到车媛媛两人会在她们不远处坐下。

毕竟前几秒钟还八卦过人家，谭清珂多少有点心虚，一张脸也皱了起来，和黎宁两个人大眼瞪小眼。

黎宁没绷住，直接"扑哧"一声笑出来。

谭清珂瞪了她一眼："好啊你，那不如我们还是继续聊聊那个追你的人吧？"

黎宁瞬间噤声。

"哼哼，别装了，其实你还是对人家有点意思吧？"谭清珂得意扬扬地分析道，"以我对你的了解，你要是真不喜欢人家，早就把人打发走了，根本不会给对方追你的机会。"

黎宁被谭清珂说得不自在，试图避开这个话题。

她垂下眼睫毛，拿起手机，说："我先回个消息。"

然而打开手机一看，徐时樾的名字和头像赫然跳入眼帘。

黎宁一愣。

"谁啊谁啊？是不是追你的那个人？"谭清珂双眼冒光。

黎宁淡淡地收起手机："垃圾短信而已。"

话音刚落，旁边的椅子被拉开，一道高大的身影坐下来，鼻尖嗅到一股清冽的气息。

黎宁心一跳，还没等她有所反应，一道熟悉中带着几分闲散的声音传到耳边："抓到你了。"

她扭头看过去，果然对上徐时樾的一张脸。

对方表情一派松懈悠闲，身体懒洋洋地靠着椅子，似笑非笑地看着她。

黎宁抿了下唇："你怎么在这儿？"

"在上面同学聚会。"徐时樾嘴角扯了下，"刚好抓到某人又故意不回我消息。"

刚刚他发完消息后，不经意地往楼下一扫，发现一个很像她的背影，于是想也没想就直接找了过来。

走到一半，他就已经确认是她了，心里还没来得及高兴，下一秒就正好听见她说"垃圾信息"。

一瞬间，他还真是有点气笑了。

黎宁心虚地眨眨眼。

女孩皮肤细腻白皙，乌黑的睫毛像蝴蝶翅膀一样颤动着，却故意不看他。

徐时樾的心好像也被轻轻挠了下，轻咳了一声，看了一眼另外一个圆脸女生，问了一句:"这是你朋友?"

黎宁也看向谭清珂。

从徐时樾一出现开始,谭清珂就在桌下踢了她好几下,同时疯狂朝她使眼色,再不理谭清珂眼睛估计都要抽筋了。

黎宁安抚地看了她一眼,介绍道:"嗯,我朋友,谭清珂。"说完,又向她介绍了下徐时樾,"这位是徐时樾,呃……我大学同学。"

在黎宁说出"大学同学"四个字时,旁边的人似乎轻笑了一声。

徐时樾和谭清珂互相点头打了个招呼。

黎宁看着谭清珂那副难掩激动的样子,太阳穴狠狠跳了跳,生怕她等会儿说出什么不该说的话,黎宁当机立断地说:"我们还有事,就先走了。"

徐时樾挑了挑眉。

黎宁直接站起来,扯起谭清珂,说:"你不是说想去买东西吗?咱们现在就去吧!"

谭清珂:"啊,我——"

黎宁一眼瞪过去。

谭清珂立马改口:"哦,对对对!"

黎宁立马满意了。

见徐时樾依旧坐着,黎宁轻抬下巴对他说:"那我们就先走了。"

徐时樾嘴角往上提了提,眼神意味深长:"行,那到时微信联系。"

黎宁感觉自己好像快要被他看穿了一样,赶紧将谭清珂拖走。

心说,哼,谁要跟你微信联系啊!

走出一段距离后,谭清珂还频频往后看。

谭清珂双手抱住黎宁的胳膊,脸上全是掩饰不住的激动:"啊啊啊,他就是追你的那个人吧?竟然这么帅!"

谭清珂也算是见过不少帅哥了,但刚刚见到徐时樾时,还是有被那张脸给冲击到,真是毫无争议的大帅哥。

无论是长相、气质、身材,全部无可挑剔!

"我看你还是直接从了算了!"谭清珂一脸沉醉地倒戈。

大美女就要配大帅哥啊!

谭清珂不由自主地想起刚刚两人同框的画面,简直不要太配,还有刚刚徐时樾看黎宁的眼神,她都想直接按头了。

黎宁无语地撞了撞她的肩膀:"喂!"

别太离谱好不好!

"真的,我觉得他肉眼可见地喜欢你哎。"谭清珂说。

"你闭嘴啦！"黎宁有些不自在地说。

谭清珂耸了耸肩："没想到竟然也是松城人，我以前怎么不知道咱们市还有这么一个极品帅哥啊！"

"不过名字倒有些熟悉……"谭清珂突然停住，脸上摆出思考的表情。

突然，谭清珂似乎想到什么，张了张嘴："等等等等——你刚刚说他叫什么名字？"

黎宁突然又被谭清珂抓住了胳膊，她有些不明所以，重复了一遍徐时樾的名字，问她："怎么了？"

谭清珂咽了咽口水："你还记得我刚刚和你说的车媛媛吗？"

黎宁看她表情，也有些反应过来："你说的那谁，不会就是——"

谭清珂肯定地重重点了两下头："没错！"

黎宁一怔。

另一边，车媛媛她们还在原位置坐着。

两人有些面面相觑。

"原来就是那个女生啊。"几秒后，康琼率先开口。

刚刚从黎宁她们身边经过时，康琼就有被她的相貌给惊艳到。康琼一直以为车媛媛已经足够漂亮了，没想到还有人更胜一筹。

"媛媛，抱歉啊。"康琼眼睛看向她，又说了句。

在徐时樾朝她们这边走来时，康琼就注意到了，当时还用胳膊肘捅了捅旁边的车媛媛，小声和她说："徐时樾过来了，他是不是来找你的？"

但话音落下没多久，就见那个高大帅气的男生径直在另一个长相相当精致漂亮的女孩身边坐下，自始至终都没往她们这边看过一眼。

徐时樾给人的印象向来是冷淡至极，她们从来没见过原来他也会主动靠近一个女生。

车媛媛勉强笑了笑："其实没什么啦，事情都过去那么久了，他肯定早就不记得我了。"

不想再聊这个话题，车媛媛的视线看向黎宁两人离开的方向，说道："对了，其实我认识她们两个。"

黎宁和谭清珂又在外面逛了逛。

谭清珂意犹未尽地和她说了好多关于徐时樾的事。

没办法，这人在松城实在是太出名了，但凡在松城读过高中的人，或多或少听过他的名字。据说，现在各大学校还流传着他的种种传说。

尤其是松城中学，据说教过他的老师上课时，还时不时会提起一句："你们前几届有个学长啊……"

松城中学的贴吧至今每天还有不少关于徐时樾的帖子，同一届的谭清珂感受就更加明显了。她高中和江远一样，是在附中上的，也听过不少徐时樾的事迹，但一直没见过本人，她还一直以为传言有些夸张了，没想到本人竟然比传言还绝！于是这会儿和黎宁说起来，完全刹不住车。

黎宁对徐时樾的受欢迎程度也算是习以为常了，听起来也相当淡定。

回到家的时候已经是晚上了。

黎宁放下东西，直接往沙发上一躺，不知怎么突然又想起车媛媛的事。

她对车媛媛倒是没什么不好的看法，再说那会儿还小，大家心智都不怎么成熟，会干一些蠢事也无可厚非。

比如自己当年让江远假扮自己男朋友这事，现在想起来也挺蠢的。

总而言之，谁小时候还没干过一两件现在回想起来，都有点想爬起来抽自己一两耳光的尴尬蠢事呢？不过黎宁倒是没想到，事情的另外一个当事人竟然是徐时樾。

然后，她再顺着一联想——

自己当初追他时，在他误以为自己和江远是男女朋友关系后，整件事和他初中经历过的事竟然格外相似……

黎宁把自己代入徐时樾想了想——

好的，已经开始感觉到窒息了。

替他尴尬，也替自己尴尬。

江远此时也和朋友们聚完会回家。

进电梯时，他才有空看手机，发现微信里有几条未读消息，都是谭清珂发过来的。

谭清珂小学和他还有黎宁一个班，初中、高中也是一个学校的，还是黎宁的好朋友，江远和她也算是熟悉。

他点开消息一看，发现几条消息都是向他打听黎宁和徐时樾情况的。

江远无语。

他随便诈了诈，就从她口中得知了今天下午她们遇见徐时樾的事。

江远冷笑一声，就知道徐时樾这人居心不良。

也不知道为什么，得出这个结论之后，江远竟然有点不爽，看徐时樾更不顺眼了！

虽然黎宁这人吧，缺点一大堆，但也不是什么人都能配得上的！

江远踏出电梯，进门换鞋。

他将手机塞回兜里，准备跟黎宁好好谈一谈这事。

结果一走进客厅,他就见她正不修边幅地躺在沙发上边吃零食边看电视,可以说是毫无形象可言。

见他回来了,她无比自然地吩咐道:"回来了?去给我倒杯水,正好渴了。"

江远嘴角抽搐了一下,认命地去给她倒了杯水,走到沙发前递给她。

他刚在她旁边坐下,还没来得及开口说话,大腿就又被她踢了一下:"想吃橘子了,给我剥一个。"

"你自己没手?"

"可它会弄脏我的手啊!"

这还没完,他剥完橘子,又被接着使唤。

"前面的地板脏了,你快扫一扫。"

"哎哎哎,你站旁边一点,别挡着我看电视啊!"

江远叹气。

这日子真是没法过了!

他错了,他不应该阻止徐时樾。这当牛做马的好日子,不让他好好体验一下简直天理不容啊!

地也扫了,茶几也收拾了,他还从冰箱里拿了一盒洗过的草莓放在她面前。

江远抱着手臂,靠在沙发上看她:"你行李收好了没?"

黎宁明天上午的飞机回南城,江远还要在松城这边待几天,过几天再去南城。

黎宁咬了一口草莓尖尖:"等会儿就去。"

"呵,你最好是真的。"江远冷笑一声。

毕竟这人前科累累,每次都丢三落四的,以至于最后走的江远的箱子里装的都是她的东西……

"哎呀,知道了,知道了。"黎宁随口应了句。

黎宁奇怪地看了江远一眼:"你有事?"

以前也没见他意见这么大?

"我能有什么事?"江远双手抱臂,声音听起来阴阳怪气的。

黎宁白了他一眼:"神经。"说完,抱着草莓回房了。

江远冷哼一声,摸出手机,找出徐时樾的微信,给他发了两条消息。

江远:/微笑

江远:你应该没有姐姐吧?

徐时樾:[?.jpg]

江远扯了扯嘴角,不回了。

黎宁回到自己房间,看着一地凌乱的行李,想了想还是认命地收拾了起来。

除了她自己带回来的行李，还多了不少爸爸和奶奶他们送的礼物。

黎宁纠结完要不要带走，勉强收拾好行李后，才有空看手机。

徐时樾半个小时前发过来几条消息，最新的一条是：在松城怎么不告诉我？

黎宁：你又没问。

相当理直气壮。

徐时樾一愣。

她回不回他消息都是完全看心情好不好？要不是今天正好在外面撞见了，他合理怀疑，自己就算是问了，她也不见得会回。而且她手机号归属地是南城那边，他以为她回的是南城。

徐时樾：在这边待多久？

他正想问她明天有没有空出来，就见对面弹出来一条消息：明天就走。

徐时樾：［？.jpg］

徐时樾：故意躲我？

黎宁无语。

虽然看上去有点像，但真没有，机票早就买好了。

黎宁想了想，直接拍了自己刚整理好的行李箱照片过去。

黎宁：建议不要太高看自己。

徐时樾：明天几点的飞机？

黎宁：不告诉你。

徐时樾隔着文字，也能看出她明晃晃的警惕，不由得有些失笑。

自从有记忆以来，好像还是第一次被人这么嫌弃，但意外的是，一点儿也不觉得讨厌。

相反，他竟然还有点乐在其中。

他可真是病得不轻。

黎艳今年把母亲接到南城一起过年。

黎宁每天就在家里陪外婆，时不时被她拉出去置办年货、布置家里什么的，很有仪式感地为过年做准备。

很快，就到了除夕这天。

老太太根本闲不住，一大早就进厨房忙活了，说是要给他们准备一大桌年夜饭。

黎宁前一天熬夜画画了，这天睡到中午才醒。

她洗完脸出来时，见江远坐在沙发上玩手机，谴责地看了他一眼，顺便踢了他一脚："你怎么不去厨房给外婆帮忙？"

江远盯着她："我真的服了，在某个懒鬼还在睡大觉的时候，本人已经在厨房待一上午了。"

黎宁假装没听见，几步跳到厨房："外婆，我来帮忙了！"

然后，她没在里面待几分钟，就被赶了出来。出来时，她手里还端了一碗热气腾腾的小馄饨。

没办法，黎宁只能一边吃馄饨，一边刷着手机。

朋友圈里十分热闹，一路刷下来，全是各种喜气洋洋的内容。

黎宁随手点了几个赞。

让人意外的是，徐时樾也发了一条朋友圈。

没有配文字，只有一张照片。

黎宁点开照片，发现是几盒药。

她皱了皱眉，放下吃馄饨的勺子。

她想了想，还是戳开和他的聊天页面，打字问了句：你生病了？

对方倒是回得挺快。

徐时樾：前两天去滑雪。

徐时樾：有点感冒。

黎宁：严重吗？

徐时樾：有点严重。

见到这个回答，黎宁挠了挠脸，有点不知道该如何回复。

想了想，她只能搬出万能公式。

黎宁：那你就多喝点热水？

黎宁：会好得快一点。

徐时樾：头疼。

黎宁抿了抿唇，回复：那你别疼？

对面沉默几秒，然后突然弹出来一条语音信息。

黎宁一愣，心虚地溜回自己房间里，拿了耳机戴上，才敢点开语音。

他听上去确实有些感冒了，透过耳机传到耳朵里的声音低沉嘶哑，带了点模糊的笑意："你是会安慰人的。"

话音落到最后，他忍不住笑着笑着又咳嗽起来。

黎宁被他笑得耳朵有点发烫，没忍住，按住说话键："喂，笑个屁啊你！"

徐时樾正靠在沙发上，听着她发来的语音。

女孩的声音清脆悦耳，又带着点恼意，听起来十分勾人。

他嘴角勾起，忍不住又咳嗽起来，心里突然升起一股，想见她的冲动。

"你躲房间里干什么？"江远突然神出鬼没地出现。

黎宁被吓了一跳，循声望过去。

只见江远正倚着门框，一动不动地盯着她看。

黎宁熄灭手机屏幕，强装淡定地说："手机没电了，进来找充电器，你找我有事？"

"舅舅他们来了，一起出去接一下。"江远说。

"哦，好。"黎宁将手机插上电，跟着江远一起出去。

舅舅他们一家今年也过来和黎宁他们一起过年。

今年春节放假放得晚，舅舅一家生活的城市距离南城有两个多小时的车程。本来以为除夕这天高速公路上车不会太多，没想到还是堵了一会儿。

舅舅比黎艳小了十岁，结婚也晚，小表弟航航这会儿才八岁，正是最闹腾的时候。

一进屋，航航就跟个小炮弹似的，满屋子乱窜，还非得拉着表哥表姐陪他玩。一直闹腾到吃年夜饭的时候，航航才被他妈给强行镇压下来。

一家人围着桌子吃年夜饭。

舅妈善谈，在饭桌上笑着说："时间过得可真快，我记得我当初结婚时，宁宁和阿远也跟航航这时候差不多大，这一眨眼，两个人都上大学了啊！"

黎艳也笑着感叹："可不是，小孩子长起来的时候是真快。"

"大学生活怎么样？"舅妈又问，"有没有谈恋爱啊？"

"还没呢。"黎宁笑着摇了摇头。

好在舅妈也只是随口问了那么一句，很快就聊起了别的话题。

吃完年夜饭后，航航闹着要下楼去玩。

黎宁打发江远把人带下去。

几个大人边看春晚边聊天。

黎宁坐在沙发上，头靠在黎艳肩上玩手机。

黎艳给她剥了一个橘子，突然想起什么，偏头问："你和之前那个男生没成？"

黎宁："……唔。"

"我听阿远说，那个男生不太好？"黎艳又说。

"还好吧。"黎宁想起徐时樾，下意识地反驳了一句，"你别听江远瞎说。"

说完，就见黎艳正似笑非笑地看着她。

黎宁无奈。

除夕在热热闹闹中度过，黎宁收到了数额很可观的压岁钱，小金库又充实不少。

大年初一这一天，一家人去南城寺庙上香祈福。

南城寺庙一向有灵验的名声，每年年初去上香的人简直络绎不绝，甚至还有不少人凌晨就去排队抢头香。

黎宁家没去凑这个热闹，只是简简单单去祈个福。

南城寺庙建在山上，一路爬上去，往下看，全是一大片乌泱泱的脑袋。

进入寺庙，跟着一起拜了拜之后，黎宁便和家人们分开了。

外婆他们要去听师父们诵经，江远被航航缠着，黎宁便自己一个人在寺庙里闲逛。

寺庙占地面积很大，分为好几个殿。

亭台楼阁的建筑，还有一个很大的湖，环境相当不错。

今天天气也很好，阳光灿烂，寺庙里香火旺盛，空气中满是沉香与檀香混合的气息。

黎宁踩着石板路漫无目的地走，不知怎么就走到了一棵千年古树前。

这还是一棵许愿树。

只见这树枝繁叶茂，树干粗壮有力，深绿色的树叶间，缠挂着一条条红色的许愿宝碟，随风飘荡。

宝碟是由橙黄色的塑料橘子和红色心愿卡制成，只需要将自己的心愿写在上面，再稳稳地将它抛到树上，便算是许愿完成。

树下站了不少人往上抛许愿宝碟，地上也掉了不少下来。

黎宁忍不住思考，落在地上这些被别人打下来的愿望，到底还能不能灵验啊？

正津津有味地思考着，隔着人群，黎宁突然注意到不远处一个高大清瘦的男生。

她忍不住眯眼看了看。

男生背对她站着，正和旁人说着话，肩背轮廓竟然有点像……徐时樾？

黎宁愣在原地，心想不会吧，徐时樾不是在松城吗？怎么可能出现在这里！

距离不算近，黎宁看得也不真切，虽然内心觉得不可能是他，心里面却痒痒的，又不好意思直接过去看。想了想，她掏出手机，打开相机，将手机对准那个男生的方向，慢慢放大镜头。

这样的话，只要这个男生转头，就能知道是不是徐时樾了！

黎宁有被自己聪明到。

然而，她举着手机好几分钟了，那男生愣是没转一下头，和他旁边的人聊得很入迷。

黎宁正要收起手机时，耳边突然传来一道幽幽的声音："你喜欢这种类型的？"

黎宁吓得差点摔了手机。

她扭过头，映入眼帘的是一片宽阔坚硬的胸膛，再往上看，则对上一双好看的眼睛。

对方眼里的情绪，看上去似乎有点不爽。

黎宁无语。

南城这边气温高，今天又是一个艳阳天，温度得有二十来度。

不少人都脱掉外套，穿起了短袖。

面前的徐时樾也是如此。

他散漫高大地站在自己面前，身上穿着件黑色的短袖，手里拎着脱下来的外套，皮肤冷白，垂下来的手臂线条劲瘦流畅。

疏落的阳光落在他的脸上，他垂着眼皮定定地看着她。

黎宁愣了好几秒才反应过来，眨了眨眼，才开口："你怎么在这儿？"

徐时樾一愣。

这倒真是个好问题。

至于自己为什么在这儿，徐时樾也不明白，反正头脑一热就买了飞来南城的机票，想见她一面。

落地之后，人总算是清醒了一点，他想到她可能不会喜欢这样的行为，便也保持住理智，忍住没联系她。但既然来都来了，也没有立刻就回去的道理，便打算在这座她长大的城市里逛一逛，鬼使神差之下就来到了有名的南城寺庙。

他是真没想到会在这里碰见她。

徐时樾还在心里感叹了一下——

看吧，他们就是这么有缘分。

结果下一秒，他就看见她拿着手机对着某个方向拍照。

他本来还以为她在拍什么风景，慢悠悠晃过去一看，才发现，她手机相机放大的屏幕里，赫然是一个男生的后脑勺……

她就这么举着相机，拍了人家几分钟，半点不嫌手酸。

而他都站在她旁边好一会儿了，她根本就没发现。

徐时樾真是有些气笑了。

他忍无可忍，终于出了声。

他还目露挑剔，远远看了一眼她偷拍的那个男生，看着挺平平无奇的，实在没发现对方到底哪里吸引了她。总不能是什么从前暗恋过的人吧？

想到这里，徐时樾突然有些心塞。

"瞧，他过来了。"徐时樾瞥了黎宁一眼，语气平静地说。

黎宁闻言立马看过去，终于看清了对方的正脸。

相貌中等的一张脸，眉眼不错，但鼻子和嘴巴有些减分，身高一米八左右，比徐时樾要矮一些，整体来看算得上是个帅哥。

徐时樾看着她目光一直落在那男生身上，真要被气笑了。

"你不觉得,那个男生的背影有一点点像你吗?"黎宁最后看了眼男生的背影,对徐时樾说。

其实也不是特别像,也就两三分像吧。

徐时樾听见这话,一愣,原本皱着的眉毛也立即松开了:"所以你想看的人是我?"

黎宁:"……你还没回答我你怎么来南城了。"

她假装没听见他的问题。

"过来上香啊。"徐时樾瞥了她一眼,心情很好地说,"不是说这里很灵吗?"

黎宁看他一眼:"没想到你还信这个啊?"

南城寺庙是很有名,但松城也不是没有灵验的寺庙。

想到这里,黎宁看向面前的人,心里头隐隐浮现出一个猜测。

徐时樾笑笑没说话,也没过多解释。

他从旁边领了三根香,朝她偏了偏头:"陪我去拜一拜?"

黎宁"哦"了一声,走到他身边。

两人进了一个殿,黎宁见他还真认认真真地朝殿内的菩萨上了香。

拜完出来,黎宁怕他不知道,还特意提醒了一句:"如果求财的话,可以去那个殿。"

说完,她用手指了指某个方向。

正所谓财神庙前长跪不起,黎宁刚刚可是在那里特虔诚地拜了拜,还贴心地报上了自己的身份证号,生怕菩萨给弄错了。

徐时樾饶有兴致地看了她一眼,然后才缓缓开口:"嗯,但我不求财。"

黎宁:"嗯?"

"我就求个姻缘。"他又慢悠悠地说。

黎宁无语。

徐时樾就这么坦坦荡荡地看着她,目光丝毫不避让。

黎宁有些被他的视线给烫到,她下意识地移开了眼。

徐时樾叹了口气,倒也没要她回答。

几秒后,他似是轻笑了一声,问她:"所以,你想求财?"

"那不然呢?"黎宁回答。

说完,她目光幽幽地看向他。

明明和她一样求财才是最大众的吧?没看到那个殿里的人都爆满了吗?对比起来,他们刚刚进的那个殿,人数明显少了一半……

徐时樾笑了一声,没说话。

他微垂着头,对着手机捣鼓了几下。

下一秒,黎宁的手机响了一声。

她以为是外婆那边找她了,解锁看了一眼,随即一愣。

只见徐时樾那边的对话框出现了一条黄色的转账信息。

金额显示为 50000.00,下方还备注了一行"自愿赠予"的小字。

黎宁一怔。

她抬头看向徐时樾:"拜托你好好看看转账人是谁,你转错账了大哥!"

"没转错,就是给你的。"他扬了扬唇,不急不缓地说,"替菩萨满足一下你的心愿。"

黎宁:"???"

虽然现在网络上通货膨胀得相当厉害,大家对钱也越来越没概念,但对普通学生来说,五万块真的不算少了。不少大学生一年的生活费加起来都不一定有这么多。

这人是不是人傻钱多啊?说转就转给自己了……

是真不怕她私吞了?

反正收肯定是不可能收的。

黎宁有点无语,轻声骂了他一句"神经啊你",随后便直接将钱给退了回去。

徐时樾一怔。

黎宁刚操作完,江远的微信就弹出来了。

江远:**你人呢?**

江远:**外婆找你。**

黎宁看向徐时樾:"我家人在找我了。"

"去吧。"徐时樾轻轻点了下头,淡淡地说。

见她没动,他挑了下眉:"怎么,怕我跟上去啊?"

"……那倒没有。"黎宁诚实地摇了摇头,"那我就先走了?"

告别后,她朝江远发过来的定位走去,走到半路上,忍不住回头看了一眼。

徐时樾站在原地没动。

他们中间隔了不少人,但在人群的缝隙之中,黎宁依旧一眼就看到了他。

她这才发现,刚刚那个男生的背影,根本和他一点都不像。

明明温暖的阳光洒在他身上,黎宁却莫名觉得他高大的身影看上去有些清寂,心里蓦地升起一股想回去找他的冲动。

但还没等她付诸行动,脖子就被人一勾。

江远的声音从头顶传过来:"你往哪儿走呢?"

黎宁翻了个白眼。

还没等她回答,江远突然朝前方望了一眼,眼睛一眯,语气带了点不确定:"我怎么觉得前面有个人,看着还挺像徐时樾的?"

黎宁干笑了一下:"是吧是吧,我刚刚看到一个也觉得很像,结果转过脸才发现根本不是……"

江远似乎也不觉得徐时樾会出现在这里,被黎宁这么一说,也没再关注,直接勾着她脖子把人带走。

"别想偷懒,说好一人半天,"江远突然冷笑一声,"现在轮到你去带那个小屁孩了!"

黎宁无奈。

黎宁一家人并没在寺庙里待太久,中午吃过斋饭之后就下了山。

其间,黎宁一直没再遇见徐时樾,也不知道他是不是已经走了。

一路上,黎宁都有些心不在焉的,但有航航在车里闹着,她也无暇做什么。

回到家后,黎宁犹豫了一会儿,点开微信找徐时樾聊天。

黎宁:你一个人来的南城?

徐时樾:嗯。

黎宁:那你现在在哪儿?

徐时樾:酒店。

黎宁抿了抿唇,打字:这么惨?

徐时樾:打算晚上去吃饭,有没有什么推荐的地儿?

黎宁:不然我等下去找你吧?

黎宁冲动之下,回复了这么一句,发完之后又有点儿后悔,但很快就说服了自己——

自己怎么说也是半个南城人,有朋友过来,尽一下地主之谊也是应该的嘛!

于是,她很愉快地决定了下来。

黎宁:你把你酒店的位置发给我。

徐时樾:真来啊?

黎宁:不欢迎就算了。

徐时樾立马发来了自己的位置。

黎宁点开看了看,和他约了个酒店附近的地方见面。

自己家的地址距离约好的地方大约有半个小时的车程,黎宁怕他多等,特意让他等自己快到了的时候再出来。

发完消息后,黎宁收拾东西准备出门。

背上包时,她突然想起白天时见到的徐时樾,虽然看着状态还好,但她还是有听见他尽力压抑着的低低的咳嗽声。

想了想,她又将包放下,走出自己的卧室后,就直奔厨房。

她先去找了个雪梨,又翻开柜子,打算找点其他食补药材。

她翻箱倒柜的声音很快就引起了外婆的注意,老太太走进来,问她:"宁宁,干什么呢?"

黎宁动作一顿，假装咳嗽了一声，眨了眨眼说："外婆，我好像有点咳嗽，想煮个止咳糖水喝。"

"是不是感冒了？"老太太的手贴上她的脑门，"还行，摸着不烫。"

黎宁不由得有些心虚。

"行了行了，你哪会煮，让我来。"外婆笑着摆了摆手。

"那我就跟在一旁学一学好了！"黎宁赖在旁边。

黎宁在微信上和徐时樾说了一声自己要晚点出门之后，就安心地待在厨房看外婆煮糖水。

没一会儿，糖水就煮好了。

外婆正要倒进碗里，黎宁连忙阻止，直接找了个洗干净的保温杯过来："外婆装这里！我要带出去喝！"

"你要出门啊？"外婆问了句。

"同学约我出去玩，我晚饭也不在家里吃了啊！"黎宁说。

"晚上有点凉，多穿件外套出去。"外婆不放心地叮嘱了一句。

黎宁把保温杯塞进包里，点了点头："知道了！"

出了小区，黎宁直接搭地铁过去，在还有两三个站的时候，给徐时樾发了一条消息过去。

结果出了站坐扶梯上去的时候，她就见一个熟悉的人影立在地铁口旁。

这会儿已是傍晚。

大片的橘红色夕阳斜斜地照在他清俊的轮廓上。

黎宁快步上去，走到他旁边："不是让你在那边等吗？你怎么过来了啊？"

徐时樾掩唇咳嗽了一声，笑道："想早点见到你。"

黎宁的脸不由得一热，有些不自在地瞪了他一眼。

她怎么发现，这人说起这些不要脸的话来越发熟练了？

但见他咳嗽，黎宁立马从包里将保温杯拿出来。

"这个给你。"黎宁把杯子递过去，"止咳润肺的，我小时候咳嗽的时候常喝，挺有效果的。"

徐时樾指骨分明的手接过去，眉毛一扬："你做的？"

"怎么可能，"她瞪他 眼，"我外婆煮的。"

"那替我谢谢外婆。"他笑着说。

黎宁无语。

是她外婆又不是他外婆，他干吗叫得那么亲密啊！

见他要拧开保温杯，黎宁提醒了一句："还很烫，过一会儿再喝吧。"

"你饿了没？"说完，她看了眼时间，已经快要晚上六点了，"我们先去吃饭吧？"

徐时樾没什么意见。

黎宁想了想，带他拐去了一个商场的后面巷子里。

巷子里开了一排苍蝇小馆，往日里一般都是各种食物的香味混杂，很有烟火气息，但因为今天是大年初一，不少小店都关了门，徒留墙上经年累月染上的油污。

幸运的是，黎宁喜欢的那家店还开着门。

"你能接受这里的环境吗？"黎宁想起这人的生活条件，问了一句，"虽然看起来不怎么样，但味道都很好，真的！"

她一边说着还点了点头，干净清澈的眼睛带了点认真，一副真诚的样子，看得人心都不由得一软。

徐时樾喉结一滚，往前迈了一步，下巴朝巷子里点了一下，示意她："走啊。"

黎宁有些开心地跟上去。

她领着徐时樾熟门熟路走到一家小餐馆前。

餐馆很小，里面摆了几张桌椅，因为不够坐，又在外面也搭了几张小桌子。

厨房只隔了一扇玻璃，虽然看起来很破，但还是挺干净的。

点完菜后，两人找了外面的一张空桌坐下。

桌子挺小，又有些矮，徐时樾的两条长腿有些局促地摆在下面。

桌面虽然已经擦过，但使用久了，难免有些痕迹，黎宁怕他嫌弃，从包里拿出湿纸巾又擦了一遍。

"你常来这里？"徐时樾看着她的动作，很感兴趣地问了句。

"对啊。"黎宁一边擦桌子，一边点头，"高中时候的画室在这附近，有时下课了会过来这边吃饭。"

"一个人？"

"嗯，大部分情况下都是。"黎宁点头。

画室里的同学都挺卷，忙着画画时，大多是直接一碗泡面解决一餐，也只有黎宁会慢悠悠出来吃饭。

而且黎艳一向禁止黎宁来吃苍蝇馆子和路边摊，江远这人又龟毛，嫌弃这儿环境不好，所以基本上都是黎宁自己一个人来。

徐时樾愿意陪她一起吃，她其实还蛮高兴的。

她抬眼一看，发现徐时樾正盯着她看。

"你一直看我干什么？"黎宁眨了眨眼。

徐时樾往椅子上一靠，敞着的长腿往旁边挪了挪，开口道："在想象你那时候是什么样子。"

应该比这时要更青涩一点，可能还穿着校服，他记得南城的校服还挺好看的。

黎宁直接在桌下踢了他一脚，语气有些恼："你能不能正经点？"

"哪里不正经了？"徐时樾懒散道。

他真觉得自己挺无辜的。

"懒得理你！"黎宁别开脸，耳根有些发热。

好在这会儿他们点的菜上来了。

黎宁隔了挺久没来这儿了，尝了尝发现味道还是没变。

她有些期待地看向徐时樾，问："怎么样怎么样？"

"不错。"徐时樾点点头。

黎宁眼睛立马弯了弯，像漂亮的月牙。

徐时樾也不由得勾了勾唇。

吃完饭后，两人在附近散步消食，途经一个人挺多挺热闹的夜市，有卖各种路边摊小吃的，卖各种小玩意儿的，还有一些套圈之类的小游戏。

两人慢慢走过去。

突然有一个男人拦住他们，咧开一个笑容问："帅哥、美女，要不要买点烟花棒玩啊？"

"今年允许放烟花了？"黎宁问了一句。

她记得市区好像是烟花禁放区来着。

"可以的。"男人肯定地道，"你们看那边不是很多人在玩？"

黎宁顺着男人指的方向一看，果然看见空地上有不少人在玩烟花棒。

"怎么样？"男人对着徐时樾说，"帅哥，要不要给你女朋友买点？"

黎宁正欲说话，突然听见有人喊了一句："警察来了！"

面前的男人叫骂了一声，往后看了一眼，果然看到一辆亮着灯的警车，似乎还有警察朝他们这边跑过来。

男人神色变得慌张，咬了咬牙，他直接将手里的烟花棒往前面一塞，然后拔腿飞快地跑了。

这一切发生得太快，黎宁根本没反应过来，她只感觉自己怀里一沉，下意识便伸手托住，低头一看，自己正抱着一箱烟花棒。

面前还站了一个警察叔叔。

黎宁："？？？"

谁能想到，光天化日之下，她竟然被栽赃了！

救命啊！

正在黎宁被震惊到失语之际，旁边伸出一只手，将她怀里的烟花箱拿走。

下一秒，这道高大宽阔的背影挡在了她面前。

"怎么回事？"警察皱眉问，"就是你们两个在这儿卖烟花？"

"不是。"徐时樾表现得相当淡定，"我们只是路过。"

警察嘴角抽了抽，眼睛扫向他怀里的烟花："那你怀里的东西哪儿来的？"

黎宁从徐时樾背后探出脑袋，解释道："这是卖烟花的那个人直接塞给我们的。"

警察一脸疑惑。

好在有围观的路人帮他们做证，最终才没造成什么误会。

黎宁和徐时樾两人连同周围的围观群众一起，接受了一番警察叔叔的口头教育。

警察着重强调，市区内禁止燃放烟花爆竹，刚刚在广场上放烟花的，现在都得去警察局里走一趟，罚款肯定是少不了的。至于那个卖烟花爆竹的男人也跑不掉，现在到处都有监控，将人逮住只是时间问题。

黎宁一本正经地听着，还时不时点头，跟个乖宝宝一样。

旁边的徐时樾偏过头，肆无忌惮地看着她，眼里都是笑意，正想着她怎么这么可爱时，手腕突然被人抓住。

徐时樾眉毛一扬，在听到警察说"那就这样"的下一秒，就直接被黎宁拉着转身就走。

"别回头，咱们赶紧离开。"黎宁头也不回地说。

黎宁两条纤细笔直的腿往前迈得飞快，徐时樾迈着长腿，一点儿都不费劲地跟上，视线落在两人牵着的手上。

严格来说也不算牵着，她只是握着他的手腕。

徐时樾垂眸，清瘦的手腕若无其事地往上抬了抬。

黎宁没什么防备，注意力也不在这上面，重新抓住了他的手指。

徐时樾嘴唇不由得往上翘了翘。

直到走出去一段距离，已经看不见后面的夜市后，黎宁才终于停下。

一路上，黎宁脑子里还在滚动播放着刚刚发生的事，既觉得尴尬，又觉得好笑，没想到人生第一次被警察叔叔教育竟然是因为这个……

黎宁想着想着，突然笑了一声。

原来人在无语的时候，真的会莫名其妙地笑一下。

"哎，你有没有觉得——"黎宁看向徐时樾。

话说到一半，她就见他正儿八经地看了她一眼，随后他薄薄的眼皮垂下，看向她……的手？

黎宁顺着他的视线低头一看，才发现自己正抓着他的手。

黎宁一怔。

她若无其事地放开，装作什么也没发生。

然而有人并不打算轻轻揭过。

"喂，第二次占我便宜了。"徐时樾慢悠悠地说。

黎宁哼了一声。

她就知道!

她淡定地朝他伸出手:"那不然你占回来吧?"

徐时樾看着她的手。

这就叫,走别人的路,让他无路可走!

"你说的啊,那我真占了?"徐时樾撩起眼皮,就要伸手过来。

黎宁脸上的笑容瞬间僵住。

这人怎么不按常理出牌?

她收回手,气不过顺便踢了他一脚,懒得理他直接往前走。

徐时樾在后面笑:"怎么还踢人啊?"

他几步就跟上来。

两人路过一排娃娃机,徐时樾直接把黎宁扯过去:"玩不玩这个?"

"你会抓吗?"黎宁问了句。

反正她自己从来就没抓到过……

"可以试试。"他倚着娃娃机的玻璃门,懒洋洋地问她,"想要哪个?"

黎宁弯腰朝里面看了看,指尖戳着玻璃点了点,选了一只毛绒小熊猫,扭头看向他:"那我要这个。"

"等着。"徐时樾去换了硬币过来。

黎宁看他弓着背站在娃娃机前,神情看着有点专注。

机器玻璃内的冷白色的光打在他脸上,衬得他五官清晰又立体,皮肤也极好,没有一点瑕疵。

只见他低头研究了几秒,然后投币进去,操纵摇杆。

抓夹慢慢移动,落到小熊猫上方,但是刚抓起来又掉了下去。

"再试一次。"他说。

然后又试了好几次,他都没抓到。

"不然还是算了吧。"黎宁给他面子地主动开口。

"不相信我?"徐时樾手撑着玻璃,扭头看她。

黎宁没说话,意思表现得很明显。

徐时樾笑了,但还没来得及说话,另一边一个虎头虎脑的小学生开口了:"哥哥,你好菜哦!"

小男生刚刚一直趴在另一边看徐时樾抓娃娃。

"啧啧,你这样是追不到女朋友的!"小屁孩又说。

闻言,徐时樾望过去,逗他:"你怎么知道我们不是男女朋友?"

"你们肯定不是。"小男孩很有经验地说,"你看那边的哥哥姐姐才是,哥哥你一看就没追到这个姐姐。"

徐时樾有点没面子。

不过,他还是顺着小男孩的话看过去,果然看到不远处有对情侣。

两人姿态亲昵,手挽着手靠在一起,还互叫对方"宝宝"的那种。

现在的小孩都成精了是吧?

黎宁在一旁憋笑憋得很辛苦。

徐时樾扫了她一眼,从篮子里抓出一把币给小男孩:"哥哥给你几个币,你自个儿去旁边玩行吗?"

小男孩高高兴兴地接了,顺便人小鬼大地对黎宁说:"姐姐,我觉得你可以考虑一下这个哥哥,虽然他抓娃娃技术很菜,但人很大方的,我妈妈说找男人就要找大方的!"

黎宁哭笑不得。

这下轮到徐时樾看着她笑了。

他双手环在胸前,整个人倚在娃娃机上,打趣一般地看着她,笑得莫名让人有些脸红。

"喂,你到底还抓不抓了?"黎宁用鞋尖踢了踢他的鞋子。

"放心。"他憋着笑道,"一定给你抓到。"

黎宁见他重新弯腰,抬眼看向机器里的抓夹。

他这次看起来认真了许多,也没直接抓小熊猫,而是拿别的公仔练手。

结果还真被他抓出来一个。

徐时樾弯腰将抓到的公仔拿出来,递给黎宁:"给。"

黎宁捏了捏柔软的公仔,嘴唇翘了翘:"侥幸而已,你可别太得意哦!"

徐时樾似是找到了窍门,很快,黎宁怀里就抱了一堆的公仔,包括她要的那只小熊猫在内。

黎宁:"……够了够了!"

娃娃机老板估计都要哭了吧。

徐时樾见她脑袋都要埋在一堆毛绒公仔后面了,这才终于意犹未尽地收了手。

"怎么样?"徐时樾问。

"厉害厉害。"黎宁敷衍道。

很快,娃娃机老板也出来了,虽然老板眼神有些心疼,但还是十分大方地送给了他们一个袋子装。

两人提着一大袋子公仔走出去,正好碰见那个小男孩在玩别的。

徐时樾碰了碰黎宁的肩膀,问她:"介意给我一个吗?"

黎宁打开袋子,示意他拿。

徐时樾伸手从里面拿出来一个。

下一秒,黎宁就见徐时樾将拿出来的公仔抛给小男孩,顺便指了指黎宁手上的袋子,跟他说:"看到没?都是我抓到的。"

小男孩:"哇!"

黎宁无语。

幼不幼稚啊他!

出来之后,时间也不早了,两人沿着路边慢悠悠地走着。

"你什么时候回松城?"黎宁想起什么,问他。

"明早的飞机。"徐时樾回了一句。

过来南城本来就是一时兴起,家里那边也一直在催着他回了。

黎宁"哦"了一声,一时都有些无言。

一阵夜风吹来,黎宁的头发被吹乱,她停下来,伸手理了理。

徐时樾也在她旁边停下,看着路灯下她洁白无瑕的侧脸,突然叫了她一声:"黎宁。"

黎宁抬头,路灯细碎的光洒在她的眼睛里:"怎么?"

"就是突然想到,"徐时樾喉结动了动,"追了你这么久,好像都还没正式地和你说过那句话。"

黎宁突然有些心慌,睫毛也不安分地颤了颤,心脏不听使唤像是快要撞出胸口来一样,嗓子好像也被堵住,发不出一点声音。

"我喜欢你。"徐时樾顿了顿,似是笑了下,"……大概比你知道的要早。"说完,他垂眸看了眼她颤动的睫毛,还有心思开了个玩笑,"你别有压力,没有一定要你马上回答的意思。"

"我知道因为之前的事,可能给了你一些不愉快的回忆。"他似是有些自嘲,"这个真的抱歉。

"只是突然忍不住想跟你表达一下我的内心想法。"

"没关系,你可以继续拒绝,我也可以继续排队。"他声音难得带了几分忐忑,"等你愿意谈恋爱的时候,能不能先考虑考虑我?"

黎宁现在根本不敢看他,她觉得自己的脸颊烫得都快能煎鸡蛋了。

好半晌,她才终于找回自己的声音:"……那个,我……我考虑考虑。"

拒绝了徐时樾的相送,黎宁独自坐地铁回家。一路上,她都神思不属,抱着怀里的公仔发呆,还差点坐过站。

回到家后,她脑子里也一直回放着徐时樾刚刚说的话,还有不经意间对视上的,他热烈又坦荡的眼神。

心里虽然欢喜,却也有控制不住的害怕。

面对感情,黎宁其实是个悲观主义者。在追徐时樾的那段日子,好像也暗暗佐证了她的观点——

爱情从来不是一个人的事。

如果一方没参与进来,或者率先退出,另外一方注定会陷入痛苦之中。

但又有谁能保证,两个人就一定会一直相爱下去呢?

黎宁从小到大喜欢的东西不多。

但好像,她能牢牢抓住的,从来只有那些死物。

小时候,她不想要爸爸妈妈分开,但他们还是分开了。

她想和江远生活在一起,也没能如愿。

就连成长路上交的一些朋友,很多也是渐行渐远。

将期盼寄希望于不相干的人身上,好像大多情况下都不会有很好的结果……

理智告诉她应该尽早抽身,悍然离场,内心却像一个赌徒,叫嚣着让她勇敢地再赌一次——

就算可能会被撞得头破血流。

第九章
男朋友
ZHAOMI

翌日,松城。

徐时樾刚下飞机,就碰见闲得发慌跑来机场接他的于凡。

见他出来,于凡还吹了声口哨,调侃道:"哟,咱们徐大情种回来了?"

徐时樾懒洋洋地瞥了他一眼,不想搭理他。

"你说你等下回家去,会不会被家法伺候?"于凡看热闹不嫌事大。

这话倒也不算于凡胡说。

徐时樾他们家族人才辈出,随便拎一个出来都是响当当的厉害人物。更难得的是,他们家人之间感情很好,家族凝聚力也特别强。但甭管你在各行各业多么厉害,逢年过节都得老老实实回家。

于凡高中时就遇见过一件事,直接惊掉他的下巴——

好像也是过年那会儿,他去徐家找徐时樾玩,正好撞见徐家老爷子在训徐时樾的小叔。

徐小叔也算是个很厉害的大佬了,当时被训得一句话都不敢说。

于凡大着胆子听了一两耳朵,好像就是因为过年没回来。

于凡想起这事,就幸灾乐祸地跟徐时樾提了下。

"你能不能,"徐时樾颇为无语,"少脑补点有的没的。"

于凡这家伙不知道怎么回事,总爱脑补他家是一个神秘大家族。

听他提起这事,徐时樾还是解释了一句:"那年是因为小叔惹小婶生气了,小婶没跟他回来,他才被爷爷训斥了一顿,让他赶紧去将人哄好。"

"原来如此。"于凡摸了摸下巴,又看向徐时樾,"那你岂不是连你小叔都不如,你人都还没追上呢!"

于凡一脸同情地拍了拍徐时樾的肩膀。

正好此时,徐时樾的手机响动了两下。

他拨开于凡的手,一边往前走,一边垂眸去看手机。

是黎宁发来的消息。

黎宁:下飞机了没?

徐时樾:刚下。

徐时樾:有事找我?

难得见她主动联系他,徐时樾还以为她是有什么事。

对方那边显示了几秒"对方正在输入……",过了一会儿,她的消息才又继续弹出来。

徐时樾看着弹出来的两条消息,整个人直接愣在原地。

黎宁:没。

黎宁:就是关心一下我男朋友有没有安全落地。

黎宁昨晚有些失眠,一直翻来覆去睡不着觉,直到天都快要亮了,才总算找到些睡意。

但也没睡踏实,做了好多光怪陆离的梦。精神不济地醒来后,她摸出被埋在枕头底下的手机一看,发现竟然已经快中午了。

微信里还静静躺着徐时樾上飞机前给她发的消息,一时有些上头,她就回了那两条消息过去。

发完后,她赶忙扔了手机,将头埋进枕头里,感觉整颗大脑都在发烫。

等了一会儿,见手机依旧静悄悄的,她忍不住重新拿起手机。

都过了几分钟了,徐时樾竟然没有回复,她发了个问号过去。

黎宁:[?.jpg]

黎宁:你人呢?

内心也一下子变得无比忐忑起来。

不是,他这是什么反应啊?

但很快,他的消息终于弹了过来。

徐时樾:你男朋友正在买回南城的机票。

黎宁一看,连忙从床上坐起来。

黎宁:[???.jpg]

黎宁:你赶快取消掉!

神经啊？不是才刚下飞机吗？

徐时樾：［？.jpg］

下一秒，他直接拨了一个电话过来。

黎宁吓得差点扔了手机。

她脑子里"嗡嗡"的，深呼吸了好几下，才按下接听键。

他那边应该还在机场，背景音有些嘈杂，隐约有听见机场广播的声音。

黎宁屏住呼吸没说话，徐时樾也没开口。

沉默了几秒，他才叫了她一声："黎宁？"

"嗯。"黎宁咽了咽口水，应了一声，"干什么？"

徐时樾轻笑了一声："确认一下是不是本人。"

"哦。"黎宁脸一红，又想起他说要买票过来的事，连忙道，"哎，你先别过来了！"

徐时樾那边似乎沉默了几秒，才说："所以……你刚刚是在逗我玩？"

黎宁感觉自己竟然从他的声音中听出了一丝委屈？

她握紧了手机，眼睫毛颤了颤："没逗你。"

见他没说话，她又补了句："真的。"

他终于笑了一声。

黎宁还想说什么，房门突然被敲响了，是江远在门外叫她，于是只得匆匆对电话那头说："反正你先别过来，等会儿再和你说，行吗？"

最后两个字轻轻柔柔的，带了点撒娇的意味。

徐时樾喉结滚了滚："行。"

说什么都行。

于凡还不知道发生了什么。

刚刚正好有人找他，他在微信里和人聊了几句，抬头一看，旁边的徐时樾竟然不见了。

视线在周围扫了一圈，他才发现徐时樾竟然跑到了不远处的柜台那边了。

于凡收了手机，朝他走过去。

刚一走到，就听见工作人员问徐时樾："先生，最近的一班飞往南城的机票在下午两点，需要现在为您购票吗？"

于凡："？？？"

不是刚刚才从南城回来？干吗突然又回去啊？

难道，真被自己猜中了——

徐时樾真是因为怕被家法伺候，这才要躲回南城避难？

"不至于，真不至于！"于凡连忙安慰道，"大不了你去我家躲躲就是。"

徐时樾正垂眸看着手机，几秒后才对工作人员说："哦，不用了，谢谢。"

于凡还以为是自己说的话起了作用，一副哥俩好的样子说："走吧，去我家。"

徐时樾像是这才注意到他，视线从手机上移到他脸上："什么？"

"不是去我家吗？"于凡说。

"为什么要去你家？"

"敢情我刚刚说的话你是一句都没听啊？"于凡无语，"那你干吗突然又要去买南城的机票啊？"

"哦，也没什么。"徐时樾收回手机，若无其事地道，"就是想告诉你一声——"他略微拉长了声音，慢悠悠地说，"我刚刚，脱单了。"

于凡脸上的表情像吞了一百颗柠檬一样变幻莫测。

半晌后，他才终于憋出来一个字："……6。"

黎宁挂了电话后，朝门外的江远喊了句："知道了。"这才脸红扑扑地下床去开门。

因为太过激动，她双腿也有些发飘，不小心还撞了一下床脚。

门一拉开，江远还站在外面。

他正双手抱臂，倚着门框居高临下地看着她。

"有事？"黎宁问。

"外婆叫你去吃饭。"他回答，又问了句，"你刚刚在里面和谁打电话？"

"哦，是快递那边打来的电话。"黎宁面不改色地说。

说完，她越过他，下楼去找外婆。

外婆倒是没说黎宁起床起得晚，而是笑眯眯地给她盛了一碗饭："宁宁昨晚没睡好啊？那咱们吃完再去补觉，早上中午都不吃饭可不行。"

黎宁点头："好。"

外婆坐在旁边看着她，忽地又皱起了眉头："你脸怎么有点红啊？"说完又用手探了探她脑门。

"哟，温度还挺高的。"外婆有些担心，"是不是昨天感冒加重了？该不会发烧了吧？"

黎宁一愣。

果然，撒一个谎就要靠无数个谎来圆。

她总不能和外婆说她是因为刚脱单所以这会儿正在害羞吧……

黎宁只得假装虚弱地咳嗽了一声："没事，我等会儿睡一觉就好。"

江远这会儿刚拉开椅子坐下来，往黎宁那儿扫了一眼，又赶忙换了个位置，抱着手臂，嫌弃道："喂，你可别传染给我。"

黎宁默默地朝他飞过去一个眼刀。

徐时樾这会儿也回了家。
徐家老宅占地面积挺大,风格设计极为清雅。
此时,二楼的书房里,徐小叔正在和徐老爷子谈事情。
见事情谈得差不多了,徐小叔正要离开,正好从窗口看到楼下徐时樾的身影,不由得勾了勾唇:"阿樾回来了。"
"叫他上来。"徐老爷子说。
徐小叔立马给徐时樾拨了个电话。
打完电话后,人也不走了,又重新在沙发上坐下,跷起二郎腿,准备看自家侄子的热闹。
徐老爷子瞥了他一眼,懒得说话。
很快,徐时樾就敲响了书房的门。
得到允许后,他才推门进入。
他视线往里环视一圈,看见正在闭目养神的爷爷,还有靠在沙发上,明摆着要看热闹的自家小叔。
徐时樾无语。
论小叔太记仇怎么办?
不就是当年被爷爷当着自己的面训了一通,小心眼的小叔竟然记到现在。
徐时樾无奈地和爷爷还有小叔打了声招呼。
徐老爷子眼睛都没睁开,问了一句:"昨天去哪儿了?"
徐时樾想了想说:"听说爷爷您当年为了追奶奶,硬生生走了一天的路去找她。我就效仿一下您当年。"
徐老爷子终于睁开了眼,一双苍老深邃的眼睛盯着他看了几秒,随后摆摆手:"行了,走吧。"
徐时樾温声应道:"好。"
正准备看热闹的小叔傻眼了。
不是,就这?
徐小叔赶忙追上去,出了书房,拍了拍徐时樾的肩膀:"你小子行啊,人追到了没?要不要小叔给你支几个招?"
"我刚刚上来的时候,"徐时樾慢悠悠地说,"好像看到小婶有点不高兴。"
"不是吧,她又怎么了?"徐小叔低声咒骂了一声,火急火燎地走了。
徐时樾看着他的背影耸了耸肩。
自己感情都一团糟的小叔还是不要来指导别人了。

黎宁吃完饭之后，被家人轮番关照了一遍，又是量体温又是给冲感冒药，确认没发烧后，才终于放她回了房间。

进了房间后，徐时樾的消息正好弹出来。

黎宁点开一看，看到前三个字忍不住脸一红。

徐时樾：**女朋友，视频吗？**

愣了几秒，黎宁才打字回复。

黎宁：**不要。**

突然打视频什么的，这也太羞耻了吧！

而且脱单这事完全是在她的预料之外，直到现在，一颗心都好像还在天上飘着，没什么实感——

所以，她现在真和徐时樾谈恋爱了？

那么问题来了，恋爱到底该怎么谈啊？

从小到大也没人教过啊！

徐时樾那边也回复得很快。

徐时樾：**那打电话？**

徐时樾：**行吗？**

黎宁想了想，打字回了个"好"。

相较于直接视频通话，还是打电话让现在的她更能接受一些。

消息刚发过去，徐时樾的电话就打了过来。

黎宁赶紧找了耳机戴上，然后才按下接通。

无线耳机里先传来一阵"滋滋"的电流声。

黎宁忍不住清了清嗓子。

"果然。"徐时樾的声音顺着电流传过来。

黎宁没听懂，问了一句："什么？"

"果然我女朋友有点害羞，"他声音里带着几分笑，"不肯和我视频。"

黎宁耳根一热，同时反应过来："所以你是故意的！"

故意先说要和她视频，被拒绝后，顺理成章和她打电话……

真是好心机一男的！

"那不说了，我挂了。"黎宁故意这样说。

徐时樾立马投降："别，我错了。"

"你哪里错了，我看你还挺会的。"黎宁勉强"哼"了声。

"女朋友，讲讲道理好不好？"他似是有些无奈，"南城也不许我过去，你是打算先和我来一段网恋？"

黎宁被他说得有些心虚，但想了想，又觉得他这建议不错，于是老实说："唔……其实也不是不行。"

徐时樾一愣。

他似是被气笑了。

黎宁更心虚了，嘟囔了一句："那你总得让我先适应适应吧？"说完后，想了想又加了句，"男朋友？"尾音带了点上扬。

徐时樾握着手机的手指忍不住一缩，喉结难耐地滚了滚。

她好像也不用很会，只是简简单单和他说句话，就让他有种想要立马投降的冲动。

徐时樾掩饰般地咳嗽了一声，正想要再说点什么，突然就听见她那边传来一阵窸窸窣窣的动静。

黎宁也没想到外婆会突然推门进来。

她刚刚一直戴着耳机，耳机降噪效果很好，可能也没听见敲门声。

她正趴在床上，突然见到门被推开，人都被吓傻了。

她立马摘了耳机，把手机塞到被子底下。

"外婆。"黎宁磕磕巴巴叫了一句。

"怎么还在玩手机啊？"外婆不赞同地看了她一眼，"我看最近外面流感很严重，要不然还是去医院看看吧。"说完又摸了摸她的脸，皱眉，"我怎么觉得又烧起来了。"

黎宁简直欲哭无泪："真没事，我睡一觉就好。"说着盖上被子，一副打算要睡觉的样子。

外婆拿她没办法，摇了摇头，总算是出去了。

黎宁竖着耳朵听见关门的声音后，马上跳下了床，把房门给反锁了。

她重新回到床上后，才想起和徐时樾的通话，立马又从被子底下把手机翻找出来。

她拿起手机一看，发现他竟然还没挂断。

"刚刚我外婆进来了。"黎宁解释了一句。

"你生病了？"徐时樾在那头问。

"没有没有。"黎宁摇头。

"那你就是——"他突然慢悠悠地说了一句，"脸红了？"

徐时樾这话落下后两秒，他就听见手机那头传来一阵忙音。

徐时樾一怔。

论交往第一天就惹毛女朋友是一种什么样的体验。

徐时樾哄了一天，才总算把人给哄好。

两人恢复每天在微信上的聊天。

主要是从初二开始，来黎宁家的客人就没断过，她还得时不时陪着黎艳出去聚餐。

徐时樾那边更是如此。

一直到初八大家都开始年后的工作了，他们才算是闲了下来。

燕城大学今年正月十四开学。

徐时樾正月初十就回了燕城。

寒假期间，徐时樾没将小猫带回松城，而是选择了一家宠物店寄养。他下飞机后，第一时间就把小猫接回了家里，顺便发了不少小猫的照片诱惑黎宁。

黎宁被勾得心痒痒，晚上徐时樾顺势提出要不要视频聊天。

其实黎宁早就对视频聊天没意见了，但他后来一直也没问，黎宁便也没主动提。

这次他终于又问，黎宁立马同意了。

其实她也有点想见他了，只是答应得有些太快，等他视频打过来时，她才想起自己这会儿还穿着睡衣。

本来还想着要不要换个衣服，但很快又给忍住了。不能被他拿捏住，搞得自己像是有多害羞似的！自己应该学学他的厚脸皮！

于是，她只理了理头发，确认自己很正常后，又把手机在桌上架好，才接通了视频。

手机屏幕很快就出现他那边的画面。

黎宁本来以为会像之前那样，出现小猫的画面。

没想到屏幕里直接出现了徐时樾的身影。

他穿着灰色的卫衣，整个人沐浴在暖黄色的灯光下。

他头发剪短了一些，更显出他英挺的五官和利落的脸部轮廓，整个人十分清爽帅气。

这还是第一次看见视频聊天里的他，黎宁有些被惊艳到。

她突然发现，比起在现实中，隔着屏幕，好像更能肆无忌惮地看到他脸上的每一个表情。

她以前竟然从来没发现视频还有这个好处。

与此同时，徐时樾也同样看着屏幕里的黎宁。

她应该是在房间，没开大灯，只开了桌上的台灯。台灯的光线毫无保留地映照在她脸上，皮肤异常白皙通透，垂下来的头发却乌黑发亮。

即使素面朝天的一张脸也漂亮得让人移不开眼。

其实这不是徐时樾第一次见到聊天视频里的黎宁。

大一那年，江远和黎宁在宿舍视频得挺频繁，偶尔他回宿舍时，会不小心瞥到江远那边的屏幕以及屏幕里的人。

但那会儿她总垂着眼皮忙自己的事。

因为误会她和江远是男女朋友关系,他也没往那边多看。那时候也没想过,或者说没敢想,视频里的人终有一天,会成为他的女朋友。

嗯,他女朋友。

黎宁被视频里的他盯得不好意思,咳嗽了一声故意说:"不是说看小猫?小猫呢?"

徐时樾笑了笑,拿着手机往背后的沙发上一靠。

下一秒,他就换成了后置摄像头。

小猫这会儿正在猫爬架上玩。

相较于刚捡来那会儿,小猫已经长大了挺多,但还是一样漂亮。

黎宁凑近了屏幕看。

然而下一秒,画面又换成了徐时樾的脸。

黎宁:"……你干吗切摄像头啊?"

"你还真是来看小猫的啊?"徐时樾轻扯了下嘴角,"那不然我给你'喵'一声?"

说完,他还真的学猫叫了一声。

黎宁成功被逗笑:"喂,你要不要脸啊!"

"确实是有点不想要了。"他幽幽地说。

黎宁撑着下巴:"为什么啊?"

"因为突然发现自己的地位竟然连猫都不如。"他意有所指道,"说吧,你是喜欢我还是喜欢我的猫?"

黎宁抿了抿唇,看向屏幕里的他:"那当然是,喜欢你……的猫。"

徐时樾一愣。

"好奇怪,你竟然还有过自己比猫重要这样的想法吗?"黎宁又接着说。

"我看这天是聊不下去了。"徐时樾起身,走过去把小猫抱过来,一只骨节分明的大手按在镜头前,"来来来,你们接着聊。"

镜头里的小猫"喵"了几声,小表情看着有些无语。

"你快放开它啦!"黎宁忍着笑说,"和你聊,行了吗?"

某个小气鬼总算是让小猫从他手底下溜走了。

两人有一搭没一搭地聊到很晚才挂了视频。

黎宁钻进被窝,想了想,又打开订票软件,冲动之下将机票改签了。

改好之后,她顺便将截图发给了徐时樾。

黎宁:[图片.jpg]

黎宁:怎么样?

黎宁:荣幸不?

翌日，黎宁特意起了个大早去找黎艳。

家里现在就只剩他们母子三人在了。

舅舅一家早在大年初三就回去了。

舅妈今年打算自己创业，平时也没空带航航了，便商量着让外婆过去搭把手。

外婆想着留在南城这边也无聊，平时黎艳上班忙，两个孩子也在外地上大学，她一个老太太平时连个说话的人都没有，还不如过去带带孙子，便也同意了。

因为航航马上也要开学了，前两天舅妈便过来把外婆接了过去。

机票改签的事，肯定要和黎艳说一声的，于是闹钟一响，黎宁脸也没洗，就直接跑去了黎艳的房间。

谢天谢地，黎艳还没出门。

敲门后进去时，黎艳已经换好了衣服，正坐在梳妆台前化妆。

黎艳的妆容向来以淡雅为主，主要目的也是为了提气色。

黎宁走过去，把玩着她桌上的化妆品。

黎艳瞥了一眼还穿着睡衣、头发也乱着的女儿，挑了挑眉道："今天起这么早？"

黎宁有些不好意思地开口："妈，我明天提前回学校。"

"学校有事？"黎艳问。

"没。"黎宁很诚实。

"那就是去见男朋友？"黎艳平淡地说。

黎宁震惊："您知道了？"

"很难看不出来。"黎艳开口，"还是之前那男孩吧？"

黎宁不好意思地点头。

"你和阿远说了吗？"黎艳突然又问了句。

"没有。"黎宁摇头，"我觉得他对我男朋友意见还挺大的，不太敢跟他说。"

黎艳涂好口红，站起来拍了拍她的肩膀，笑着说："那你好好跟他说说。"

黎艳倒不觉得儿子真的对女儿的男朋友有什么大意见，最多可能就是看不惯未来的姐夫罢了。

"明天要不要送你去机场？"黎艳又问了句。

"不用了，您工作这么忙。"黎宁摇了摇头。

和黎艳说完，黎宁又躺回去睡了个回笼觉。

再次醒来时，她先回了徐时樾的消息。

退出时，黎宁又看到宿舍群里大家正在讨论返校的事情，也没有多想，她直接回了一句：我明天就回来。

苏甜：@黎宁 你竟然这么早？

苏甜：那我也明天回好了！

苏甜：绝不让我的宝独守空舍！

苏甜是燕城本地人，想回学校的话，直接打个车或者坐地铁就能回。

黎宁见状忍不住笑了笑，随即回复：呜呜呜，宝宝你怎么对我这么好！

突然想起脱单这事还没和室友们说，于是，她又继续打字：对了，有件事一直忘了和你们说。

黎宁：我脱单了/脸红

苏甜：[？？？.jpg]

曾琪：[！！！.jpg]

李晓佳：[？？？.jpg]

黎宁倒也不是故意瞒着她们，主要是这几天她自己也在消化这件事，现在才终于适应了自己有男朋友的事实。

反正到时候开学了肯定也瞒不住了，不如先和她们说一声。

苏甜：我掐指一算——

苏甜：对方应该姓徐吧。

李晓佳：我就知道！

黎宁：/脸红

曾琪：@苏甜 我看你还是等我们一起回宿舍好了。

苏甜：你说得对。

苏甜：我要一脚踢翻这碗递到我嘴边的狗粮！

黎宁：[省略号.jpg]

和室友们插科打诨了一会儿，黎宁才爬起来，开始收拾行李。

黎艳工作忙，家里平时需要做饭和打扫卫生都有熟悉的钟点工阿姨过来。

中午阿姨做完饭离开，黎宁和江远一起吃饭，期间她多次欲言又止，想着要怎么和江远开口。

"我脸上有饭？"江远无语道。

黎宁直接把喉咙里的话给咽了回去。

她决定了，等明天她上了飞机回了燕城之后，再把自己和徐时樾在一起的消息在微信上告诉江远。反正到时她人都走了，江远也不能拿她怎么样！

这两天时间正好让他冷静冷静，免得现在对他说了，他直接上手掐死她。

黎宁越想越觉得这个办法不错。

于是第二天一早，她鬼鬼祟祟地出了房门，见外面没有人，才轻手轻脚地推出自己的行李箱，做贼似的，出了门。

一出小区，她就打了个车直奔机场。

一路都很顺利。

候机时，黎宁打开江远的对话框，开始打字。

黎宁：我今天回学校了。

黎宁：正好要和你说个事。

"什么事？"头顶上传来一道熟悉的声音。

黎宁抬头一看，就见江远正拿着手机站在她面前。

黎宁："……你怎么在机场？"

江远在旁边坐下，顺便跷起二郎腿："我当然是回学校。"

"不是，你今天走啊？"黎宁不敢置信，"你故意改成和我一天？"

江远相当无语地往后一靠："我们班要提前开会好不好？鬼知道你也今天走啊？你不是买的开学前一天的票吗？"

他俩当初并没有一起买票，好像当时江远确实问了她一句，但她那时没注意听……

"你不要告诉我你和我同一班飞机？"黎宁瞪圆了眼睛。

江远直接将自己的登机牌扔过去。

黎宁一看，简直两眼一黑——

竟然还真是同一班！

真是聪明反被聪明误。

黎宁正怀疑人生的时候，机场广播提醒就响了起来。

江远站起来扯她："走了。"

黎宁被推着走在前面。

江远盯着她的背影，扯了扯嘴角。

啧，她还真以为自己瞒得很好呢？她这些天在家里躲躲藏藏的，一看就知道有鬼。

也不是第一次晚上经过她房门的时候，听见里面聊电话的声音，江远心里早就有了一个猜想。

他撇了撇嘴，翻出徐时樾的微信，点开朋友圈，试图寻找出一些蛛丝马迹。

看了好几眼，干干净净的，没发现有什么不对劲。

怕自己被屏蔽了，江远又联系了一下姚俊飞：徐时樾的朋友圈截图发我一下。

姚俊飞这会儿正在看手机，不明所以，但还是很快发了张截图过来，并询问：你要这个干吗？

江远仔细对比了一下，发现和自己这边看到的一样。

但还是没放下怀疑。

想来想去，他还是觉得徐时樾的嫌疑最大。

上了飞机，江远找人换了座位，直接在黎宁旁边坐下。

"你刚刚要和我说什么事?"江远重新挑起话头。

黎宁咽了咽口水:"如果我和你说,我……谈恋爱了……你应该……会祝福姐姐的对吧?"

江远扯了扯嘴角:"那也得看是跟谁谈?"

"比如呢?"黎宁鼓起勇气问。

"如果是徐时樾的话——"江远故意捏了捏拳头吓她。

"开玩笑的,当我没说。"黎宁重新坐了回去。

见状,江远扯了扯嘴角。

很好,确定了。

果然就是这个狗东西。

徐时樾这会儿也正准备去机场接人。

毕竟是交往后第一次见面,徐时樾还认真准备了一下,难得自己开了车过去。

徐时樾拿了驾照之后,家里就给配了车,一直停在地下车库里。

因为平时大多在学校附近活动,他也不常开,而现在有了女朋友,那自然就不一样了。

又听说女生都需要仪式感什么的,徐时樾还特意抱了一束花过去。

等人的时候,旁边站了一个健谈的男生。

男生看了眼徐时樾,主动搭话:"哥们来接女朋友啊?整得还挺浪漫。"

而且还长得这么帅,谈恋爱一定很顺遂吧!男生不由得有些羡慕。

徐时樾淡淡地点了下头。

等了一会儿,黎宁乘坐的这班飞机终于落地了。

黎宁下飞机时,才突然想到,忘记和徐时樾说让他别过来了。

她主要是有点怕,怕等会儿江远看见徐时樾,真会和他打起来。

毕竟这事也不是没有发生过……

越想越是担忧。

黎宁下了飞机后,立马将手机连上网,紧急给徐时樾发消息。

黎宁:你来了吗?

黎宁:要不然你还是先走吧?

徐时樾:[?.jpg]

黎宁:事情有点复杂。

黎宁:总之,咱们现在先别见面。

徐时樾:[?.jpg]

徐时樾:这才几天,你就变心了?

黎宁无奈。

急智之下，黎宁先打发江远帮她一起拿行李，自己先出站说是想去上厕所。

她一路小跑着到了到达口那边，果然看到她男朋友正长身玉立地站着，在一众人里帅得相当突出。

但此时，黎宁根本就无暇欣赏帅气的男朋友。

她几步朝他冲过去。

徐时樾眉一挑，对她的热情很是有些意外。

他正准备迎接她的拥抱，下一秒，就被人扯着胳膊往另一边走。

黎宁心惊胆战地把人拉到一个拐角处。

徐时樾这会儿也终于意识到不对劲了。

他眼神清清淡淡地看了眼面前的人，缓缓开口："你这是干什么？"

黎宁三言两语地解释道："那个，江远还不知道我们的事……他对你有点意见你知道吧？"

徐时樾一愣。

"反正你俩暂时先别见面了。"黎宁想了想说。

徐时樾无奈。

虽然察觉到他有些不高兴，但黎宁也没办法。

注意到他怀里抱着的花，黎宁转移话题："这是给我的吗？好漂亮啊！"

徐时樾把花递给她。

黎宁抱着嗅了嗅，清新淡雅的玫瑰香味沁人心脾。

不多时，她眼角余光瞥见江远推着行李出来了。

黎宁赶忙把花重新塞回徐时樾手里，匆忙道："江远出来了，我先走了。"

面前的人浑身上下写满了不爽。

黎宁想了想，飞快地抱了一下他，保证道："回了学校再去找你！"

拥抱一触即离，徐时樾喉结难耐地滑动了一下，视线跟随着她跑走的背影，有些无奈地抿了抿唇。

她是懂扇一巴掌给一颗甜枣的。

可恶的是，他还真拿她没什么办法。

就这么站在原地看了一会儿，旁边突然又走出来一个人。

徐时樾往旁边瞥了一眼，发现是不久前和他搭话的那个社牛男生。

男生表情似乎有些同情，欲言又止了几秒，还是忍不住说："唉，哥们——"

徐时樾眉心一跳，意识到面前这人是误会了，沉默地解释了一句："他们是姐弟。"

男生听到这话，表情似乎更复杂了。

他叹了口气，拍了拍徐时樾的肩膀："唉，骗骗哥们无所谓，别把自己也骗到了。"

徐时樾:"???"
男生不欲多谈,摇摇头走了。
离开时,徐时樾还听见他和人打电话说:"喂,我在呢,和你说个事,我算是发现了,长得帅真不一定有用——"
徐时樾心塞。

徐时樾来机场的时候是一个人,没想到离开的时候竟然也是一个人。
将没送出去的花重新放到副驾驶座位上,他忍不住捏了捏眉心,倍感头疼。
手机适时响动了几下。
徐时樾眼皮动了动,算她有点良心,还知道联系他。
他捞回随便塞在一边的手机,解锁一看。
手机页面还停留在和黎宁的微信聊天窗口上,但她那边却并没有弹出新的消息。
徐时樾退出去一看,才发现原来是于凡发过来了几条消息。
他没什么兴趣地点开扫了一眼。
于凡:这破机场打车也太难了吧!
于凡:你还在机场吗?
于凡:载我一程怎么样?
于凡:我保证,全程一定安静如鸡!
于凡:[轻轻跪下.jpg]
于凡是知道徐时樾今天开车来机场接女朋友的——
时间倒回几个小时前,于凡今天候机的时候,闲得无聊给徐时樾发消息。
于凡:我今天回燕城了哈!
于凡:大概下午到学校。
徐时樾刚开始没理他,过了差不多半个小时,才给他回了一条消息:你怎么知道我今天要去机场接我女朋友?
那股子嘚瑟劲隔着屏幕都要冒出来了。
于凡看了,差点当场摔了手机,默默将此人拉黑。
直到现在一直打不着车,又不想去挤换乘N多次的地铁,于凡果断屈服,想看看徐时樾能不能带他一程。虽然打扰兄弟约会好像是有些不地道,但他也做好吃狗粮的准备了啊……
现在只希望徐时樾还没走,以及盼望着这人不要太重色轻友。
等了一会儿,徐时樾终于回复。
徐时樾:你在哪儿?
于凡麻溜地把自己的位置发了过去。

等了一会儿，于凡终于看见徐时樾的车子出现。

也不用徐时樾下车，他自己就哼哧哼哧地打开后备厢把行李给放好了，合上后备厢时，脑子里突然闪过一个奇怪的念头——

是他看错了吗？怎么感觉后备厢里只有他一个人的行李啊？

这个念头略一闪过，就重新被他抛之脑后。

于凡很自觉地拉开后座的门，虽然他是男的，但他也知道，副驾驶座那可是女朋友的专属座位！

估计黎宁现在就在那儿坐着呢！

上了车，于凡打了个招呼："哎呀，可真是麻烦你们了啊，还特意——"

话说到一半，突然又止住。

因为他终于发现，车里根本就只有他和徐时樾两个人。

于凡一愣，又往副驾驶座那儿看了一眼，哪里有什么黎宁，就只有一束花搁在那儿。

"你不是来接女朋友吗？"于凡疑惑地开口。

说完这句话后，他发现后视镜里徐时樾的脸色似乎有点难看。

徐时樾踩了一脚油门，车子随即向前滑去。

于凡明智地闭上了嘴，眼珠子骨碌碌在车里转了几圈，又忍不住低头刷了刷手机。

半晌后，他终于忍不住开了口："那个……"

"有话就说。"徐时樾没什么情绪地说。

徐时樾语气淡淡，看着没什么精神。

于凡沉默几秒："你真脱单了啊？"

"不然？"徐时樾从后视镜中看了他一眼。

"那我怎么觉得不太像啊？"于凡挠挠头，咽了咽口水，"我看黎宁朋友圈里也没发过你——"

真是一点都不像是在恋爱的样子。

徐时樾偏头："……你现在下车怎么样？"

"别别别，我错了我错了！"于凡立马滑跪道歉。

黎宁这边倒是很幸运，刚出机场没多久就打到了车。

但因为有江远坐在旁边，黎宁也没敢联系徐时樾。

回到宿舍已经是下午了，黎宁放下行李，本来想联系徐时樾，但不巧却先接到了舅妈的电话。

舅妈家那边有个亲戚家的女孩正在准备燕大美院的校考，得知黎宁就是燕大美院的学姐,就想跟她咨询点情况。

舅妈打电话过来时,女孩就在旁边。

于是舅妈直接就把自己的手机给了女孩,让她们自己聊。

没办法,黎宁也只能和这个女生聊了一会儿,提了提自己知道的情况,也算是给她指导。

等到事情结束之后,外面天都快黑了。

黎宁暗道糟糕,拿起手机一看,果然看见徐时樾的对话框那边有几个未接的语音通话。

她本来想回复他,字都打了一半,又全部删掉,直接给他打了个电话过去。

电话响了两声才接通。

"喂?"他冷冷淡淡的声音随着电流声一起传过来。

冷淡的声音让黎宁怔了一下,她抿了抿唇,小心问道:"你是不是……生气了?"

"没有。"语气有些硬邦邦的。

"那……要不要一起吃晚饭呀?"黎宁眨了眨眼,手指不自觉地抠着桌面上的纸巾。

"下来吧。"电话里的人似乎叹了一口气。

黎宁愣了愣,反应过来:"你不会在楼下吧?"

说完,她连忙打开阳台门,身体微微探出栏杆,往楼下看去——

在傍晚稀薄的光线里,果然能隐约看见一个人影。

也不知道他等了多久。

黎宁心里头突然被一种莫名的情绪盈满。

"你等着,我马上下来!"黎宁飞快地对电话里的人说了句。

挂了电话,黎宁直接出了宿舍门,飞快地往楼下跑去。

她一口气跑出了宿舍楼,在他面前停下。

她跑得小脸通红,又气喘吁吁的,一时间竟然没能说出话来。

她仰头看向徐时樾,他英挺的眉眼浸润在薄淡的光线中,似乎带着几分冷意。

只见他垂下眼皮看向她,眉头皱了皱,正打算说些什么。

黎宁却误以为他还在生气,干脆一不做二不休,直接扑进了他的怀里,双手环住他劲瘦的腰,脑袋同时蹭了蹭,喘着气说:"对不起,对不起嘛!"

徐时樾的身体一僵,手指在她肩膀上停留了一瞬,下一秒却将她拉开。

这明显的拒绝,让黎宁直接蒙了,她抬起一双委屈巴巴的眼睛,正想说些什么,就见他一边解开自己的大衣,一边说:"你就穿这么点下来了?"

燕城和南城的气温相差极大。

在南城那边只需要穿一件薄外套就足够了,燕城这边还得穿大衣和羽绒服。

因为宿舍里有暖气，黎宁又着急忙慌地下来，也就忘了气温这回事，身上就穿了一件薄薄的毛衣。

现在被冷风一吹，立马就打了个寒战。

见徐时樾要把自己的大衣脱下来给她，黎宁抱着胳膊道："哎哎哎，不用了，我上去拿个外套就是……"

徐时樾动作没停，已经把大衣递了过去，语气坚持："先穿着。"

黎宁有些哭笑不得。

她没接，三两步踩上宿舍门的台阶，有些无语："男朋友，你还是自己穿上吧，我先上去了。"

傻不傻啊！非要弄得两个人都感冒是吧？

她并不想明天看到一个生病的男朋友呢！

徐时樾拿她没办法，见她已经站到了温暖的地方，便也没再坚持。

顶着宿舍大堂里坐着的宿管阿姨虎视眈眈的眼神，徐时樾止步在门外，想了想，把怀里的花递过去："顺便把这个也拿上去。"

语气有些嫌弃。

明明精心挑选的挺漂亮的一束花，但因为没送出去，看着就一直有点糟心。

黎宁眉眼弯弯地接过来，和他说："那你再等我一下哦！"说完，背影十分欢快地跑了。

回到宿舍，黎宁将花束放到桌上，又飞快地穿好外套，确认好没什么遗漏的了，这才又下了楼。

和徐时樾会合之后，两人也没跑远，直接去了宿舍楼附近的食堂吃晚饭。

因为提前返校，食堂里人不是很多。

两人打了饭后，便找了个位置坐下。

黎宁抬起眼皮看了他一眼，桌底下的鞋尖轻轻踢了踢他的鞋子："真不是故意不接你电话的。"

好像在用手机打电话时，微信打过来的语音会自动挂断，反正黎宁这边也没收到提示。

徐时樾闲闲地看了她一眼，"嗯"了一声。

"真的，我一回宿舍就想给你打电话，但我舅妈突然找我。"黎宁又说，"你别生气了。"

"我没生气。"他懒懒地开口。

"可是，"黎宁又觑了他一眼，"你的表情不像是没生气的样子。"

黎宁想了想，关心道："虽然你是男的，但经常生气好像也会得乳腺癌，你得注意点。"

徐时樾无奈。

本来真没怎么生气，这下倒是真被气笑了。

"好吧，我是有点生气。"徐时樾抱着胳膊往椅子上一靠，十分坦然地说，"但不是因为你没接我电话。"

黎宁终于想起在机场的事，试探道："那是因为江远？"

徐时樾不置可否。

"好吧，是我不对。"黎宁麻溜道歉，"那我不是怕……江远他揍你嘛！"

徐时樾无语。

她到底对自己有什么很深的误解？

"我现在就和他说一下。"

说完，黎宁拿起手机给江远发了条微信：没错，我和徐时樾在一起了。

发完，她又抬头看向徐时樾："你今晚应该不回宿舍住吧？"

黎宁担忧地看了他一眼，颇有些忧心忡忡地建议了一句："反正你这几天最好都别回去。"

徐时樾无奈地摇头。

吃完饭，两人在外面待了几个小时。

随后，徐时樾送黎宁回宿舍。

站在宿舍楼下的路灯下，两人对视一眼。

徐时樾眼里划过一丝不自然，突然开口："其实我现在还是有点不高兴。"

黎宁疑惑地看向他。

下一秒，又听见他接着说："不然你再哄哄我？"说完，张开了双臂，暗示的意味很明显。

黎宁反应过来，红着脸扑进他的怀里。

和前两次不太一样，之前的拥抱，大多带有道歉和讨好的目的，也都是一触即离，远没有现在这个拥抱来得真切。

黎宁被他圈在怀里，脸贴着他的胸膛，感觉整个人都被他的气息缠绕着，心脏好像也因为缺氧而"扑通扑通"跳个不停。

两人就这么安静地抱了一会儿。

"喂，可以了吗？"黎宁忍不住伸出手指戳了戳他的腰。

感觉到对方的胸腔震动了几下，耳边传来他低笑的声音："再抱一分钟。"

…………

又不知道多少个一分钟过去。

虽然提前返校的人不多，但宿舍楼底下也不是一个人都没有的！

黎宁羞耻心瞬间冒了头，见这人还不放手，推了推他："喂，男朋友，你可别太贪心了！"

徐时樾这才放了手,低头看了眼脸颊泛红的女朋友,忍不住闷笑了一声。

他这一笑,黎宁就更羞耻了。

她用鞋尖踢了他一下,转身就跃上宿舍楼大门前的台阶:"我上去了!"进去后,忍不住转身看了眼还站在外面的人。

少年散漫地站在路灯下,视线定定地落在她身上,眼神莫名让人心慌意乱。

黎宁一溜烟地跑了。

上楼梯时,兜里的手机响动了一下,她拿出来一看。

徐时樾:好好看路。

徐时樾:别跑。

黎宁合上手机,腹诽:就要跑就要跑!

虽是这样说,但她爬楼梯的脚步还是慢了下来,脑子里反复播放着刚刚两人的相处。

她忽地又有些懊恼,自己刚刚是不是太不矜持了……

不然怎么他一张开手,自己就扑过去了呢!

她双手轻轻拍了拍自己的脸,暗暗发誓——

下次,一定要矜持点!

黎宁顶着发烫的大脑,脚步发飘地推开宿舍门,明亮的灯光顺着门缝溜出来。

她记得自己出门前是关了灯的吧?

她疑惑地走进去,一抬眼,就撞上苏甜一双炯炯有神的眼睛。

"还以为你今天不回来呢。"黎宁故作淡定地关上门。

"和我妈吵架了,在家里待不下去了。"苏甜解释了一句,又说,"你猜我什么时候回来的?"

"什么时候?"虽是这样问,但黎宁心里却有种不好的预感。

果然,下一秒就听见苏甜调侃道:"就十分钟前哦,还在楼底下撞见一对小情侣。"

黎宁一愣。

"哇,我这么大一个人推着箱子走过去,竟然完全没被发现哎!"苏甜慢悠悠地说,眼神里满是打趣。

黎宁有些恼羞成怒:"啊啊啊,你快闭嘴。"

黎宁扑过去用胳膊卡住苏甜的脖子。

两人闹腾了一会儿,黎宁才回到自己的桌前。

桌上还摆着她之前拿过来的那一束花。

苏甜正好扭头过来看见,贼兮兮地说:"我给你转个帖子。"

话音刚落,黎宁手机里就弹出苏甜的消息。

帖子的标题是一个"心碎"的符号。

黎宁不明所以地点开一看,这才发现里面是一张偷拍照。

可能是因为距离隔得远,照片不算清晰,还是一个侧影。

只见照片里的人低头看着手机,身上线条锋利干净,看着有些冷峻,相当抓人眼球。

但黎宁一眼就认出来这是徐时樾。

评论往下一拉,果然也是如此。

△看见校草抱着花去找女朋友了,心碎。

△尊嘟假嘟?

△抱着花在女寝楼下,你说呢?

…………

好在校园论坛在局域网内,只能通过校内网才能进去。而这会儿还没正式开学,混论坛的人不算多。

饶是如此,黎宁还是看得有些不好意思,还有一丝微弱的不舒服。

感觉男朋友有点过分招蜂引蝶了。

正要退出,徐时樾的电话就打了过来。

顶着苏甜无比促狭的眼神,黎宁抿抿唇,干脆跑到阳台上去接。

"你到家了吗?"黎宁先开口。

"嗯。"电话那头的人应了一声,又问,"你在干吗?"

他这一问,黎宁就想起了刚刚看到的那个帖子,故意道:"没干什么,就逛了逛校园论坛。"

"刷到什么好玩的帖子了?"他顺着她的话说,那边隐约响起了敲击键盘的声音。

"有啊,"黎宁慢吞吞地说,"然后发现我男朋友在学校里真的好受欢迎啊。"

徐时樾那边似乎顿了一下。

黎宁变本加厉:"感觉都有点配不上你了呢。"

正好这会儿徐时樾也登上了校园论坛,他很快就找到了某个疑似帖子。

他挑了挑眉:"你这是……在吃醋?"

黎宁抿了抿唇:"真是想太多了你。"

一个帖子而已,犯不着吃醋。

就是有点不高兴,就那么一点而已!

"这样啊。"徐时樾语气里似乎有些遗憾,"正好我也有个事儿想问你。"

"哦,你说。"黎宁对着电话那头道。

"你朋友圈是不是把我屏蔽了?"他慢悠悠地问。

"我哪有屏蔽你?"根本没做过的事,黎宁当然立马否认。

"那你朋友圈怎么一片空白?"徐时樾语气有些意味深长。

"那你没看见下面有行仅三天可见的小字吗?"黎宁理直气壮。

"原来是这样,我还以为你把我屏蔽了呢。"他又说,"不然怎么连个男朋友的影子都看不到。"

后面这句话暗示得很明显。

见她不说话,徐时樾叹了一口气:"你知道吗?今天还有人问我是不是真的脱单了……"

听着好像确实有点惨,黎宁忍不住问:"那你怎么回答的?"

"你说我应该怎么回答啊,女朋友?"徐时樾尾音有些拖,莫名带了点撩拨的意味,"你教教我?"

黎宁呼吸一滞,眨了眨眼:"不和你说了,我要睡觉了。"

他那边轻笑了一声,虽然有些遗憾,但还是说了句:"好吧,晚安。"

黎宁红着脸挂了电话。

她拉开阳台门,重新回到宿舍。

伸手碰了碰桌上的花,黎宁不由得翘了翘嘴角。

既然某人都暗示得这么明显了,那不然就浅发一个吧?

其实要不是徐时樾提了提,黎宁完全没想到这事。她本就不是那种爱出风头的人,朋友圈发得也不算勤快,连自己的照片都没发过几次。

最近除了过年时发了条拜年的动态外,就没再发过其他的了。

想了想,黎宁对身后的苏甜说:"甜姐,帮我拍个照呗?"

"拍照干什么?"苏甜好奇地问。

"就发个朋友圈。"黎宁说。

苏甜眼珠子一转,反应过来:"官宣啊?我还奇怪呢,你脱单竟然都没发朋友圈!"

黎宁疑惑。

真有这么奇怪吗?

作为美术生,苏甜算得上是个拍照小能手。

听说黎宁想拍一张抱花的照片,很快就有了想法。

感觉宿舍里的背景有点杂乱,苏甜干脆就把人叫到了阳台,在外面昏沉的夜色中,一边指导着黎宁的动作,一边开着闪光灯拍了好几张。

拍好后,苏甜只简单调了个色,就相当有氛围感。

想了想,黎宁挑出几张照片发给徐时樾。

黎宁:哪张好看?

他回得倒挺快,但是重点有点偏。

徐时樾:都好看。

徐时樾：你在阳台就穿这么点？

黎宁：[省略号.jpg]

黎宁：我穿了毛衣好不好！

是有点冷，但就一会儿，还受得住。

懒得理这个不解风情的人，黎宁退出和他的对话框，开始编辑朋友圈。

不想太高调，她直接挑了一张没露脸的照片。

照片里的重点是那束鲜花，抱着花的黎宁只露出手和一丁点儿脖颈。

选好照片，想了想，她配了一行文字：认领一下！

随后，她直接将这条动态发送了出去。

发完没多久，就收到不少点赞和评论。

她笑着看了一会儿，突然又想到什么，去戳了戳徐时樾。

黎宁：你竟然还好意思说我！

黎宁：你朋友圈不也没发过我吗？

可恶，刚刚竟然完全被他牵着鼻子走了！

徐时樾：不然你再点开看看？

黎宁依言点进去，发现他果然更新了一条动态——

徐时樾：领到了。

下面同样配了一张她的照片，露脸的那种。

黎宁嘴唇不由得弯了弯，重新点进和他的对话框，开始打字。

黎宁：学人精。

黎宁的朋友圈发得不太明显。

大概只有同时加了她和徐时樾的人才能看得出来。

反正她这边的评论都是一片夸夸夸，顺便问怎么不露脸之类的。

徐时樾那边的评论她就不知道了。

正准备合上手机，黎宁突然想起了江远，心里有些奇怪他怎么这么安静。

她拿出手机一看，这才想起之前在食堂，她在微信上和江远坦白之后，很明智地把他的微信给设置了"消息免打扰"……

所以他给自己发过来的微信，全部没有提示。

她往手机屏幕上一看，果然看见江远头像上有个不起眼的红点。

黎宁点进去，发现他给自己发了挺多条消息，其中不乏大段大段的语音。

最新的一条消息是：你真行。

黎宁沉默片刻，选择继续装鸵鸟屏蔽他。

另一边。

徐时樾将黎宁发给他的照片全部妥善保管好，心情很好地回了几条朋友圈的评论。

见没有于凡的点赞评论信息，他特意将自己和黎宁挨在一起的朋友圈截了个屏，找到于凡的对话框发了过去。

刚打完一局游戏，才拿起手机的于凡无语。

谈恋爱的男人果然惹不起。

然后，他狗腿地回复了一句：哇，好配哦。

同一时刻。

男生宿舍里的江远有点不爽。

身为两人的共友，他当然看到了这两人发的朋友圈，于是很不爽地给徐时樾发了两条消息。

江远：狗东西。

江远：明天出来单挑。

徐时樾倒是回得很快：抱歉，女朋友不让见你。

江远气得咬牙。

第十章
亲 吻
ZHAOMI

黎宁发现自己还是有些低估了徐时樾的受欢迎程度。

他那天发的那条朋友圈不知道被谁给截了图,并且给传播了出去。

像黎宁的几个室友——没加过徐时樾的微信,都或多或少地有从各自的朋友那边看到了这张截图。

但这也就算了,毕竟黎宁是照片的主角。

黎宁以前和室友们出去玩的时候,会一起拍照什么的,虽然她自己懒得发朋友圈,但偶尔也会出现在室友们的朋友圈里。可能是因为长得比较有辨识度,那些认出黎宁的人,找她的室友们过来八卦几句也无可厚非。

但黎宁万万没想到,这事竟然还能传出燕大。

这天,谭清珂突然在微信上戳了戳黎宁。

谭清珂:宝,又幸福了!

谭清珂:[图片]

黎宁不用点开图片就已经沉默了。

原因无他,这几天已经看过太多次。

更离谱的是,谭清珂这张图不知道被转了多少次了,水印甚至都有些包浆了……

谭清珂:这破图有点糊,但我还是能认出我宝的盛世美颜!

黎宁之前就有和谭清珂说过自己和徐时樾在一起的事。

黎宁：[？.jpg]

黎宁：这都传到你们南城了？

谭清珂大学就在南城本地念的。

谭清珂：不止哦！

谭清珂：你是真不知道你男朋友在我们南城多出名啊。

谭清珂：像我这种和他不是一个学校的都知道了。

谭清珂：我估计他们高中那边都传疯了吧。

黎宁一怔。

谭清珂：[？.jpg]

谭清珂：你人呢？

黎宁艰难打字。

黎宁：我在想——

黎宁：现在分手还来不来得及……

谭清珂：哈哈哈哈哈哈哈哈哈！

谭清珂：你都不知道有多少女孩羡慕你！

谭清珂：高中那会儿暗恋徐时樾的人真的超级多！

谭清珂：啊啊啊啊啊啊，没想到竟然被我闺密给搞到手了！

谭清珂：[小人叉腰.jpg]

马上要正式开学了，学校里的人渐渐多了起来。黎宁更加体会到，落在她身上的视线，简直肉眼可见地增多。

特别是和徐时樾走在一起的时候，简直了……

黎宁这学期的课还挺多，从周一到周五，每天至少都有两门课要上。

开学第一天，徐时樾就主动给黎宁发了他的课表。

黎宁看了看，沉默："为什么你的课比我要少？"

"……这个是重点吗？"徐时樾叹了口气，"你难道就没发现我们的空闲时间基本上都有冲突吗？"

黎宁又一看，还真是。

基本上她有课的时候，徐时樾也有课。周一到周五，除了有两个晚上，白天基本上凑不出几个两人都有空的时间。

不过她记得上学期好像也差不多是这样。

但这也很正常，本来正常上课的话，一周空闲的时间也不多，再取两个人的交集的话，那就更少了。

"你知道这意味着什么吗？"黎宁想了想说。

"意味着什么?"徐时樾挑眉看她。

"意味着我们专业可能有点八字不合。"黎宁暗示道。

顶着他看过来的视线,她还是把那句"所以最近应该少见点面"给吞了回去。

"我怎么觉得你还挺高兴的?"徐时樾似笑非笑地睨她一眼。

"怎么会呢!"黎宁干笑两声。

好吧,其实确实有悄悄松一口气。

主要是每次和徐时樾走在学校里就超级不自在,总有一种被人盯着谈恋爱的感觉,就还挺可怕的。

"你等会儿不是还有课吗?"黎宁赶紧转移话题,"时间也差不多了,快去上课吧。"

徐时樾一愣。

一眨眼,开学第一周即将过半。

周四这天晚上,苏甜和曾琪结伴吃完晚饭回来。见到窝在宿舍里的黎宁,苏甜有些纳闷道:"什么情况,你竟然又在宿舍?"

黎宁无奈。

这个"又"字用得就很灵性。

"我难道不该在宿舍吗?"黎宁眨眨眼。

"你这谈了恋爱,怎么和没谈没什么区别?"苏甜好奇地道,"正常情况下,你这会儿应该不在宿舍的。"

而是像学校里大部分的小情侣一样,食堂吃饭腻歪一会儿,操场散步腻歪一会儿,宿舍楼下又腻歪一会儿。哪像黎宁,竟然比她们回来得还早,这简直不科学。

"哦,徐时樾他今晚有课。"黎宁道。

"那前几天呢?"苏甜又问。

"你也可以陪他一起上课啊,多浪漫啊!"曾琪插话道。

"……好吧,你刚刚也说了,是正常情况下。"黎宁诚实道,"我这几天其实是在避风头。"

黎宁简单讲了讲自己的担忧。

结果这两人非但不同情她,还在一旁差点笑岔了气。

黎宁无语。

她真的觉得有点困扰啊!

光是发个朋友圈就不知道传到哪里去了,要是继续在学校腻歪被人撞见的话，说不定也会被偷拍……

　　黎宁并不是那种喜欢万众瞩目的女孩，也并不是很想出现在学校论坛和其他陌生人的朋友圈里，所以这段时间还是低调点吧。

　　翌日周五，黎宁有一节专业课早八。
　　她昨天晚上和徐时樾聊得有点晚，早上还是被室友给拖着起来的。
　　黎宁从教室后门进的时候，还迷迷糊糊的，直到被旁边的苏甜用胳膊肘捅了捅，接着顺着她的视线看到前方某个后脑勺时，整个人才立马清醒过来。
　　谁能告诉她——
　　为什么徐时樾会出现在这里啊？
　　他在外人面前，倒还是一副冷淡自持的样子。
　　他转头看到她时，扬眉，朝她勾了勾手。
　　你招狗呢？
　　黎宁内心吐槽了一句，赶紧在他旁边坐下。
　　"你怎么来了？"黎宁小声问。
　　昨晚聊天时，也没听他说要来啊！
　　"过来陪你上课啊。"他懒散地往椅子上一靠。
　　黎宁无奈。
　　忘记了这人这学期根本没有早八！
　　"吃早饭了吗？"他又问。
　　黎宁摇了摇头，早八还能提前吃早餐的，简直是神人。
　　刚说完，他就递过来一个纸袋，表面温温热热的："等会儿课间吃。"
　　黎宁正要说什么，就又听见他说："上课了，你认真听课。"
　　好吧。
　　然后，这人就抽出了一本书，开始看了起来。
　　全英文的专业书，看着就让人头大。
　　黎宁移开视线，也开始听起课来。
　　然而桌上的手机疯狂振动，涌进来不少关系还不错的同学发过来的调侃消息，甚至还有人发了朋友圈：老师我要举报，一大早就有人在教室虐狗！
　　底下一大片心照不宣的调侃评论。
　　黎宁叹气。
　　就知道会这样！
　　她视线往前扫了一眼，果然看见前面不少人正低头按着手机。
　　黎宁目光幽怨地看向徐时樾。

可能是她视线的存在感太过强烈，徐时樾抬眼看了她一眼。

两人对视几秒。

不好直接在课堂上说话，黎宁用手指了指微信，然后开始低头编辑文字。

黎宁：你是不是故意的？

徐时樾：［？.jpg］

黎宁：干吗突然来这里？

徐时樾：你自己算算这星期我们相处了多久？

开学快一周了，他们也就晚上没课的时候约着吃饭碰个面。

每次待在一起的时间也不长，基本上吃完她就要回宿舍了，在宿舍楼下更不会和他久待。

黎宁突然心虚下来。

黎宁：你等会儿不是有堂课吗？课间十分钟会不会来不及？

黎宁一整个上午都在美院院楼上课，而徐时樾的上课教室在信息科技大楼，两幢院楼隔了一段距离，再加上上楼下楼找教室的时间，可能会来不及。

徐时樾：这节课下了就走。

黎宁瞥了他一眼。

只见他将手机放回了桌面，没再看她。

薄薄的眼皮垂下，薄唇轻抿，侧脸轮廓显得有几分冷峻。

很快，四十五分钟过去，课间休息的铃声敲响。

徐时樾合上书，站起来，说了一句："我走了。"

黎宁抿抿唇："嗯。"

他也没再说什么，只深深看了她一眼，便大步从后门离开。

他一走，黎宁就在桌上趴了下来，神情有些怏怏的，心里有点儿烦。

具体烦什么也说不上来，反正就是觉得闷闷的。

苏甜扑过来："校草怎么走了啊！"

"我想一个人静静。"黎宁有气无力地说。

其实她能隐约感觉到，徐时樾离开时有点不高兴……

黎宁拿出手机看了眼刚才两人的聊天记录，发现自己的语气确实有点儿恶劣？

但她其实并没有什么别的意思。

又瞥见桌洞里的早餐，黎宁更烦了。

她点开和徐时樾的对话框，想说点什么，又不知道该怎么说才好。

一天就这么过去。

两人只在微信上聊了几句诸如"吃饭了吗""下课了吗"此类的废话。

下午上完课后,黎宁想了想,主动约徐时樾。

黎宁:一起吃晚饭吗?

徐时樾:嗯。

可能是因为早上的事,两人都有些沉默。

黎宁也不知道该说什么才好。

在食堂吃完饭后,徐时樾主动说:"走吧,送你回宿舍。"

黎宁站起来。

两人并肩往宿舍楼走去,隔着的距离不远不近,很快就走到了宿舍楼下。

黎宁瞥了他一眼,有点看不懂他脸上的神情。

"那我就先上去了?"黎宁抿唇说。

徐时樾垂眸看着她,深深叹了一口气,突然开口:"明天有没有空?"

"嗯?"

"不是怕在学校被撞见嘛,"他抿抿唇,语气中似有几分妥协,"那就出去跟我约个会。"

黎宁这几天的别扭,徐时樾多少也能看出来点。

被人时刻关注着一举一动,确实会不舒服。

徐时樾自己是向来不太在意别人的看法的,奈何女朋友脸皮太薄。

就算是谈恋爱,两个人也应该有一些自己的私人空间,这个道理徐时樾明白,但这私人空间会不会有点太多了?

他早上去陪她上课也没想做什么,就只是想多跟她待一会儿,没想到她反应还挺大。

要说一点儿都没被打击到,那肯定是假话,不过两人也才刚谈恋爱,有点摩擦也正常。

没办法,自己的女朋友,还能怎么办?

只能宠着呗。

好不容易才追到的,肯定不能因为这么点小事就把人给吓跑了吧?

看着黎宁上了楼,徐时樾才转身离开。

徐时樾没去校外的房子,而是往男生宿舍的方向走去。

开学后,他又搬回了宿舍住,原因无他,男生宿舍离女朋友近一点儿。

推开门后,三个室友倒是都在。

三人正准备一起打游戏,见到徐时樾回来,作为宿舍的黏合剂,姚俊飞立马开口吆喝道:"徐时樾,一起吗?"

旁边的江远瞥了他一眼，倒也没吭声。

到底是成年人了，江远虽然总是鼻子不是鼻子，眼睛不是眼睛，一副看徐时樾不顺眼的样子，但自从徐时樾搬回来后，倒也没故意找他什么麻烦。

徐时樾倒是有心修复和江远的关系，但对方一直不怎么买账。

两人关系不冷不热的，徐时樾也有些无奈。

面对姚俊飞的邀请，徐时樾摸摸鼻子，没拒绝他的好意："等会儿。"

在微信上和黎宁说了声，他才登录游戏账号，说了一句："来吧。"

另一边。

黎宁这会儿正在一边画图，一边和室友们聊天。

谁能想到开学第一周，就有这么多作业。为了空出时间和男朋友约会，黎宁决定先把作业给画完。

放在桌上的手机适时亮了下。

黎宁本来以为是徐时樾，拿起来一看才发现是江远。

江远发过来一张截图。

黎宁看了眼，发现是一张游戏记录的截图。

江远：连女朋友都不陪。

江远：还在这儿打游戏。

江远：我看你还是早点分了算了。

黎宁：这战绩是不是还挺厉害的？

江远：［？.jpg］

江远：重点是这个？

黎宁：他跟我说过了啊。

黎宁：我们明天出去约会。

暗戳戳挑拨，结果失败的江远心塞。

江远：不准出去过夜！

江远：不然腿打断。

黎宁无语。

什么过夜不过夜的！他们现在明明还很纯洁的好吗？

翌日早上。

黎宁醒了之后赖了一会儿床，才突然想到昨晚和徐时樾约好了一起出去玩。

她睁开眼睛看了眼时间，看到上面的数字显示早上九点钟，放下心来。

他们并没约好具体几点出发。

黎宁正准备联系徐时樾，就发现他一个小时前就给自己发了条消息。

徐时樾：醒了没？

黎宁看完，爬下床，到阳台给他拨了个电话过去。

"醒了？"他低沉悦耳的声音传过来。

"刚醒。"黎宁打了个哈欠，"我们什么时候出去？"

"你收拾好给我发个消息就行。"他说，"饿不饿，要不要先去给你买点吃的？"

"不然你在食堂等我好了。"黎宁想了想说，"我这边估计需要半个小时。"

"行。"徐时樾答应道。

挂了电话后，黎宁便开始洗漱换衣服。

虽然在他面前素颜很多次了，但毕竟第一次正式约会嘛，黎宁想了想，还是摸出化妆品，给自己化了个妆。

化了一半，她又开始纠结起来——

会不会显得太刻意了。

正好苏甜从床上爬下来，黎宁问她："你说我到底要不要化妆？"

苏甜凑过去道："放轻松，以我的了解，对于直男来说，只要你不涂一个大红色口红，他们根本都不知道你化了妆。"

感觉好有道理的样子。

就这么一耽搁，一个小时过去了。

黎宁出门时已经十点了，她颇有些心虚地给徐时樾发消息。

黎宁：我下楼了。

黎宁：马上就去食堂。

徐时樾：不急。

但也没敢真让他等太久，黎宁出了宿舍楼，就急匆匆地往食堂赶去。

从侧门进去时，黎宁正要看徐时樾坐在哪里，突然一个声音叫住了她："黎宁？"

黎宁循声望过去，就见到面前站了个有点眼熟的男生。

男生挠挠头，朝她笑了笑："不会忘了我是谁吧？"

在脑子里搜索了一番，黎宁将面前这人和一个名字对上了号："辛明杰？"

辛明杰哈哈一笑："还好没忘记我。"

黎宁也不由得一笑。

"听说你现在有男朋友了？"辛明杰想了想又说，"就是之前和我换课要追的那个？"

"啊，对。"黎宁应了声，心里有些打鼓，"那个，我男朋友在等我了。"

"哦,那你去吧。"辛明杰笑了笑,语气有些失落。

"那我就先走了。"黎宁朝他点点头。

跟人告别后,黎宁继续往食堂里走,还没挪出去两步,就对上了徐时樾的视线。

他正懒散地坐在一张桌子后,距离跟她不远不近,神色有些莫名。

黎宁心虚。

她若无其事地走过去,在他对面坐下:"等很久了吗?"

"不久。"徐时樾状似随意般开口,"刚刚那人认识?我看你们聊得还挺开心的。"

"……算认识吧,他人还挺好的。"黎宁解释了一句。

"你怎么知道他人好,你跟他很熟?"他一边说,一边将买好的早餐给她推过去。

黎宁无语。

见她不说话,徐时樾扯了下嘴角,散漫道:"所以在学校里,就跟我一个人避嫌是吧?"

也别光说他了,女朋友招蜂引蝶的本事也不小,同为男人,他能看不出来刚刚那男生的眼神?

喝了一口徐时樾买的豆浆,黎宁慢吞吞地说:"说起来,那人跟你还有些关系。"

徐时樾挑了挑眉,一副"我怎么不知道"的表情。

"还记得上学期《法学导论》那门课吧?"黎宁瞥他一眼,"那门课就是他跟我换的。"

半晌,他神色收敛了些:"……那他人确实还挺好的。"

黎宁无语。

吃完早饭,两人坐着学校里的摆渡车去校门口。

今天天气很好,初春来临,树枝隐约抽出丁点儿绿芽,连阳光也带上了点生涩的暖意。

出了校门,两人慢慢走去地铁站。

"我们等会儿要去哪儿?"黎宁想起来问。

"跟着我走就是。"徐时樾轻笑道。

过了一会儿,他又停下脚步,突然开口:"现在出校门了。"

"嗯?"黎宁没明白他的意思。

"就想问你能不能牵个手?"他很自然地问。

黎宁：……这种问题为什么要问出来？

"行吗？"见她不回答，他微微弯下腰，凑过来问。

黎宁忍不住别开脸："随你。"

"这不是怕你不高兴嘛。"徐时樾坦然地说。

开学这一周以来，在学校里他们别说拥抱了，连手都没牵过。

"没有不高兴。"黎宁眨了眨眼，"就是……有点不习惯。"

说着，她主动伸出右手。

"嗯。"徐时樾应了一声，左手很自然地握住她的手。

清晰地感觉到他手指的温度，黎宁还有些不习惯，手指忍不住动了动，但却被他加大几分力道给攥住。

直到见她不再挣扎，他指骨修长的手指又一点一点滑入她细细的指缝，十指相扣。

"牵紧点，别走丢了。"徐时樾若无其事地说，嘴角牵起一抹弧度。

"哦。"黎宁嘴角往下压了压。

周末的地铁站人还挺多。

徐时樾没告诉她去哪儿，黎宁只好紧紧跟在他身边。

出了地铁站，又往前走了一段路，黎宁才发现他带自己来的竟然是美术馆。

"你怎么知道我想看这个画展？"黎宁有些惊讶。

"之前看见你朋友圈发过。"徐时樾说。

黎宁想起来了，自己去年十二月份的时候，好像是往朋友圈里转了一条推送。

"都过了这么久了你竟然还记得？"黎宁忍不住看他一眼，说实话，她自己都快忘了这件事。

"没办法。"他叹了一口气，"关于你的事，我记忆力一向比较好。"

这人脸皮一如既往地厚。

但她嘴角却忍不住有些上扬。

"快进去吧。"她挽住他的手，直接把人拉进去。

这个画展布置得很漂亮，里面展览的是黎宁很喜欢的一位国外艺术家的作品。

相较于这些作品在网络上的图片，面前陈列的作品本体更加让人震撼，一进去，黎宁就被吸引住了。

津津有味地看了一会儿，注意到旁边的徐时樾，黎宁问了句："你会不会觉得很无聊啊？"

"有你在旁边，"他笑着说，"怎么会无聊？"

真是够了!这种话为什么他总是能随口就说出来啊!

相比起来,自己脸皮可真是太薄了!

"要不我给你介绍介绍吧。"黎宁主动说。

"行啊。"徐时樾应道。

黎宁把徐时樾拉到一幅画前,开始给他介绍。

因为不想打扰到其他看展的人,黎宁都是凑过去小声和他说。

徐时樾微弯着头,听着耳边女孩轻声细语的声音,距离隔得近,他甚至能闻到她发丝若有似无的香味。

视线再往下,落到黎宁的脸上。

只见她正一边看着墙上的画,一边和他说话。她睫毛卷翘,双眼干净明亮,一张一合的嘴唇水润饱满。

徐时樾垂下眼。

本来确实有点无聊,现在突然觉得一点儿都不无聊了,并且心里默默把逛展这一活动,加入以后约会的常驻项目。

黎宁和旁边人说了半天,也没见他有所回应,不由得扭头看他,结果就见他正盯着自己看,眼神有些炙热。

"你到底有没有在听啊!"黎宁有些恼。

"在听啊。"徐时樾轻笑了一声,顺便重复了一遍她刚刚介绍的最后两句话。

黎宁无语。

这人绝对是那种上课开小差也不会被抓住的人吧!

"算了。"黎宁吐出一口气,"其实看画也没太多的讲究,这就是一种传递情绪的艺术表达,反正每个人的感受都有点儿不同。"

"知道了,黎老师。"他慢悠悠地说。

"你正经一点!"黎宁忍不住轻轻踢了一下他的鞋子。

两人在画展待了几个小时,出来时已经快下午两点了,就在附近商圈找了个餐厅一起吃了个午饭。

吃完出来,两人准备在附近逛一逛。

正等电梯下楼时,黎宁突然被徐时樾搂着肩膀往旁边一带。

"怎么了?"黎宁有些蒙。

"刚看到几个同学朝我们这边走过来了。"他说。

看了眼旁边开着门的安全通道,他偏头看向她:"进去躲躲?"

黎宁一怔。

倒也不必如此。

但她还没来得及说话,就被他给拉了进去。

这人顺手还把门给关了。

安全通道的楼梯间里没有窗户，空气也有些沉闷，铁门的隔音效果不错，外面的熙熙攘攘变成了有些模糊的噪声。

两人就这么安静地待了一会儿。

楼梯间里的人体感应灯突然熄灭，整个空间陷入一片黑暗。

黎宁抓住他的手臂，故作镇定地道："他们应该走了吧？"

"也可能没有。"

"……我怀疑你骗我，外面可能根本没什么人。"黎宁抿了抿唇。

"骗你干什么？"徐时樾轻笑了一声。

"谁知道你要做什么坏事呢？"黎宁嘟囔一声。

话音刚落，她就感觉到他的脸突然凑近。

灼热的呼吸喷洒在她的脸上，后脖颈也被他的手给轻轻按住，拇指还在她颈侧轻轻地摩挲了一下。

黎宁的后背从脖颈一路发麻到尾椎骨。

"那你说说，"他声音带上了点儿气音，"我想干什么坏事？"

她感觉自己整个人都被圈在了他的怀里。

黑暗中，他准确无误地抓住她的手，一根根把玩着她的手指。

最后，他的手指滑入她的指缝。

右手被抬起来，一个温热的吻落在她的手背上。

"想亲你算不算什么坏事？"他声音带了点诱哄地问。

黎宁感觉自己整个手臂都要麻了，她怀疑徐时樾这人就是故意的。

都是第一次谈恋爱，不能完全被他给压制住！黎宁一时好胜心起，决定扳回一局。

楼梯间里的灯还没亮。

只余挂在墙上的"安全出口"牌发出的幽幽绿光。

黎宁眼睛早已适应了黑暗，她抬眼望向面前人的轮廓。

镇定下来，她深吸一口气，嘴唇默默吐出两个字："就这？"

徐时樾一愣。

怎么感觉从她的语气里听出了几分嫌弃？原本还有些担心自己的行为是不是过于轻佻了。毕竟把人拉到楼梯间里，要说一点别的心思都没有，那肯定是不可能的，还有点怕吓着她。

但现在看来，怎么感觉她适应得还挺好的？

徐时樾不由得失笑。

他捏了捏她柔软的手指，嘴唇也贴近她的耳朵，低声道："那亲别的地方可以吗?"

说完,他抬起手,指腹轻轻摩挲了一下她的唇瓣。

黎宁的身体一下子僵硬起来。

徐时樾瞬间了然——

原来是在虚张声势啊,她怎么能这么可爱。

黎宁觉得有些折磨,她忍不住屈起腿,用膝盖顶了顶他的腿:"你能不能,不要再说话了!"

徐时樾闷笑起来,将头凑过去,两人呼吸瞬间交织在一起。

空气变得异常灼热起来。

黎宁忍不住闭上眼。

突然,旁边的铁门一动,发出"吱呀"一声刺耳的响声。

两人俱是一愣。

下一秒,门就被推开,伴随着清洁阿姨纳闷的声音:"哎哟,谁把门给关了啊?"

徐时樾和黎宁一僵。

原本暧昧的气氛瞬间被冲淡。

在门被彻底打开之前,徐时樾终于反应过来,拉着黎宁的手往下一层跑去。

拐过弯时,还听见楼上的清洁阿姨嘀咕了一声:"啧啧啧,现在的年轻人啊!"

两人手牵手从楼下的安全通道里出来,表情都有些不自然。

一时间谁都没开口说话。

黎宁想起刚刚的事情,突然"扑哧"一声笑了起来。

徐时樾身体一顿,偏过头看向她,眼神里有点儿无奈。

难得看到他吃瘪的样子,黎宁更加忍不住了,开始大声笑了起来。

一双眼亮晶晶的,眼泪都快要笑出来了。

徐时樾唇线绷直:"就这么好笑?"

"哈哈哈,对、对啊!"黎宁捂着肚子道。

徐时樾上前一步,忍不住捏了捏她的脸:"给我个面子,别笑了,好吗?"

黎宁笑倒在他怀里:"那、那你让我缓缓——"

过了几分钟,黎宁才终于止住笑。

她用手擦了擦眼角的泪花,刚要从他怀里退出来,突然视线一顿。

她伸出一只手,摸了摸徐时樾的耳朵,似是发现了什么新大陆:"徐时樾,你耳朵是不是红了?"

徐时樾一愣。

他伸手捉住某只不安分的手:"你老实点儿。"

"好像更红了耶。"黎宁不怕死地继续说。

"再说,信不信我直接在这儿亲你?"他威胁道。

他们现在正站在一个拐角处,偶尔才有人经过。

黎宁才不怕,甚至还仰了仰头:"那你亲啊!"

沉默两秒,徐时樾黑着脸把人给拽走了。

下午,两人在附近逛逛玩玩。

最后,他们又决定去吃个晚饭。

正值晚餐高峰期,过来吃饭的人多得出奇,每家店门口都排着人,他们挑了个看着速度比较快的店,差不多也排了半个小时才吃上饭。

已经快晚上八点了,江远给黎宁发了条消息。

江远:回来了没?

黎宁一怔。

她将手机屏幕往下一扣,懒得搭理他。

结果过了一会儿,徐时樾的手机响起,有人打电话过来。

黎宁一看,来电显示赫然写着"江远"两个字。

徐时樾挑了下眉:"你弟的电话?"

"可能是找我的。"黎宁从他手里将手机拿过来。

想了想,她又问了句:"可以吗?"

"可以。"徐时樾无所谓地笑了笑。

黎宁怕挂了电话江远重新打过来,想了想还是接了,低声和电话那头说了声:"你干吗?"

电话那头的江远沉默了一下,随后才冷笑着开口:"你们两个果然还在一起。"

"在吃饭呢大哥!"黎宁有点无语。

"吃完饭早点回学校。"江远欠揍的声音传来,"我会再打电话的。"

黎宁:"……行行行。"

匆匆说了几句,黎宁就挂了电话。

将手机还给徐时樾时,他正似笑非笑地看着她。

"他还挺关心你的?"他顺便握住她的手。

"他比较爱操心。"黎宁随便应了一句。

吃完晚饭出来后,黎宁忍不住打了个哈欠:"现在去哪儿?"

"回学校吧。"徐时樾说。

"好啊。"黎宁没什么意见,正好她也有些困了。

然而下一秒,就又听见他说:"不然我怕江远过来追杀我。"

黎宁无语。

"怎么办,压力有点大。"他又说。

黎宁翻了个白眼。

回去时,两人研究了一下线路,最终决定坐公交车回去。

主要是因为学校附近的那个地铁站点距离宿舍还挺远的,而公交车能在距离宿舍很近的那个校门口附近停车。

还有一个原因是,黎宁想和徐时樾一起坐公交车,就感觉和喜欢的人一起坐公交车还挺浪漫的。

两人在公交车站等了一会儿,很快,他们要乘坐的那趟车缓缓驶了过来。

车上人不多,还有挺多空位,两人在后排寻了两个座位坐下。

车里灯光昏沉,偶有大片暖黄色的路灯照进来,在他们脸上跳跃。

感觉夜色里整个城市都好像从他们的身边摇摇晃晃地路过。

黎宁偏头看向徐时樾轮廓分明的侧脸,心情莫名很好。

两人的手依旧牵着。

十指相扣的手,就这么搭在他屈起的长腿上。

黎宁一直觉得徐时樾的手很好看,手掌温暖宽厚,指节修长,手背上青筋隐现,牵住她的时候沉稳有力,特别有安全感。

两人有一搭没一搭地说着话。

徐时樾察觉到她有些走神,捏了捏她的手指:"怎么了?"

黎宁抿抿唇:"没什么。"

就是发现,她真的好喜欢身边这个人啊!

公交车开得很慢,黎宁不知不觉靠着徐时樾的肩膀睡了过去。

直到快要到站时,黎宁才被他摇醒。

睁开眼,黎宁跟着徐时樾一起下了车。

可能是眯了十几分钟,原本的困意消散,她整个人又满血复活了。

这个校门口人不多,但下了公交车后,徐时樾还是主动放开了黎宁的手。

黎宁莫名觉得有些失落,想了想,她上前主动牵上了他的手。

徐时樾眉梢一挑:"不怕被人看见了?"

路灯下,女孩的眉眼柔软,仰着头看向他:"因为我突然想通了。"

反正大家都知道他们在谈恋爱了，刻意保持距离什么的，好像反而更加欲盖弥彰，还不如大大方方的，没必要太在意别人的看法。

"而且，我也不想让你不高兴。"黎宁摇了摇他的手，软声道。

徐时樾垂眼看她，感觉心脏也变得躁动起来。

他喉结上下滑动了一下，突然将她抱住。

黎宁先是一愣，随后也伸手环住他的腰。

就这么抱了一会儿，正当黎宁以为徐时樾会做点什么的时候，他却松开了她，伸手揉了揉她的头发，重新牵起她的手："走吧。"

"哦。"黎宁眨了眨眼，心里莫名有些失望。

两人牵着手，不紧不慢地往宿舍区走去。

很快就到了黎宁宿舍楼的楼下。

徐时樾停下脚步，垂眼看她："上去吧，早点休息。"

真就这么让她走了？

黎宁叹了一口气，四下望了望，将他拉到一处路灯没怎么照射到的，光线昏暗的角落。

徐时樾饶有兴致地看着她。

随后，她踮起脚，勾住他的脖子，在他的唇上轻轻地啄了一下。

"下次别那么磨蹭了！"黎宁亲完就跑。

徐时樾懒散地站在原地，看着她跑走的背影，笑了笑，又忍不住碰了碰自己的嘴唇。

下一秒，黎宁的手机就弹过来一条消息。

徐时樾：下次你可以亲大力点。

黎宁在楼梯上看到了这条消息。

她翘了翘嘴角，回复了一句：那你就慢慢等着吧。

本就是一句玩笑话，没想到结果竟然一语成谶。

锁上手机，黎宁心情很好地回了宿舍。

三个室友这会儿都在，见到黎宁回来，俱是用打趣的视线看向她："约会回来了啊？"

"对啊。"黎宁笑眯眯地走到自己的椅子前坐下。

见她这样回答，苏甜三人对视偷笑一下。

黎宁扫了眼她们三个，疑惑地道："干吗？你们三个，怎么奇奇怪怪的？"

最后还是李晓佳清了清嗓子，说："咳咳，你知道我们宿舍阳台可以看到楼下的对吧？"

黎宁一愣。

"然后刚刚呢,我们三个正好在阳台上看夜景。"苏甜接着道。

"哇,宁姐,凶猛哦!"曾琪最后补了一句。

黎宁捂脸。

担心的事情还是发生了!但除了有点尴尬,好像也还行?

反正像这种事情,自己表现得越在意,对方反而更起劲。

"好了,知道了。"黎宁面色平静道,"下次会找个你们看不到的地方的。"

苏甜三人先是愣了两秒,随后爆笑出声。

"哈哈哈,你变了,你不再是那个低调的你了!"

"不行,我要笑死了——"

"别笑了,天花板都要被你们笑塌了。"黎宁撑着脑袋有些无语道。

"咳咳咳——"曾琪笑着笑着,突然爆发出一串咳嗽声。

只见她捂着脖子,一张脸咳得通红,却还是停不下来的样子。

看着有点吓人。

其他三人止住笑,关心道:"啊啊啊,你没事吧?"

曾琪摆了摆手,依旧咳个不停:"可能是有点感冒了,你们还是离我远点吧。"

黎宁给她递过去一杯温水:"先喝口水吧。"

"我这里好像有感冒药,你要不要吃一点?"黎宁想了想,又从柜子里翻出之前从校医院买的药,"也不知道过没过期。"

药还是上学期买的。

那天买完药出来时,黎宁正好碰见徐时樾,顺便加了他的微信。正所谓人逢喜事精神爽,当下身体也没不舒服了,那包药就这么扔进了柜子里,也没吃过。

李晓佳帮着拿了几样感冒可以吃的药,给曾琪递过去:"哎,最近刚好停暖,结果又遇上倒春寒,确实容易生病。"

经过这么一打岔,几人也聊起了其他的事。

洗漱完之后,黎宁躺上床。

她睡前和徐时樾聊了一会儿天,不知不觉地睡了过去。

翌日一早睁开眼,黎宁就觉得不对劲——

头晕、鼻塞,喉咙还有些轻微的不适。

黎宁一愣。

不会吧!

躺在床上怀疑了几秒人生,黎宁觉得一定是她起床的姿势不对,于是重新闭上眼睛,怀揣着睡觉治百病的美好愿望,强行给自己治病。

她迷迷糊糊又躺了几个小时，好像也没怎么睡着，脑袋变得更昏沉了。

听见床铺下面的动静，黎宁只能挣扎着坐起身，有气无力地撩开床帘。

李晓佳和苏甜都出门去了，只有曾琪一个人在下面一边吃零食，一边追剧。

"曾琪——"黎宁叫了她一声，声音沙哑得吓人。

曾琪看剧的声音不大，听见黎宁的声音后，很快转过头来："咦，你还在宿舍啊？"

话一说完，她又瞥见黎宁苍白的脸色，关心道："你怎么了，生病了？"

"我可能也得吃点感冒药了。"黎宁有气无力地点点头，又问了她一句，"你怎么样，还好吗？"

"我还好，一觉醒来啥事都没有。"曾琪一边说，一边将自己桌上的药拿过来，"你得先吃点东西再吃药，我这儿有面包和牛奶，你要不要吃一点？"

黎宁挣扎着爬下床。

她勉强吃了点东西，又把药给吃了后，才重新回到床上，拿起手机一看，竟然已经中午了。

手机里躺着徐时樾的几条未读消息。

他估计以为她还睡着，基本上隔一个小时就问她醒了没。

黎宁可怜兮兮地回了句：感冒了。

消息发出去没多久，他就直接弹了个视频过来。

黎宁犹豫了一秒，还是按下了接听键。

她头靠在枕头上看着手机里的人。

他人应该是在实验室的走廊里，身后的白墙衬得他整个人干净利落，只不过眉头微微紧锁。

"怎么突然就生病了？"徐时樾看着她问，"难受吗？"

"有点头晕。"黎宁有气无力地说。

"吃药了没？我买点药给你送过去。"

"不用，吃了点感冒药。"

两人聊了几句，黎宁以说话嗓子疼为由，挂断了视频。

徐时樾有些不放心她，又在微信上问了她室友的联系方式。

可能是感冒药开始起效，黎宁很快犯起困来。

不知道过了多久，她才被曾琪推醒："黎宁，怎么样了？"

黎宁睁开眼，声音嘶哑得厉害："怎么了？"

"先下来吃点东西吧。"曾琪道。

"不太想吃。"黎宁恹恹地道。

"吃点东西才能好得快一点。"曾琪劝她，"我都帮你拿上来了。"

不忍辜负室友的好意，黎宁只好爬下床。

这才发现，她桌上放了打包好的食物，另外还有一包药。

"谢谢你啊，曾琪。"黎宁有些感动，道了一声谢。

"不客气。"曾琪笑了笑，"我也只是下楼一趟，这些都是你男朋友买来的。"

徐时樾还特意给她们宿舍其他三人点了吃的，拜托她们多照顾照顾黎宁的情况。

黎宁打开包装袋，发现里面是一碗砂锅粥，还有一盅汤，是很适合生病的人吃的食物。

黎宁想了想，拍了个照片，发给徐时樾。

黎宁：在吃了。

徐时樾：吃完好好休息。

黎宁属于那种平时不轻易生病，但只要一生病，就会比较严重的体质。

本来以为只是个普通的感冒，结果到了晚上，她竟然开始发起了低烧，还好徐时樾带来的药品里面放了一支温度计。

确认发烧之后，黎宁又吃了点退烧药。

然而情况一直时好时坏，烧也一直没完全退下去，周一上课的时候，她整个人昏昏沉沉难受得要命。

下午上完最后一节课，拖着沉重的脚步和室友们走出院楼时，黎宁发现徐时樾竟然站在外面。

见他朝自己走过来，黎宁眨眨眼，脑子里第一个冒出来的念头竟然是："你不是还有课吗？"

"翘了。"徐时樾面色平静地说。

说完，他又垂眸看向黎宁，见她脸色潮红，忍不住皱了皱眉。

接着，他又伸手碰了碰她的额头，温度明显有些高。

他不由分说地直接拉住她的手："带你去医院看看。"又注意到黎宁旁边的几个室友，徐时樾对她们点了点头，"那我们就先走了。"

苏甜她们几个忙不迭地点头，你推我我推你的，脸上都是激动。

被拉着往前走了一段路，黎宁才反应过来，扯了扯他的衣角："能不能不去医院，我觉得我差不多要好了！"

徐时樾没由着她："你听话点。"

没能拗过他，黎宁还是被拉着去了校医院。

燕大的校医院还挺大，科室挺齐全，各项医疗设施也都有，黎宁被迫去扎了手指头，验了一个血常规。

结果显示白细胞偏高,有点细菌感染。

得知她发烧了两天还没退,医生直接让她留下来输液。

黎宁一愣。

徐时樾见她这样,明白过来:"怕打针?"

"不是……"黎宁否认,"就是我血管有点细你知道吧?"

要是遇到技术不太熟练的护士,经常扎了几针都扎不进去,导致她一直对打针这事有些阴影。

"你先在这儿等一会儿。"徐时樾摸摸她的头说。

说完,他起身离开输液室。

没一会儿,他才和一个拿着药瓶的中年护士一起过来。

护士笑了笑,朝黎宁眨了眨眼睛:"同学,别怕,我扎针的技术还可以哦。"

黎宁听到这话,脸一下子就红了。

护士的扎针技术果然不错,很顺利地第一次就找到了黎宁手背上的血管。

等护士一走,黎宁才瞪向旁边的徐时樾:"你和护士说了什么呀?"

徐时樾忍不住笑了笑,正要开口,突然又被黎宁打断:"算了,你还是别说了。"

一想到护士刚刚那个打趣的眼神,她就觉得太尴尬了。

看着她气鼓鼓的侧脸,徐时樾从善如流地闭了嘴。

打吊针的时间漫长又无聊。

黎宁看着输液管上的液体一滴一滴落下。

刚开始她还和徐时樾说会儿话,但因为这两天都没休息好,没一会儿,她就开始眼皮困得打架。

徐时樾很自然地把她的头靠在自己的肩膀上,轻声说:"睡吧,我在旁边看着。"

听着他的声音,黎宁安心地睡过去。

另一边。

江远也得知了黎宁生病的消息。

江远给她发了消息,没见她回,于是他又联系了徐时樾。

徐时樾直接发来了校医院的地址。

江远看到,直接往校医院走去。

刚走进输液厅,江远就见到靠在一起的两个人。

黎宁已经靠着徐时樾的肩膀睡着了,手上还输着液。

徐时樾朝他点了下头,算是打了个招呼。

江远抿了抿唇,看了眼黎宁,最后还是没说什么,只略微坐了一会儿就离开了。

黎宁输完液已经快晚上十点多了。

护士过来拔针头的时候,黎宁注意到旁边的徐时樾用手揉了揉脖子。

她不由得有些内疚:"是不是因为我睡太久了?"

徐时樾直接伸出手指弹了一下她的脑门:"别胡思乱想。"

两人牵着手走出校医院,徐时樾送黎宁回宿舍。

到了宿舍楼下,他们依旧找个不显眼的角落。

黎宁忍不住抱了抱徐时樾,随后仰脸看他,一双眼睛比天上的星星还要亮。

徐时樾看着突然变得黏人的女朋友,不由得失笑,温暖的手掌覆上她的脑袋,懒洋洋地问:"怎么?"

"有点想亲你。"黎宁直白道。

徐时樾扬了扬眉,垂下头。

然而,黎宁很快又挡住自己的嘴巴:"但还是算了,别传染给你了。"

徐时樾勾了下嘴角,忍不住伸手捏了捏她的脸:"故意的是吧?"

黎宁眨了眨眼睛:"那我也不是故意要生病啊……"

徐时樾哑然,随后在她额头上印下一个温热的吻,声音低沉:"那就亲这里好了。"

输液的效果果然不错,黎宁没再继续发烧,人一下子轻松不少,只余一些咳嗽鼻塞之类的轻微感冒症状,拖拖拉拉了几天一直没彻底好。

晚上,黎宁和徐时樾绕着学校散步。

相较于操场,夜晚学校除了主路外的其他路上,反而会更加安静一些。

两人沿着湖边散步。

这还是黎宁第一次晚上来这边,然后越走越不对劲,怎么感觉人还不少,都见到几对牵着手的情侣了?

思考了两秒钟,黎宁意识到什么:"这该不会是……那个有名的情侣坡吧?"

那个据说每个大学都有的情侣约会圣地。

"你不知道?"旁边的徐时樾闷笑一声。

"我不知道啊。"她是真不知道。

"我还以为你故意拉我过来的。"徐时樾耸耸肩。

黎宁无语。

她真的只是随便走的啊。

但既然来都来了,黎宁倒要看看这情人坡到底有什么玄机。

"行吧,那就去看看!"黎宁说。

学着其他情侣的样子,黎宁拉着徐时樾去旁边的小树林一探究竟。

小树林里没有路灯,只有天空上一轮清月穿过树枝洒下来,隐约照着脚下绵软的土壤。

两人算是在小树林的边缘,没碰到其他的人,但隐约能听到一些嬉闹声。

黎宁后知后觉地意识到,这样的环境确实有些不妥。

她抿抿唇,装作平静地说:"看起来好像也没什么好玩的,我们还是走吧。"

正要离开,手腕突然被人拽住。

下一秒,黎宁就感觉自己落入一个滚烫的怀抱里,整个人被熟悉的气息包裹。

面前高大的人轻笑了一声:"先别走啊,教你怎么玩。"

接着,黎宁后背被抵到身后的树干上,下巴也被勾起。

徐时樾垂下头,脸慢慢凑近她。

两人的呼吸交缠,另一片温热的唇贴了上来,很柔软的触感。

黎宁腿有些软,下意识地往后退,后脑勺却被他的手托住,修长的指尖顺势探入她的发间。

她整个人都被禁锢在他怀里,感官此刻也被无限放大。

黎宁能感觉到徐时樾正在慢条斯理地亲着她。

这样一点一点地亲吻,反而更加折磨人。

似是察觉到她的心痒难耐,徐时樾轻笑一声,舌尖往她唇缝探去。

带着侵占性,呼吸也一点点被他掠夺。

黎宁仰着头,只能被动地承受着。

…………

回到宿舍时,黎宁都还有些恍惚,晚上躺在被窝里时,她忍不住捂住了脸。

原来,这才叫接吻啊。

和单纯的嘴碰嘴简直完全不一样。

但好像,还挺不错……

翌日周六。

黎宁神清气爽地起床,发现自己感冒的症状竟然也都好了,完全没有想要咳嗽的感觉了!

她忍不住给徐时樾打了一个电话。

那边过了几秒才接起,还没等他说话,黎宁就自顾自地说:"徐时樾,我今天已经完全好了!"

"嗯。"电话那头,他的声音听起来有点闷闷的。

黎宁听了出来,问他:"你怎么了?"

"……好像有点感冒了。"沉默两秒,他说。

黎宁一愣。

她突然脸一红,想起昨晚的事情。

但幸好徐时樾没有像黎宁表现得那么严重,只吃了一次药过后,很快就痊愈了。

第十一章
生日
ZHAOMI

时间不紧不慢地往前走着,很快便到了春暖花开的时节,日子也一天一天变得明亮起来。

虽是同一个学校,黎宁和徐时樾约会的时间却并没有想象中的那样多,度过开学前还算轻松的前几周,两人纷纷开始忙碌了起来。

黎宁她们专业出了名的作业多,周末画图更是常有的事。

徐时樾则更甚。

他们计算机实验班的课程难度和压力都挺大,要上的课基本上都压缩在前两年。

大一大二开始就有专门的导师手把手带着,大三基本上全员出国交换,费用学校全包,大四全年自己开展科研实践,说他们班是学校的嫡长子也不为过。

学校投入的资源是真的多,但卷是真的卷,忙也是真的忙。

徐时樾从大一就进了导师的课题组,大二已经开始独立做自己的课题研究,两人基本只能在学习的间隙,见缝插针约个会。

要么是黎宁陪徐时樾去图书馆,要么是徐时樾陪黎宁在美院院楼里画图,或者去徐时樾在校外的公寓,顺便陪陪小猫。

但这个地方只能在不是很忙的时候去,因为效率会比较低,很容易学着学着就被另一个人扯过去按在怀里亲……

与之相同的还有宿舍楼下的不起眼角落。

两人总是忍不住亲亲抱抱一会儿。

很快，就到了四月中旬，也是这个学期的期中周。

黎宁期中有好几门课结课，结课作业难度不低，做起来也不容易，整个人忙得飞起。

几天下来，她基本上早上一睁眼就往院楼跑，然后熬到凌晨一两点才回去，就差住在院楼里了。

徐时樾只能抽空给她过来投喂点吃的，几乎都没能好好说上几句话。

终于熬到了周五，上午最后一门课结课后，黎宁感觉自己总算是活了过来。

下课后，她迫不及待地给徐时樾发消息。

黎宁：呜呜呜，我终于解放了！！！

黎宁：中午见面吗？

他那边似乎有点事，过了几分钟才回。

徐时樾：在吴老师办公室这边讨论点事。

黎宁：那好吧。

黎宁：我自己先去吃饭了。

黎宁：我感觉我现在能吃下一头牛！

正听着老师说话的徐时樾抽空瞥了眼手机屏幕，忍不住勾了勾嘴角。

室友们都先走了，黎宁只能自己一个人去食堂。

因为这几天都没来得及好好吃饭，黎宁点了一大堆好吃的，托着餐盘找位置时，突然瞥见一个熟悉的背影。

黎宁扬了扬唇，想也不想就直接朝对方走去。

江远正在吃着饭，突然见自己对面的位置放下一个托盘，视线往上一扫，见是黎宁，眼皮子又很快耷拉下去。

黎宁拉开椅子坐下，瞥了一眼江远的餐盘，见他手边放着一碗还没喝过的银耳红枣羹，毫不客气地直接抢过来喝了一口。

江远一愣。

"你饿死鬼投胎啊？"江远扯了扯嘴角，无语道，"这是又熬了多久？"

甜滋滋又冰凉凉的银耳羹滑入喉管，黎宁眯了眯眼睛，朝江远竖起一根食指："熬了一周，都快要把我给累死了。"

"徐时樾呢？"江远又扫了她旁边一眼，问了一句。

"好像是在跟他导师讨论事情吧。"黎宁想了想说。

江远瞥了她一眼，嘴唇动了动，似是想说些什么。

黎宁埋头干饭，也没注意到他那副欲言又止的样子。

江远吃完饭后，坐在对面等了一会儿。

等黎宁也吃完了，犹豫了一下，他才面色不自然地说："那什么，你还不知道？"

黎宁疑惑："知道什么？"

"就徐时樾的论文出了点问题。"江远挠了挠头说。

黎宁更震惊了："什么意思？"

江远似是有些无语，但在黎宁的追问下，还是把事情给她说了一遍——

问题出现在徐时樾的课题研究上。

这个课题研究黎宁倒是知道，反正听着挺前沿也挺有难度的，好像他从开学以来就一直在忙这个，一直到这段时间才终于有了突破。

论文也写完正准备投稿时，徐时樾才发现和国外最新发表的论文撞车了。

"我也是听姚俊飞说的。"江远抿了抿唇，"反正你有空可以开解一下他。"

这种撞车的事件在学术界其实也并不少见，好笑又心酸。但真遇到这种事了，就还挺倒霉的。做研究并不是件容易的事，少则几个月，多则几年，可能还需要不断地推翻重来，其中投入的心血就更不用说了。

江远换位思考了一下，觉得要是自己碰上这事，心态绝对会崩。

黎宁闻言，也面色沉重地点了点头。

一直到下午上课的时候，黎宁还在想着这件事。

前段时间，她一直忙着做作业，回到宿舍基本上也是倒头就睡，徐时樾也没和她提过这事。

黎宁点开和他的对话框，想着要不要安慰他一下。

但她其实，还挺不会安慰人的……

听江远的意思，对他们来说，这也算是个挺大的打击了。

这么一想，自己现在无论说些，好像都有些干巴巴的……

输入框里的文字打了又删，黎宁烦恼地叹了一口气。

一直到下课，她都没想到什么办法。

她今天下午只有一堂课，下午三点多的时候就下课了。

徐时樾那边和她一样，但两人上课教室隔得有些远，于是便约好了在一个地方等。

黎宁到的时候，徐时樾还没有来，她便站在原地等着。

徐时樾走过来的时候，一眼就见到站在海棠花树下的女孩。

她今天穿了一条颜色很温柔的长裙，肩上背着帆布包，此时正低头慢悠悠地踩着地砖玩。

是比那一树海棠更夺目的存在，是那个无论看多少次，依然会心动的人。

心里原本的郁闷好像也消散了一些。

徐时樾站在原地看了几秒,才迈着长腿朝她走过去。

刚走到她跟前,就见她抬头,扬起一个无比明媚的笑容:"你来了啊!"

"嗯。"徐时樾垂眼看她,应了一声。

黎宁也在悄悄打量徐时樾。

面前的人脸庞清冷,看向她的眼神却很柔和,不太看得出心情如何。

黎宁想了想,才开口:"你伸手。"

徐时樾不明所以,朝她摊开手掌。

下一秒,他就见自己掌心多了一枝海棠花。

他眉梢一扬,看向黎宁。

"周末快乐!"黎宁笑着说了一句,然后又伸手将他的手合上,"赶紧收起来收起来,我悄悄摘的!"

徐时樾失笑,从善如流地将花小心地塞进自己的兜里。然后下一秒,就见她又拉住自己的手腕:"我们去看小猫吧!"

小猫依旧养在外面的公寓里,家里配有自动喂食机和自动猫砂机,平时有阿姨过去照看,黎宁和徐时樾也会经常抽时间去看它。

两人都有空的周末就一起去,忙的话要么就是徐时樾单独去,或者黎宁没课的时候去一下。刚开始他们还有些担心小猫每天长时间独自在家会不会太孤独了。结果隔着监控看了几天才发现,它一只猫过得还挺美滋滋的,这才稍微放了心。

开门进去时,小猫可能听到了动静,直接等在门口。

黎宁抱着猫陪它玩了一会儿。

徐时樾则去找了个小瓶子,把带回来的那枝海棠花用水给养着。

小猫现在没有小时候黏人了,陪黎宁玩了半个小时后,就相当高傲地甩甩尾巴自己跑了。

于是,黎宁就去黏徐时樾,像个小尾巴似的默默跟在他身后,一直到他走进洗手间。

徐时樾转头看向身后的人,饶有兴趣地开口:"你确定,也要进来?"

黎宁:"……走错了。"

说完,她落荒而逃。

坐回沙发上,黎宁想了想,决定换个方式。

于是,她打开电视机,开始搜索电影。

等徐时樾一出来,她就对他说:"好无聊,我们来看电影吧。"

徐时樾在她旁边坐下,沙发瞬间陷进去一大块。

他无所谓地点头:"随你。"

黎宁直接挑了一部耳熟能详的励志片。

徐时樾有些讶异。

看了一会儿，就见旁边的人拉住他的手说："你看他是不是还挺惨的。"

"但其实，就算再大的困难，只要自己不放弃，还是能克服的。"想了想，她又憋出一句。

徐时樾先是疑惑，结合她下午开始略有些奇怪的行为，慢慢有些回过味来，心里也浮现出一个猜测。

"你这是在安慰我？"他试探地开口。

黎宁犹豫着点点头。

"你是知道了论文发表那事啊？"徐时樾又问。

黎宁又点点头。

徐时樾哑然失笑——

还真是这样啊。

心脏好像也变成棉花，一戳就软软地陷进去一大块。

黎宁见他不说话，心里有些忐忑，不由得郁闷地抓了抓头发，然后问了一句："我是不是挺不会安慰人的？"

然而下一秒，她就被拉进一个温热宽阔的怀抱里。

她的头被迫搭在他的肩上。

"确实是有点。"徐时樾埋在她颈项，声音里带着几分笑意。

虽然也知道自己安慰人的技术确实不怎么样，但他就这么承认了，也还是挺打击人的好不好！

黎宁鼓了鼓脸，忍不住伸手戳了戳他："喂！"

被她一戳，徐时樾忍不住笑起来，连胸腔都在震动。

接着，黎宁感觉自己的侧脸被他亲了亲。

然后听见他继续说："但怎么办，我还挺吃你这一套的。"

徐时樾的性格中其实带了点冷漠，比如论文撞车这事——

在新送来的期刊上看到那篇论文时，他刚开始确实有些措手不及。但在短暂的错愕过后，他便很快调整了自己的状态，将那篇论文给认真通读了一遍，试图对比寻找新的理论方向以及可能性。

徐时樾前段时间做课题研究的时候，并没避着其他同学。有同学来问，他也挺耐心地和人家说，大家也都知道他在做什么。可能今天也看到了期刊，就有人过来问他，结果传着传着，班里人也都知道了，看向他的眼神里都带上了点同情和惋惜，还有过来安慰他的。

徐时樾有些哭笑不得。

结果中午的时候，他又被导师给叫到了办公室，说的也是这个事，年过半百的老头可能是怕他遭受打击,也拍拍他肩膀安慰了他几句。

徐时樾笑了笑,干脆直接和他聊起了自己新找到的思路。

导师相当讶异地看了他一眼:"你小子心态还挺好的嘛!不错不错,未来可期啊!"

就算是一些硕士博士生碰到这事都没他调整得这么快。

心态吗?或许只是因为没有那么在意,只不过一篇论文而已。

郁闷肯定是有些郁闷的,但徐时樾也没觉得这是什么大事,所以见到黎宁后也没想起跟她说这事。

没想到她自己先知道了,还这么笨拙又可爱地安慰他。

徐时樾第一次发现自己还挺双标的——

同学们的安慰关心都是很善意的,但听多了确实有点烦,也不太好回应,如实说吧,会被说装,但要他做出什么别的反应,他又嫌麻烦,于是只好什么都不说。

但女朋友的关心他就很喜欢,甚至还有那么一点儿暗爽。

或许应该换个说法,不是他吃她那一套,而是——

她早就把自己吃得死死的了。

徐时樾说话时,嘴唇就贴着黎宁的耳朵,吐息温热又带着些痒意,让黎宁受不了地往后仰了仰。

距离一拉开,她就对上一双漆黑深邃的眼睛。

"那事对你影响很大吗?"既然都说到这儿了,黎宁便问了一句。

"还挺大的。"徐时樾沉吟了一下,又说,"需要你再安慰安慰我。"

看到这人脸上的调侃,她终于意识到不对劲了,忍不住踹了他一脚:"你给我正经点!"

"别担心。"徐时樾重新把人扯过来,到底没再逗她,正正经经地和她说,"其实也没有那么严重,准备投稿的那篇论文肯定是投不了,但之前做的东西也不算完全没用,无非是重新换个方向罢了。"

说这话时,徐时樾脸上一派自信张扬又轻松淡然,像是一点儿都没把这个当回事。

黎宁不得不承认,她有被狠狠蛊到。

"怎么不说话了?"

愣怔时,黎宁感觉自己的脸颊被捏了捏。

"就感觉你还挺自信。"黎宁想了想说。

徐时樾挑了挑眉:"你这是在夸我还是在损我?"

"当然是在夸你!"黎宁诚恳道,"这世上好像没有什么能将你打倒。"

听到这话，徐时樾看着她勾了勾唇："那还是有的。"

"是什么？"黎宁眼睛微微睁大，好奇起来。

"不能说。"徐时樾摇摇头。

不然某些人尾巴翘得更高了。

"喊，小气。"黎宁不太满意，凑近他，"那你悄悄告诉我，我保证不说出去。"

徐时樾很有原则地拒绝："不行。"

"说嘛，说嘛！"黎宁无师自通地开始死缠烂打。

徐时樾直接勾住她的脖子，俯身将那张喋喋不休的嘴给堵上。

很好，这下终于安静了。

电影还在继续放着。

除了电影的背景音，空旷的客厅响起若有似无的喘息声。

电影这时正放到激烈之时，黎宁想着在这么一部还挺严肃的电影前干这事可能不太好，于是偏了偏头，伸手推了推徐时樾："要不然还是把电视关了吧。"

徐时樾的吻落在她的脖子上。

他长手一伸，摸到遥控器，看也不看直接按灭了屏幕。

"竟然还走神。"他声音有些喑哑，不轻不重地掐了下她的腰。

黎宁身体一颤，整个人软下来。

还没等说话，细细密密的吻又覆盖下来，亲得她意乱情迷。

直到外面传来门铃声，是外卖送到了，两人的动作才稍微顿了下。

两个人呼吸都不稳，眼神也不平静，连眼皮都在发烫。

黎宁穿的是一条吊带长裙，外面套了一件开衫，此时开衫滑落大半，露出一大片肩颈肌肤，白得晃眼。

徐时樾双眸深了深，呼吸又重了几分，压下眼底的欲念，伸手帮她把衣服拉上来。

温热的手指擦过她的皮肤，黎宁的身体也跟着颤抖了一下，没骨头似的靠着他。

空气中也还浮着几分滞涩，两人抱在一起，感受着对方疯狂跳动的心脏。

意识到这样下去不行，徐时樾喉结上下滑动了一下，一边摸着黎宁的头发，一边主动挑起话题："明天有空吗？要不要一起和于凡吃个饭？"

"嗯。"黎宁埋在他怀里瓮声瓮气地应了声。

室内重新回归安静。

过了几秒，黎宁想起什么，想要爬起来。

刚动弹了一下，她又被他重新按回去，头顶传来他嘶哑的声音："安分点，别乱动。"

黎宁脸一热："哦。"

第二天就是周六。

几人就约在校外的烧烤摊。

也没什么特别的聚会理由，如果非要扯一个的话，大概是期中考完之后的放松吧。

本来黎宁也问了江远要不要一起来，然而此人傲娇地拒绝了。

黎宁和徐时樾到烧烤摊的时候，于凡已经坐在那儿等了，看见他们后，朝他们招了招手。

和徐时樾在一起后，黎宁和于凡碰见过挺多次，还一起在食堂吃过饭，也算是熟人了。

打了个招呼后，黎宁便挨着徐时樾坐下。

聚餐无非吃吃喝喝，正好最近小龙虾开始上市，徐时樾一边聊天，一边给黎宁剥虾。

于凡瞥了他们一眼："你们两个能不能顾忌一下我这条单身狗的感受啊！"

有的人吧，明明什么都没做，但凑在一起，就是给人一种他俩随时都能亲起来的感觉……

他真是想不开，竟然和一对臭情侣一起吃饭，搞得他都想谈恋爱了！

破防之下，于凡直接抢了徐时樾手里剥好的虾，往自己嘴里塞。

徐时樾嫌弃地摘下手套："……你自己没手？"

"真香啊！"于凡假装没听到，咂着嘴道。

黎宁被逗笑，放在桌上的手机屏幕突然亮了一下。

她拿起来一看——

苏甜：好像在烧烤摊这边看到你了？

黎宁：你在这边啊？

黎宁：要过来一起吗？

苏甜：方不方便啊？

黎宁：那我问问他们。

回完苏甜，黎宁对徐时樾和于凡说："我室友正好在附近，要不要叫她过来？"

"叫叫叫。"于凡连忙道。

徐时樾也没什么意见。

很快，苏甜就来了。大家都相互认识，也省了互相介绍那套。

于凡朝苏甜打了个响指："欢迎和我一起来吃狗粮！"

苏甜坐下来笑着说："早就在宿舍吃到撑了好吧！"

哪有那么夸张，为了不打扰室友们，大部分时间她和徐时樾都是文字聊天的好不好!

一口大锅就这么扣下,黎宁一不做二不休,干脆直接在桌下勾了勾徐时樾的手。

徐时樾挑眉,反握住她的。

多了一个人,于凡也没总盯着徐时樾和黎宁了,反而和苏甜聊了起来。

四人吃吃喝喝聊聊,气氛一时还挺热闹,啤酒也开了好几瓶。

黎宁一直没怎么喝过啤酒,有点想试试,于是戳了戳旁边的徐时樾:"我想试试。"

徐时樾给她倒了一小杯。

看着透明塑料杯里的澄黄色液体,黎宁小心抿了一口——

一入口就是又苦又涩的味道,她差点没吐出来。

"好难喝。"黎宁一张脸皱了起来。

徐时樾好笑地将她手里的杯子抽走,又给她开了一罐可乐:"你还是喝这个吧。"

几人一直在烧烤摊这边待到了晚上九点多。

徐时樾去结了账回来,于凡已经喝趴在桌上了。

旁边的苏甜情况看着也不太好,拿着酒瓶去敲于凡的头:"喂,继续喝啊!"

于凡可能是被敲醒了,迷茫地睁开眼。

他率先看到徐时樾和黎宁两个人,记忆也有些混乱:"咦,你们怎么在一起了啊?"

"你都不知道徐时樾有多喜欢你,"于凡对着黎宁说,"我和你讲,他当初呜呜呜——"话还没说出口,就直接被徐时樾给捂了嘴,毕竟也不知道这人会说出什么话来。

"你当初怎么了?"黎宁饶有兴趣地看向徐时樾。

"他醉了。"徐时樾若无其事地道。

"那你让他继续说。"黎宁又说。

徐时樾无奈,松开手。

但于凡这会儿已经忘了刚刚自己要说的话,黎宁有些气,结果下一秒,见于凡又和苏甜趴在桌子上聊了起来。

"我发现你长得还不错哎?"于凡凑过去对苏甜说。

苏甜歪着头:"谢谢,你长得也还行。"

两个醉鬼越凑越近。

也不知道是谁主动的,只听见响亮的"啵"的一声。

黎宁和徐时樾一怔,瞬间也忘了刚刚的事。

徐时樾和黎宁赶紧上前把这两人给拉开,然后又费了九牛二虎之力,分别把这两人带回了宿舍。

至于酒醒之后怎么样……

情况突然有些复杂。

翌日。

黎宁醒来之后在床上玩了一会儿手机,才爬下床准备去和男朋友一起吃早餐。

她正准备去刷牙洗脸时,就见苏甜的床帘是拉开着的,苏甜正一脸恍惚地坐在上面。

"咦,你醒了啊?"黎宁问了一句。

苏甜看向黎宁,嘴唇动了动:"我昨天晚上有没有做什么奇怪的事……"

"比如?"黎宁试探地问。

苏甜:"就是……"

她抓了抓头发,做了个中指和食指并在一起,碰了碰嘴唇的动作。

黎宁同情地点了点头:"是这样没错。"

苏甜抱头哀号一声:"啊啊啊,我不活了!"

"冷静冷静!"黎宁劝她,想了想又说,"有一个消息你要不要听?但不确定对你来说是好消息还是坏消息。"

"什么?"苏甜紧张地坐起来。

"我问过徐时樾了,他说于凡喝酒十次有九次断片,他有可能会不记得这件事。"黎宁说。

"真的吗?"苏甜眼睛一亮。

"确认一下,你到底是想让他记得还是不记得啊?"黎宁好笑地问了一句。

"当然是不记得啊!不然这也太尴尬了!"苏甜立马道。

"那我等会儿帮你问问。"黎宁点了点头。

下去吃早饭的时候,黎宁和徐时樾提了这事。

徐时樾点点头,给于凡发了一条消息。

徐时樾:醒了?

于凡:刚醒,怎么?

徐时樾:昨晚发生什么还记得吗?

于凡:[?.jpg]

于凡:我应该没做什么奇怪的事吧?

徐时樾抬眼看向黎宁,耸耸肩:"他忘了。"

黎宁如实将徐时樾和于凡的聊天截图发给苏甜。

苏甜立马回复:好好好,千万不要告诉他!

黎宁：其实我觉得于凡人还可以。
黎宁：你对他真没什么感觉？
你俩喝醉后亲的那一下，就还挺不带犹豫的。
苏甜：算了吧！
苏甜：好尴尬的。
黎宁：那好吧，改变主意了随时找我！
黎宁：我永远支持你！
　　既然苏甜现在没这个意思，黎宁也不会自作主张，于是把苏甜的意思和徐时樾说了下，让他也先别和于凡提这事。
　　徐时樾点头，既然女朋友都这么说了，那于凡就自求多福吧。

　　忙忙碌碌中，很快又是一个月，空气里开始有了夏天的味道。浓郁的绿意渐渐爬满树枝，在灿烂的阳光下投下一片密密匝匝的阴影。
　　徐时樾的生日就在五月底，只可惜这天既不在节假日内，也不是周末，而是在周内课比较多的一天。
　　对生日这事，徐时樾没特意和黎宁提过，还是黎宁某天看他身份证知道的。
　　这天，徐时樾上午和下午都有课。
　　黎宁倒是下午没课，于是中午的时候，就给徐时樾发消息：我下午去看看小猫，你下课直接过来就行。
　　徐时樾回了个"好"。
　　下午上完课后，徐时樾脚步轻快地往校外的公寓赶去，路上正好碰见于凡。
　　"嘿，正要找你呢！"于凡笑了一声，从书包里掏出个礼物送过去，"生日快乐。"
　　"谢了。"徐时樾应了声。
　　"今天生日怎么过啊？晚上要不要一起吃个饭庆祝一下？"于凡问了一句。
　　徐时樾瞥了他一眼，勾了勾唇："不了，我和女朋友一起过。"
　　"你这样搞得我也想谈恋爱了！"于凡愤愤地道。
　　"那就谈。"
　　"这不是没遇上合适的嘛！"于凡无语。
　　徐时樾"哦"了一声。
　　于凡不由得挠了挠头，总觉得这个"哦"字有点意味深长。
　　两人走了一段路之后便分开了。
　　徐时樾进入电梯时，还在想着黎宁这会儿在做什么。
　　这一周她都神神秘秘的，很难猜不到是在准备给他过生日。但她没主动说，估计是想给自己一个惊喜，徐时樾也就故意装作不知道。

刚出电梯，徐时樾的手机就响了起来。

正是黎宁打过来的电话。

他按下接听键，还没等他说话，就听见那头传来黎宁的声音："啊啊啊，徐时樾，救命啊！"

徐时樾闻言立马快步拉开门，就见一只螃蟹飞快地朝他爬来。

徐时樾往前迈了一步，弯腰将地板上的大螃蟹拾起。

直起身时，他正好瞥见黎宁手里拿着一个盆，脸上表情紧张兮兮的。

见到徐时樾，黎宁惊喜道："你回来了？"

"嗯。"徐时樾应了一声，"你这是在做什么？"

黎宁看着他手里正努力挥舞着钳子的大螃蟹，沉默几秒，才慢吞吞地说："看不出来吗？我正打算给你做个生日晚餐。"

"然后被爬出来的螃蟹吓到给我打电话？"徐时樾没忍住调侃了她一句。

"……这只是个意外。"黎宁鼓了鼓腮帮子，替自己辩解了一句。

谁能想到这只螃蟹竟然自己解开了绑绳，然后从水池里爬了出来，她当时都蒙了，也没敢上手去抓。

徐时樾走到厨房那边，直接将手里的螃蟹丢回到池子里。

瞥见料理台上放着的生鲜蔬菜，他不由得挑眉，身体往后一靠，慢悠悠地开口："我有个问题——"

"什么？"

"你以前做过饭吗？"

"查了一些视频，觉得好像也不是特别难……"黎宁没什么底气地说。

徐时樾无奈，也不知道是不是该夸她一句勇气可嘉。

顶着徐时樾戏谑的眼神，又看到池子里生猛的螃蟹，黎宁原本的自信瞬间消失了一半。

她想了想，改变了主意："算了，我们还是出去吃吧……"

然而下一秒，徐时樾就伸手打开了袋子。

"把你那些视频翻出来我看看。"他垂着眼皮说。

黎宁没懂："啊？"

"食材不都买好了吗？别浪费了。"他拧开水龙头一边洗着手，一边说。

见他这副架势，黎宁终于反应过来："你要自己做？"

"不行？"他反问。

"但你今天过生日，要不还是别动手了。"黎宁想了想说。

"哪儿来那么多话。"徐时樾直接伸手把人勾过来。

两人凑到一起研究做菜视频。

徐时樾基本看一遍视频就有数了，两人开始一起备菜。

黎宁虽然没正儿八经做过一次饭,但打下手还是会的。

倒是徐时樾看着有模有样的,黎宁忍不住问:"你会做饭啊?"

"第一次。"他说。

见徐时樾有模有样的样子,黎宁跃跃欲试,扯了扯他的衣摆道:"我也想试试。"

徐时樾瞥了她一眼,想了想还是给她让出位置:"行。"

黎宁回想着视频里的做法,先起锅烧油,等油热之后将洗好的青菜丢下去。

青菜一接触到锅底就传来"刺啦"的声音,黎宁手忙脚乱地去拿锅铲,结果下一秒,锅里突然蹿起来一团火。

黎宁一怔。

徐时樾赶紧把黎宁扯开,快速拿起一旁的锅盖将锅给盖住,并把火给关了。

"乖乖站着,"他叹了一口气,对黎宁道,"下次别进厨房了。"

黎宁呆愣愣地站着。

几个小时之后,两人终于吃上晚饭。

黎宁尝了一口,觉得味道还不错。

徐时樾却有些不满意:"下次重新给你做。"

"你干吗对自己要求这么高啊?"黎宁有些好笑。

吃完饭,黎宁又想起冰箱里的蛋糕,于是赶紧起身:"等等,还有蛋糕!"

这个蛋糕是她前一周特意去烘焙店学的,本来以为还挺难的,但没想到她在这方面还挺有天赋。于是,她自信心爆棚,觉得蛋糕都做了,再做个饭好像也不是什么难事?

结果狠狠翻车……

徐时樾看着黎宁拎出来的蛋糕,挑了挑眉:"你自己做的?"

"你看出来了?"黎宁有些惊讶。

黎宁看了看手里的蛋糕,上面也没写她的名字。

"直觉。"徐时樾懒洋洋地说。

在一起后,徐时樾陪黎宁画过许多次画,他虽然对艺术这些不感冒,却能一眼认出她的风格。

黎宁将蛋糕盒子打开,认真地插上蜡烛,又找来打火机点燃。

看到屋里还亮着的灯,她站起来:"等等,我去关个灯!"

徐时樾就这么静静地看她忙活着,心里好像被什么塞满了一样。

很快,屋里最亮的灯被关掉,蛋糕上跳跃的烛光映在对面女孩的脸上,显得温暖又明亮。

徐时樾听她轻轻地为自己唱着生日歌,声音又甜又柔。唱完后,她双眼亮亮地看着他:"好了,许个愿望吧!"

徐时樾依言闭上眼许了个愿。

黎宁就这么盯着他看。

周围很安静,能听见彼此的呼吸声。

四周昏暗,仿佛只剩下被微弱的烛光照亮的这一小方天地,笼罩着他们两个人。

他们在一起开心地过着生日,明明是很幸福的场景,却莫名有那么一点儿难过,甚至想哭。

人好像很容易在幸福的时候变得患得患失。

她好害怕一切转瞬即逝,害怕这样的幸福短暂不过几秒后又崩塌掉。就像烟花,总在盛开的刹那最灿烂,然后便是长久的寂灭。

她害怕某一天会失去他,变成再也不会有交集的两个人。

越是这样快乐,就越害怕现在的一切都在倒计时。

光是这样想想,好像都有些喘不过气来。

徐时樾许好愿,吹灭了蜡烛。

黎宁压下心底不好的情绪,脸上扬起一个微笑:"你许了什么愿?"想起什么又说,"算了,还是别说,说出来就不灵了。"

"没关系,可以说。"徐时樾懒散道。

"嗯?"

"因为能帮我实现愿望的人就坐在这儿。"徐时樾盯着她说。

下一秒,黎宁感觉自己放在桌上的手被握住,徐时樾低沉有力的声音传到耳边:"我的生日愿望是,希望能永远和你在一起。"

黎宁的睫毛狠狠颤动了一下,竟然有点不知道该作何反应。

"你这样——"徐时樾见黎宁半天没什么反应,径直走到她身边,勾起她的下巴,无奈地道,"会让我觉得有点没面子。"

两人目光对上。

徐时樾一愣。

黎宁眨了眨眼,不想让他看见自己脸上的表情,于是直接环住他的腰,将脸埋在他的腹部。

徐时樾揉了揉她的头发,问:"怎么了?"

黎宁沉默几秒,闷闷地说:"我也想一直和你在一起。"

"嗯,只要你想。"他的声音从头顶传过来。

只要你想,我们就能一直在一起。

徐时樾的生日过后,时间进入六月,这学期也渐渐进入尾声。

随着期末的临近，微信群里也多了不少暑期实习的信息分享，黎宁回宿舍时，室友们正好讨论这个事。

"你们暑假什么安排啊？"李晓佳问，"回家还是实习？"

"怎么大二都还没结束就要开始实习了啊！"曾琪叹道。

"我可能会去找个实习，"苏甜回答，"不然在家会烦死。"

"黎宁你呢？"

黎宁想了想："实习吧。"

反正闲着也是闲着，而且徐时樾暑假也会留在学校实验室这边。

"啊，你们怎么都去实习了？"咸鱼曾琪抱头痛哭，"算了，那我也去吧，你们准备投哪个公司，让我参考一下？"

正和室友们聊着，江远突然发消息过来。

江远：暑假你回不回家？

黎宁：应该不回。

江远：[？.jpg]

黎宁：我准备在学校这边找个实习。

江远：我怎么听说徐时樾暑假也留校？

黎宁装傻：是吗？

江远：呵呵。

黎宁转移话题：那你暑假怎么安排？

江远：留校。

黎宁无语。

总觉得他是故意的。

第十二章
蓄谋已久
ZHAOMI

既然确定了要去实习,黎宁也开始忙了起来,一边准备简历和作品集,一边还得忙着期末的各种作业设计和考试。

黎宁她们专业就业面还挺广的,能去的行业也很多。

但作为国内最顶尖的大学之一,能推到他们面前的实习基本上也不会是什么小企业。

李晓佳她们都投了一些互联网大厂或者知名快消品牌的设计岗。

黎宁其实这时候对未来也还没有什么很清晰的规划,但相较于做设计,她好像还是更喜欢画画。于是,她翻了翻实习信息,最后投了某个游戏大厂的原画师实习。

简历和作品集投过去没几天,她就收到了面试邀约。

大厂的面试流程都有些烦琐,经历了几轮面试后,黎宁很顺利地进入了终面。

和面试官聊了一会儿后,结束时,一个面试官突然问:"看你有些作品的绘画风格好像和微博上的某个画手有点像,是有模仿过吗?"

黎宁倒是没想到自己微博的名气还挺大,她在简历上也没提过自己的微博,可能是风格比较明显,竟然被认了出来。

既然被问到了,黎宁也没有要隐瞒的意思,只愣了一秒后,还是回答:"没有,那个就是我的账号。"

"那真是巧了。"面试官忍不住笑了笑,"我们之前还在微博私信里给你发过邀约。"

听见这话,黎宁也有些不好意思:"抱歉,我不怎么看私信。"

"总之,欢迎。"面试官微笑道,"稍后 HR 那边会给你发个邮件,记得确认一下。"

黎宁点了点头,拿着自己的东西离开了游戏公司大楼。

出来时,她刚给徐时樾发完消息,就看到外面立着一道高大熟悉的身影。

他面前停着一辆迈巴赫,徐时樾正低头和车里的人说着话,察觉到手机响了,他看了眼手机,朝门口这边看过来。

徐时樾又对车里的人说了些什么,车窗玻璃升了上去,车也开走了。

黎宁朝他走过去:"你怎么来了?"

他今天正好有一门考试和黎宁的面试时间撞了。

"考完试正好过来接你。"徐时樾牵住她的手,问了句,"面得怎么样?"

"应该能过。"黎宁笑了笑。

"你刚刚和谁在说话呢?"黎宁想起来问了一句。

"嗯,碰见一个亲戚。"

黎宁"哦"了一声,没再多问。

翌日上午,黎宁的邮箱里就收到了来自面试的游戏公司发来的正式入职通知。

她瞥了眼入职时间,就在两天后,扫了眼没什么问题后,点击了确认。

宿舍其他几人也陆续拿到了心仪的实习工作。

李晓佳和曾琪进了同一个公司,因为公司离学校还挺远的,两人干脆直接在外面合租个房子一起住,只有黎宁和苏甜还留在宿舍。

很快便到了报到那天。

入职第一天并不需要很早到,黎宁到公司的时候差不多十点半。

到达指定的楼层后,她发现已经有几个新来的实习生在外面等着了。

黎宁扫了一眼,发现大多数不认识,只有一个女生她有点印象,好像是当初面试时见到过。

稍微等了一会儿,终于有人过来带他们办理入职和了解公司情况。

几个实习生也都分开了,黎宁被带到一个已经上线的游戏《问苍》的项目组,分配了一个工位,顺便领了一些专业设备。

她的职位是美术设计师助理,具体工作内容主要由带她的师父决定。

每日正常工作时间是早十晚六,周末双休,但项目组忙的时候可能也需要加班。

负责带黎宁的师父叫汪真真,是位三十岁左右的原画师姐姐。

汪真真为人很和善,中午的时候还带着黎宁一起去食堂吃饭。

入职第一天也没那么多工作需要做,黎宁就跟在汪真真后面熟悉工作流程。

倒是下午上班的时候发生了一件事。

汪真真和主策他们有个会议要开,黎宁便一个人坐在工位上,聚精会神地看着他们部门负责的这个游戏的资料。

看着看着,就听见旁边传来一道温和的声音:"新来的实习生?"

黎宁闻言望过去,这才发现旁边站了一个陌生的男人。

男人不算太年轻,三四十岁的样子,气质十分温润。

黎宁猜想,这人应该是公司其他部门的负责人之类的,于是便也礼貌地打了个招呼。

以为他是来找主策的,她好心提醒了一句:"主策他们开会去了,您要是有什么事,我可以等他们回来时转达。"

"不用了。"男人笑了笑,又和她聊了几句才离开。

黎宁觉得有些奇怪,但因为没感受到什么恶意,也没当回事。

看到男人走了,她又继续看着自己的资料。

过了一会儿,汪真真开完会回来。

看了眼手机,汪真真看向旁边的黎宁:"刚刚崔总有来过?"

"是有来过一个人,但我不确定是不是您说的崔总。"黎宁应了声。

汪真真看见黎宁的反应,似乎有些讶异,又觉得有些好笑:"你不认识崔总吗?咱们公司的 CEO(首席执行官)。"

黎宁一愣。

她还真没了解过公司总裁 CEO 这些。

闻言,她才上网搜了下,将照片里的男人和刚刚和她说话的男人对上了号。

"嗯,他刚刚是来过。"黎宁点头,想了想又说,"但没有说什么就走了。"

汪真真看着黎宁淡定的样子,颇有些自愧不如,现在的年轻人真是一代比一代厉害了。

别说汪真真了,主策这会儿也相当不淡定,和汪真真聊了几句后,黎宁又被主策叫过去,也是为刚刚崔总过来这事。

黎宁只好又重复了一遍,了解清楚情况后,她才被放走。

实习生第一天是不需要加班的,到了差不多六点钟的时候,汪真真就提醒黎宁可以准备下班了。

黎宁也没什么为公司鞠躬尽瘁的想法,很干脆地收拾好自己的东西。她刚准备离开就收到了徐时樾的消息。

徐时樾：几点下班？

黎宁：正准备走。

徐时樾：那下来吧。

黎宁：[？.jpg]

黎宁：你不会在楼下吧？

徐时樾：嗯。

徐时樾从今天开始也进入了学校的实验室课题组。他自己单独做项目，虽然也有规定的上下班时间，但时间相对来说比较自由。

见他已经过来了，黎宁加快脚步准备下去。

等电梯的时候，正好碰见上午见过的那几个实习生。黎宁没和他们分到一起，也不清楚他们被分到什么工作。倒是他们几人认出她，率先和她打了个招呼，顺便邀请黎宁加入实习群。

黎宁想着都是同一公司的实习生，说不定以后还有交流的机会，便也很爽快地加了微信。

加完微信后，几人又邀请她一起去食堂吃晚饭。

他们公司是包午餐和晚餐的，属于大厂的福利。

黎宁很干脆地拒绝了："抱歉，我就不去了，我男朋友在下面等我。"

"哦哦，好的。"

正好电梯也来了，黎宁进了电梯和他们告别。

直到电梯门合上，几个实习生中有一个人感叹："大美女还挺好说话的，但怎么就有男朋友了啊！"

早上碰见的时候，几人就对黎宁的长相惊为天人，但那会儿她没怎么说话，大家还以为她不好相处。

"没有才不正常吧！"另一人调侃道。

"跟你们说个事，我今天在茶水间听到两个员工聊天，似乎有提到说那个超漂亮的实习生微博还挺有名的。"一人晃了晃手机上的微博页面，"好像就是这个号。"

"知道啊，我好喜欢她的画，超级有灵气！"

"竟然是她，我一直膜拜的大佬啊，竟然比我还小，我哭了！"

"难怪她直接就被分到《问苍》项目组了，这个项目组要求还蛮高的。"

"可能是想重点培养吧。"

"但她不是才大二吗？"

…………

黎宁并不知道其他几个实习生正在津津有味地议论着她。

她出了大楼之后很快便看见了徐时樾。

正好也是饭点了，两人便找了个地方吃晚饭。

"第一天实习怎么样？"徐时樾问。

"还行，第一天没什么活。"黎宁如实说，又想起下午的事，便和他提了一嘴，"不过下午的时候，我们公司的CEO突然过来，好像把我们项目组吓得不轻。"

"CEO？"徐时樾挑了下眉。

"好像是叫崔灿。"黎宁当时也只是扫了一眼，但这名字有点好记。

"别理那个人。"徐时樾顿了两秒，又说，"他可能有点病。"

黎宁看向他，忍不住瞪圆了一双眼，惊奇地看向他："第一次见你这么不客气哎。"

徐时樾无语。

他想了想，还是把话给咽了下去，总不能说她口中的崔总是他小舅舅吧？

主要是说出来怕她会不自在。

等黎宁去洗手间的时候，徐时樾才拿出手机，表情相当无奈地给他小舅舅发了条微信。

徐时樾：都说了让您别给她找麻烦。

崔灿：对你舅舅说话客气点。

崔灿：我看看我未来外甥媳妇怎么了？

崔灿：但你这小子眼光还不错。

崔灿：好好把握住了，可千万别学你小叔。

想到徐小叔那对，崔灿不由得撇了撇嘴。

他姐因为自家儿子从小到大爱和女孩子保持距离，于是一直暗暗担心徐时樾在感情上不开窍，如今一看他对女朋友宝贝的样子，崔灿觉得他姐大可以放下一万颗心了。

莫名其妙被数落一通的徐时樾无奈。

接下来的几天，黎宁依旧每天正常去公司打卡上班，汪真真也慢慢让黎宁参与到工作中来。

黎宁也算是体会到了实际工作与学习中的区别。

下笔画稿对黎宁来说不算什么难事，难的是各环节之间的沟通，就很让人心力交瘁。

在画稿子的过程中，他们得一直和需求方那边不断拉扯，有时候根本说不到一块去，就很心塞。再加上游戏最近准备更新新场景，整个项目部都开始忙碌起来，加班也开始成为家常便饭，包括黎宁在内的其他几个实习生也被留下来帮忙。

每天下班基本上都是九点过后了，有好几次，黎宁加完班回到宿舍楼时，甚至错过了门禁，只能叫醒宿管阿姨过来开门。

这学期的宿管阿姨是新换来的，不太好说话，虽然黎宁解释了是因为加班，但阿姨脸上明摆着写着不相信。

黎宁就挺无奈的。

这天，黎宁难得晚上六点多正常下了班。时间还早，她也就没让徐时樾来接，直接坐了公司的班车回来。

下车点距离学校没多远，黎宁便扫了辆共享单车。

骑进学校的时候，徐时樾打来电话问她到哪儿了。

黎宁停下车，扫了眼周围，对着电话里说："我在操场这边等你。"

暑假留在学校里的人不太多，探照灯下的操场只有零星几个人在夜跑，以及从附近家属区过来遛弯的家长和小孩。

天气干燥，夜风凉爽，黎宁直接坐在草坪上。

没一会儿，旁边就走来一个人，身上带着她所熟悉的气息。

"怎么想到来操场了？"徐时樾在黎宁旁边坐下。

见他来了，黎宁直接没骨头似的往他身上靠去，仰头看着夜空中的星星月亮，感叹道："我真的觉得好累啊！"

"请假休息几天吧。"徐时樾垂眸把玩着她的头发。

黎宁其实也只是发几句牢骚，想了想便开玩笑道："可是请假会被扣钱，我现在才发现赚钱原来那么难！"

徐时樾闻言忍不住笑了声。

黎宁见他不回答，手肘捅了捅他，转过脸看他，鼓了鼓腮帮子道："喂，按照套路，这时候你应该说没关系，我养你啊！"

"好，我养你。"他笑着说。

"哇，好勉强啊你！"黎宁故意挑刺。

下一秒，就感觉自己的脸被捏了捏，黎宁听见他懒散的声音说："看看你的手机。"

黎宁闻言拿出自己的手机，发现一分钟前弹出来一条支付宝转账信息。

她点开一看，看到六位数的数字时直接愣住。

又看了一眼转账的对象，她无语地看向面前的人："你竟然真给我转账啊，我刚刚开玩笑的，没有真要你养我的意思！"

一言不合就转账，疯了吧这人！

"都说了养你的。"徐时樾闲散地说,"我这人从来不说空话。"

黎宁无语。

支付宝转账给对方并不需要经过对方的同意,这笔钱已经静静地躺在黎宁的账户里了。

黎宁正准备退回去,手机却突然被一只指节修长的手给抽走,他无奈地道:"给你你就拿着。"

"再说,我现在已经把你拉黑了,你就是退也退不回来了。"徐时樾气定神闲地在自己手机上操作了一番,随后慢悠悠地说。

黎宁一愣。

出息了,我的男朋友,你现在竟然还会拉黑这一套了?

这人爱撒钱的毛病怎么越演越烈了啊!

"你疯了吧,这么大一笔钱。"黎宁试图给他讲道理,想了想找了个理由,"而且这事要是被你家里人知道了也不好。"

随随便便就给女朋友转那么多钱,是个家长都要心梗吧。

说完这话,黎宁就见对面的徐时樾忍不住笑了起来,笑得肩膀微颤,他又伸手捏了捏她的脸:"担心得还挺多啊你?别怕,他们很喜欢你。"

黎宁的脸莫名有些发烫,直接拍开他的手:"你正经点!"

"还有这钱不是我父母给的。"徐时樾怕她有心理负担,还是解释了一句。

听到这话,黎宁倒有些好奇,仰着脸看着他:"那就是你自己赚的?"

"嗯,以前闲来没事的时候做的软件卖了赚来的钱。"徐时樾说,"给你的那点不算什么,安心拿着就是。"

的确是靠着自己赚的钱,但徐时樾也不否认,能这么轻松卖出去,也有家里这边资源多的原因。

确实看得出来,这点钱对他来说不算什么,再这么推拒下去好像是有些不识好歹了?

黎宁抿了抿唇,也没再矫情。

不过她也没打算用这笔钱,反正就当他暂时存放在自己这里的,以后有机会再还给他就是。

见黎宁不说话,徐时樾把人勾过来:"怎么不说话?"

黎宁坐在软软的草坪上,看着无垠的夜空,开口道:"就是有点儿震惊。"

"嗯?"徐时樾盯着她看。

"就觉得我男朋友好厉害啊。"黎宁拍他马屁,"还特别有钱。"

徐时樾好笑地看着她。

"怎么办,感觉都有点配不上你了。"想了想,她又加了一句。

徐时樾嘴角抽搐了一下："前面说得很好,但最后那句话给我收回去。"

黎宁忍不住眼睛弯了弯,视线也落在他身上。

操场里光线昏暗,反而显得他轮廓更加利落立体。

"哦,好吧。"黎宁说,"那以后我要是活不下去了,我就靠啃你了。"

刚说完,就见他正似笑非笑地看着她,他弯了弯唇:"也别等以后了,你其实现在就可以啃。"

黎宁一开始还没懂他的意思。

但下一秒,黎宁就见他凑过来,勾住她的下巴,温热的嘴唇贴了上来。

他力道很轻地咬了一下她的下唇。

喜欢一个人时,似乎总是无法克制地想要和对方接触,于是接吻也就成了经常发生的事情。

徐时樾吻上来的时候,黎宁先是愣了一秒,很快便也自然而然地回吻他。

但在接吻这事上,她向来没有他擅长,每次都是跟着他的节奏,晕乎乎地败下阵来。

比如此刻,黎宁闭着眼,能清晰地感觉到他碾压在她嘴唇上的力道慢慢加重,但她也只能仰着头迎合他。

在理智彻底出走之前,她总算想起来他们现在还在操场。

虽然坐的位置不太显眼,但总归还是有人在的,于是她只能气息不稳地偏开头:"还有人在……"

"现在才想起来?"徐时樾的唇齿间溢出一声笑,"放心吧,人早走了。"

黎宁有点不太相信他,视线往跑道那边扫去。

果然,跑道上一片空旷,已经没有人在了。

然后,她的下巴又被他给捏住,两人在四下无人的夜色里慢慢接着吻。

…………

在操场上亲亲抱抱了一会儿,徐时樾才送黎宁回宿舍。

时间不算太晚,这会儿还不到晚上十点。

夏日假期里的校园安静得有些过分,往日里灯火通明的宿舍楼也只依稀亮了几盏灯。

两人就这么慢悠悠走在空无一人的校园大道上。

"你等会儿回哪儿住?"黎宁想起来问他。

"公寓那边。"他回答。

黎宁闻言挠了挠他的手心:"咱们每天这样,是不是还挺浪费你时间的?"

这些天,每天晚上加完班后,都是徐时樾开车来接她的。

虽然黎宁表示自己完全可以打车回来,但徐时樾并不放心,接了她回来后,还要将她送回宿舍，然后再自己回去，这么一通折腾下来，少说也得两个小时。

"你要这么说，好像是有点——"徐时樾勾了勾唇，故意逗她，"但其实也有办法。"

"什么？"黎宁问。

"你可以搬到我家去住。"他慢悠悠地说。

黎宁眨了眨眼，琢磨了一下，随后点了点头说："好啊。"

她认真想了一下，如果搬到徐时樾家的话，确实一下子省了不少时间。

无论是对她还是对徐时樾。

这样一来，徐时樾不必因为要送她回宿舍而来回进出校园。

而对黎宁自己来说，早上上班时也会更省事一些，不用再走从宿舍楼到校门口这一段长长的距离。

徐时樾本来只是随口一说，没想到她竟然答应了，表情难得有些错愕。

正想说些什么，见她明显一副状况外的样子，徐时樾低笑了一声："真要来啊？"

黎宁继续点头，同时有些奇怪地抬眼看向他："不是你说的吗？"

徐时樾也正盯着她看，忍不住弯了弯唇："嗯，好。"

既然两人都没问题，那这事就宜早不宜迟，择日不如撞日。

正好这会儿还有点时间，黎宁准备回宿舍收拾点自己需要用到的东西，然后今晚就搬过去，毕竟黎宁自己也说不准，明天会不会加班到很晚。

女生宿舍楼不让男生进，黎宁自己上楼收拾东西。走到宿舍门口的时候，她才想起，这事还得和苏甜说一声。

这些天就她们两人住在宿舍。

苏甜实习的工作不怎么要加班，每次黎宁回来时，她都已经躺上床了。

黎宁从包里拿出宿舍门钥匙，开门时发现里面一片黑暗，苏甜竟然还没回来。

黎宁又摸出刚刚一直没看的手机，准备问问她的情况。

这才发现，半个小时前，苏甜给自己发了消息。

苏甜：宝，我需要回家住几天 / 哭

苏甜：这几天只能你自己一个人住宿舍了。

黎宁弯了弯唇，打字回复：好的。

怕徐时樾久等，黎宁也没跟苏甜多聊。

收了手机后，她找出一个小行李箱，往里面放了些自己要换洗的衣服和日常用品。

检查一番发现没什么遗漏后,她便提着小箱子下了楼。

　　就在黎宁收拾的工夫,徐时樾去学校停车场把车开了过来。这几天为了方便接黎宁,他每天都是开车来学校。

　　黎宁下楼的时候,刚好又碰见宿管阿姨。

　　对方见她拎着行李箱,问了一句:"哎,同学,你去哪儿啊?"

　　"阿姨,我回家去。"黎宁应了一声。

　　好在宿管阿姨也没再多问。

　　出了楼,徐时樾就等在外面。

　　黎宁手里的箱子被他接过,两人坐上车,往外面的公寓驶去。

　　这么一通折腾下来,时间也到了晚上十点多,考虑到明天两人都还要上班,到家后,两人也没再多聊。

　　徐时樾将黎宁带进客房,嘱咐她早点睡觉。

　　黎宁工作了一天,刚刚又去搬东西收拾了一会儿,这会儿有点累了,洗完澡吹干头发后便躺到了床上。

　　正准备入睡时,她瞥了眼有些陌生的房间,才后知后觉地意识到——

　　等等,他们这算不算是同居?

　　原本的睡意瞬间消散了不少。

　　想到刚刚自己答应得这么爽快的样子,黎宁恨不得现在立马撞死。

　　难怪她刚刚觉得徐时樾的表情有些奇怪……

　　黎宁翻了个身,忍不住咬了咬手指,摸出手机想找人聊天。

　　她先找了在聊天列表上方的苏甜。

　　黎宁:在吗在吗?

　　可能是还在忙,或者已经睡了,苏甜并没有回复,于是黎宁退出,又找了列表下方的谭清珂。

　　黎宁:在吗在吗?

　　谭清珂倒是回得很快。

　　谭清珂:干吗呢?

　　黎宁:啊啊啊,我好像和徐时樾同居了。

　　谭清珂:?????

　　谭清珂:你这是在跟我炫耀?

　　谭清珂:你有——

　　谭清珂:性生活吗?

　　谭清珂:/脸红

　　看到某个字眼的黎宁一怔。

黎宁的脸忍不住一红,正要打字回复,谭清珂的消息又弹出来。
谭清珂:唔,这个微妙的时间点。
谭清珂:你们不会刚结束吧?
谭清珂:[面红耳赤.jpg]
黎宁无语。
谭清珂:这不是通往幼儿园的车!
谭清珂:快让我下车。
谭清珂:但你要是实在想说的话,我也可以听听。
谭清珂:[搬板凳乖巧坐好.jpg]
谭清珂:我还真挺好奇那啥是什么感觉的。
黎宁:你别问我,我也不知道啊!
黎宁:我一个人睡的客房拜托。
面对聊天炸裂的闺密,黎宁十分心累地回复。
谭清珂却有点不相信。
谭清珂:你们不都在一起挺久的了?
谭清珂:竟然还这么纯洁?
黎宁无语。
其实也没有那么纯洁了。
黎宁:咱能聊点别的吗?
谭清珂:哈哈哈哈哈哈哈。
谭清珂:容我先把我脑子里的废料倒一倒!
过了几秒。
谭清珂:不对啊,你自己先跟我说你同居了。
谭清珂:难道不是想和我聊这些?
黎宁:好吧,我就有点不知道怎么办。
谭清珂:怕什么,大胆上啊。
黎宁咬了咬下嘴唇。
这天还能不能好好聊了?
过了一会儿,谭清珂丢出好几个网址。
谭清珂:给你点学习资料。
谭清珂:不用谢。
黎宁:睡了,不聊了。
谭清珂:好好好,去看吧。
黎宁无语。

不用点开也知道一定不会是什么正经的学习资料,她才懒得看好吗!

黎宁将手机合上,闭着眼睛准备睡觉。

都怪刚刚和谭清珂聊的那一通,以至于黎宁现在一闭眼,满脑子也是些有的没的。

根本就睡不着!

同一个房子,不同的房间,两个人都有些失眠。

翌日。

黎宁被闹钟叫起来,整个人还有些困倦。

发了几分钟呆,她才从床上爬起来。

刚洗漱结束,徐时樾就打了个电话过来:"起了吗?"

"嗯。"黎宁应了一声,"你已经出门了?"

他实验室那边的上班时间是早上九点。

"看时间还早,就没叫你。"他和她说,"桌上买了早餐,你吃完再走。"

"好。"黎宁应道。

早上时间紧,两人没说两句就匆忙挂了电话。

黎宁吃完早餐才出门去。

同样的出发时间,到达坐班车的地方所花的时间,果然比住在宿舍少多了。

接下来的几天,两人的同居生活过得相当平静无波。

主要是黎宁一连几天都在加班,回来后两人基本也没什么太多的相处时间。

忙碌的一周总算结束。

周五这天,黎宁终于得以正常时间下班。

她和徐时樾说了一声,两人一起在外面吃了个饭。

本来打算吃完饭在外面逛逛的,结果刚吃完,就有一个小孩在餐厅过道上疯跑,手上拿着的果汁差点泼到黎宁身上。

徐时樾当时给她挡了一下,大半的果汁洒到他的手臂上和衣服上。

果汁黏黏腻腻的,沾到衣服上极为不舒服,两人原本的计划取消,直接回了家。

进了门后,徐时樾丢下一句:"我去换个衣服。"说着,就直接进了自己的房间。

黎宁"哦"了一声,自己坐在沙发上玩手机。

刚坐下没多久,她就听见有手机铃声响了起来。

黎宁先看了眼自己的手机,愣了下才发现是徐时樾的手机丢在桌上没拿。

她几步走过去,伸手拿过手机,发现上面备注了"崔女士"三个字。

黎宁喊了他一声:"徐时樾,有电话找你。"

房里的人没应,可能是没听到。

怕电话里的人真的有什么急事,黎宁只好拿着手机去他房间找他。

房门没关,黎宁连门都不用推就直接进去了。

她往房间里扫了一眼,没看到他人。

下一秒,浴室的门被拉开,徐时樾出现在门后,挑眉看向她:"怎么了?"

"有人找你。"黎宁拿着他手机走过去。

徐时樾接过手机,上面的电话已经自动挂断。

黎宁递给他手机才发现,他原本身上穿着的那件被弄脏的T恤已经脱了下来,上半身就这么裸着。

他身材相当不错,一身线条清晰明朗的清薄肌肉。

肩膀瘦削但又不失精悍,还有薄薄的一层腹肌,形状很是漂亮。

黎宁看得眼皮有些发烫,感觉视线往哪儿放好像都不好。

"好看吗?"徐时樾懒散地倚着门框,慢悠悠地问道。

黎宁身体一凛,嘴硬道:"还可以吧。"

"只、是、还、可、以、吧?"他一字一句地重复道。

"得让我好好研究一下你的肌肉走向。"黎宁一本正经地胡说,"你知道的,我们美术生对这方面要求比较高。"

话音刚落,黎宁就被徐时樾大手一伸扯进了浴室。

"你干什么?"黎宁有些不解。

"这里面光线好,让你好好研究研究。"徐时樾扯了扯嘴角。

"只是看看啊,"黎宁手指碰了碰他的腹肌,"那给摸吗?"

摸上去的一刹那,黎宁肉眼可见他的肌肉一瞬间紧绷起来。

徐时樾眉心跳了一下。

低头看了她一眼,他随手将浴室的门给关上。

"啪嗒"一声很清脆的弹响,是浴室门被锁上的声音。

听到这声音,黎宁收回手,忍不住往后退了退:"你锁门干什么?"

"让你好好摸摸。"他一边说着一边向她逼近,深邃的眼神里带着些意味不明的情绪,"想怎么摸都行。"

说完,他一只手搂住她的腰,只略一用力,她就跌到了他的怀里,身体紧贴着他温热的皮肤,暧昧又亲密。

浴室空间本就不大,门还被关上了,压迫感瞬间袭来。

黎宁本就是虚张声势,看他好像是要来真的,立马就怂了。

手比脑子快,她直接推开他:"突然想起我还有点事。"
话一说完,她就快速打开门跑了出去。
徐时樾好笑地看着她落荒而逃的背影。
还以为她胆子有多大呢。
重新将门给关上,徐时樾准备洗个澡。
可能因为她刚刚在这里待了一会儿,密闭狭小的空间里也沾了点她身上的香味。
脑子里浮现出她睫毛颤动的样子。
徐时樾喉结动了动。
这个澡洗得格外漫长。

黎宁捂着狂跳的心脏回了自己的房间。
稍稍缓过神来后,她才发现自己刚刚的反应实在是……太没出息了!
她现在也回过味来——
其实就算自己不跑,徐时樾也不会对自己做些什么。
他就很明显在吓唬她!
黎宁有些懊恼,决定下次一定要扳回一城。
到底还是这方面经验不足,想了想,黎宁翻出前几天谭清珂给她发来的网址学习起来。
内容有些过于刺激,以至于黎宁第二天直接睡到了中午。
还好是周六不用上班,徐时樾见她没起,也没叫她起来,等她睡醒后,两人才一起吃了个午饭。
下午在家也没什么事做,黎宁便陪徐时樾出去打球。
两人在篮球馆消磨了一下午。
在外面吃了个晚饭后,两人又去超市里逛了逛,买了点零食水果之类的。
结账的时候,徐时樾直接在自助结账机前扫描。
黎宁在旁边无聊地等着,突然瞥见旁边小货架上有一排小东西。
她凑过去看卖的是什么。
盒子又小又精致,上面花里胡哨的,黎宁看了半天,才终于在下面看到"避孕套"三个小字。
黎宁一怔。
更为窒息的是,旁边的徐时樾已经结好了账,正似笑非笑地看着她。
四目相对,徐时樾眼神意味深长。
在他张嘴之前,黎宁淡定地说:"别说话,闭嘴。"

徐时樾闷笑一声,到底没多说什么。

回到家后,因为在外面出了一身汗,黎宁先去浴室洗了个澡。
洗完后,徐时樾叫她出来吃水果。
他应该也是去洗了个澡,身上的衣服也换了件。
黎宁直接在沙发上坐下,拿叉子戳了一块西瓜吃。
徐时樾见她头发还半湿着,手伸上去摸了摸:"头发怎么没吹干?"
黎宁没什么所谓:"吹风机举着累。"
她头发又多,吹好久都吹不干。
徐时樾起身,去拿了吹风机来:"过来,我给你吹。"
黎宁欢欢喜喜地坐过去,不用自己动手,自然没什么不愿意的。
坐在他怀里,黎宁由着他用吹风机摆弄着自己的头发,自己一边吃水果,一边玩手机。
他手指的力道很轻柔,黎宁正觉得舒服呢,耳边的吹风机声音突然就停了下来。
徐时樾修长的手指探入她的发中,俯下身来开始亲她。
刚吃了水果,两人口腔里都是清新的水果味道。
黎宁还记得昨晚的事,报复心起,一只手从他衣摆下方探进去,沿着他肌肉的线条抚摸着。
徐时樾扶在她腰上的手一紧,低低地说:"你摸哪儿呢?"
"不是你让我摸的吗?"黎宁无辜地道。
又想起昨晚看过的学习资料,黎宁有样学样,直接将他推倒在沙发上,然后自己坐在他腿上,双手勾着他的脖子,开始亲他。
她有一下没一下地在他脸上亲着。
眼皮、鼻子、嘴巴……
徐时樾就任由她动作,手虚虚扶在她腰上,防止她掉下去。
黎宁有些不满意他的反应,想了想低下头,又去亲他脖子。
嘴唇在他凸起的喉结处停留了一瞬,她随后亲上去。
身下的人呼吸一瞬间加重,束在她腰上的手也紧了紧,声音也变得喑哑起来,带着几分隐忍的意味:"从哪里学的?"
黎宁不回答,反而凑过去亲了亲他的下巴:"喜欢吗?哥哥。"
"你是真不怕啊?"他咬着牙说。
黎宁眨着眼看他,确实不怕也很胆大。
他连安全套都没买,最近应该没那个意思,所以她怕什么。

然而下一秒，一阵天旋地转，黎宁突然被徐时樾给抱了起来，高度一下子变了，她吓得连忙搂住他的脖子。

他抱着她，大步往他的卧室里走去。

黎宁还没来得及说话，就被丢在了柔软的大床上。

她反应过来后，忍不住往后缩了缩。

徐时樾瞥了她一眼，跟着屈膝上了床，伸手握住她脚踝，把人往自己这边拉近："真以为我自制力这么好？"

他眸色很深，气息低沉紊乱，掺杂着几分情和欲。

黎宁慌乱了一瞬，很快又镇定了下来，不是因为别的，只是心里极为确定他不会随意欺负她。

但她大概不知道，她这样的眼神，反而更加让人招架不住。

像是要给她一个教训似的，徐时樾凑过来，直接把她压在了床上。

这次的吻格外激烈，唇舌碾压带来微微的痛感。

他的手抚在她的腰上，随后慢慢地往上探。

黎宁的身体忍不住一抖，脑子也"嗡"的一下，有些无助地攥住他的衣服。

好像，这次的确是来真的了？

黎宁被他吻得意乱情迷，有点害怕也有点期待。

沉溺了一会儿之后，她总算是想起什么，声音带了些呜咽："可是你没买那个……"

绝对不行！

"买了。"他低低地趴在她耳边说。

黎宁不相信，刚刚在超市他明明没有拿。

下一秒，他微微直起身来，伸手拉开床头柜的抽屉，从里面拿出来一个什么。

黎宁睁着迷离的眼睛看了一眼。

果然是一盒安全套。

等等，他什么时候买的，她怎么不知道？

"……你什么时候买的？"黎宁忍不住咽了咽口水。

徐时樾眸色幽深，喉结难耐地滑动了一下，下巴抵着她脖子无声地笑了一下："以为我没买，所以才这么胆大？"

不等她回答，徐时樾却已经松开禁锢住她的手，从她身上起来，顺便将被压在床上的她也拉了起来。

随后，他往后一坐，半靠着床头，长腿一条屈着，一条伸直。

他眼神里带着些隐忍，下颌线也紧紧绷着，朝她扬了扬下巴："现在给你一个离开的机会。"

黎宁看向徐时樾。

他拉开了和自己的距离，眼中的欲念还未消散，唇色加深，还带着些暧昧的水渍。

明明压抑得厉害，却还是打算要放她一马的样子。

黎宁的心脏怦怦跳着，手脚控制不住地发软，她伸手，勾了勾他的手指。

像是无声的默许。

徐时樾轻笑一声，伸手一捞就把人抱了过来。

周围再无其他多余的声响，能听清的只有些引人遐想的厮磨声和重重的呼吸声。

卧室里只留了一盏昏黄的小夜灯，墙上影影绰绰，温度也在不断地攀升，在彼此灼热的呼吸中，好奇又难耐地探索着对方。

所有的感官被无限地放大，意识也渐渐变得涣散模糊。

空气中传来包装被撕开的声音。

黎宁睁开眼，看着上方的人。

汗水肆意地从他干净的眉眼上滑下来，他滚烫的吻又落下来，温柔缱绻，像是无声的安抚。

他很耐心地等她准备好，两人终于突破最后一层的亲密。

…………

时间不知道过去了多久。

等到一切都结束时，外面的夜已经很深了。

黎宁精疲力竭，大口大口地喘着气，胸腔不断地起伏着，她只感觉自己浑身黏腻，连手指都动弹不了，整个人无助地埋在徐时樾的怀里，耳边听着不知道是她的还是他强劲有力的心跳声。

徐时樾安抚地抚着她光裸的背脊，又亲了亲她的脖子，将她抱起来往浴室里走去："乖，带你去清理一下。"

花洒被拧开，温暖的水流冲下来，他手指抚上她的皮肤。

黎宁完全不敢看他，抖着声音道："我自己来。"

"你站不稳。"徐时樾定定地看着她，哑着声音道。

"我可以。"黎宁坚强道。

然而徐时樾一放开手，她就贴着淋浴间的玻璃滑了下去。

徐时樾很有预见地把人重新拽了起来，忍不住低低地笑了两声。

黎宁羞愤欲死，转过脸不看他。

重新被抱回床上后，黎宁卷着被子背对他躺着，一句话都不想说。

身后一具温热的身体贴上来，察觉到什么，黎宁的身体不由得一僵。

后颈处落下一吻，她听见他压低的声音："睡吧。"

翌日。

黎宁是在徐时樾怀里醒来的，睁开眼时，抱着她的人还在沉睡着。

应该是上午，窗帘的遮光效果很好，室内依旧一片昏暗，只透过缝隙钻进来一些晨光。

隔着稀薄的光线，她忍不住看向面前的男人。

视线一寸一寸描摹着他干净利落的五官轮廓。

因为还在睡着，他整个人看起来多了几分柔和。

黎宁凑过去亲了亲他。

然而，下一秒就被反客为主。

"你竟然装睡？"黎宁气得用手推他，然而身体像跑了800米一样，带着些异常的酸痛。

察觉到她的异样，徐时樾也没再闹她，把人抱起来："不舒服？"

"有点。"黎宁红着脸说。

周日这天，两人没出去玩，而是在家里消磨了一天。

第二天，两人正常上班，但生活总归还是变得有点不一样了。

比如——

黎宁原本睡的那间客房，突然又失去了它的主人。

而有些事，一旦初尝禁果之后，就很容易变得食髓知味。

黎宁觉得自己给自己挖了好大一个坑，工作日的时候，不仅要忙着应付工作，还得应付某个男人。

虽然也有她没经受住诱惑、意志没那么坚定的原因……

但退一万步来讲，徐时樾就半点错都没有吗？

思来想去，黎宁觉得还是不能再这么下去了。

于是又一次顶着一脸倦容上班时，黎宁趁着上午摸鱼的工夫，给徐时樾转了条推送。

黎宁：链接：医生建议，一周性生活最好不要超过三次。

黎宁：看到了吗？

黎宁：麻烦节制点！

徐时樾看到消息时正好在实验室里。

他喝了口水，慢条斯理地打字回复。

徐时樾：昨晚难道不是你求着我的？

徐时樾：这就不认账了？
黎宁无语。
要点脸吧他，明明是他逼她的。
黎宁：生气了。
黎宁：咱们从现在开始冷战两个小时。
过了两秒。
黎宁：你为什么不哄我？
黎宁：不爱了是吧？
黎宁：好好好，果然你们男人都一样！
黎宁：得到了就不珍惜！
徐时樾根本没来得及回复，就被安了一头的罪名。
他无奈地叹了口气，打字。
徐时樾：我在想朝哪个方向跪下比较好。
黎宁：这么没诚意。
黎宁：怎么也得跪个榴梿吧！
徐时樾很好脾气地回复：好，那我等会儿去买一个。
黎宁忍不住笑出来。
黎宁：不聊了，干活去了。

两人到底还是有分寸的，摸索了一阵后，到底收敛了不少。

很快，长达两个月的暑假即将接近尾声，黎宁在游戏公司的实习也即将结束。

实习结束这天，汪真真约黎宁一起去吃散伙饭。

在这两个月里，黎宁和汪真真相处得很好，对方很认真地带黎宁，黎宁也从她身上学到了挺多。

吃完饭后时间还早，黎宁和汪真真告了别。

徐时樾的论文最近在收尾，有点忙，黎宁也没叫他，自己坐地铁回去。

在地铁站时，黎艳刚好给她打了个电话。

黎宁一边和她聊，一边上了地铁，等电话挂断时听到陌生的站点名称，才发现自己坐错了线路。

于是，她又只好匆匆忙忙下了车。

正研究要怎么回去时，徐时樾的电话打了过来。

接通时，听见他熟悉低沉的声音："回来了吗？"

黎宁沉默片刻，才说："你可能不相信，我坐错车了，正在研究坐哪条线回去。"

"别研究了，我开车过来接你。"徐时樾叹了口气，"你现在在哪个地铁站？"

黎宁扫了一眼自己所在的地铁站的名字，然后报给徐时樾。

"行，你先别出站，找个座位休息一会儿，我到了给你打电话。"徐时樾叮嘱了一句。

黎宁在地铁站里等了一会儿。

接到徐时樾电话时，她扭头一看，果然看见他正站在闸门外等着她。

他身姿挺拔高大，安全感十足地朝她招了招手。

黎宁弯了弯唇，朝他奔过去。

两人牵着手一起出了地铁站。

到了地面，黎宁看到徐时樾停在路边的车，下意识走过去，不料却被他拉住。

"要不要去附近走一走？"他突然说。

"好啊。"黎宁无所谓。

正值晚上八点多，路上散步的人还挺多。

白日的暑气已经消散，夏夜凉爽的晚风徐徐吹来，悠闲又惬意。

漫无目的地走了一会儿，突然见到前面有个学校，徐时樾停下来问了一句："还记得这里吗？"

黎宁环视周围一圈，并没有什么印象。

徐时樾看着她无奈地笑了下："果然。"

"什么啊！"黎宁没听懂他的话，抓着他的手摇了摇。

"你知道我们第一次见面是什么时候吗？"他突然又说。

"四教楼梯上，"黎宁记得很清楚，"大概就是去年这个时候。"

然后，她对他一见钟情。

"其实那不是第一次。"徐时樾看着她说。

"那是什么时候？"黎宁很好奇。

"高三那年十一月，CMO（中国数学奥林匹克）的闭幕式。"徐时樾说了个时间。

时间好像也倒回那个冬天。

那年的冬令营在燕城中学举行，比赛结束后，包括徐时樾在内的几个同校的学生约着一起出去逛逛。

徐时樾慢悠悠地缀在后面，正低头看手机时，撞上一个急匆匆跑过来的乌发雪肤的女孩。

女孩怀里抱了束花，花香扑了他满怀。

眼见着她快要跌倒，徐时樾下意识伸手扶了下，对上一双明亮如夜空中的星星的眼睛。

那一刻,他突然听见了自己的心跳声。

缓慢而又清晰。

不过女孩只是匆匆看了他一眼,说了声抱歉,就往他身后跑去。

徐时樾在原地愣了两秒。

他回头一看,就看见女孩正把花递给江远,两人凑在一起说些什么,举止亲昵。

那天吃饭时,他又撞见过一次,然后彻底误会她是江远的女朋友。

现在一回想,发现大概从那时起,他心里就住进了一个"不应该肖想的人",并且一直念念不忘。

进入大学后,在听到她只言片语的消息时,他内心总是忍不住泛起波澜。

黎宁顺着徐时樾的话回想了一番。

但遗憾的是,她并没有这方面的记忆。

不过那年冬天,她确实是在燕城的画室培训准备联考和校考。

只记得她那会儿每天睁眼闭眼都在画画,整个人过得相当恍惚。

去找江远还是对方打了无数个电话,她才想起来的,精神涣散到根本没注意自己撞到了人……

但这并不妨碍黎宁有些高兴,她仰着脸得意地道:"所以你那时候就喜欢我了?"

徐时樾垂眸看向她,在她额头落下一吻,坦荡地承认:"对啊,我很早就对你一见钟情了。"

番外一
异国恋
ZHAOMI

大三下学期。

根据系里的教学安排，江远和徐时樾都申请了去国外的交换项目。

交换时间为三月初到八月底，总共持续半年。

黎宁和徐时樾两人也进入了异国恋模式。

十二小时的时差，一万多公里的距离，永远不能及时回的消息，长期只能隔着屏幕才能看见彼此……

这对于在一起后，几乎没分开过太久，还处于热恋期的小情侣来说，无疑是个很大的挑战。

刚开始的时候，黎宁就很不习惯。

往往兴致勃勃想给他发消息时，她看一眼时间，发现他那边已是深夜，想了想便也只能作罢，两人也由此爆发出一些小矛盾。

其实大部分是一些根本不值得一提的小事，但因为隔着距离和时间，很多时候没能第一时间沟通，问题就会变得严重。

第一次吵架是在一个周五早上。

导火索是什么，黎宁也有些记不清了。

可能是因为那些一直积攒着没能解决的小矛盾，还有黎宁最近这几天情绪也不是太好，两人没能聊几句，便渐渐有了些火药味。

吵了几句之后，徐时樾率先提出两人先冷静一下。

黎宁正要回，结果手一抖，手机不小心掉进了她洗脸的水盆里。

事情发生得太过突然，黎宁先是愣了一阵，才想起把已经在水里泡了一会儿的手机给捞出来。

脑子里瞬间记起徐时樾以前和她聊过的手机进水后的操作。

她抿了抿唇，冷静地将手机关了机。本来想上完课顺便把手机拿到维修店看看，结果收拾东西赶着去上课时，却忘记将桌上的手机带上。

偏偏这天又特别忙。

黎宁被组员们抓着一起做作业，根本没时间回宿舍。

等到忙完回去时，已经是凌晨了，她整个人累到虚脱，洗完澡倒头就睡。

第二天醒来时，她的手下意识往枕边摸手机，摸空后才想起昨天手机好像进水了。

她顺便又想起昨天和徐时樾不愉快的对话，心情也变得有些不好。

瞥见扔在床尾的 iPad，黎宁拿过来准备看下时间，刚点亮屏幕，就有无数的微信消息弹出来。

对此，黎宁倒也没太意外，她差不多一整天都没用手机了，也没打开过微信，消息多也正常。

各种群聊和私聊的未读消息都顶了上来。

黎宁没管，视线先落在置顶的徐时樾的头像上。

他发过来的消息不算多，只有十几条。

黎宁点开。

从说冷静下来之后那条消息过后，徐时樾又陆续发来几条日常问候的消息，似是有意要淡化之前两人的争吵。

晚上，他还发来了几通视频通话。

但那会儿黎宁正在院楼，宿舍里的 iPad 开了静音，电脑上也没登录微信，所以并没有接到。

划拉到最下面，他的最后一条消息是——

徐时樾：还在生气？

态度看着有些轻描淡写，以及冷漠。

黎宁不由得一哽，抿了抿唇。

她正要回复，江远的消息弹出来。

他先发了一个表情包。

黎宁不明所以。

江远：服了你们这两个恋爱脑。

黎宁：[？.jpg]

江远：十多个小时的飞机说飞就飞是吧？

黎宁：什么意思？

江远：你不知道？

黎宁：［？.jpg］

江远：那徐时樾回国干什么？

黎宁看到这条消息一愣。

她没再理会江远，先看了眼时间，这会儿还不到上午九点。

如果她没记错的话，从徐时樾的城市只有一班直飞回国的航班，当地时间晚上九点多起飞……

没来得及多想，她立马给徐时樾打了个语音电话。

谢天谢地，还能打通。

没等徐时樾开口，黎宁就先问："你在哪儿？"

"机场。"他低沉的声音混着几分模糊，透过电流传过来。

"你是要回国？"她深吸一口气，不确定地问了句。

"嗯。"嗓音带着几分漫不经心，他又问了句，"昨天怎么没回消息？"

"手机掉水里关机了。"黎宁抿抿唇，"你别回来，我真没生气。"

想了想，她又问："你现在应该还没登机吧？"

"正要去。"他应了声。

"那你别上飞机了。"她赶忙道，又强调了一句，"不然我真的生气了。"

他那边似乎信号不太好，应了一声"嗯"，但后面说什么就有点听不清了。

黎宁本来以为自己都这样说了，他应该会取消回来的计划。

刚好室友过来找她有点事，黎宁便也挂了电话。

差不多半个小时后，想着徐时樾应该已经回学校了，于是，她在微信上问了句。

黎宁：你现在回学校了吗？

徐时樾：在飞机上。

黎宁一愣。

徐时樾的航班到达燕城机场时已经是周日的清晨六点了。

虽然有点无奈，但第二天黎宁还是一早去了机场。

天还没完全亮起来，天幕是浅淡的灰蓝色，空气中还浮着晨雾，湿润又清寒。

黎宁站在出站口，看到徐时樾走出来。

他穿了件休闲的灰色卫衣，没带什么行李，只斜挎了只黑色双肩包，神色带着几分困倦。

差不多一个月没见了，他看着好像清瘦了几分，脸颊轮廓也变得更加立体分明，带着几分锋利。

看见她时，他神色一松，迈着长腿径直朝她走了过来。

黎宁抿抿唇，还没来得及说话，就被他扯进了怀里。

后腰被他有力的手臂紧紧箍住，他的头埋在她的颈窝里，深深地吸了一口气，声音带着几分沙哑："不是让你别过来的吗？"

感受到他熟悉的怀抱，黎宁原本紧绷着的身体也放松了下来。

就这么抱了一会儿，两人才找了个咖啡馆坐下。

黎宁看向徐时樾，抿了抿唇，问了一句："你就这么回来，能待多久？"

徐时樾捏了捏眉心，才说："下午就回去。"

他手里头有要紧的项目正在做，抽出周末的时间回来已是勉强。

听到这话，黎宁微微瞪大了眼睛，语气里满是不可置信："你是不是疯了？"

他真当自己是超人是吧？

黎宁简直气不打一处来，一张脸也瞬间冷了下来："你是不是以为这样显得你特深情？我应该特别感动？"

见她冷着脸的样子，徐时樾叹了一口气，解释道："我没这样想。"

"只是发现你情绪不太对。"顿了顿，他又说，"我得过来确认一遍。"

单薄的文字和冰冷的屏幕能掩盖太多的东西，他只是想确认她真的没遇到什么问题。

同时也想着，她或许想要见他一面。

就像他一样。

"和我说说吧，最近怎么了？"徐时樾握住黎宁的手。

整只手被他温暖的大掌包裹住，黎宁指尖动了动，眼皮垂下来："都说了没事。"

徐时樾却没放过她，接着问："那为什么不开心？"

"我没有——"黎宁下意识否认，抬眸对上他关心且仿佛洞悉一切的眼神，坚持不过两秒终于败下阵来，声音也变得越来越低，"好吧，是有点，我也不知道为什么……"

但徐时樾却很有耐心，一点一点帮她梳理着各种没来由的情绪。

被他带着聊了一会儿，黎宁总算发现了自己的症结所在。

其实也不是什么大问题——

除了一些情侣分离焦虑，可能还因为她现在正处于大三下学期这个有些微妙的时间点。距离毕业只有短短一年的时间，大多数人都会在这个时间点陷入对未来的迷茫之中。

就像站在一个交叉路口，对每个选择都摇摆不定。

黎宁也有些不可避免。

虽然她可能自己不觉得，但处在这个氛围之下，其实很难做到不受周围影响。

徐时樾也没跟黎宁说什么大道理，在将她的话匣子打开之后，就一直静静地听着她说。

就这么聊了一会儿后，黎宁心中原本的郁结竟然神奇般地渐渐消散掉了。

而因为刚刚过度的自我袒露，黎宁后知后觉地有些羞赧起来。

不得不感叹某人表面上看着不动声色，手段实在是相当高明。

…………

时间像是被人疯狂摁着加速键，黎宁感觉和徐时樾根本没待多久，时间一下子就来到了下午。

广播里传来登机提醒，黎宁觉得心脏好像突然被人挖空了一块。

她跟只八爪鱼似的，抱着他不想让他走。

徐时樾也由她抱着，手掌有一搭没一搭地安抚着揉着她的头。

就这么任性了一会儿后，黎宁终于松开手，忍住眼泪："你走吧。"

徐时樾心里同样不好受，甚至生出了"要不不走了"的念头。

但终究是理智占了上风。

他克制地捧着她的脸吻了吻，叹了一口气："再等我几个月。"

黎宁神色恹恹地坐上了回学校的车。

手机已经可以正常使用，徐时樾那边连上飞机的WI-FI后，便开始找她聊天。

两人聊了一会儿后，黎宁催他赶紧去好好休息。

又看了眼他的航班信息算了算时间，黎宁给江远发了几条消息。

黎宁：[航班截图.jpg]

黎宁：你晚上有空去接下徐时樾。

此时江远那边正是凌晨三点多。

好不容易睡着，结果又被吵醒的江远烦躁地抓了抓头发。

江远：*我去接个屁！*

他怒气冲冲地回了消息后，重新倒头睡去，内心不禁后悔，他当初和徐时樾申请同一个学校，是不是有什么毛病！

江远一言既出驷马难追，说不去接是真不去接，就是越是接近那个时间点，越是有些坐不住。

于是，他掐着点晃悠去徐时樾的宿舍那边。

也是巧了，他正好碰上徐时樾回来。

江远扫了对方一眼,开口:"哟,还活着呢。"
徐时樾瞥了一眼对方脸上犯贱的笑容,根本懒得搭理他。
长时间高强度的飞行,身体确实有些吃不消,他现在脑子昏昏沉沉,只想赶快把时差给调整好。

时间一晃就是几个月。
两人依然磕磕绊绊地谈着恋爱,但也学会了更加体谅对方。
很快就到了七月份,暑假也如期而至。
黎宁在汪真真的极力邀请下,选择继续去之前实习过的游戏公司进行暑期实习。
徐时樾的交换项目要到八月底才结束,于是,在实习开始之前,黎宁先飞去国外找他玩。
算一算,他们已经有三个月没见了。
本来五一假期时,黎宁打算去找徐时樾的,结果黎艳当时动了一个小手术,黎宁只能先过去陪她。
十几个小时的飞行,黎宁却半点都不觉得疲惫,只要一想到马上就能和徐时樾见面,就激动得心脏跳个不停。
从燕城直飞过去的航班少得可怜,黎宁乘坐的便是上次徐时樾飞回去的那班。
燕城时间下午四点起飞,当地时间下午七点多降落。
黎宁带着行李出站时,隔着不同肤色、不同体型的人群,一眼就看见了徐时樾。
他面容一如既往的俊朗,迈着长腿朝她走过来,接过她的行李,语气温和地问了句:"累吗?"
"还好。"黎宁浅浅弯了下嘴角。
说来也奇怪,明明刚刚在飞机上,黎宁还想着等会儿见了面要干什么。
结果真见面了,之前在脑海里预演的场景,现在全部不翼而飞,甚至双手双脚都变得有些不自在起来。
不知道该说些什么,气氛突然变得有些沉默起来。
"那先去吃饭?"徐时樾看向她,再次开口。
"嗯。"黎宁矜持地点了点头。
徐时樾不由得深深地看了她一眼。
黎宁不动脑子,直接跟着徐时樾走。
两人开车离开机场,找了家氛围很不错的餐厅吃晚餐。

整顿饭吃得——相当客气。

黎宁也有些想不通,明明几个小时前,在和徐时樾聊天时,自己的甜言蜜语可以说是张口就来。现在真坐到一起了,她却连他的眼睛都不敢看。

偶尔视线不小心撞到一起,下一秒就又立马移开。

气氛也变得极为尴尬。

吃完饭,天色已经不早了,徐时樾送黎宁去预订好的酒店。

打开门,两人走进去。

黎宁轻咳了一声,抬起眼皮看他一眼,又垂下眼,问了声:"你……要回学校吗?"

但下一秒,就听见"啪嗒"一声。

身后没来得及关上的门被合上,黎宁整个人被抵在门板上。

徐时樾垂眼看她,嘴角往上一勾:"怎么一副和我不熟的样子?"

他整个人倾身压过来,熟悉的气息将她包裹住。

黎宁睫毛忍不住颤了颤,声音并没什么底气:"哪有?"

"没有吗?"他弯下腰,凑得更近了一些。

他鼻尖蹭到她的脸颊上,带着温热的呼吸,有点热也有点痒,带着些许捉弄的意味。

黎宁有些恼,忍不住伸手去推他,然而手腕直接被他捉住,反压在门板上。

只听见徐时樾闷闷地笑了两声,俯身压在了她的唇上。

见她还有些僵硬,徐时樾拇指摩挲着她的下巴,声音带着点笑意,还有几分喘:"乖,张嘴。"

他的力度渐渐加大,黎宁被亲得晕乎乎的,只凭借着本能回应他。

渐渐地,两人从略微有点陌生,变得熟悉起来。

不知不觉,人也从门板后边,转移到其他地方。

…………

黎宁在徐时樾这边待了差不多一个星期。

本来就是出来玩的,黎宁也没什么要紧事,每天就跟着徐时樾到处溜达。

她去参观了他交换的学校,还认识了不少他在这边的朋友。

当然,其中包括黎宁亲爱的弟弟江远——

江远对黎宁没提前告诉他她会来玩这件事很有意见。

见到她时,江远冷笑一声,像她欠了他几百万似的。

黎宁只能亡羊补牢地解释道:"那是因为我想给你一个惊喜啊!"

江远扯了扯嘴角:"你看我脑门上写了'蠢货'这两个字吗?"

到底是为了谁,他都懒得说。

黎宁无奈。

面对黎宁如此重色轻弟的行为，江远的报复方式是——

他厚脸皮地参与黎宁和徐时樾的行程，势必要在他们之间当一颗最闪亮的电灯泡。

黎宁和徐时樾吃饭时，他要一起。

黎宁和徐时樾出去玩时，他也要一起。

…………

然而这当电灯泡的日子也就持续了短短一天。

因为江远无语地发现，那两个臭不要脸的，现在已经能无比自然地当着他的面卿卿我我了……

压根儿就没受他这颗电灯泡的影响！

于是，江远干脆眼不见为净，懒得去管那两人。

没想到黎宁竟然还得寸进尺，第二天见他没过来，还主动给他发微信。

黎宁：[位置信息]

黎宁：过来啊，一起玩。

江远：不来。

黎宁：来嘛来嘛！

江远：[？.jpg]

江远：你吃错药了？

黎宁：我怕你觉得我们孤立你。

江远：[？.jpg]

江远：说人话。

黎宁：好吧，其实我们缺一个帮忙拍照的人/脸红

江远：滚。

快乐的时间总是很短暂，很快就到了黎宁该回国的时候了。

想到又要分开，黎宁一大早醒来情绪就很不好，被徐时樾抱在怀里哄了好一会儿，才不情不愿地收拾东西。

到了晚上，徐时樾和江远送黎宁去机场。

江远在前面开车，黎宁和徐时樾则坐在后排。

一上车，后面的两人就黏在一起。

江远从小到大就没见过黎宁这么黏人的样子，当然，某个高岭之花室友也不遑多让。

肉麻得要死。

真是没眼看。

江远觉得他真是不应该在车里,他应该在车底,用手扛着这辆车跑。

真是懒得搭理后面那对臭情侣。

经过一个红灯时,江远停下车,开窗透气时,视线不经意瞥见后视镜的两人。

真是服了。

又亲上了。

真当他不存在是吧?

江远终于忍无可忍,无奈地开口:"车灯好像坏了,你俩要不下车去前面看一看。"

番外二
平行世界
ZHAOMI

1

小学五年级时,黎宁家经历了一次很严重的家庭危机。

一切其实早有征兆,一个月来,黎艳和江柏青就陆陆续续爆发过好几次争吵。

导火索是在黎艳的工作上,目前有一个特别难得的工作机会摆在她面前,将对她的整个职业生涯有相当大的帮助,唯一的缺点就是工作地点在离家千里的南城,如果她接受这份工作就意味着要与家人分居两地。

黎艳热爱自己的工作,在事业上也很有野心,并不愿意就这样将机会拱手让人,更何况等完成项目之后,也不是没有机会再回来。

机会转瞬即逝,于是黎艳没来得及和江柏青商量就接受了这个工作机会。

两人为此产生了很大的分歧。

虽然没当着两个小孩的面吵过,但小孩子其实最会察言观色,尽管他们有意掩饰,黎宁和江远还是察觉到了父母之间剑拔弩张的气氛。

夜晚,黎宁睁着眼睛躺在自己的小床上,听着父母卧室那边隐隐约约传来一些被压低的争吵声,她不高兴地翻了个身,将被子盖到头顶,将自己整个人都埋了进去。

就在这时,房门被拉开一条缝。

江远抱着枕头轻手轻脚地走进来。

黎宁耳朵动了动,拉开被子往下一看,果然看见床边的地板上一个躺下的身影。

"你说爸爸妈妈会离婚吗?"江远带着些哽咽的声音传来。

"离婚"这个词还是从班里同学口中听到的,父母一旦离婚就意味着要么会失去爸爸,要么会失去妈妈。

总之不是什么好事。

一想到这种可能,黎宁心脏像被什么攥住了一样,连呼吸都变得困难。

"你别哭了,不会的。"黎宁忍住眼眶中的眼泪,努力安慰了江远一句。

然而这样干巴巴的一句话并没有太大的效果。

房间里依旧传来低低的啜泣声,不知道过了多久,江远终于哭累了,开始打起小呼噜。

黎宁躺在床上却是怎么也睡不着。

听见外面传来的动静,她犹豫了一会儿,悄悄下了床绕过地上的江远开门出去。

她先走到父母卧室门前,门缝透出一丝亮光,但里面很安静。

在门口站了一会儿,她抿了抿唇,还是没进去。

黎宁漫无目的地在屋里转了一圈,正准备回房时,发现阳台门没有关,风吹起白色的窗帘,扑面而来的空气里夹杂着一丝若有似无的烟味。

黎宁朝阳台那边走过去,拨开不断飞舞着的窗帘,见到江柏青正背对她站着。

背影高大萧瑟,指尖燃着一点猩红。

"爸爸。"黎宁叫了一声。

江柏青回头看见小小的女儿,赶忙先将手里的烟给掐了,脸上扯出一个笑容,声音有点哑:"宁宁,这么晚了怎么还不睡?"

"睡不着。"黎宁抿了抿唇。

江柏青见状蹲下来,宽大温暖的手掌摸了摸她的头,打起精神道:"怎么睡不着,要爸爸讲睡前故事?"

黎宁一下子委屈起来,扑进他的怀里,眼泪忍不住夺眶而出,抽噎着说:"爸爸,你不要我们了吗?"

江柏青闻言不由得身体一僵。

想起刚刚和黎艳的争吵,一时有些说不出话来。

黎宁见他沉默,哭得更厉害了。

江柏青试图和她讲道理:"就算爸爸妈妈以后会分开,但还是会一样爱你和阿远。"

"那爸爸你不爱妈妈了吗?"黎宁仰着一张满是泪痕的包子脸问。

江柏青嘴唇动了动。

明明是黎艳不在乎他，也不在乎他们这个家。

这么大的决定说做就做，一点都不考虑他的意见。

"呜呜呜……"黎宁哭得更伤心了，"我不要你们分开。"

眼看着女儿就要哭晕过去，江柏青见状连忙拍了拍她的背道："好好好，不分开不分开。"

江柏青哄了好一会儿，见怀里的女儿终于不哭了，低头一看才发现她已经睡了过去。

他摇了摇头，动作温柔地将她抱回房间里去睡。

结果刚一推开黎宁的卧室门，他就发现她房间的地板上还躺了一个。

不用看也知道是江远。

江远从小就黏他姐，因为被告知男孩子长大了不能和女孩子睡在一张床上，这小子另辟蹊径直接睡他姐房间的地板上。

江柏青轻手轻脚地把黎宁放回床上，又仔细地盖好被子，随后又弯腰把地板上的儿子抱起来送回他自己的房间。

抱起江远的时候，江柏青果然看见这小哭包睫毛也是湿湿的，脸上带着明显的泪痕。

两个孩子都如此惊慌失措，江柏青捏了捏眉心，重重地叹了一口气。

又想到方才气头上吵的那些决绝的话，江柏青脸色变得很难看。

他原本是打算去酒店对付一晚的，犹豫了片刻，最终还是朝着夫妻俩的卧室走去。

卧室里的灯还开着，黎艳似乎没想到他还会回来，猛地偏过头，语气冰冷："你还回来干什么？不是说好宁宁归我，阿远归你了？明天咱们就去民政局。"

听见这话，江柏青直接心头一哽。

他不想再和她吵了，直接往床上一躺，没吭声。

黎艳似乎也没心情再说其他，关了灯，背对着他躺下。

房间里恢复安静，直到江柏青察觉到床垫另一侧传来细微的颤抖，才终于意识到了不对劲。

江柏青开灯坐起身来，果然看见黎艳满脸的泪水。

黎艳向来坚韧要强，交往结婚以来，江柏青从没见过她这么哭过，于是瞬间变得有些慌乱起来。

"哭什么？离婚不是你提出来的吗？"江柏青语气有些硬。

黎艳偏过头，气得将一个枕头砸过去："你不也答应了吗？"

"我那是气话，你听不出来吗？"江柏青深吸一口气，"况且我也不是生气你去南城，我只是气你把我、把我们家当成什么了，说不要就能不要是吧？"

"我没有，还不是你不依不饶。"黎艳不服输。

江柏青之前上头的情绪渐渐平复，觉得因为这点破事闹到全家不安宁，甚至离婚的地步确实有些荒唐。

又见她泪流满面的样子，他的心也一下子软了下来，觉得低头就低头吧，在老婆面前要什么面子。

于是，他只想快刀斩乱麻赶紧把这事翻篇，开口道："行行行，都是我的错，不吵了，这事就过去了。"

"你说过去了就过去了？"明明就是他先要和她吵的。

"我错了，我错了。"江柏青把人捞过来，紧紧抱在怀里，"都大半夜了，该睡觉了。"

差点在他怀里窒息的黎艳："……无赖。"

黎艳踹了他一脚后，到底没再挣扎。

吵架的这一个月以来，两人时刻剑拔弩张，确实没好好地拥抱过了。

过了半晌，黎艳低低地说了声："对不起。"

难得见她低头，江柏青"哼"了一声，没再说什么。

直到察觉到怀里的女人已经睡过去了之后，江柏青这才低头细细看了看她，突然有些后怕。

黎艳的脾气他是知道的，如果今天自己真的负气去了酒店，她明天真干得出来拉他去民政局扯离婚证。

说起来，他刚刚也是气昏了头，竟然顺着她把离婚的话给说出去了。

想到这里，江柏青不由得把怀里的人抱得更紧了一些。

一场家庭危机就这样悄然化解，速度快得黎宁和江远都没反应过来。

他们不太明白，为什么之前还总是悄悄吵架的父母，突然之间又变得黏黏糊糊了，简直像在做梦一样。

两人想要弄清楚到底什么情况，忍不住悄悄观察黎艳和江柏青，然后凑在一起嘀嘀咕咕。

又一次偷看被抓包，两个小孩被拎到沙发上说话。

"是这样的，爸爸妈妈要和你们说一件事。"江柏青咳嗽了一声。

一听见这话，江远的嘴立马一撇。

他和黎宁都去问过班里那些父母离婚的同学了，据说他们爸妈离婚时，开口就是这么一句话。

黎宁也忍不住抿了抿唇。

"妈妈因为工作调动要去南城工作一段时间。"黎艳开口，"所以妈妈不在的这段时间，你们在家要好好听爸爸的话。"

一听见这话，江远立马就哭了。

黎宁的眼泪也在眼眶里打转。

果然，爸爸妈妈还是离婚了。

两人的反应让两个大人都蒙了："怎么突然哭了？"

得知两个小孩哭闹的原因后，黎艳和江柏青哭笑不得，只得解释道："爸爸妈妈没有离婚。"

两个小孩却是怎么也不肯相信。

"看你把孩子给吓的。"江柏青忍不住笑了。

黎艳瞪他："你还不快点哄。"

在父母的连番保证下，黎宁和江远对两人没离婚的事情半信半疑。

而因为项目时间紧，黎艳还是只身去了南城，黎宁和江远则留在了松城继续上学。

松城第一附小。

这天下午放学，轮到了江远和黎宁当值日生。

江远和另一个女生一起倒垃圾去了，黎宁和好朋友谭清珂在教室整理桌椅。

"所以你爸爸妈妈并没有离婚？"谭清珂好奇地问。

她有听说黎宁讲家里的事。

"应该吧，他们说没离。"黎宁将一张课桌摆正，顺便说，"但我已经一个星期没有见到妈妈了，她去南城工作了。"

"我舅妈也是骗我表弟说去外地工作了，但其实我偷偷听见我外婆和我妈妈说，他们已经离婚了。"

黎宁挠了挠脸，有些发愁："唉，你别说了。"

正说着话，窗户外面有同学跑过来大声报信："黎宁，你弟弟被人欺负了。"

黎宁闻言赶紧出了教室趴着走廊栏杆上往垃圾点的方向一看，果然看见江远正被人推倒坐在地上，几个男生正围着他嘲笑。

黎宁见状立马朝那边跑去，谭清珂在后面追："你等等我！"

事情回到几分钟前。

江远和车媛媛一起提着教室的垃圾桶去垃圾点，没想到遇到几个学校里爱惹是生非的调皮男生，他们故意去扯车媛媛的辫子。

车媛媛性格软，不敢反抗，江远觉得那些男生的行为不对，出声阻止道："你们不要欺负女生。"

带头的男生瞪了他一眼："要你管！"

"你们再这样我就要告老师了。"江远勇敢地道。

"略略略，我要告老师了。"一个男生一边做鬼脸一边学着江远说话。

"还告老师，信不信我们揍你！"另一个男生挥了挥自己的拳头。

江远其实胆子并不大，被这么一威胁，立马眼圈红了。

"哈哈哈，他是不是要被吓哭了。"一男生哈哈大笑。

"这么大了还哭，真是娘娘腔。"

几个男生开始欺负江远。

推推搡搡，江远被推倒在地。

一旁的车媛媛急得都快要哭了。

就在这时，一道声音传过来："喂，你们不准欺负我弟弟！"

车媛媛望过去，就见黎宁正朝他们跑过来，一张小脸跑得红通通的。

她后面还跟着另一个圆脸女生谭清珂。

只见谭清珂四下观望了一下，捡起一把不知道谁扔在操场上的扫帚，快速递给黎宁，并说道："黎宁，这个这个！"

黎宁接过扫帚，看向那几个问题男生。

"我就欺负怎么了！"为首的男生叉腰道。

黎宁皱眉，直接拿着扫帚打过来。

"啊啊啊，快跑快跑！"

没想到黎宁真敢和他们干架，几个调皮男生一哄而散。

黎宁扔了扫帚，拉起还坐在地上的江远，忧愁地叹了口气："你没事吧？"

江远吸了吸鼻子，摇了摇头。

见他确实没什么事，黎宁和谭清珂捡起地上的垃圾桶，顺便对愣在原地的车媛媛道："没事了，回教室吧。"

车媛媛默默地跟在他们几人身后。

只见谭清珂正对着黎宁吹彩虹屁："黎宁，你刚刚挥扫把那几下特别威武！"

说完，她又戳了戳江远："你都多大了，还要姐姐保护？"

江远气鼓鼓地瞪了她一眼，伸手要来打她。

谭清珂松开垃圾桶就跑。

黎宁无语地看着前面的两人，自己拖着垃圾桶往前走。

车媛媛有些羡慕，犹豫了一下。她勇敢地跑上前帮黎宁一起拿，小声说："我、我来帮你。"

"啊，谢谢。"黎宁看了眼车媛媛，朝她笑了笑，"你刚刚没事吧？"

虽是同一个班，黎宁和车媛媛不算太熟，只记得她是一个安静害羞的小女孩，几年下来一共也没说过几句话。

车媛媛摇了摇头："没、没事。"

黎宁"嗯"了一声，没再说话。

车媛媛忍不住偷偷打量黎宁。

说实话,她刚刚有被黎宁的行为给惊到。

不过黎宁真的好勇敢哦。

车媛媛其实很想和黎宁一起玩,但围着黎宁的人总是很多,她又太害羞,根本没有勇气和她搭话。好不容易等到车媛媛鼓起勇气开口想说些什么,他们已经回到了教室。

黎宁已经背好书包,礼貌地和她告了别:"我们走了哦,再见。"

车媛媛:"……再见。"

"我觉得车媛媛想和你做朋友。"谭清珂凑到黎宁的耳边小声说。

"是吗,你怎么知道?"黎宁随口问了一句。

"她经常和你打招呼。"谭清珂说出自己的观察。

"……好多人也经常和我打招呼的。"甚至有好些人黎宁都不认识。

"啊啊啊,我不管,反正你最好的朋友只能是我!"谭清珂抱住黎宁的胳膊霸道地宣布。

"嗯嗯嗯。"

"怎么好几次周末找你你都不在啊?"谭清珂趴在桌上问。

"因为周末的时候,我爸会带我和江远去南城……"

虽然江柏青美其名曰去找妈妈一家团聚,但黎宁觉得明明是他自己想去看她妈。

黎宁正和谭清珂聊着,突然,车媛媛朝她们走过来,谭清珂用胳膊肘捅了捅黎宁。

"黎宁,这周末我生日,我能邀请你一起来玩吗?"车媛媛红着脸开口。

"祝你生日快乐啊。"黎宁想了想,随后遗憾地摇了摇头,"我周末得去找我妈妈,所以不能去你的生日会了。"

"那好……好吧。"车媛媛的脸更红了,说完就转身离开了。

"我就说吧。"谭清珂朝黎宁挤了挤眼,"她怎么不邀请我啊?"

"她可能太害羞了。"黎宁耸耸肩。

很快上课铃响了,两人便把这件事给抛在了脑后。

2

小学结束,黎宁和江远两人进入初中。

黎艳在南城的项目还未结束,暂时没有要回松城的迹象。

江柏青将两个孩子打包送入周末的各种兴趣班和补习班,自己时不时跑去南城见老婆。

黎宁开始认真琢磨起画画,江远坐不住,在各种兴趣班里乱窜。

可能是因为学了跆拳道，又打起了篮球，江远的身高噌噌噌地往上长，曾经那个跟在黎宁后面的爱哭鬼也渐渐有了少年模样，并且开始变得不那么讨喜。

当江远的身高第一次超过黎宁时，江远用手按住她的头，得意地"嗤"了她一声："矮子。"

黎宁无语。

果然，初中的男生最讨厌了。

随着身高的增长，江远开始自信心爆棚并且变得无比幼稚，害得黎宁都有些怀疑他是不是被人给夺舍了。

黎宁简直懒得搭理他，偏偏他又总爱来黎宁面前犯贱，因此每日都少不了一些姐弟互撑。

初二有一阵子，黎宁迷上了画人物。

没事的时候，她爱翻翻画册，以及研究人体结构的书，看着看着，最后竟然看起了面相书。

她觉得还挺有趣的，课间无事的时候也翻来看。

谭清珂初中依旧和黎宁一个班，见她看得津津有味，凑过来问："你看什么呢？"

黎宁把书皮露出来给她看："研究面相。"

"那你分析分析我的面相。"谭清珂眼睛一亮，很感兴趣地道。

黎宁盯着她看了几秒，状似认真地说："嗯，有福气的旺夫相。"

"什么呀！"谭清珂抬手打她，有些不满，"旺夫不如旺自己。"

黎宁也忍不住笑了起来："你还真信这个啊？"

"那你不信你还看？"

"我研究画人物呢！"

"那你还不如研究研究周围的人。"谭清珂撑着下巴道。

"那不是不好意思总盯着人家看嘛！"黎宁解释了一句，"我怕别人以为我是变态。"

一想到这个画面，两人都忍不住笑趴在桌上。

"哎，你知道吗？有人排了个松城初高中男生的颜值榜。"谭清珂想起什么和黎宁八卦。

"还有这种东西？"

"在群里传很久了啊。"谭清珂扫了一眼教室外，悄悄摸出手机，"我之前不是给你转了链接吗？"

黎宁挠了挠脸："好像有这回事。"

正说着，谭清珂已经找出那个链接。

入目第一张是一张男生自拍照，微眯着眼看着镜头。

黎宁这才意识到自己看过帖子，只不过第一张图片就不感兴趣，当时就没往下看，直接点了退出。

"这个就是高中里排名第一的×××，现在在网上也挺火的。"谭清珂介绍道，"咱们初中的在下面。"

谭清珂操作着手机一边往下划拉，一边给黎宁介绍。

"这个身形不错。"黎宁指着一张照片说。

"哦，这个我看看，是八中的徐时樾。"谭清珂有些遗憾，"可惜只有一张模糊的偷拍照，据说他本人长得超帅。"

"谁长得超帅？"一道幽幽的声音从头顶响起。

"八中的——"黎宁顺口回了一句，随后意识到不对劲。

她抬头一看，果然看见班主任正似笑非笑地盯着她俩。

"你没事吧？竟然用手机看八中的帅哥，还被你们班老师给抓住了。"江远晚上打完球回来，一边喝水一边毫不留情地嘲笑她。

黎宁直接将一个抱枕砸过去："呵呵，滚。"

"你急了。"江远轻松地躲开。

黎宁懒得搭理他，江远"啧啧"两声，拿出手机去翻了翻那个传说中的帖子，一边翻一边评价："你什么眼光，这里面除了我一个能打的都没有。"

黎宁翻了个白眼。

真不知道他这自信心到底哪里来的。

因为被班主任当众调侃了一番这个年纪不要早恋，好好把心思放在学习上，顺便还被没收了手机，谭清珂伤心地要求黎宁周末陪她一起逛街作为赔偿。

黎宁欣然前往。

两人一路逛逛吃吃，没想到遇见一个熟人——

正是好久没见的车媛媛。

"据说车媛媛因为搬家所以去了八中。"谭清珂给黎宁科普，"啊啊啊，竟然又是八中。"

黎宁"扑哧"一笑。

"不行，咱们去打个招呼吧！"谭清珂扯着黎宁往前走，"为了我那部被没收的手机，我也一定要弄清楚那个八中的徐时樾到底长什么样！"

两人正要叫住车媛媛，突然不知道从哪里冒出一个皮肤微黑的男生，男生将一堆吃的塞给车媛媛，然后又快速跑掉了。

谭清珂和黎宁止住步伐。

"哇哦，有情况。"谭清珂脸上露出意味深长的笑容。

车媛媛没什么主见地看着旁边的女生："这个怎么办？"

"收下呗，反正是他自己要送给你的。"康琼说。

"啊？"

"我看黄子豪人还不错，而且据说他家也挺有钱的，不如你就答应和他做朋友呗。"康琼又说。

"但是我不想跟他做朋友。"

"行了，我知道你想和徐时樾做朋友。"康琼瞥了车媛媛一眼，又说，"对了，黄子豪不是和徐时樾玩得挺好的吗？或许你可以答应黄子豪，跟他们一起玩，然后趁机接近徐时樾——"

康琼正说着，眼睛突然瞥见她们身后站着的两个面色古怪的女生，立马住了嘴。

车媛媛见状也往回看了一眼，看见黎宁和谭清珂也是一愣。

因为听到了她们刚刚说的话，几人尴尬地打完招呼就告了别。

直到走出一段距离之后，谭清珂才忍不住拉着黎宁八卦："好像听到了什么不得了的东西。"

"那个女生是她朋友吗？怎么出这样的主意？"黎宁忍不住说了句。

"那个徐时樾真是祸水啊祸水！"谭清珂感慨，"一下子就祸害了三个女生！"

"哪里有三个女生？"黎宁看向她。

"第一个就是我啊！具体来说是祸害了我的手机！"谭清珂悲愤道，"其余两个当然是车媛媛和她那个朋友啊！她那个朋友一看就是也想认识祸水，这才撺掇了一个馊主意给车媛媛。"

黎宁一愣。

挺有道理的样子。

于是一路上，谭清珂抓着黎宁就这件事聊了很久。

谭清珂：你说车媛媛会不会按照她朋友说的那样做？

黎宁都回到了家里，谭清珂还发了 QQ 消息过来。

看到这句话，黎宁想了想，在好友列表里找到车媛媛，给她发了一条消息。

黎宁：在吗？

车媛媛：在的在的！

犹豫了一会儿，黎宁还是继续打字。

黎宁：今天不小心听到了你和你朋友的对话，可能有些多管闲事了，但你朋友提的那个主意有些不太好……希望你能慎重考虑，无论如何，随意玩弄别人的感情总是不对的。

消息发出去之后，过了几分钟也没有收到回复。

黎宁叹了一口气，感慨自己果然是多管闲事了。

但她并不后悔,如果真的什么都不做的话,她反而会良心难安。
正要退出聊天界面时,车媛媛的消息才弹跳过来。
车媛媛:谢谢你的提醒。
车媛媛:其实我也觉得不太好。
黎宁:嗯嗯。
与此同时,谭清珂的消息弹出来。
谭清珂:干吗去了,怎么一直不回我消息!
黎宁便和谭清珂说了一下车媛媛的事。
谭清珂:哎哟,我们宁宝怎么这么善良啊!
谭清珂:感觉要被赖上了。
黎宁:[省略号.jpg]
谭清珂一语成谶,接下来黎宁好像真的被车媛媛给赖上了。
自从有过一次黎宁主动的QQ对话后,车媛媛开始主动找黎宁聊起了天。
黎宁看到了也会回,一来二去两人竟然也熟悉了起来。
慢慢地,两人进展到一起出去玩,当然还有谭清珂一起。
谭清珂嘟囔了一句:"哼,果然有人一直觊觎我的朋友。"
不过因为车媛媛性格不错,谭清珂也没太大排斥,很快就愉快地和人玩到了一起。
玩得挺熟之后的某一天,谭清珂终于将那个压在自己心底好久了的问题问了出来:"车媛媛,所以那个祸水,哦,不是,徐时樾到底长什么样,真有传说中那么帅吗?"
"应该是挺帅的。"车媛媛点头。
"有照片吗?让我们看看!"谭清珂搓搓手。
"没有。"车媛媛摇头。
"啊?你不是想和人家做朋友吗?"谭清珂疑惑,怎么连人照片都没有啊!
"其实我应该不算喜欢他。"车媛媛想了想说,"好像是有一天康琼问我觉得徐时樾怎么样,我那时不知道怎么回答,然后不知道怎么大家都在传我喜欢徐时樾了……"
被说得多了,她自己好像也这样认为了,但仔细想想,其实并不是。
"啊?"谭清珂震惊,"你以后还是离那个康琼远一点吧。"
因为上次听到的话,谭清珂和黎宁对这个女生的印象都不太好。
"她现在也不怎么搭理我了。"车媛媛有些失落。
谭清珂拍了拍她的肩膀。
车媛媛振作起来,露出一个笑容:"你想要照片吗?我可以找机会去拍一张。"

"真的吗真的吗？"谭清珂兴奋，"你要是方便，我当然是想要的了。"

"喂——"黎宁无语。

于是，肩负着谭清珂的期待，车媛媛勇敢地在学校里悄悄地拍了一张徐时樾的照片。

跟在徐时樾旁边的于凡敏锐地发现了车媛媛并不高明的偷拍。

于凡用肩膀撞了撞旁边的好友，挤眉弄眼地说："喂，校花在偷拍你。"

车媛媛因为长得漂亮，私底下被八中一些学生称作校花。

徐时樾并不知道校花是何许人物，也并不关心这件事。面对于凡的打趣，他扯了扯嘴角，迈着长腿往前走："无不无聊啊你。"

于凡嘿嘿两声，几步跟了上去。

车媛媛拍完照后，很快便将照片发到了三人群里。

因为没敢离太近，照片不算太清晰，但已经能看清楚具体的长相了。

谭清珂：竟然真长这么帅！

谭清珂：@黎宁 快来看真是祸水啊！

黎宁点开照片看了下。

照片里的少年大概十五岁，清爽且带着十足的少年气，眉眼青涩，骨相优越，确实配得上校草的称号。

如果是还沉迷人像画的时候，黎宁可能会忍不住动笔画一画。

最近她又对花草虫鱼产生兴趣了，于是便只是多看了几眼，便退了出去。

3

上了高中，黎宁决定了以后考美院。

江远进了理科实验班，谭清珂在文科实验班，车媛媛进了松城中学，依旧没和她们一个学校。

高中课程变得紧张，大家没能再像以前一样经常出来玩，平时只在群里聊聊天。

因为对数学感兴趣，江远确定了要走数学竞赛的道路，寒暑假都有去参加集训，为竞赛做准备。

高二升高三的暑假，是黎宁和江远最忙碌的时候。

江远在参加数竞集训，黎宁整个暑假基本上也都泡在画室里。

因为平时都住在集训班那边，仔细算了算，他们竟然有一个多月没见过面了。

黎艳早在他们初三那年就回了松城，这天又恰好两个孩子都放假，于是便约好了一家人晚上一起去外面吃饭。

黎宁的画室距离江远的培训班不算远，她画完画就直接打车过去找他。

黎宁从车上下来刚准备联系江远时，手机屏幕上就跳出电量不足的提醒，黎宁只来得及给江远发了句自己已经到了的消息后，手机就彻底黑了屏。

没办法，黎宁只能先进去找他。

因为统一放假，路过的大部分教室已经没什么人了。

黎宁顺利地找到了江远所在的班级，但他人却不知道跑哪儿去了。

教室里只有一个埋头认真做题的男生，黎宁不好打扰，朝里面看了一圈，倒是看到了一件有点眼熟的外套。

应该是江远的座位没错了，黎宁径直走过去，准备在那儿坐着等江远。

等了一会儿，依旧不见江远的踪影，手机又没电，实在闲得无聊，黎宁干脆从座位里摸出一个本子画起画来打发时间。

反正她以前也经常在江远的本子上涂涂画画，已经成习惯了。

集训班上午就放假了，徐时樾下午和朋友们打了一场球，又回宿舍洗了个澡，这才又绕回教室准备拿东西回趟家。

然而一走进教室，他就愣住了，忍不住又退回去看了眼门牌。

嗯，没走错。

他的座位上确实坐了个不认识的女生，对方还拿着他的本子和他的笔埋头在写些什么，怀里好像还抱着他的外套。

第一次遇到这种情况，徐时樾有点哑然。

几秒过后，他朝自己的座位走过去。

见座位上的人并没有什么反应，徐时樾只好拉开旁边的椅子坐下，同时视线不由得朝对方看过去。

毫无疑问，这个女生长得很漂亮。

她身上穿着一条背带裙，头发束成高马尾，露出一截纤细白皙的脖颈。

睫毛很长，皮肤也很好，夕阳从窗外照进来，映照出她脸颊上一层浅浅的绒毛，看着有点像毛茸茸的水蜜桃。

徐时樾的视线没在她脸上停留太久，随即落在自己的本子上。

原来她是在画画，虽然没看出来是在画什么，但已经落在纸上的图画很有美感。

大概是闲得慌，徐时樾也没出声，就这么看着她画。

旁边人的目光有些强烈，黎宁停下笔，忍不住朝对方看去。

少年五官利落分明，刚洗过澡，头发还没有完全吹干，垂下来的黑色额发还有些湿润，整个人显得清隽无比。

瞧着好像有点眼熟。

"请问有事吗？"黎宁礼貌地问了句。

徐时樾听到这话，一时竟不知作何反应，不由得挑了挑眉。

应该算是有事。

你好像霸占了我的座位。

徐时樾正欲开口,江远就出现在了门口:"一直打你电话怎么不接?"

"手机没电了。"黎宁回了句。

"老妈已经打电话过来了,赶快走赶快走。"江远催促道。

"哦。"黎宁站起身来,想到什么,又朝旁边的陌生男生点了下头,这才朝门口的江远走去。

看着两人的背影消失在教室门口,如果不是看到自己桌上摊开的本子,他都快要以为刚刚发生的一切都是幻觉。

徐时樾蓦地笑了一声。

就还怪有礼貌的。

"你怎么还在教室啊?"于凡出现在教室门口。

于凡刚刚在楼下等了半天,某个说去教室拿了东西就下来的人迟迟没出现,于是又只好爬上来看是什么情况。

"马上。"徐时樾应了声,取下挂在椅子后面的书包。他扫了眼画了画的本子,本来想塞回桌洞里,结果却鬼使神差地装进了书包。

"我刚刚看见江远和一个长得贼漂亮的女生一起下楼。"于凡下楼的时候想起来说,顺便猜测了一番,"青梅竹马?"

"应该是他的家人。"徐时樾想起两人刚刚的对话,沉吟道。

"你怎么知道?"于凡好奇。

"猜的。"

于凡"哦"了一声,觉得有点不对劲:"你没事猜这个干什么?"

徐时樾:"……没什么。"

黎宁和江远也坐上了车。

江远想起来问:"你和徐时樾认识?"看起来两人聊得挺好,她还坐人家座位上。

"谁?"黎宁觉得这名字有点耳熟。

"没谁。"本就是随口一问,见她这一头雾水的反应,江远也懒得再问。

黎宁却是过了几秒才突然意识到——

哦,原来是他,谭清珂说的那个"祸水"。

终于将传说中的人在现实里对上了号。

黎宁仔细回想了一番对方的模样,这人长得确实还不错。

为了更有效率地学习,集训班这边提倡劳逸结合,教室外面铺设了不少运动设施,楼下不远处甚至还有个篮球场。平常休息的间隙,大家都会去运动运动放松脑子。

这天上午的课结束,几个男生约着一起去打篮球。

经过江远的座位时,徐时樾突然敲了敲他的桌子,开口:"一起去打球吗?"

江远也没想到徐时樾会邀他,先是愣了一下,过了几秒反应过来才矜持地点了下头:"也行。"

几个男生一齐往外面走。

于凡朝徐时樾使了好几个眼色,不明白他怎么突然叫上江远了。

虽在同一个班里上课,但徐时樾和江远只算点头之交。

江远是因为高傲,徐时樾则是因为围着他的人多,向来懒得主动交朋友。

而事实证明,只要徐时樾主动想和一个人成为朋友,那就没有不成功的。

在徐时樾的主动示好下,高傲如江远也很快和他们玩到了一起。

确实没有人能够拒绝和一个优秀到令人服气的人做朋友。

4

黎宁最近发现,徐时樾这个名字在她耳边出现的频次好像有点高,好像每次放假回家时,都能从江远口中听到"我哥们徐时樾"这几个词。

第二次和徐时樾见面是在国庆假期。

家里只有黎宁和江远两个人。

门铃突然响了,黎宁拉开门,猝不及防看见门外一个站着的高大清隽的少年。

"你好,我过来找江远。"少年垂眸礼貌开口。

黎宁反应过来:"哦,进来吧。"

不知道为何,她竟然觉得有些不自在。

她从鞋柜里找了一双客人用的拖鞋,递过去说:"给你,没人穿过的。"

"谢谢。"徐时樾接过来,弯腰换鞋。

黎宁的视线落在他轮廓分明的侧脸上,发现他眉骨那一块长得尤其好。

不料对方也看过来,两人的视线在空中对上。

黎宁率先移开视线,心猛地一跳。

"上次在补习班见过,你和江远是?"他率先开口,声音清越,尾音上扬。

"我们是龙凤胎姐弟。"

"我是江远的朋友,徐时樾。"徐时樾介绍自己。

"黎宁。"

玄关的空间有些狭小,黎宁不着痕迹地往后退了几步,指了指某个房门:"江远在那个房间。"

徐时樾的视线从她脸上掠过,朝她点点头,随即朝她指的方向走去。

高考结束那天晚上,黎宁收到了一条微信消息。

徐时樾:高考结束了,恭喜。

黎宁完全忘记了自己是什么时候加了徐时樾的微信,对他的了解也仅限于谭清珂说过的八卦,以及他莫名和江远成了朋友。

怎么说也算是认识的人了,正好也没事,黎宁打字回复。

黎宁:谢谢。

黎宁:不过还是你们保送生更爽!

江远和徐时樾他们都进了国家集训队,在今年一月份就保送进了燕城大学。在黎宁还在为校考、高考努力奋斗的时候,这些人已经早早开始享受长达八个月的假期。

徐时樾:也没有,大家都忙着高考,都找不到人一起玩。

黎宁:咦?我看江远每天都挺快乐的。

两人有一句没一句地聊了起来。

接下来的几天,黎宁也没弄明白,自己怎么和徐时樾变成了每天聊天的关系。

总是突然起个头,两人就莫名其妙聊下去了。

这天,黎宁不知怎么和徐时樾聊到了松城新开的一个艺术展。

徐时樾:明天要不要一起去看看?

黎宁:好啊。

徐时樾:那明天博物馆见。

黎宁:嗯嗯。

黎宁发出去才意识到不妥,她跟他总共都没见过几面,好像还没有那么熟?

既然都已经答应了,黎宁也不好再反悔。

第二天,黎宁磨磨蹭蹭地来到博物馆。

徐时樾人已经到了,少年身姿挺拔,宽肩窄腰,光是站在那儿就吸引了不少人的目光。

黎宁尴尬地和他打了个招呼:"嗨。"

相较于她的尴尬,徐时樾的表现自然得多:"走吧。"

于是,黎宁和徐时樾又莫名其妙变成可以约出来一起玩的关系。再后来,等黎宁终于反应过来的时候,她已经成了徐时樾的女朋友。

就算是想赖也赖不掉了。

番外三
朝暮与共
ZHAOMI

1

日子须臾不停地往前走着,转眼已经毕业两年。

毕业后,黎宁因为实习的公司工作环境不错,选择留下来成为一名游戏原画师。本职工作之余,她还成功出版了几本画册,在业内业外都小有名气。

徐时樾则是在大四那年选择直接创业,自己创办了一个科技工作室,如今发展势头迅猛,频频登上各大杂志。

周五这天晚上,黎宁和同事们打完招呼就下了班。

那辆熟悉的车已经安静地停在老地方,黎宁直接拉开副驾驶座的车门坐进去。

驾驶座上的男人偏头看过来。

两年过去,这个男人变得更加成熟稳重,因为白天刚参加了一场重要的会议,身上的西装还没来得及换下,更显得他贵气逼人且多了几分禁欲感。

"去我那儿?"徐时樾挑眉。

黎宁想了想,点头:"好。"

这两年,徐时樾的厨艺飞涨。

不忙的时候,他们更愿意在家里吃。

今天显然是个不太忙的日子,于是在开车回家前,两人顺路去了趟超市,准备一起做晚饭吃。

徐时樾负责做,黎宁负责吃。

一进家门,徐时樾就进了厨房忙碌。

黎宁在沙发上坐了一会儿,颇感无聊,于是溜去厨房找徐时樾。

"需要我帮忙吗?"黎宁探进去一个脑袋。

徐时樾想了想:"冰箱里有一盒草莓,自己洗来吃。"

没能插上手的黎宁乖乖去洗了草莓,自己先啃了一颗,顺便投喂男朋友。

一顿丰盛的晚餐在黎宁的陪伴下完成。

吃完饭后,徐时樾去处理了一会儿工作,黎宁自己找了一部电影看。

过了一会儿,他回来,很自然地将人搂进怀里,陪着她看了一会儿。

但很快,身后的男人变得不专心起来,先是抓着她的手指玩,接着又低头有一下没一下地亲她。

黎宁脖颈被他亲得发痒,忍不住推了推他:"你先等我看完。"

"没不让你看。"某个男人理所当然道。

黎宁无语。

这让人怎么继续看得下去啊!

就这样你退我进,在沙发上胡闹了一会儿,黎宁终于败下阵来。

徐时樾哑着声音问:"去洗澡吗?"

黎宁不想看他,红着脸默认。

得逞的男人勾了勾唇,大步把人抱到浴室。

第二次被抱着从浴室出来的时候,黎宁累得连手指头都不想动弹。

徐时樾帮她捏胳膊捏腿放松,感慨:"怎么这么弱啊?"

黎宁简直不想理他。

要怪也只能怪某人精力太旺盛,每次她以为要结束了,结果又是新的开始……这么几场下来,任谁都吃不消好吗?

"要不搬过来住?"徐时樾凑过来亲了亲黎宁的脸,"我每天监督你锻炼。"

刚毕业那会儿,两人同居过一阵子,但因为正值事业初期,住在一起,搞得两个人都不能专心,于是黎宁便在公司附近租了个房子,只有周末或者放假的时候才过来他这边。

后来,她也一直没再搬回来。

见他重提这事,黎宁沉默,心里不由得嘀咕,嘴上说得漂亮,谁知道每天是不是真的锻炼。

"你这是什么表情?"徐时樾挑眉,捏了捏她的脸。

"你自己知道。"黎宁老实说。

"我知道什么?"徐时樾修长的手指往旁边移了半寸,突然精准地挠上了她腰上的痒穴。

黎宁一边躲一边笑："我错了，我错了。"

虽然黎宁觉得搬不搬回来都行，结果下一周项目启动，黎宁忙得连周末都没太多时间和徐时樾见面，搬家的事情自然也不了了之。

2

手上的事情忙完已经是一个多月后了。

黎宁和徐时樾趁着周末去附近城市玩了两天。

正准备回程的时候，徐时樾的手机突然弹出一连串的消息。

徐时樾点开一看，嘴角不由得抽了抽。

"出什么事了吗？"黎宁问了句。

徐时樾直接把自己的手机递过去："自己看。"

黎宁接过他手机，看向屏幕，上面正是和于凡的聊天页面。

于凡：[两条杠的验孕棒.jpg]

于凡：咦，怎么发到你这儿来了？

于凡：结婚快你一步就算了。

于凡：怎么当爸爸也比你快啊？

于凡：兄弟，记得准备好红包哈。

黎宁反应过来，瞪大双眼："哇，苏甜竟然怀孕了？"

没错，于凡和苏甜两个人结婚了。

这两人是在大四的时候突然在一起的，毕业后没多久就领了结婚证，是他们一众朋友中最早结婚的，当时惊掉了好一群人的下巴。

现在又传出怀孕的消息。

黎宁连忙摸出自己的手机，去找苏甜确认。

徐时樾瞥她一眼，凉凉地说："是啊，有的人孩子都要有了，有的人连婚都还没结。"

黎宁突然有点心虚。

其实毕业那年徐时樾就有跟她求过婚，但那时黎宁觉得自己完全还没准备好，脑子一抽，在他话还没说出口时，抢先一步捂住了他的嘴。

徐时樾当时脸都黑了，黎宁哄了挺久才把人给哄好，答应她过两年再说。

眼看着于凡和苏甜抢先结婚生子有些刺激到他了，黎宁试图转移话题："那得要看和谁比了。"

"嗯？"徐时樾双手抱臂看她，一副"我倒要看看你要怎么扯"的表情。

黎宁咽了咽口水，勇敢地开口："比如江远，他连女朋友都没有。"

言外之意是，至少你还有女朋友，知足吧。

徐时樾成功被她给气笑了。

看见他脸上的表情，黎宁顿感不妙。

正好这时徐时樾的手机有电话打进来，她立马主动帮他按了接听："有人找你，快接电话吧。"

徐时樾扫了一眼联系人的名字，又看了黎宁一眼，淡定地开口："喂，妈？"

黎宁一怔。

她默默闭上了嘴巴。

崔瑛的声音外放出来："阿樾，在哪儿呢？"

"正准备开车回去。"徐时樾应了声，同时启动汽车，又瞥见黎宁的安全带没系，顺嘴提醒了一句，"把安全带系上。"

对面的崔瑛听出什么，扬声道："小黎在你旁边呢？你开车吧，我和小黎说说话。"

刚系好安全带的黎宁："……阿姨好。"

"哎，你也好。"崔瑛声音带着笑，语气变得很温柔，"是这样的，我看下星期就是中秋了，你们应该都会放假吧，要不要过来家里玩玩啊？"

闻言，黎宁看向徐时樾。

徐时樾选择见死不救。

黎宁只好硬着头皮聊。

崔瑛很会聊天，可能是察觉到了黎宁的拘束，她很自然地换了个话题。

黎宁渐渐放松下来，和她聊了一会儿，最后竟然稀里糊涂地答应中秋过去玩。

直到挂了电话，黎宁还有些晕乎乎的，过了一会儿才捂住脸："我刚刚是不是答应了什么？"

3

中秋假期来临。

放假的前一天晚上，想到第二天就要去见徐时樾的家长，黎宁难得变得紧张起来。

在不知道第几次翻身的时候，徐时樾一把将人搂过来："睡不着？要不要做点别的？"

黎宁无语地踹了他一脚："你能不能别老想着那事！"

"我想什么了？"徐时樾闷笑出声，"我的意思是要不要聊聊天。"

意识到自己被捉弄了，黎宁气得咬上他的脖子。

徐时樾"嘶"了一声，忍笑道："这么明显的地方，明天可能会留痕迹。"

黎宁闻言，立马松开嘴，旋即又坐起来担心地看了看自己刚刚咬的地方，确认没留下红印后，这才放了心。

徐时樾毫不留情地笑了起来。

黎宁气得打他。

不过这么一闹，原本心里的紧张也消了大半。

第二天坐飞机回到松城见到徐家人之后，黎宁另一半的紧张也消失了。

徐时樾的母亲很有气质，虽染上了些岁月的痕迹，但不难看出年轻时的美貌。她脸上总是挂着温和的笑意，一见到黎宁就牵着黎宁的手往屋里走，笑着和黎宁说话："催了阿樾好多次了，今天总算是把人给盼来了。"

臭小子怕把女朋友吓着，还得要她亲自出马。

黎宁不好意思地笑笑。

黎宁之前在电话里就见识过崔瑛的善谈了，见到本人之后，发现她比电话里还有魅力。

几乎没费什么功夫，两人就很愉快地聊到了一起。

原本黎宁还计划只在徐家待一天，结果硬生生待了三天。

好在徐家人都特别好相处。

中秋意味着团聚，黎宁顺便也见到了不少徐家的亲戚，结果发现不少眼熟的大佬。

其中最离谱的还是黎宁终于发现她公司的老板竟然是徐时樾的小舅舅。

她当时人都蒙了。

崔灿反而哈哈大笑，还有心思开他们的玩笑："这可是我们公司最优秀的员工了，便宜阿樾你小子了。"

黎宁表面微笑，私底下偷偷地踩了徐时樾一脚。

4

不得不说，见了家长之后，黎宁心底关于结婚的最后一丝犹疑也消失殆尽。

徐时樾第二次求婚是在一个寻常但不平凡的日子，虽然强装镇定，但还是泄露了几分紧张。

"两年已经过去了，黎宁，你现在愿不愿意嫁给我？"

见她半天没回答，徐时樾还以为这次求婚又失败了，正要叹气，没想到最后几秒，她双眸弯了弯，点头："好啊！"

两年前的那枚戒指终于套到了它主人的手上。

黎宁和徐时樾谈了几年，双方的父母都乐见其成。

得知两人终于决定要结婚，双方父母很快就见了面，商议各种结婚事宜。

在国外深造的江远得知这个消息还专门飞回来了一趟，正好赶上双方父母见面的那一天。

"服了，你们两个还真要结婚了？"江远看向徐时樾的眼神带了些敌意。

虽然早就料到有这一天，但这一天真到来时，江远还是有一丝姐姐被别人抢走的微妙的不爽。

还要再说什么，江远又看向坐在一起的黎艳和江柏青，摸了摸下巴："那两个怎么也有点不对劲啊？"

因为要商量黎宁的婚事，作为父母的江柏青和黎艳难得出现在了同一场合里。

黎宁"哦"了一声，淡定地抛出一颗炸弹："有种死灰复燃的迹象。"

反正两人的感情状况挺扑朔迷离的。

江远无语了几秒："啧，魔幻。"

接下来的所有流程简直快得不可思议。

黎宁明明记得好像距离徐时樾跟她求婚也没过多久，然而下一秒她就来到了婚礼前夕。

大概是因为婚礼的各项准备都有人包办了。

这个人就是她的婆婆崔瑛。

崔瑛在婚礼筹备上的热情相当高涨。

黎宁本来还想要不要帮忙，结果发现自己根本插不上手，再加上崔瑛考虑得确实全面，审美又相当好，黎宁自愧不如，安心当只懒虫。

最终，两人的婚礼场地选在了一个海岛上。

婚礼的前一晚，黎宁失眠了。

因为不让住同一个房间，黎宁拿着手机给徐时樾发消息。

黎宁：睡了没？

徐时樾：没有。

于是两个睡不着的新人偷偷摸摸溜出房间见面。

"你怎么也睡不着啊？"黎宁扑进徐时樾的怀里。

"不敢睡。"

"为什么？"黎宁仰头看他。

"怕醒来发现是一场梦。"徐时樾半真半假地说。

没想到竟会是这样的原因，黎宁忍不住趴在他怀里笑了起来。

想了想，她又抬起头，踮起脚尖有一下没一下地去亲他。

徐时樾手扶在她的腰上，防止她摔倒，任由着她胡闹。

面前的这个女人叫黎宁，是他的妻子。

一想到这一点，徐时樾的心就变得异常柔软。

两人在角落里温存了一会儿，直到不知道哪里响起崔瑛的咳嗽声："咳咳，早点睡觉,注意点。"

被提醒的两人这才分开,回了各自的房间。

后来再次回忆起婚礼那天,黎宁能记起很多东西。

比如天空中飘浮着棉花般轻盈的云朵,湛蓝发亮的海水。

沿途簇拥着的一朵朵怒放的鲜花,亲朋好友们的祝福。

但最不会忘记的一幕却是——

那个高大英俊的男人,站在天与海的尽头,朝她看过来时,眼里带着汹涌的爱意。

那一瞬间,周围所有的一切都如潮水般退去,整个世界只余下他们两个人。

在漫天的花瓣雨下,她一步又一步,坚定地朝他走过去。

从此,朝暮与共,行至天光。